COLLECTION POÉSIE

PRÉFACE

I

Une voix — *de « l'élégant badinage » cher à Boileau, de trop fameuse et scolaire mémoire, il n'y a peut-être que cela à retenir : cette présence immédiate et sonore qui fait de l'œuvre de Marot, par-delà les quelques traces écrites qui nous en sont parvenues, une création essentiellement orale. Oralité féconde dont témoignent dès l'origine les rimes équivoquées, senées ou batelées*[1] *qui structurent maintes pièces de l'*Adolescence *et dont on aurait tort de dénoncer l'archaïsme voyant ; oralité d'une voix qui affirme progressivement au fil des* Épîtres *le ton personnel d'une confidence élégiaque ou d'un appel, depuis l'héroïde de la belle Maguelonne à son ami Pierre de Provence jusqu'à la fable dialoguée du Lion et du Rat adressée à Lion Jamet ; oralité qui éclate enfin dans la polyphonie de* Chansons *à rimes annexées ou couronnées — « Régente Gente », « colombelle belle » (Chanson III) — appelant l'accompagnement du luth et l'entrelacs choral. Plus tard encore dans la carrière du poète, les parallélismes que file la poésie lyrique des* Psaumes *réclament en chaque strophe le déploiement de la langue dans l'espace vocal du cantique.*

*Quoi qu'on ait dit, et même dans les commencements que proposent certaines pièces de l'*Adolescence *de facture archaï-*

1. Voir ci-dessous la note de poétique, p. 339.

que, et qui, par comparaison avec l'apothéose finale des Psaumes *ou la libre digression des* Épîtres, *peuvent sembler laborieux et contraints, la parole de Marot n'apparaît jamais figée dans le moule étroit de l'écrit. Les artifices manifestes qu'il emprunte à l'art de la Grande Rhétorique et sur lesquels il lui arrive parfois de renchérir — à preuve les rimes en écho de la* Petite Épître au Roi *(Épître VI) ou l'acrobatique rime rauque de la Ballade XI,* Du jour de Noël — *ne sont en fait nullement contradictoires avec cette évidence première de la parole. Au contraire, les règles en apparence arbitraires qui généralisent à toute l'étendue du vers l'écho de la rime, sous le nom de rime annexée, fratrisée ou batelée, marquent avec insistance la primauté de la voix. L'allitération, la paronomase, voire le calembour accusent la scansion des rythmes, rappellent à la mémoire inattentive de l'auditeur la continuité sous-jacente d'une ligne mélodique, où les ressemblances calculées entre sonorités recouvrent les écarts de sens et suscitent à l'improviste la surprise, l'inquiétude et pour finir le plaisir.*

Jamais du reste Marot, sauf peut-être dans sa traduction des Psaumes, *ne renoncera à ces jeux en apparence gratuits, qui portent, jusque dans les pièces les plus solennelles et les plus ambitieuses, cette empreinte vocale venue des Grands Rhétoriqueurs. Quand, dans* L'Enfer, *le Quercy entraîne à la rime et par antithèse le « querre ici », d'où surgissent tous les malheurs du pauvre Clément monté à Paris, quand, dans la* Déploration de Florimond Robertet, *« ma Muse » rime avec « m'amuse », et que le « deuil » suscite tout naturellement les « larmes d'œil », le poète est fidèle au registre oral, où le jeu des mots entre eux structure et contrôle, bien plus qu'il ne le perturbe, le déroulement du discours.*

L'originalité de Marot par rapport à ses prédécesseurs ne procède ni d'une rupture ni d'une révolte libératrice, mais, de manière plus insensible et plus humble, de l'adaptation d'un langage cérémoniel et codé aux inflexions personnelles d'un chant ou d'une conversation. Cela va de pair, semble-t-il, avec le resserrement du registre poétique, en dépit des fières proclamations qui émaillent certaines Épîtres *comme celle qu'il adresse en*

1526 Au Roi, pour succéder en l'état de son père *ou encore, et plus tard dans sa carrière, celle qu'il fait parvenir depuis son exil ferrarais* A Monseigneur le Dauphin. *De toute évidence, l'* « *œuvre exquis* »,

Qui maulgré temps, maulgré fer, maulgré flamme
Et maulgré mort fera vivre sans fin
Le Roi François et son noble Dauphin,

ressemble peu au « *monument plus durable que l'airain* » *cher à Horace et dont les poètes officiels de la cour de Bourgogne — les Chastellain, les Molinet, les Jean Lemaire — auraient pu faire leur devise. Dans sa genèse, l'œuvre marotique apparaît morcelée, composée au gré des circonstances, abandonnée au vent de la parole par fragments que recueillent au vol ces libraires indélicats dont le poète se plaint dans la Préface de son édition collective de 1538. Pièces courtes le plus souvent, comme rondeaux, épitaphes, épigrammes et chansons, composés en mètres brefs et de facture serrée. Quand il s'adresse à des formes plus étendues, Marot ne dépasse jamais les dimensions de l'* « opuscule » — *cinq cents vers à rimes plates ou croisées pour* Le Temple de Cupido *inclus dans l'*Adolescence, *ou la* Déploration de Florimond Robertet, *qui est contemporaine du recueil —, et, en cela moins ambitieux que son prédécesseur et maître, Jean Lemaire, il n'aborde guère le prosimètre long, ce* « *Grand Genre* » *des Rhétoriqueurs, pour reprendre la formule d'Henri Guy, et dont le chef-d'œuvre est sans conteste* La Concorde des deux langages. *Rien de comparable non plus chez Clément à l'ample production politique de son père Jean Marot, dont* Le Voyage de Gênes *et surtout* Le Voyage de Venise *(1510) apparaissent tout à fait hors de proportion avec les quelques timides tentatives de l'*Adolescence *dans ce même domaine. Lorsque, en disciple appliqué de son père, il se fait le chroniqueur des événements militaires ou diplomatiques de la monarchie des Valois, pour célébrer l'entrevue du Camp du drap d'or (juin 1520), la campagne de Hainaut (1521) ou la paix des Dames (1529), c'est dans le moule étroit de l'épître, de la ballade ou même du rondeau qu'il coule la matière de ces hauts faits.*

Les plus longues pièces de Clément Marot permettent d'entrevoir justement ce qu'il doit encore et toujours au style improvisé et heurté du langage parlé. L'un des traits les plus constants de la poétique médiévale, d'essence orale, selon Paul Zumthor, qui prolonge sur ce point les analyses pionnières d'Erich Auerbach, réside dans la disposition paratactique de l'énoncé[2]. *Les redites, les incohérences, rattrapées* in extremis *parfois sur le mode habile et badin de la correction, font partie intégrante de la « performance » poétique, qui se déroule au présent, face à un auditoire, sans qu'aucun retour en arrière soit possible. L'*Épître de Maguelonne à Pierre de Provence *illustre à merveille ce flux contrarié et repris au détriment de la cohérence interne et de la logique narrative. Première invraisemblance, dont il n'y a pas lieu au demeurant de se scandaliser : que Maguelonne esseulée écrive à Pierre, errant de par le monde, une lettre qu'il a fort peu de chance de recevoir — mais il est vrai que, depuis Ovide, ce type d'arbitraire fait partie des conventions de l'héroïde ou épître fictive adressée par un héros ou demi-dieu à la personne aimée. Seconde impossibilité au regard d'une lecture positiviste : que Maguelonne endormie perçoive dans son sommeil les gestes de Pierre lui découvrant la poitrine et lui baisant les lèvres, puis édifiant autour d'elle, pour préserver son beau visage de l'ardeur du soleil, un abri de feuillage. Mais l'essentiel est ailleurs : c'est qu'à chaque moment de l'épître, qui ressortit ici au registre élégiaque de la plainte amoureuse, tour à tour murmurée ou vociférée, la parole obtienne son effet sur l'auditeur et qu'elle suscite de sa part une adhésion immédiate et de point en point continuée. Aussi n'est-ce pas en termes de cohérence globale et d'ensemble textuel qu'il faut ici raisonner, mais en tenant compte de la durée et de l'action inséparables du discours.*

De cet art de la parataxe *orale, où la syntaxe semble oublier son principe de liaison, Marot tirera l'un de ses meilleurs effets dans une œuvre mieux maîtrisée, la* Déploration de Flori-

2. Erich Auerbach, *Mimésis,* trad. fr., Paris, Gallimard, 1968 ; Paul Zumthor, *Introduction à la poésie orale,* Paris, le Seuil, 1983 ; *La Poésie et la voix dans la civilisation médiévale,* Paris, P.U.F., 1984.

mond Robertet. *Conçue sur le modèle pétrarquiste d'un triomphe solennel où la Mort prend, au centre de la cérémonie, la place du défunt, cette pièce de commande déploie le décorum scénographique du deuil : pleurants et porteurs de torches y escortent le char mortuaire flanqué de la riante Église et de la République française en pauvre arroi ; à leur rencontre sortent de Blois, où le glas sonne, les différents états de la cité, moines et séculiers, magistrats, bourgeois et simple peuple. Or, du milieu de cette pompe un peu raide s'élève une voix, la voix de la Mort, qui prononce un sermon évangélique en parfaite contradiction avec le spectacle. Elle condamne, en une imprécation qui vise l'Église instituée aussi bien que l'hypocrisie inhérente aux démonstrations publiques d'un deuil officiel, ceux qui substituent à la « vive foi » et à la tranquille espérance qu'elle entretient dans l'âme du vrai chrétien les marques toutes païennes d'un désespoir injustifié. Si le triomphe retrouve alors ses droits à la fin de la* Déploration, *c'est grâce à l'opportune* surdité *des assistants (v. 453-460). Preuve, s'il en était besoin, de la prééminence du registre oral, toujours sujet à l'interruption possible. La contradiction inscrite au centre de la pièce déplorative est de la sorte permise par le caractère aléatoire et fragile d'une transmission qui ne peut se maintenir qu'au prix de la redondance de l'énoncé et de l'acquiescement de l'auditoire. Une fois dramatisée dans cette complainte exemplaire, la discontinuité cesse d'apparaître comme une maladresse ou comme la trace impure d'une gestualité vocale passée dans l'écrit.*

La cérémonie peut se poursuivre selon le programme accoutumé : un « triomphe de la mort » gothique, plus proche désormais de Bruegel que de Pétrarque, qui anéantit bêtes et gens, et brise jusqu'aux menues fleurs des champs sur son passage. Et de cette manière la déploration finit par maintenir, au moins extérieurement, l'une de ses raisons d'être. Elle offre alors cette « structure évangélique » dont a parlé Mario Richter[3] *: la réforme intérieure du croyant, rendu à la liberté et à*

3. Mario Richter, « L'Evangelismo di Clément Marot. Lettura della *Déploration de Florimond Robertet* », 1973 (voir bibliographie), p. 258.

la vérité chrétiennes, s'y accommode, au moins pour un temps, et dans le sein même de la cour et de l'Église, des pompes extérieures de l'idolâtre Romaine. Parole et silence coexistent à ce moment, en une sorte d'exil ou de retraite en soi, avec le bruit envahissant du dehors et le triomphe glacé d'un spectre bientôt dissous dans l'air.

II

La traduction de la Première Églogue *de Virgile, qui ouvre* L'Adolescence clémentine, *paraît significative de l'œuvre et du destin de Clément Marot. Loin d'être une pièce rapportée, et au-delà de son caractère d'exercice d'école, elle introduit au cœur même de ce qui sera à la fois l'esthétique et la condition du poète. Poème dialogué, comme le veut la définition du genre selon Thomas Sébillet, elle montre en Tityre et Mélibée une sorte d'autoportrait en partie double, où les traits de Marot se dessinent en filigrane de ceux de Virgile : Tityre, le berger comblé par la faveur des dieux et des Grands, y converse avec le triste Mélibée, contraint de suivre, en vertu d'une mystérieuse malédiction, les chemins hasardeux de l'exil. De Paris à Ferrare, et de la cour des Valois, brillante des clartés de l'humanisme, aux étapes inquiètes des deux exils, en 1535 et 1542, le destin de Marot a tour à tour modulé le chant idyllique et radieux de Tityre et la repartie élégiaque de Mélibée. Poète de cour adulé et bientôt l'ami du roi François Ier, Marot est aussi, et dès la période de gestation de l'*Adolescence, *cet être instable et inquiet, en butte à la répression des archers du guet aussi bien qu'à la censure plus périlleuse de Messieurs « Nos Maîtres » de la Sorbonne. En lui coexistent le joyeux épicurisme que cultivera la génération de la Pléiade, et un penchant ascétique inattendu qui lui fera, au temps de l'exil à Ferrare et Venise, envisager avec sérénité l'éventualité du martyre. A côté des chansons galantes qui assurent sa gloire et qu'il écrit pour de grands personnages à qui il prête sa plume, on découvre très tôt dans son œuvre l'obsession de la mort et de l'autre vie. Si bien que le plus* mondain des poètes de la Renaissance touche par un autre côté au mysticisme le plus nu. En ne retenant d'ordinaire que le Marot-Tityre jouant de son « petit chalumeau » à l'ombre de ses illustres protecteurs, on oublie le Marot-Mélibée en butte aux persécutions et cherchant à travers l'Europe l'asile et le refuge. Ce qui le distingue toutefois du nostalgique pâtre virgilien, c'est qu'une telle errance n'obéit pas seulement à la pression des malheurs du temps, mais qu'elle résulte pour une part d'une exigence intérieure et d'un choix. Que Marot, en dépit des péripéties renouvelées de deux exils, ait poursuivi sans défaillance, durant les douze ou quinze dernières années de son existence terrestre, la traduction des Psaumes, entreprise alors de plus en plus risquée, montre à l'évidence que la postulation ascétique n'a jamais chez lui tout à fait cédé le pas, même au moment de l'abjuration de 1536, à la tentation hédoniste de la Cour et du Monde.

Or, si la Première Églogue de Virgile esquisse à ce point pour Marot un programme de vie contradictoire, c'est qu'elle répond par avance à ce que l'on pourrait appeler une forme symbolique inscrite simultanément dans le caractère et dans l'œuvre du Quercinois.

Ce privilège d'une forme que la traduction de Virgile proclame au seuil du recueil marotique, et qui se vérifiera ensuite dans les pièces les plus variées, épîtres, complaintes, rondeaux et chansons, c'est celui du dialogue. Quel que soit le genre dont relèvent des poèmes divers par la structure et par l'ampleur, on y retrouve presque toujours cette alternance de voix qui fait que le badinage marotique n'est jamais un soliloque, mais un dialogisme, au sens où il inclut l'auditeur ou le lecteur dans un jeu sans cesse repris de questions et de réponses. De l'apparente rigidité du débat allégorique dont Marot, en disciple des Grands Rhétoriqueurs, hérite dans l'Épître du dépourvu et les deux Complaintes, on passe vite, au fil de cette foisonnante et protéiforme Adolescence, aux variations plus subtiles de la correction, développée le cas échéant en chiasme pour décliner la casuistique de la demande amoureuse ou les repentirs de l'âme tardive à recevoir l'appel du Salut.

Une pièce aussi grave que L'Enfer, *absent du recueil mais de rédaction contemporaine, peut ainsi descendre, sans rien perdre de sa force rhétorique, au ton de la conversation familière entre Cerbère « au triple chef » et son prisonnier, plus curieux que terrorisé. Loin de la tragique solennité de Dante ou même de la narration encore sévère de Jean Lemaire dans la* Seconde Épître de l'Amant Vert, *la visite guidée au royaume des juges infernaux prend l'allure oisive et détendue d'un dialogue presque amical, qui autorise d'autant mieux la liberté de propos à l'encontre de la Justice et de l'Église instituée. Dans la* Déploration de Florimond Robertet, *le dialogisme se manifeste dès les premiers vers, en une correction qui substitue l' « amour » pour le défunt à « la mort » de celui-ci (v. 12-13). Une telle substitution par homophonie est ensuite amplifiée dans l'opposition des deux harangues de la République française et de la Mort. De manière toute dialectique, l'amour évangélique emprunte pour se dire la voix de la Mort, assise en son char de triomphe. Si la conversation initiale s'est élevée par degrés jusqu'à l'éloquence sacrée, la structure dialogique demeure, condensée au départ dans un jeu de mots, déployée enfin dans un débat où alternent deux prosopopées solennelles.*

*Le dialogue à deux voix est omniprésent dans l'*Adolescence. *Le rondeau marotique, que l'on classe généralement, à tort, parmi les genres traditionnels, voire « médiévaux », au même titre que la ballade, le chant royal ou la complainte, témoigne dans son évidente modernité d'un subtil dialogisme entre forme close et forme ouverte. Selon la définition de Pierre Fabri, en son* Grand et Vrai Art de pleine Rhétorique *(1521), le rondeau, dans sa circularité, doit être à la fois clos et ouvert : bien « cloué » par le double rentrement qui fait s'achever le poème par où il a commencé ; ouvert cependant en vertu de l'écart de contexte et de sens attaché à ce retour différé sur douze ou quinze vers. Pour ne retenir ici qu'un exemple, l'étonnant Rondeau XLV,* De celui qui ne pense qu'en s'Amie *(p. 202), présente cette forme paradoxale, par laquelle, de l'extérieur à l'intérieur du rêve érotique, la répétition de « Toutes les nuits » voit s'accomplir le fantasme d'une possession amoureuse. De la* *pensée à l'image, et de l'image à la jouissance charnelle réitérée « toutes les nuits », un pur jeu de langage a permis ce progrès ou cette illusion. Le dialogue du « rentrement » avec lui-même, de l'initiale à la clausule, est allé de pair avec une transaction verbale : conversation avec le mari moins berné que complice, et qui semble accepter de l'amant l'échange du « corps » de la belle pour son « cœur ». La souveraine légèreté du propos, que souligne l'équivoque « cordelle » / « corps d'elle », et qu'autorise l'équivalence phonique du « corps » et du « cœur », aboutit à une création de langage. Le badinage galant, qui transforme la situation de départ — un manque cruel et désirable — et la retourne à son avantage, revêt ici une valeur éminemment efficace : l'espoir de « toutes les nuits » naît concrètement de l'anneau fermé et ouvert du rondeau.*

Comme dans la Déploration de Florimond Robertet, *la négociation est permise par une homophonie approximative : l'amour pour la mort, le corps au lieu du cœur. L'échange des objets verbaux peut avoir lieu dès lors que l'on se place sur le terrain poétique du langage, ce qui suppose de surcroît deux partenaires unis dans la complicité éphémère et tacite d'une partie que l'on joue à chances égales. C'est au prix d'une telle « conversation » que l'amant frustré du Rondeau XLV obtient pour finir la cause première de ses veilles inquiètes, et que l'amour divin, dans la* Déploration, *peut triompher de la mort : le pompeux cortège hérité de Pétrarque apparaît alors superfétatoire au regard de cette « conversion » jouée et gagnée dans l'espace sonore de l'échange verbal.*

La situation que nous venons de décrire se rencontre de la façon la plus évidente dans le cas des épîtres de sollicitation ou des pièces de remerciement comme le Rondeau XVIII, intitulé Réponse dudit Marot au dit Clavier. *Pour renvoyer à son ami et confrère Étienne Clavier les louanges qu'il lui a adressées sous la forme d'un rondeau, Marot lui retourne une pièce similaire, composée à partir du même rentrement, « Pour bien louer ». Mais au lieu de reprendre à l'interlocuteur son style hyperbolique et maladroit, et d'écrire par conséquent un rondeau symétrique du premier, Marot intègre à sa propre pièce le jeu dialogué de la demande et de la réponse, tout en déplaçant de manière intentionnelle le ton et le niveau de l'échange. Le rondeau de remerciement se métamorphose* ipso facto *en une sorte de coq-à-l'âne à refrain, où l'équivoque approximative sur Noël et le verbe « nouer » (nager) amène, par une suite de hasards calculés, les « rimes senées » ou vers allitératifs qui développent les réserves de sens contenues dans les deux prénoms de Clément et d'Étienne, étroitement associés :*

C, c'est Clément contre chagrin cloué.
E, est Étienne, éveillé, enjoué.

Au rite guindé des louanges mutuelles s'est substitué le dialogue de noms livrés à eux-mêmes et à leur libre pouvoir d'évocation.

Mais l'exemple le plus fameux à cet égard est constitué par l'Épître X à Lion Jamet, la dernière de la série que renferme L'Adolescence clémentine. *Utilisant une vieille fable d'Ésope pour faire comprendre à un ami providentiellement appelé* Lion *— Léon, en patois poitevin — qu'il est en prison et qu'un secours de sa part serait le bienvenu, Marot tire parti, en toute liberté, de la narration existante pour y introduire un dialogue étendu. Joseph Vianey voyait dans la drastique contraction de texte opérée un siècle et demi plus tard par La Fontaine une toilette salutaire. Par son commencement abrupt, qui fait fi des longues prétéritions de Marot (vers 1-15), et surtout par la suppression de tout élément de style direct entre les deux animaux frappés de mutisme, la fable du Lion et du Rat (II, 11) sacrifie au salut du prisonnier et à la vérité des caractères « tous ces jolis propos qui retardent l'acte nécessaire ». En fait, c'est la négation même du modèle marotique où le dialogue joue le rôle essentiel, du double point de vue du conte et de la morale. D'une facture qui l'apparente à l'art de la Grande Rhétorique et riche d'allusions verbales et de rimes équivoquées — « lion lié », « souris » / « je me souris » —, un tel dialogue était requis par l'économie propre au genre de l'épître. Il créait les conditions d'une relation de réciprocité, en prenant prétexte de l'apologue d'Ésope. En tant qu'acte de langage orienté vers un destinataire, la « belle fable » devait être tirée du côté de la* *conversation entre amis. La transaction verbale introduite dans la trame du conte n'est donc nullement un hors-d'œuvre plaisant et longuet. Au centre de l'épître, elle prépare un échange de services effectifs, et par là même, elle est déjà action.*

Cependant, comme l'a suggéré Robert Griffin, Marot donne une leçon conforme à l'esprit de l'Évangile[4]. *À la suite de Luther et de son traité* Von der Freiheit eines Christenmenschen, *où le réformateur commente en particulier un passage de l'épître de Paul aux Galates (V, 6-13), Marot lance un appel à la liberté chrétienne et à l'amour mutuel qui doit unir les croyants, tous frères en charité. Nul doute que Lion Jamet, d'ores et déjà gagné aux idées nouvelles et plus tard inquiété au moment de l'affaire des Placards contre la messe, ait été sensible à cette leçon évangélique administrée par l'entremise d'une fable dialoguée.*

La forme du dialogue apparaît en ce célèbre exemple indissociable d'une éthique et d'un projet de vie. L'on retrouve alors l'autoportrait en partie double dont nous parlions tout à l'heure — Marot-Tityre et Marot-Mélibée —, clairement orienté cette fois dans le sens d'un programme de conduite et de convivialité chrétiennes. Plus viscéralement toutefois, le dialogue peut être chez Marot l'expression d'une insoluble contradiction interne à l'individu. Tel est le cas, semble-t-il, de ce que l'on pourrait appeler, d'un hellénisme plus tard mis en vogue par le poète-médecin protestant Jacques Grévin, la gélodacrye *ou le « rire-larme », expression antinomique d'un deuil joyeux. Le meilleur exemple, dans* L'Adolescence clémentine, *en est offert par l'épitaphe de Jehan Serre, « excellent joueur de farces » (Épitaphe XIII), dont le souvenir fait rire aux larmes les Parisiens endeuillés par sa mort. Cette épitaphe burlesque et grave en même temps n'est pas sans rappeler l'épisode de la naissance de Pantagruel, lorsque Gargantua son père ne sait s'il doit pleurer sa femme Badebec morte en couches ou se réjouir de*

4. Robert Griffin, *Clément Marot and the Inflections of Poetic Voice*, 1974, p. 133. Cf. sur la même Épître X, la belle étude de Gérard Defaux, « Rhétorique, silence et liberté dans l'œuvre de Marot. Essai d'explication d'un style », 1984, p. 301-304.

la naissance d'un héritier. Mais au lieu de se résoudre, comme chez Rabelais, en de franches repaissailles, le dilemme aboutit à un humble appel à la prière :

Or pleurez, riez votre saoul,
Tout cela ne lui sert d'un sou :
Vous feriez beaucoup mieux (en somme)
De prier Dieu pour le pauvre homme.

C'est là le signe que la contradiction immanente à la gélodacrye échappe à la logique carnavalesque du retournement cher à Mikhaïl Bakhtine, pour représenter une interrogation théologique fondamentale, à laquelle seuls le recueillement et la prière peuvent apporter une réponse. C'est du reste dans des pièces religieuses comme les Tristes Vers *traduits de Philippe Béroalde ou le Rondeau XXX,* Du Vendredi Saint, *que le motif du « rire-larme » reparaît ailleurs dans l'*Adolescence. *« Deuil ou plaisir », tel est le « rentrement » choisi de manière significative par le poète pour définir la condition dialogique du chrétien partagé entre l'affliction au jour du Vendredi Saint, face à la croix où « pend » la dépouille sanglante du Christ, et la joie qui le saisit au même instant, dans la certitude de sa rédemption par le sacrifice du Fils de Dieu.*

Cette gélodacrye ou rire grinçant n'est pas seulement l'expression d'un thème collectif de couleur macabre et médiévale. Appliquée à la situation personnelle du poète, elle devient l'image d'un destin tour à tour, et presque simultanément pourrait-on dire, hostile et favorable. Une fois de plus dans un rondeau — et la « forme ronde » convient décidément à l'expression dialectique de l'échange ou de la contradiction —, le Rondeau parfait, à ses Amis après sa délivrance, *qui combine, de manière exceptionnelle chez Marot, à la reprise finale du premier hémistiche ainsi « rentré » la répétition de chaque vers du premier quatrain à la fin de chacune des strophes suivantes, on lit ce constat résigné et confiant : « C'est bien, et mal. Dieu soit de tout loué. » La juxtaposition antithétique n'engage pas un choix ou une préférence : elle définit le statut labile de l'homme soumis à des forces opposées, et contraint de céder à l'une et à l'autre,* dans l'attente de la quiétude finale. Cette dialectique, en quelque sorte suspendue, du bien et du mal ordonne la vaste polyphonie de L'Enfer : dès les premiers vers, « douleurs » présentes et « liesses passées », « mal passé » et « plaisir nouvel » s'affrontent en une lutte qui ne trouvera sa résolution que dans la formule ultime : « Fâché d'ennui, consolé d'espérance. » L'espérance, qui abolit tout Enfer, et dont la mention par Marot semble donner la réplique à la célèbre inscription figurant sur la porte de l'Inferno dantesque — Vous qui entrez, laissez toute espérance —, permet enfin, nourrie aux sources vives de l'Évangélisme, d'échapper à l' « ennui » — au sens fort de souffrance — du séjour d'ici-bas. La promesse réservée à l'élu ne pourra s'accomplir qu'au-delà de cette vie et dans le silence qui succède à la parole mortelle. Aussi voit-on que dans ce poème essentiel, qui est bien autre chose qu'une satire allégorique ou un pamphlet visant la Justice et l'Église, le roi libérateur, qui descend aux Enfers pour en arracher les âmes injustement captives, emprunte trait pour trait le visage du Christ rédempteur, auquel l'assimilait, en vertu d'une analogie fondant le caractère sacré de la monarchie, la pensée juridique du Moyen Age.

Le dialogisme, omniprésent chez Marot, et dont L'Enfer offre l'expression décantée, serait en ce sens la première manifestation esthétique, au seuil de la Renaissance, de cette « ontologie dialectique fort inconfortable » dont parle Albert-Marie Schmidt pour décrire la condition des poètes calvinistes des XVIe et XVIIe siècles[5]. Habité par la hantise du péché et la certitude concomitante de son rachat, le chrétien évangélique ou réformé vivrait sa foi sur le mode d'une contradiction perpétuelle. D'où les hyperboles, les oxymores et les corrections qui culmineront à l'âge baroque dans l'ample phrasé des Tragiques ou dans la poésie plus tendue de Jean de Sponde. Entre la rigidité ludique et mnémotechnique préconisée par les Grands Rhétoriqueurs et les développements ultérieurs de la lyrique huguenote durant la seconde moitié du siècle, l'œuvre orale et dialogique de Marot

5. Albert-Marie Schmidt, *Études sur le XVIe siècle*, Paris, Albin Michel, 1967, « Les Poètes calvinistes français », p. 68.

occupe une place centrale : c'est en elle que s'opère la conversion d'un art de cour en une poésie intérieure, rythmée par les pulsations de la foi et du doute.

III

La voix, puis le dialogue : l'art poétique de Marot s'apparente au départ à l'art de la conversation, et le métier du vers n'est pas chez lui étranger aux artes sermocinales *du Moyen Âge. De là — et le pas est aisé à la critique — l'affirmation selon laquelle Marot serait complètement étranger à la poésie pure. Qu'il se rapproche, avec les* Chansons, *les* Complaintes, *les* Élégies *et surtout les* Psaumes, *de la poésie chantée — le* carmen *des Latins — ou qu'il cultive dans les* Épîtres *ou les* Rondeaux *la poésie parlée ou* sermo, *le poète-chanteur ou le poète-conteur qu'est Marot n'utilise rien d'autre que les mots impurs de la tribu. C'est à la Pléiade qu'il appartiendra de forger une langue poétique séparée de la langue vulgaire et, par le recours aux mythologismes notamment, incompréhensible du plus grand nombre. Sans que ses ambitions de poète soient à vrai dire inférieures — sa devise : « la Mort n'y mord » suffirait à l'attester —, Marot procède par la voie exactement inverse, et c'est en faisant montre d'une parfaite dextérité dans l'usage des tournures communes qu'il obtient les effets les plus inattendus et les plus belles réussites de sa poésie personnelle.*

Nul pédantisme chez lui, et son savoir mythologique par exemple, à la fois moins abondant et moins sûr que celui de son maître Jean Lemaire de Belges, rhétoriqueur érudit et raffiné, se réduit à des modèles quasi proverbiaux, aux « combles » et aux « excellences » de la vieille poésie médiévale. Hélène y est toujours l'incarnation d'une beauté parfaite et fatale. Le jugement de Pâris et la guerre de Troie sont obligatoirement présents dans les pièces politiques de circonstance qui exaltent indifféremment la guerre ou la paix triomphante. Le cortège des demi-dieux agrestes de la pastorale agglomère aux faunes et aux sylvains les improbables « hymnides », nymphes des prés et des fleurs venues de Boccace par l'intermédiaire du docte Jean Lemaire. Cette culture humaniste moyenne, superficielle et de seconde main, ne pèse nullement sur un propos dont la vivacité demeure intacte. La discrétion dans l'emploi d'un savoir mythologique assez court n'interdit pas au demeurant, comme l'a relevé Guy Demerson, un discernement indéniable et des intuitions parfois fulgurantes[6]*. Par le truchement des divinités traditionnelles, le poète exprime allégoriquement les forces élémentaires qui agissent dans le monde ou la puissance des passions. Surtout, en vertu de la doctrine évhémériste, il est à même de reconnaître dans les grands personnages et les princes qu'il côtoie — Marguerite d'Angoulême, son frère François Ier — la part de divin qui est inséparable de la puissance politique en actes. Le roi, qui est le Jupiter de ses sujets, devient aussi pour les opprimés, comme on l'a vu au terme de* L'Enfer, *un nouveau Christ qui tente une seconde fois l'épreuve de la descente aux Limbes. La sœur du roi, sorte de Pallas chrétienne, a sa véritable patrie au ciel, toujours selon le même poème, et la preuve en est que son « cœur élu » y aspire irrésistiblement. Mais si l'on se hausse de temps à autre, chez Marot, à ces sommets d'un monde supra-humain, c'est insensiblement et presque par inadvertance. L'Olympe ou le ciel chrétien ne sont pas un séjour escarpé et coupé du monde d'ici-bas, auquel l'accès ne serait possible que par la voie rugueuse d'un langage relevé et abrupt. La transition s'effectue de plain-pied, avec la déconcertante aisance du promeneur ou de l'acrobate.*

Les mêmes remarques vaudraient pour l'inspiration religieuse de Marot. Dans ce domaine qui lui est en apparence plus familier, le poète, qui se ressourcera à la lecture directe des Épîtres *de Paul ou des* Psaumes, *apparaît également tributaire, en particulier dans les débuts de l'*Adolescence, *d'une tradition formalisée et convenue. Le meilleur exemple de cette littérature de commande, le* Chant royal de la conception Notre-Dame *(p. 169) présenté au Puy de Rouen en 1521,*

6. Guy Demerson, *La Mythologie classique dans l'œuvre lyrique de la Pléiade,* Genève, Droz, 1972, p. 65.

s'inscrit de la manière la plus exacte dans le cadre d'un genre rigide, où les termes de l'énigme, exposés dans les cinq strophes, en une énumération d'emblèmes qui confine à l'abstraction, sont brièvement éclaircis dans l'envoi final. La thématique de l'Immaculée Conception de la Vierge y reproduit, sans glose superflue, le catalogue des symboles mariaux selon Alain de Lille ou les poètes des puys de Rouen ou de Dieppe. Si par la suite la poésie religieuse de Marot gagne en profondeur et en originalité — et cela est perceptible dès L'Enfer, *la* Déploration de Florimond Robertet *ou les Épîtres IX et X de l'*Adolescence —, *c'est sans doute à l'influence de Marguerite d'Alençon et du cercle de Meaux qu'elle le devra. Dans l'impossibilité de connaître précisément les lectures de Clément durant cette période — il lit Érasme dont il traduira en vers trois des* Colloques *vers 1542, mais a-t-il une connaissance directe des écrits de Luther, par exemple ? —, il faut supposer là encore une grande part d'intuition et de tact, une « vive foi » pour tout dire, plutôt qu'une culture théologique solide et de première main. D'où le caractère composite de cette production religieuse, où l'on aurait bien du mal à reconstituer les étapes d'un itinéraire spirituel, depuis les manifestations de l'orthodoxie la plus stricte et les gages donnés aux témoignages de la piété populaire, jusqu'au recueillement en soi de l'âme inquiète et à la critique ouverte de l'Église « papiste » et mondaine. Quelles que soient au demeurant leurs dates de composition approximatives, il est à tout le moins significatif que Marot ait regroupé pêle-mêle dans l'*Adolescence, *où prévaut le classement par genres poétiques, des pièces aussi diverses que des hymnes à l'Immaculée Conception de Marie (*Chant royal *et Rondeau XXXI), des chants de Noël écrits dans un style naïf et populaire (Ballade XI et Chanson XXV), des pièces déploratives sur le jour du Vendredi Saint (*Les Tristes Vers de Philippe Béroalde, *le Rondeau XXX), une défense et illustration du Carême (Ballade XII), deux méditations sur la Passion de Notre Seigneur (*Oraison contemplative *et Ballade XIII), et enfin une épître apologétique en forme de confession de foi pour répondre à une accusation d'hérésie (Épître IX). Du point de vue dogmatique, nulle* *cohérence, et la Ballade XIV,* Contre celle qui fut s'amie, *avec son refrain en forme de cri : « Prenez-le, il a mangé le lard », semble faire un pied de nez à cette autre, intitulée* De Carême, *qui appelle, « En ces saints jours piteux et lamentables », les chrétiens au respect du jeûne.*

La légèreté d'un jeu qui se transporte aux vérités de la religion révélée ne comporte nulle trace de rouerie, ni peut-être même d'insolence. Simplement, loin d'être un théoricien, loin également de vouloir construire une œuvre logiquement agencée et solidaire en toutes ses parties, Marot se borne à reprendre à son usage, pour les faire siens, les fragments d'un discours religieux que l'époque de transition et de crise où il vit livre à son appétit de croire et à sa soif de justification. Indécise comme sa vie même, cette part non négligeable de sa production, même si elle ne représente qu'un dixième environ des pièces recueillies dans l' Adolescence[7], *doit aux* loci communes *du temps son air de familiarité, de bonhomie et aussi de franche disparate.*

Dans un tout autre ordre d'idées, et pour passer du plus grave au plus enjoué, quand, dans le domaine de la poésie amoureuse, Marot, grand admirateur de Pétrarque, dont il traduira le Chant des visions *et six sonnets sur la mort de Laure, pétrarquise à son tour, il demeure lui-même. S'il évoque le « baiser de s'amie » qui lui « suce l'âme » par les lèvres (Rondeau LVII) ou le* concetto *de l'échange des cœurs (Rondeau LVIII), il le fait dans son style habituel de la conversation, qui tend à effacer ce qu'une telle préciosité peut avoir d'outré ou de contraint. Dans cet autre rondeau qui développe, sur le mode des « contradictions », le* pace non trovo *de Pétrarque (Rondeau XXVIII), on s'aperçoit que la thématique du poème et plus encore son schéma dialogique, avec le rentrement « En espérant » qui fait écho, en mineur, au finale de* L'Enfer, *appartiennent en propre à la « conversation » marotique, au sens où nous l'avons plus haut définie. Dans quelque registre qu'il se place, Marot pratique cette innutrition invisible et familière qui rend l'analyse d'autant plus décevante et d'autant*

7. Paulette Leblanc, *La Poésie religieuse de Clément Marot,* 1955, p. 36.

plus immédiat le plaisir d'écouter. Le lecteur, ou plutôt l'auditeur, est en terrain de connaissance, et pourtant il découvre à chaque fois la note imprévisible et toujours identifiable du Quercinois.

De là peut-être le caractère déconcertant de la simplicité marotique, et l'irritation teintée de mépris que partagent avec le Du Bellay de la Défense et Illustration *les adeptes du verbe pur et d'une langue dégagée de l'usage trivial. La poésie de Marot réunit ces termes en apparence inconciliables que sont la facilité commune ou vulgaire, et l'agrément d'une voix personnelle. Rien d'attendu en elle, en dépit des chemins éprouvés qu'elle semble emprunter. Même lorsqu'elle épouse les cadres — du reste moins contraignants qu'il n'y paraît — de la Grande Rhétorique, la parole de Marot est constante improvisation : il lui faut répondre à l'appel ou à la pression des événements extérieurs, ou bien à l'inverse, cédant à ses propres foucades, les provoquer de manière imprévisible. Si dans l'*Adolescence *et dans les œuvres contemporaines ou postérieures la langue poétique n'apparaît pas séparée de la vulgaire, c'est que le poème n'est jamais lui-même coupé de l'action. Comme pour les Rhétoriqueurs, maîtres révérés que Marot ne trahira jamais, l'acte poétique débouche sur une gestuelle : art de séduire les dames et de plaire aux Grands, art tout aussi « conversationnel » de s'adresser à Dieu et d'interroger la Sainte Écriture. La traduction, exercice auquel Marot consacre une part non négligeable de son temps et de son art d'écrivain, ainsi qu'en témoigne l'*Adolescence, *avant les* Colloques *d'Érasme ou les* Psaumes, *ressortit elle aussi à cette activité de la transaction et de l'échange, surtout lorsque, dans le cas des* Métamorphoses *d'Ovide, il s'agit, selon le mot de l'interprète, de « transmuer un transmueur ».*

Il y a à cet égard un peu de l'acteur, du masque ou du pitre chez Marot. Quand dans les Épitaphes, les Épîtres ou certains passages de L'Enfer *il « gélodacryse », le voilà qui revêt à son tour les habits et le fard du défunt Jehan Serre, « excellent joueur de farces » comme on sait. La gestualité poétique trouve alors son expression la plus triviale. Même à cet instant la performance dépasse celle du « badin qui rit ou se mord ». C'est que le goût italien et le progrès des lettres ont porté ce jeu à un degré de raffinement inconnu jusqu'alors. Qu'il s'exprime pour lui-même ou, plus souvent peut-être, pour les Grands de l'entourage royal, Marot invente pour deux siècles une langue faite d'élégance, de clarté et d'une singulière économie de moyens, qui suscitera des imitations pendant tout l'âge classique. Cependant, le théâtre où le récitant s'exhibe s'est transporté de la foire à la cour, et des tréteaux de la rue aux spectacles savamment orchestrés des fêtes royales. Désormais le peuple bien parlant des « humains Parisiens », fidèles à la mémoire de Jehan Serre, cède la place à la dynastie régnante et au cercle d'humanistes, de doctes prélats et d'illustres capitaines dont elle s'entoure.*

Tel est le sens qu'il faut en définitive prêter à la célèbre formule de l'Épître au Dauphin, du temps de l'exil à Ferrare, où Marot définit la cour de France comme sa « maîtresse d'école ». Celle-ci ne lui a pas seulement appris à parler le français au détriment de son occitan natal, elle ne s'est pas contentée de polir ensuite son langage et son style, elle a créé les conditions matérielles de cette convivialité active, brillante et périlleuse parfois, où le dialogue marotique a trouvé d'entrée de jeu son champ d'application naturel.

Frank Lestringant

NOTE SUR L'ÉDITION

Publiée pour la première fois à Paris chez Roffet en 1532, mais s'ouvrant par une préface datée du 12 août 1530, *L'Adolescence clémentine* rassemble, distribuée par genres — Épîtres, Complaintes et Épitaphes, Ballades, Rondeaux et Chansons —, la production des années de « jeunesse » du poète jusqu'au-delà de 1526, date de la mort de son père Jean Marot. Aussi le terme d' « adolescence » est-il à entendre au sens classique et latin : c'est dans la vie d'un homme la période qui s'étend de quatorze à vingt-huit ans, disons plutôt, dans le cas de Marot, jusqu'à une assez large trentaine. Accueilli avec succès, le livre compte plus de dix éditions avant 1537. En 1538, Marot en donne une édition augmentée et définitive, révisée par ses soins. Cependant l'*Adolescence* de 1532 s'était accrue en 1534 d'une *Suite,* que nous ne donnons pas ici.

À l'intérieur de chaque genre, la disposition des pièces répond à un ordre très approximativement chronologique. Ainsi en est-il des Épîtres : l'itinéraire qui conduit de *L'Épître du dépourvu,* adressée en 1518-1519 à la duchesse d'Alençon au moment d'entrer à son service, aux deux pièces relatives à l'affaire du « lard » en février 1526 (IX, *A Monsieur Bouchart, docteur en théologie ;* X, *A son ami Lion*), en passant par celles qui ont trait à la campagne de Hainaut en 1521 (II et III), retrace en dix étapes le cheminement d'une carrière de poète de cour depuis les débuts un peu laborieux jusqu'à la première crise grave.

Mais l'ordre des poèmes obéit parfois à des considérations purement poétiques : par exemple la séquence des Chansons III à V est régie par un enchaînement rhétorique qui rappelle le principe de la rime annexée ou enchaînée (voir ci-dessous p. 341-342). Le dernier mot de la Chanson III, « jouissance », est aussi le premier de la Chanson IV. Celle-ci fournit à son tour par son mot ultime, l'infinitif « attendre », un point de départ à la Chanson V : « J'attends ». Entre ces Chansons, il règne en outre une sorte de dialogisme, puisque la Chanson IV, qui est adressée à « mon ami », est bien le fait, semble-t-il, de la « Maîtresse et régente » à qui s'adresse le soupirant dans les Chansons III et V. La section des Rondeaux, quant à elle, s'ouvre, non pas par la pièce la plus ancienne, qui est peut-être le Rondeau XIII, *De la mort de Monsieur de Chissay,* composé en 1518, mais par un véritable art poétique, où Marot, avant de livrer sa contribution personnelle au genre, commence par administrer une leçon de rondeau à un collègue maladroit. Il est vrai que la même section s'achève, en un parallèle exact avec la série des Épîtres, par deux rondeaux (LXVI et LXVII) se rapportant à l'emprisonnement de 1526.

Sous le titre d' « Opuscules », qui n'est pas de Marot, mais que la tradition a imposé, sont rangées des pièces de genres très divers mais toutes de vaste ampleur. On y rencontre à la suite des dialogues comme *La Première Églogue de Virgile* ou *Le Jugement de Minos,* un poème allégorique, *Le Temple de Cupido,* qui doit peut-être autant à Pétrarque qu'au *Roman de la Rose* et à Jean Lemaire de Belges, et pour finir deux pièces religieuses en forme de prière. Ce qui frappe ici, c'est la place prépondérante qui revient aux traductions. Quatre opuscules sur cinq sont traduits d'auteurs antiques ou médiévaux : Virgile, Lucien revu et corrigé par Joannes Aurispa, Filippo Beroaldo l'aîné et Barthélemy de Loches. On sait qu'au labeur poétique de la traduction, qui représente une part importante de l'œuvre de Marot, depuis les *Métamorphoses* d'Ovide jusqu'aux *Cinquante Psaumes de David,* la Pléiade préférera le travail plus noble de l'imitation.

C'est dans la section des Opuscules que l'on range habituellement *L'Enfer* de 1526 et la *Déploration de Florimond Robertet* de 1527. Deux raisons invitaient à faire figurer ces amples compositions à la suite de l'*Adolescence.* Tout d'abord leur date de rédaction, contemporaine exactement des dernières pièces du recueil de 1532. Ensuite, le fait que ces poèmes magistraux mettent en lumière une tendance encore latente dans l'*Adolescence* : à savoir le caractère profondément nouveau d'une poésie religieuse intériorisée et ressourcée au courant de l'évangélisme. *L'Enfer,* qui dépasse, ne serait-ce que par l'esquisse autobiographique qu'il contient, l'allégorie satirique qui lui sert de prétexte, était indispensable au portrait de Clément Marot en poète « adolescent », tel que nous voulions ici le faire ressortir. Quant à la *Déploration* de 1527, qui à certains égards se situe dans le prolongement des deux Complaintes recueillies dans l'*Adolescence,* elle conjugue à des traits que l'on pourrait qualifier d'archaïques, comme la mise en scène du Triomphe de la Mort et l'usage de lourdes prosopopées — allégées, il est vrai, par le recours au huitain construit sur trois rimes —, un message et un ton indiscutablement personnels. Les *Psaumes* enfin, qui constituent tout à la fois l'aboutissement de la maîtrise poétique de Marot et le terme de son itinéraire spirituel, se devaient d'être représentés au moins par une brève anthologie, pour couronner une œuvre dont la forme progressive du titre indique suffisamment la lente maturation, les luttes et les efforts dissimulés sous l'apparence du jeu.

L'inachèvement de l'*Adolescence* ne recevra pas de ce choix de « séquelles » une chimérique clôture, qui serait sa négation même. Cette suite d'échos et de prolongements disséminés dans le temps a seulement pour rôle d'ouvrir un peu plus et de porter jusqu'à nous une œuvre toujours en devenir.

NOTRE TEXTE

Le texte de *L'Adolescence clémentine,* donné ici intégralement, est établi sur la base de l'édition de Lyon, 1538, des *Œuvres,* qui peut être considérée comme définitive, puisqu'elle a bénéficié, contrairement aux éditions antérieures, de l'accord et de la révision de l'auteur. Des deux états qu'elle présente, chez Dolet et chez Gryphe, nous avons retenu le second d'après l'exemplaire de la Bibliothèque nationale Rés. Ye 1461, qu'avait déjà pris pour point de départ notre prédécesseur Verdun-L. Saulnier. Les *errata* de l'édition Gryphe sont naturellement pris en compte dans notre leçon.

Le texte de *L'Enfer* suit celui de la seconde édition publiée par Étienne Dolet en 1542. Ayant été publiée à l'insu de Marot, tout comme du reste la première, donnée à Anvers en 1539 par J. Steels, cette version n'est pas exempte de fautes, qu'il a été possible de corriger au vu de l'édition anversoise et du manuscrit Gueffier (Bibliothèque nationale, fonds Rothschild, n° 2964).

Pour la *Déploration de Florimond Robertet,* nous reproduisons, à la suite de C. A. Mayer, non pas l'édition de 1538, où la pièce est comprise dans la *Suite de l'Adolescence,* au rang des Opuscules, mais le manuscrit 1717 du fonds français de la Bibliothèque nationale, transcrit à date ancienne par Jean ou Jean-Jacques Robertet, seigneur de la Motheplu is, sieur des Buillons, bailli d'Usson et de Vienne, qui était le propre neveu de Florimond Robertet, et qui mourut lui-même en 1530. Voir sur ce point C. A. Mayer, éd. des *Œuvres lyriques* de Clément Marot, Londres, 1964, p. 59-61.

La traduction des *Psaumes* enfin prend pour texte de base celui des deux éditions parisiennes d'Étienne Roffet parues avec Privilège, c'est-à-dire les *Trente Psaumes* (fin 1541) et les *Vingt Psaumes* (1543), retenues de préférence à l'édition, publiée sans nom de lieu, des *Cinquante Psaumes* de 1543. Nous suivons en cela les conclusions de C. A. Mayer, éd. critique des *Traductions* de Clément Marot, Genève, 1980, p. 44-49.

En règle générale, nous n'indiquons pas les variantes de texte, sauf lorsqu'elles présentent un intérêt quant au sens. Elles sont alors rejetées dans les notes situées à la fin de l'ouvrage. Nous sommes redevables pour l'annotation envers les éditions existantes, de Georges Guiffrey à C. A. Mayer, sans oublier, pour l'*Adolescence* proprement dite, celle de Verdun-L. Saulnier, qui de toutes rend les meilleurs services. Aucune de ces éditions toutefois n'offrant un apparat critique exhaustif, notamment pour les pièces religieuses, nous nous sommes efforcé de combler ces lacunes par le recours aux travaux récents sur Marot, dont on trouvera mention dans la bibliographie. Pour des raisons pratiques, les pièces ont été numérotées de façon continue à l'intérieur de chaque section.

Dans la transcription des textes, nous apportons les retouches qui sont d'usage, concernant la ponctuation, l'accentuation, les cédilles et la distinction des lettres i et j, u et v, etc. Par ailleurs, et conformément aux principes de la collection, nous modernisons l'orthographe, en restituant les formes actuelles du passé simple ou de l'imparfait, à condition toutefois de ne pas trahir la qualité sonore d'un vers. On ne trouvera donc pas de réfection orthographique qui entre en contradiction avec la rime. Nous maintenons les graphies « meure » (mûre), « monarche » (monarque), « désiroie » (désirais), quand ces mots riment respectivement avec « heure », « patriarche » (dans les *Tristes Vers*) et « proie » *(Le Jugement de Minos)*. Cette observation est également valable dans le cas des rimes internes, annexées, batelées ou fratrisées, qui ne sont nullement exceptionnelles dans l'*Adolescence*. Par exemple, dans la troisième strophe de la Chanson III, qui est à rimes « enchaînées », selon la terminologie de Sébillet, nous conservons à l'intérieur du vers 22 la forme « seurté » (pour sûreté), afin de faire ressortir le radical commun avec le dernier mot du vers précédent qui est « seur » (sûr), et qui rime lui-même avec « cœur ». La construction des rimes marotiques étant un fragile et complexe échafaudage que la moindre poussée peut faire vaciller ou s'écrouler, nous avons toujours observé la plus grande prudence à cet égard. Pour la même raison, il apparaissait obligatoire de maintenir telles quelles les rimes équivoquées « face » (= fasse)/« face », « Sereine » (= Sirène)/« sereine » (Ballade VII), etc.

Les majuscules de noms communs, fort abondantes dans les éditions anciennes de l'*Adolescence,* ne sont conservées que lorsque ces noms désignent, sans équivoque possible, des allégories, des personnifications, ou qu'ils se rapportent à un être — l'Aimée, l'Amant, le Prince, le Roi — revêtu d'une valeur laudative particulière.

F. L.

Les Œuvres de Clément Marot,

VALET DE CHAMBRE DU ROI.

CLÉMENT MAROT,
A SON LIVRE

Ôter je veux (approche-toi, mon livre)
Un tas d'écrits qui par d'autres sont faits.
Or va, c'est fait. Cours léger et délivre :
Déchargé t'ai d'un lourd et pesant faix.
S'ils font écrits (d'aventure) imparfaits,
Te veux-tu faire en leurs fautes reprendre ?
S'ils les font bien, ou mieux que je ne fais,
Pourquoi veux-tu sur leur gloire entreprendre ?
Sans eux (mon livre) en mes vers pourras prendre
Vie après moi, pour jamais ou longtemps.
Mes Œuvres donc content te doivent rendre :
Peuples et Rois s'en tiennent bien contents.

CLÉMENT MAROT

À CEUX QUI PAR CI-DEVANT ONT IMPRIMÉ SES ŒUVRES.

Le tort que vous m'avez fait, vous autres, qui par ci-devant avez imprimé mes Œuvres, est si grand et si outrageux, qu'il a touché mon honneur et mis en danger ma personne. Car, par avare convoitise de vendre plus cher et plus tôt ce qui se vendait assez, avez ajouté à icelles miennes œuvres plusieurs autres, qui ne me sont rien : dont les unes sont froidement et de mauvaise grâce composées, mettant sur moi l'ignorance d'autrui ; et les autres toutes pleines de scandale et sédition : de sorte qu'il n'a tenu à vous que durant mon absence les ennemis de Vertu n'aient gardé la France et moi de jamais plus nous entrevoir. Mais la grâce de Dieu, par la bonté du Roi (comme savez), y a pourvu. Certes j'ose dire sans mentir (toutefois sans reproche) que de tous ces miens labeurs le profit vous en retourne. J'ai planté les arbres, vous en cueillez les fruits. J'ai traîné la charrue, vous en serrez la moisson ; et à moi n'en revient qu'un peu d'estime entre les hommes : lequel encor vous me voulez éteindre, m'attribuant œuvres sottes et scandaleuses. Je ne sais comment appeler cela, sinon ingratitude, que je ne puis avoir desservie : si ce n'est par la faute que je fis quand je vous donnai mes copies. Or ne suis-je seul, à qui ce bon tour a été fait. Si Alain Charretier [1] vivait, volontiers me tiendrait compagnie à faire plainte de ceux de votre art, qui à ses œuvres excellentes ajoutèrent *La Contre-Dame sans merci*, l'*Hôpital d'Amours*, *La Complainte de saint Valentin*, et *la Pastourelle de Granson* : œuvres certes indignes de son nom, et autant sorties de lui, comme de moi *La Complainte de la Bazoche*, l'*Alphabet du temps présent*, l'*Épitaphe du Comte de Sales* et plusieurs autres lourderies qu'on a mêlées en mes livres. Encore ne vous a suffi de faire tort à moi seul : mais à plusieurs excellents poètes de mon temps ; desquels les beaux ouvrages vous avez joints avecques les miens, me faisant (maulgré moi) usurpateur de l'honneur d'autrui. Ce que je n'ai pu savoir et souffrir tout ensemble. Si ai jeté hors de mon livre non seulement les mauvaises, mais les bonnes choses, qui ne sont à moi ne de moi : me contentant de celles que notre Muse nous produit. Toutefois au lieu des choses rejetées (afin que les lecteurs ne se plaignent) je y ai mis douze fois autant d'autres œuvres miennes, par ci-devant non imprimées : mêmement deux livres de *Epigrammes*. Parquoi, imprimeurs, je vous prie que doresenavant n'y ajoutez rien sans m'en avertir, et vous ferez beaucoup pour vous : car si j'ai aucunes œuvres à mettre en lumière, elles tomberont assez à temps en vos mains, non ainsi par pièces comme vous les recueillez çà et là, mais en belle forme de livre. Davantage, par telles vos additions se rompt tout l'ordre de mes livres, qui tant m'a coûté à dresser. Lequel ordre (lecteurs débonnaires) j'ai voulu changer à cette dernière revue, mettant l'*Adolescence* à part, et ce qui est hors d'*Adolescence*, tout en un : de sorte que plus facilement que paravant rencontrerez ce que voudrez y lire. Et si ne le trouvez là où il soulait être, le trouverez en rang plus convenable. Vous avisant que, de tous les livres qui par ci-devant ont été imprimés sous mon nom, j'avoue ceux-ci pour les plus amples et mieux ordonnés : et désavoue les autres, comme bâtards ou comme enfants gâtés.

Écrit à Lyon, ce dernier jour de juillet, l'an mil cinq cent trente et huit[2].

NICOLAI BORBONII VANDOPERANI POETÆ

CARMEN

Ad Lectorem

Saepe quod inspersis nugis fœdauerat ausus
Quorundam, ut sunt haec candida secla parum :
En tibi nunc, Lector, patria fornace recoctum,
Spectandumque ; nouo lumine prodit opus.
Hic nihil est, quod non sic elimauerit Autor,
Ut metuat Momi iudicis ora nihil.

L'épigramme précédent
du Poète Borbonius [1]
a été translaté en français, en cette manière,
par la belle Rubella [2] :

Ce livre-ci souvent avait été
Jusqu'à présent (telle en est la coutume)
Par méchants gens corrompu et gâté :
Dont l'a fallu rapporter sur l'enclume.
Or maintenant est-il (ami lecteur)
Si bien remis en ordre, et tellement
Renouvelé, même par son auteur,
Que de Momus [3] ne craint le jugement.

Viue recte, et gaude [4].

L'Adolescence clémentine

L'ADOLESCENCE CLÉMENTINE

dont le contenu s'ensuit :

La première Églogue de Virgile.
Le Temple de Cupido.
Le Jugement de Minos.
Les tristes vers de Béroalde.
Une oraison devant le Crucifix.

Les Épîtres,
Les Complaintes et Épitaphes,
Les Ballades,
Les Rondeaux,
Les Chansons
} augmentés.

Il envoie le livre de son Adolescence
à une Dame

Tu as (pour te rendre amusée)
Ma jeunesse en papier ici.
Quant à ma jeunesse abusée,
Une autre que toi l'a usée :
Contente-toi de cette-ci.

NICOL. BERALDI [1]
In Clementis Adolescentiam.

Hi sunt Clementis iuueniles, aspice, lusus :
Sed tamen his ipsis est iuuenile nihil.

CLÉMENT MAROT,

à un grand nombre de Frères qu'il a, tous Enfants d'Apollo[1], *Salut.*

Je ne sais (mes très chers frères) qui m'a plus incité à mettre ces miennes petites jeunesses en lumière, ou vos continuelles prières, ou le déplaisir que j'ai eu d'en ouïr crier et publier par les rues une grande partie toute incorrecte, mal imprimée, et plus au profit du Libraire qu'à l'honneur de l'Auteur. Certainement toutes les deux occasions y ont servi : mais plus celle de vos prières. Puis doncques que vous êtes cause de l'évidence de l'œuvre, je suis d'avis, s'il en vient blâme, que la moitié en tombe sur vous : et s'il en sort (d'aventure) honneur ou louange, que vous ne moi n'y ayons rien, mais celui à qui seul est dû honneur et gloire. Ne vous chaille (mes frères) si la courtoisie des lecteurs ne nous excuse, le titre du livre nous excusera. Ce sont œuvres de jeunesse, ce sont coups d'essai. Ce n'est, en effet, autre chose qu'un petit jardin, que je vous ai cultivé de ce que j'ai pu recouvrer d'arbres, d'herbes et fleurs de mon printemps : là où, toutefois, ne verrez un seul brin de souci[2]. Lisez hardiment, vous y trouverez quelque délectation : et en certains endroits quelque peu de fruit. Peu, dis-je, pource qu'arbres nouveaux entés ne produisent pas fruit de trop grande saveur. Et pource qu'il n'y a jardin où ne se puisse rencontrer quelque herbe nuisante, je vous supplie (mes frères, et vous autres nobles Lecteurs), si aucun mauvais exemple (d'aventure) en lisant se présentait devant vos yeux, que vous lui fermiez la porte de vos volontés : et que le pis que vous tirerez de ce livre soit passe-temps. Espérant de bref vous faire offre de mieux : et pour arrhes de ce mieux, déjà je vous mets en vue, après l'*Adolescence*, ouvrages de meilleure trempe et de plus polie étoffe. Mais l'*Adolescence* ira devant. Et la commencerons par la première Eglogue des *Bucoliques* virgiliennes, translatée (certes) en grande jeunesse, comme pourrez en plusieurs sortes connaître ; mêmement par les coupes fémenines, lesquelles je n'observais encore alors : dont Jean le Maire de Belges[3] (en les m'apprenant) me reprit. Et à Dieu, frères très aimés ; lequel ardemment je supplie vous donner et continuer sa grâce.

De Paris, ce douzième d'août 1530.

OPUSCULES

L'ADOLESCENCE CLÉMENTINE

C'est assavoir les Œuvres que Clément Marot composa en l'âge de son Adolescence.

Et premièrement,

LA PREMIÈRE ÉGLOGUE DES BUCOLIQUES DE VIRGILE[1]

MÉLIBÉE

Toi Tityrus, gisant dessous l'ormeau
Large et épais, d'un petit chalumeau
Chantes chansons rustiques en beaux chants :
Et nous laissons (maulgré nous) les doux champs
Et nos pays. Toi, oisif en l'ombrage,
Fais résonner les forêts, qui font rage
De rechanter après ta chalemelle
La tienne amie Amaryllis la belle.

TITYRUS

O Mélibée, ami cher et parfait,
Un Dieu fort grand ce bien ici m'a fait,
Lequel aussi toujours mon Dieu sera,
Et bien souvent son riche autel aura
Pour sacrifice un agneau le plus tendre
Qu'en mon troupeau pourrai choisir et prendre :
Car il permet mes brebis venir paître
(Comme tu vois) en ce beau lieu champêtre,
Et que je chante en mode pastorale
Ce que voudrai, de ma flûte rurale.

MÉLIBÉE

Je te promets que ta bonne fortune
Dedans mon cœur ne met envie aucune :
Mais m'ébahis, comme en toutes saisons
Malheur nous suit en nos champs et maisons.
Ne vois-tu point, gentil berger, hélas !
Je tout malade, et privé de soulas,
D'un lieu lointain mène ci mes chevrettes
Accompagnées d'agneaux et brebiettes.
Et (qui pis est) à grand labeur je mène
Celle que vois tant maigre en cette plaine,
Laquelle était la totale espérance
De mon troupeau. Or n'y ai-je assurance :
Car maintenant (je te promets) elle a
Fait en passant, près de ces coudres-là,
Qui sont épais, deux gémeaux agnelets,
Qu'elle a laissés (moi contraint) tout seulets,
Non dessus l'herbe ou aucune verdure,
Mais tout tremblants dessus la pierre dure.
Ha Tityrus (si j'eusse été bien sage),
Il me souvient que souvent, par présage,
Chênes frappés de la foudre des cieux
Me prédisaient ce mal pernicieux.
Semblablement, la sinistre corneille
Me disait bien la fortune pareille.
Mais je te prie, Tityre, conte-moi
Qui est ce Dieu, qui t'a mis hors d'émoi ?

TITYRUS

Je sot cuidais, que ce que l'on dit Rome
Fût une ville ainsi petite, comme
Celle de nous : là où maint agnelet
Nous retirons, et les bêtes de lait.
Mais je faisais semblables à leurs pères
Les petits chiens, et agneaux à leurs mères,

Accomparant (d'imprudence surpris)
Chose petite à celle de grand prix :
Car (pour certain) Rome noble et civile
Lève son chef par sus toute autre ville,
Ainsi que font les grands et hauts cyprès
Sur ces buissons que tu vois ici près.

MÉLIBÉE

Et quel motif si exprès t'a été
D'aller voir Rome ?

TITYRUS

Amour de liberté :
Laquelle tard toutefois me vint voir ;
Car ains que vint, barbe pouvais avoir.
Si me vit-elle en pitié bien exprès,
Et puis je l'eus assez longtemps après :
C'est assavoir si tôt qu'eus accointée
Amaryllis et laissé Galathée.
Certainement je confesse ce point
Que, quand j'étais à Galathée joint,
Aucun espoir de liberté n'avais,
Et en souci de bétail ne vivais [2] ;
Voire et combien que maintes fois je fisse
De mes troupeaux à nos dieux sacrifice,
Et nonobstant que force gras fourmage
Se fît toujours en notre ingrat village :
Pour tout cela, jamais jour de semaine
Ma main chez nous ne s'en retournait pleine.

MÉLIBÉE

O Amarille, moult je m'émerveillais
Pourquoi les Dieux d'un cœur triste appelais :
Et m'étonnais pour qui d'entre nous hommes

Tu réservais en l'arbre tant de pommes.
Tityre lors n'y était (à vrai dire),
Mais toutefois (ô bien heureux Tityre)
Les pins très hauts, les ruisseaux qui coulaient,
Et les buissons adoncques t'appelaient.

TITYRUS

Qu'eussé-je fait, sans de chez nous partir ?
Je n'eusse pu de service sortir,
N'ailleurs que là, n'eusse trouvé des Dieux
Si à propos, ne qui me duissent mieux.
  Là (pour certain) en état triomphant
(O Mélibée) je vis ce jeune enfant :
Au los de qui notre autel par coutume
Douze fois l'an en sacrifice fume.
  Certes c'est lui qui premier répondit
A ma requête, et en ce point me dit :
« Allez, enfants, menez paître vos bœufs,
Comme devant, je l'entends et le veux :
Et faites joindre aux vaches vos taureaux. »

MÉLIBÉE

Heureux vieillard sur tous les pastoureaux,
Doncques tes champs par ta bonne aventure
Te demeurront, et assez de pâture,
Quoique le roc d'herbe soit dépouillé,
Et que le lac de bourbe tout souillé
Du jonc limeux couvre le bon herbage,
Ce néanmoins le mauvais pâturage
Ne nourrira jamais tes brebis pleines :
Et les troupeaux de ces prochaines plaines
Désormais plus ne te les gâteront,
Quand quelque mal contagieux auront.
  Heureux vieillard, désormais en ces prées
Entre ruisseaux et fontaines sacrées
A ton plaisir tu te rafraîchiras.

Car d'un côté, joignant de toi auras
La grand clôture à la saulsaie épaisse,
Là où viendront manger la fleur sans cesse
Mouches à miel, qui de leur bruit tant doux
Te inciteront à sommeil tous les coups.
De l'autre part, sur un haut roc sera
Le rossignol, qui en l'air chantera.
Mais cependant la palombe enrouée,
La tourte aussi de chasteté louée,
Ne laisseront à gémir sans se taire
Sur un grand orme : et tout pour te complaire.

TITYRUS

Doncques plutôt cerfs légers et cornus
Vivront en l'air, et les poissons tout nus
Seront laissés de leurs fleuves taris [3] ;
Plutôt boiront les Parthes Araris [4]
Le fleuve grand, et Tigris [5] Germanie ;
Plutôt sera ma personne bannie
En ces deux lieux, et leurs fins et limites
Circuirai à journées petites,
Ains que celui que je t'ai raconté
Du souvenir de mon cœur soit ôté.

MÉLIBÉE

Hélas ! Et nous irons sans demeurée
Vers le pays d'Afrique l'altérée.
La plus grand part en la froide Scythie [6]
Habiterons : ou irons en partie
(Puisqu'en ce point Fortune le décrète)
Au fleuve Oaxe [7] impétueux de Crète.
Finablement viendrons tous égarés
Vers les Anglais du monde séparés [8].
  Longtemps après ou avant que je meure,
Verrai-je point mon pays et demeure ?
Ma pauvre loge aussi faite de chaume ?

Las s'il advient qu'en mon petit royaume
Revienne encor, je le regarderai,
Et des ruines fort je m'étonnerai.
Las faudra-t-il qu'un gendarme impiteux
Tienne ce champ tant culte et fructueux ?
Las faudra-t-il qu'un barbare étranger
Cueille ces blés ? O en quel grand danger
Discorde a mis et pasteurs, et marchands :
Las, et pour qui avons semé nos champs ?
O Mélibée, plante arbres à la ligne,
Ente poiriers, mets en ordre la vigne :
Hélas, pour qui ? Allez, jadis heureuses,
Allez brebis, maintenant malheureuses.
Après ceci, de ce grand creux tout vert,
Là où souvent me couchais à couvert,
Ne vous verrai jamais plus de loin paître
Vers la montagne épineuse et champêtre.
Plus ne dirai chansons récréatives :
Ni dessous moi, pauvre chèvres chétives,
Plus ne paîtrez le trèfle florissant,
Ne l'aigre feuille au saule verdissant.

TITYRUS

Tu pourras bien (et te prie que le veuilles)
Prendre repos dessus des vertes feuilles
Avecques moi cette nuit seulement.
J'ai à souper assez passablement,
Pommes, pruneaux, tout plein de bon fruitage,
Châtaignes, aulx, avec force laitage.
Puis des cités[9] les cheminées fument,
Déjà le feu pour le souper allument :
Il s'en va nuit, et des hauts monts descendent
Les ombres grands, qui parmi l'air s'épandent.

Fin de la première Eglogue de Virgile.

LE TEMPLE DE CUPIDO[1]

A MESSIRE NICOLAS DE NEUFVILLE,
Chevalier, Seigneur de Villeroy[2]*, Clément Marot S.*

En revoyant les écrits de ma jeunesse, pour les remettre plus clairs que devant en lumière, il m'est entré en mémoire que étant encore page, et à toi, très honoré seigneur, je composai par ton commandement la Quête de ferme Amour. Laquelle je trouvai au meilleur endroit du temple de Cupido, en le visitant, comme l'âge lors le requérait. C'est bien raison donques que l'œuvre soit à toi dédiée, à toi qui la commandas, à toi mon premier maître et celui seul (hormis les Princes) que jamais je servis. Soit donques consacré ce petit livre à ta prudence, noble seigneur de Neufville, afin qu'en récompense de certain temps que Marot a vécu avecques toi en cette vie, tu vives çà-bas après la mort avecques lui, tant que ses Œuvres dureront.

De Lyon, ce quinzième jour de mai 1538.

Sur le printemps, que la belle Flora[3]
Les champs couverts de diverse flour a,
Et son ami Zéphyrus les évente,
Quand doucement en l'air soupire et vente,
Ce jeune enfant Cupido, dieu d'aimer,
Ses yeux bandés[4] commanda défermer,

Pour contempler de son trône céleste
Tous les amants, qu'il atteint et moleste.
Adonc il vit autour de ses charrois
D'un seul regard maints victorieux rois,
Hauts empereurs, princesses magnifiques,
Laides et laids, visages déifiques,
Filles et fils en la fleur de jeunesse,
Et les plus forts sujets à sa hautesse.
Bref il connut que toute nation
Ployait sous lui, comme au vent le scion.
Et qui plus est, les plus souverains dieux
Vit trébucher sous ses dards furieux.
Mais ainsi est, que ce cruel enfant,
Me voyant lors en âge triomphant
Et m'éjouir entre tous ses soudards,
Sans point sentir la force de ses dards,
Voyant aussi qu'en mes œuvres et dits
J'allais blâmant d'amours tous les édits[5],
Délibéra d'un assaut amoureux
Rendre mon cœur (pour une) langoureux.
Pas n'y faillit[6]. Car par trop ardente ire
Hors de sa trousse une sagette tire
De bois mortel, empenné de vengeance,
Portant un fer forgé par déplaisance
Au feu ardent de rigoureux refus,
Laquelle lors (pour me rendre confus)
Il déchargea sur mon cœur rudement.
Qui lors connut mon extrême tourment,
Bien eût le cœur rempli d'inimitié,
Si ma douleur ne l'eût mû à pitié.
Car d'aucun bien je ne fus secouru
De celle-là, pour qui j'étais féru :
Mais tout ainsi que le doux vent Zéphyre
Ne pourrait pas fendre marbre ou porphyre,
Semblablement mes soupirs et mes cris,
Mon doux parler et mes humbles écrits,
N'eurent pouvoir d'amollir le sien cœur,

Qui contre moi lors demeura vainqueur.
Dont connaissant ma cruelle Maîtresse
Etre trop forte et fière forteresse
Pour chevalier si faible que j'étais :
Voyant aussi que l'amour, où jetais
Le mien regard [7], portait douleur mortelle,
Délibérai si fort m'éloigner d'elle
Que sa beauté je mettrais en oubli.
Car qui d'amour ne veut prendre le pli,
Et a désir de fuir le danger
De son ardeur, pour tel mal étranger,
Besoin lui est d'éloigner la personne
A qui son cœur enamouré se donne.
Si fis dès lors (pour plus être certain
De l'oublier) un voyage lointain :
Car j'entrepris, sous espoir de liesse,
D'aller chercher une haute déesse,
Que Jupiter de ses divines places
Jadis transmit en ces régions basses
Pour gouverner les esperits loyaux
Et résider ès domaines royaux.
C'est Ferme Amour, la Dame pure et monde,
Qui, longtemps a, ne fut vue en ce monde.
Sa grand bonté me fit aller grand erre
Pour la chercher en haute mer et terre,
Ainsi que fait un Chevalier errant [8]
Et tant allai celle dame quérant,
Que, peu de temps après ma départie,
J'ai circuit du monde grand partie,
Où je trouvai gens de divers regard,
A qui je dis : « Seigneurs, si Dieu vous gard,
En cette terre avez-vous point connu
Une, pour qui je suis ici venu ?
La fleur des fleurs, la chaste colombelle,
Fille de paix, du monde la plus belle,
Qui Ferme Amour s'appelle ? Hélas, seigneurs,
Si la savez, soyez-m'en enseigneurs. »

Lors l'un se tait, qui me fantasia.
L'autre me dit : « Mille ans, ou plus, y a,
Que d'amour ferme en ce lieu ne souvint. »
L'autre me dit : « Jamais ici ne vint. »
Dont tout soudain me pris à dépiter :
Car je pensais que le haut Jupiter
L'eût de la terre en son trône ravie.
Ce néanmoins, ma pensée assouvie
De ce ne fut. Toujours me préparai
De poursuivir. Et si délibérai,
Pour rencontrer celle dame pudique,
De m'en aller au temple cupidique
En m'ébattant : car j'eus en espérance
Que là-dedans faisait se demeurance.
Ainsi je pars : pour aller me prépare
Par un matin, lorsqu'Aurora sépare
D'avec le jour la ténébreuse nuit,
Qui aux dévots pèlerins toujours nuit.
Le droit chemin [9] assez bien je trouvois :
Car çà et là, pour adresser la voie [10]
Du lieu dévot, les passants pèlerins
Allaient semant roses et romarins,
Faisant de fleurs mainte belle montjoie,
Qui me donna aucun espoir de joie.
Et d'autre part rencontrai, sur les rangs
Du grand chemin, maints pèlerins errants
En soupirant, disant leur aventure
Touchant le fruit d'amoureuse pâture :
Ce qui garda de tant me soucier,
Car de leur gré vinrent m'associer
Jusques à tant que d'entrer je fus prêt
Dedans ce temple, où le Dieu d'amour est
Feint à plusieurs, et aux autres loyal.
Or est ainsi, que son temple royal
Suscita lors mes ennuyés esprits.
Car environ de ce divin pourpris
Y soupirait le doux vent Zéphyrus,

Et y chantait le gaillard Tityrus[11].
Le grand dieu Pan[12] avec ses pastoureaux
Gardant brebis, bœufs, vaches et taureaux,
Faisait sonner chalumeaux, cornemuses
Et flageolets pour éveiller les Muses,
Nymphes des bois et déesses hautaines,
Suivant jardins, bois, fleuves et fontaines.
Les oiselets par grand joie et déduit
De leurs gosiers répondent à tel bruit.
   Tous arbres sont en ce lieu verdoyants ;
Petits ruisseaux y furent ondoyants,
Toujours faisant autour des prés herbus
Un doux murmure[13]. Et quand le clair Phébus
Avait droit là ses beaux rayons épars,
Telle splendeur rendait de toutes parts
Ce lieu divin, qu'aux humains bien semblait
Que terre au ciel de beauté ressemblait :
Si que le cœur me dit par prévidence
Celui manoir être la résidence
De Ferme Amour, que je quérais alors.
   Parquoi voyant de ce lieu le dehors
Etre si beau, espoir m'admonesta
De poursuivir, et mon corps transporta
(Pour rencontrer ce que mon cœur poursuit)
Près de ce lieu bâti comme s'ensuit :

DESCRIPTION
DU TEMPLE DE CUPIDO

Ce temple était un clos flori verger,
Passant en tout le val délicieux
Auquel jadis Pâris[14], jeune Berger,
Pria d'amour Pégasis aux beaux yeux :
Car bien semblait que du plus haut des Cieux
Jupiter fût venu au mortel estre
Pour le construire et le faire tel estre,
Tant reluisait en exquise beauté.

Bref, on l'eût pris pour Paradis terrestre,
S'Ève et Adam dedans eussent été.

Pour ses armes Amour cuisant
Porte de gueules [15] à deux traits :
Dont l'un, ferré d'or très luisant,
Cause les amoureux attraits ;
L'autre, dangereux plus que très,
Porte un fer de plomb mal couché,
Par la pointe tout rebouché,
Et rend l'amour des cœurs éteinte [16].
De l'un fut Apollo touché :
De l'autre Daphné [17] fut atteinte.

Sitôt que j'eus l'écusson limité,
Levai les yeux, et proprement je vis,
Du grand portail sur la sublimité,
Le corps tout nu et le gracieux vis
De Cupido [18] : lequel pour son devis
Au poing tenait un arc riche tendu,
Le pied marché, et le bras étendu,
Prêt de lâcher une flèche aiguisée
Sur le premier, fût fol ou entendu,
Droit sur le cœur, et sans prendre visée.

La beauté partant du dehors
De celle maison amoureuse
D'entrer dedans m'incita lors,
Pour voir chose plus somptueuse :
Si vins de pensée joyeuse
Vers Bel Accueil [19] le bien appris,
Qui de sa main dextre m'a pris,
Et par un fort étroit sentier
Me fit entrer au beau pourpris
Dont il était premier portier.

Le premier huis de toutes fleurs vermeilles
Était construit, et de boutons issants,

Signifiant que joies non pareilles
Sont à jamais en ce lieu florissant.
Celui chemin tinrent plusieurs passants,
Car Bel Accueil en gardait la barrière :
Mais Faux Danger[20] gardait sur le derrière
Un portail fait d'épines et chardons,
Et déchassait les pèlerins arrière,
Quand ils venaient pour gagner les pardons.

Bel Accueil, ayant robe verte,
Portier du jardin précieux,
Jour et nuit laisse porte ouverte
Aux vrais amants et gracieux,
Et d'un vouloir solacieux
Les retire sous sa bannière,
En chassant sans grâce plénière
(Ainsi comme il est de raison)
Tous ceux qui sont de la manière
Du faux et déloyal Jason[21].

Le grand autel est une haute roche,
De tel vertu que, si aucun amant
La veut fuir, de plus près s'en approche,
Comme l'acier de la pierre d'aimant.
Le ciel, ou poêle[22], est un cèdre embasmant
Les cœurs humains, duquel la largeur grande
Couvre l'autel. Et là (pour toute offrande)
Corps, cœur et biens à Vénus faut livrer.
Le corps la sert, le cœur grâce demande,
Et les biens font grâce au cœur délivrer[23].

De Cupido le diadème
Est de roses un chapelet,
Que Vénus cueillit elle-même
Dedans son jardin verdelet.
Et sur le printemps nouvelet,

Le transmit à son cher Enfant,
Qui de bon cœur le va coiffant.
Puis donna (pour ses roses belles)
A sa mère un char triomphant,
Conduit par douze colombelles.

Devant l'autel deux cyprès singuliers
Je vis florir sous odeur embasmée :
Et me dit-on que c'étaient les piliers
Du grand autel de haute Renommée.
Lors mille oiseaux d'une longue ramée
Vinrent voler sur ces vertes courtines,
Prêts de chanter chansonnettes divines.
Si demandai : « Pourquoi là sont venus ? »
Mais on me dit : « Ami, ce sont matines
Qu'ils viennent dire en l'honneur de Vénus. »

Devant l'image Cupido
Brûlait le brandon de détresse,
Dont fut enflammée Dido[24],
Byblis, et Hélène de Grèce.
Jehan de Mehun[25] plein de grand sagesse,
L'appelle (en termes savoureux)
Brandon de Vénus rigoureux,
Qui son ardeur jamais n'attrempe.
Toutefois au temple amoureux
(Pour lors) il servait d'une lampe.

Saintes et Saints qu'on y va réclamer,
C'est Beau Parler, Bien Celer, Bon Rapport,
Grâce, Merci, Bien Servir, Bien Aimer,
Qui les amants font venir à bon port[26].
D'autres aussi, où (pour avoir support,
Touchant le fait d'amoureuses conquêtes)
Tous pèlerins doivent faire requêtes,
Offrandes, vœux, prières, et clamours :

Car sans ceux-là l'on ne prend point les bêtes
Qu'on va chassant en la forêt d'amours.

Chandelles flambant ou éteintes
Que tous amoureux pèlerins
Portent devant tels saints et saintes,
Ce sont bouquets de romarins ;
Les Chantres : linots et serins,
Et rossignols au gai courage,
Qui sur buissons de vert bocage,
Ou branches en lieu de pupitres,
Chantent le joli chant ramage
Pour versets, répons et épîtres.

Les vitres sont de clair et fin cristal,
Où peintes sont les gestes authentiques
De ceux qui ont jadis de cœur loyal
Bien observé d'amour les lois antiques.
En après sont les très saintes reliques,
Carcans, anneaux aux secrets tabernacles,
Écus, ducats dedans les clos obstacles [27],
Grands chaînes d'or, dont maint beau corps est ceint,
Qui en amours font trop plus de miracles
Que Beau Parler, ce très glorieux Saint [28].

Les voûtes furent à merveilles
Ouvrées souverainement :
Car Priapus [29] les fit de treilles
De feuilles de vigne et sarment.
Là dépendent tant seulement
Bourgeons et raisins à plaisance,
Et pour en planter abondance
Bien souvent y entre Bacchus [30],
A qui Amour donne puissance
De mettre guerre entre bas culs.

Les cloches sont tambourins et doucines,
Harpes et lucs, instruments gracieux,

Hautbois, flageots, trompettes et buccines,
Rendant un son si très solacieux
Qu'il n'est soudard, tant soit audacieux,
Qu'il ne quittât lances et braquemards,
Et ne saillît hors du temple de Mars,
Pour être moine au temple d'amourettes,
Quand il orrait sonner de toutes parts
Le carillon de cloches tant doucettes.

Les Dames donnent aux malades,
Qui sont recommandés aux prônes,
Ris, baisers, regards et œillades,
Car ce sont d'amours les aumônes.
Les prêcheurs sont vieilles matrones,
Qui aux Jeunes donnent courage
D'employer la fleur de leur âge
A servir Amour le grand Roi,
Tant que souvent par beau langage
Les convertissent à la loi.

Les fonts du temple[31] était une fontaine,
Où décourait un ruisseau argentin :
Là se baignait mainte dame hautaine
Le corps tout nu, montrant un dur tétin.
Lors on eût vu marcher sur le patin[32]
Pauvres Amants à la tête enfumée.
L'un apportait à sa très bien aimée
Éponge, peigne, et chacun appareil :
L'autre à sa dame étendait la ramée,
Pour la garder de l'ardeur du soleil.

Le cimetière est un vert bois :
Et les murs, haies et buissons.
Arbres plantés, ce sont les Croix :
De profundis, gaies chansons.
Les amants surpris des frissons
D'amours, et attrapés ès lacs,

Devant quelque huis tristes et las,
Pour la tombe d'un trépassé,
Chantent souvent le grand hélas
Pour *requiescat in pace.*

Ovidius, maître Alain Charretier,
Pétrarque, aussi le *Roman de la Rose*[33],
Sont les missels, bréviaire et psautier
Qu'en ce saint temple on lit en rime et prose.
Et les leçons que chanter on y ose,
Ce sont rondeaux, ballades, virelais,
Mots à plaisir, rimes et triolets,
Lesquels Vénus apprend à retenir
A un grand tas d'amoureux nouvelets,
Pour mieux savoir dames entretenir.

Autres manières de chansons
Léans on chante à voix contraintes
Ayant cassés et méchants sons,
Car ce sont cris, pleurs et complaintes.
Les petites chapelles saintes
Sont chambrettes et cabinets,
Ramées, bois et jardinets,
Où l'on se perd, quand le vert dure :
Leurs huis sont faits de buissonnets,
Et le pavé tout de verdure.

Le benoitier fut fait en un grand plain,
D'un lac fort loin d'herbes, plantes et fleurs.
Pour eau benoîte, était de larmes plein,
Dont fut nommé le piteux Lac de pleurs :
Car les amants dessous tristes couleurs
Y sont en vain mainte larme épandant.
Les fruits d'amours là ne furent pendant :
Tout y séchait tout au long de l'année.
Mais bien est vrai qu'il y avait dedans
Pour aspergès une rose fanée.

Marguerites, lis et œillets,
Passeveloux, roses flairantes,
Romarins, boutons vermeillets,
Lavandes odoriférantes :
Toutes autres fleurs apparentes
Jetant odeur très adoucie,
Qui jamais un cœur ne soucie,
C'était de ce temple l'encens.
Mais il y eut de la soucie[34] :
Voilà qui me trouble le sens.

Et si aucun (pour le monde laisser)
Veut là-dedans se rendre moine ou prestre,
Tout autre état lui convient délaisser.
Puis va devant Génius l'archiprestre[35],
Et devant tous, en levant la main dextre,
D'être loyal fait grand vœux et serments,
Sur les autels couverts de parements,
Qui sont beaux lits à la mode ordinaire :
Là où se font d'amours les sacrements
De jour et nuit sans aucun luminaire.

Depuis qu'un homme est là rendu,
Soit sage ou sot, ou peu idoine,
Sans être ne rais ne tondu,
Incontinent on le fait moine.
Mais quoi? il n'a pas grand essoine
A comprendre les sacrifices,
Car d'amourettes les services
Sont faits en termes si très clairs
Que les apprentis et novices
En savent plus que les grands clercs.

De *Requiem* les messes sont aubades;
Cierges, rameaux; et sièges, la verdure,
Où les amants font rondeaux et ballades.
L'un y est gai; l'autre mal y endure.

L'une maudit par angoisse très dure
Le jour auquel elle se maria ;
L'autre se plaint que jaloux mari a.
Et les saints mots que l'on dit pour les âmes
Comme *Pater* ou *Ave Maria,*
C'est le babil et le caquet des Dames.

Processions, ce sont morisques,
Que font amoureux champions,
Les haies d'Allemagne [36] frisques,
Passepieds, branles, tourdions.
Là par grands consolations
Un avec une devisait,
Ou pour Évangiles lisait
L'Art d'aimer, fait d'art poétique [37] ;
Et l'autre sa dame baisait
En lieu d'une sainte relique.

En tous endroits je visite et contemple,
Presques étant de merveille égaré,
Car en mes ans ne pense point voir temple
Tant clair, tant net, ne tant bien préparé.
De chacun cas fut à peu près paré,
Mais toutefois y eut faute d'un point :
Car sur l'autel de Paix [38] n'y avait point ;
Raison pourquoi ? toujours Vénus la belle,
Et Cupido, de sa darde qui point,
A tous humains fait la guerre mortelle.

Joie y est, et deuil rempli de ire,
Pour un repos, des travaux dix :
Et bref, je ne saurais bien dire
Si c'est Enfer ou Paradis.
Mais par comparaison je dis
Que celui temple est une rose
D'épines et ronces enclose :
Petits plaisirs, longues clamours [39].

Or tâchons à trouver la chose
Que je cherche au temple d'Amours.

Dedans la nef du triomphant domaine,
Songeant, rêvant, longuement me pourmène,
Voyant refus, qui par dures alarmes
Va incitant l'œil des Amants à larmes,
Oyant partout des cloches les doux sons
Chanter versets d'amoureuses leçons,
Voyant chasser de Cupido les serfs,
L'un à connils, l'autre à lièvres et cerfs,
Lâcher faucons, lévriers courir au bois,
Corner, souffler en trompes et hautbois.
On crie, on prend : l'un chasse, et l'autre happe;
L'un a jà pris, la bête lui échappe,
Il court après, l'autre rien n'y pourchasse :
On ne vit onc un tel déduit de chasse
Comme cestui. Or tiens-je tout pour vu,
Fors celle-là dont veux être pourvu,
Qui plongé m'a au gouffre de détresse.
C'est de mon cœur la très chère maîtresse,
De peu de gens au monde renommée,
Qui Ferme Amour est en terre nommée.
Longtemps y a que la cherche et poursuis,
Et (qui pis est) en la terre où je suis
Je ne vois rien qui me donne assurance
Que son gent corps y fasse demeurance :
Et crois qu'en vain je la vais réclamant,
Car là-dedans je vois un fol amant,
Qui va choisir une dame assez pleine
De grand beauté. Mais tant y a, qu'à peine
Eus contemplé son maintien gracieux,
Que Cupido, l'enfant audacieux,
Tendit son arc, encocha sa sagette,
Les yeux bandés, dessus son cœur la jette,
Si rudement, voire de façon telle
Qu'il y créa une plaie mortelle.

Et lors Amour le jucha sur sa perche,
Je ne dis pas celle que tant je cherche,
Mais une Amour vénérique et ardente,
Le bon renom des humains retardante,
Et dont partout le mal estimé fruit
Plus que de l'autre en cestui monde bruit.
Un' autre Amour fut de moi aperçue,
Et crois que fut au temps jadis conçue
Par Boréas[40] courant et variable :
Car oncques chose on ne vit si muable,
Ne tant légère en cours et autres parts.
Le sien pouvoir par la terre est épars,
Chacun la veut, l'entretient et souhaite,
A la suivir tout homme se déhaite.
Que dirai plus ? Certes un tel aimer,
C'est Dédalus[41], voletant sur la mer :
Mais tant a bruit qu'elle va ternissant
De fermeté le nom resplendissant.
Par tel façon au milieu de ma voie
Assez et trop ces deux amours trouvoie.
Mais l'une fut lubrique et étrangère
Trop à mon vueil : et l'autre si légère
Qu'au grand besoin on la trouve ennemie.
Lors bien pensai que ma loyale amie
Ne cheminait jamais par les sentiers,
Là où ces deux cheminaient voulentiers.
Parquoi conclus en autre part tirer,
Et de la nef[42] soudain me retirer,
Pour rencontrer la Dame tant illustre :
Celle de qui jadis le très clair lustre
Soulait chasser toute obscure souffrance,
Faisant régner Paix divine sous France[43] ;
Celle pour vrai (sans le blâme d'aucun)
Qui de deux cœurs mainte fois ne fait qu'un :
Celle par qui Christ, qui souffrit moleste,
Laissa jadis le haut trône céleste,
Et habita cette basse vallée,

Pour retirer Nature maculée[44]
De la prison infernale et obscure.
A poursuivir sous espoir je pris cure ;
Jusques au chœur du temple[45] me transporte,
Mon œil s'épart au travers de la porte
Faite de fleurs et d'arbrisseaux tous verts ;
Mais à grand peine eus-je vu à travers
Que hors de moi churent plaintes et pleurs,
Comme en hiver sèches feuilles et fleurs.
Tristesse et deuil de moi furent absents,
Mon cœur garni de liesse je sens,
Car en ce lieu un grand Prince je vis,
Et une dame excellente de vis :
Lesquels portant écus de fleurs royales,
Qu'on nomme lis, et d'hermines ducales[46],
Vivaient en paix dessous celle ramée,
Et au milieu Ferme Amour d'eux aimée,
D'habits ornée à si grand avantage
Qu'oncques Dido la reine de Carthage,
Lorsqu'Aeneas reçut[47] dedans son port,
N'eut tel richesse, honneur, maintien et port ;
Combien que lors Ferme Amour avec elle
De vrais sujets eut petite séquelle.
Lors Bel Accueil m'a le buisson ouvert
Du chœur du temple, étant un pré tout vert :
Si merciai Cupido par mérites,
Et saluai Vénus et ses Charites[48].
Puis Ferme Amour, après le mien salut,
Tel me trouva, que de son gré voulut
Me retirer dessous ses étendards,
Dont je me tins de tous pauvres soudards
Le plus heureux. Puis lui contai comment
Pour son amour continuellement
J'ai circuit mainte contrée étrange,
Et que souvent je l'ai pensée être ange,
Ou résider en la cour célestine,
Dont elle prit très sacrée origine.

Puis l'avertis, comme en la nef du temple
De Cupido (combien qu'elle soit ample)
N'ai su trouver sa très noble facture,
Mais qu'à la fin suis venu d'aventure
Dedans le chœur où est sa mansion.
Parquoi conclus en mon invention,
Que Ferme Amour est au cœur[49] éprouvée.
Dire le puis, car je l'y ai trouvée.

LE JUGEMENT DE MINOS[1]

Sur la préférence d'Alexandre le Grand,
Annibal de Carthage, et Scipion le Romain,
jà menés par Mercure aux lieux inférieurs[2]
devant icelui juge.

ALEXANDRE

O Annibal, mon haut cœur magnanime
Ne peut souffrir que par gloire sublime
Veuilles marcher par-devant mes charrois,
Quant à honneur et triomphants arrois.
Car seulement aucun ne doit en riens
Accomparer ses faits d'armes aux miens :
Ains (comme nuls) est décent de les taire,
Entre les Preux.

ANNIBAL

Je soutiens le contraire,
Et m'en rapporte à Minos l'un des Dieux,
Juge infernal commis en ces bas lieux
A soutenir le glaive de Justice :
Dont faut que droit avec raison juste isse
Pour un chacun.

MINOS

Or me dites, Seigneurs :
Qui êtes-vous, qui touchant hauts honneurs
Quérez avoir l'un sur l'autre avantage ?

ALEXANDRE

Ci est le duc Annibal de Carthage,
Et je le grand empereur Alexandre,
Qui fis mon nom par tous climats épandre
En subjuguant chacune nation.

MINOS

Certes vos noms sont en perfection
Dignes des los et des gloires suprêmes :
Dont décorés sont vos clairs diadèmes.
Si m'ébahis, qui vous a mus ensemble
Avoir débat.

ALEXANDRE

Minos (comme il me semble)
Tu dois savoir, et n'es pas ignorant,
Qu'onc ne souffris homme de moi plus grand,
Ne qui à moi fût pareil, ou égal.
Mais tout ainsi comme l'aigle royal
Étend son vol plus près des airs célestes
Que nul oiseau, par belliqueuses gestes
J'ai surmonté tous humains aux harnois ;
Parquoi ne veux que ce Carthaginois
Ait bruit sur moi, ne côtoie ma chaise.

MINOS

Or convient donc que l'un de vous se taise,
Afin que l'autre ait loisir et saison
Pour raconter devant moi sa raison.

ANNIBAL

Certes Minos, ceux je répute dignes
D'être élevés jusques aux cours divines

Par bon renom, qui de basse puissance
Sont parvenus à hautaine accroissance
D'honneur et biens, et qui nom glorieux
Ont conquêté par faits laborieux :
Ainsi que moi, qui à peu de cohorte
Me départis de Carthage la forte,
Et en Sicile, où marcher désiroie,
Pris et ravis, pour ma première proie,
Une cité, Saragosse[3] nommée,
Des fiers Romains très grandement aimée,
Que maulgré eux et leur force superbe
Je pestelai aux pieds, ainsi que l'herbe,
Par mes hauts faits et furieux combats.
  On sait aussi, comme je mis au bas
Et dissipai (dont gloire j'en mérite)
Des Gallicans le puissant exercite[4] :
Et par quel art, moyens, et façons cautes
Taillai les monts, et les Alpes très hautes
Minai et mis les rochers en rompture,
Qui sont hauts murs maçonnés par Nature,
Et le renfort de toutes les Itales :
Auquel pays (quand mes armes ducales
Y flambaient) maint ruisseau tout ordis
Du sang romain que lors je y épandis ;
Ce sont témoins et certaines épreuves.
Si est le Pô, Tibre, et maints autres fleuves,
Desquels souvent la très pure et claire onde
J'ai fait muer en couleur rubiconde.
  Pareillement les châteaux triomphants,
Par sus lesquels mes puissants éléphants
Je fis marcher jusques aux murs de Rome :
Et n'est décent que je raconte ou nomme
Mes durs combats, rencontres martiennes[5],
Et grands efforts par moi faits devant Cannes[6].
  Grand quantité de noblesse romaine
Ruèrent jus par puissance inhumaine
Lors mes deux bras, quand, en signe notoire

De souverain triomphe méritoire,
Trois muids d'anneaux à Carthage transmis
De très fin or, lesquels furent démis
Des doigts des morts, sur les terres humides
Tous étendus ; car, des charognes vides
De leurs esprits gisantes à l'envers,
Par mes conflits furent les champs couverts :
De tel façon qu'on en fit en maints lieux
Ponts à passer fleuves espacieux.
   Par maintes fois, et semblables conquêtes,
Plus que canons ou foudroyants tempêtes,
Fis étonner du monde la monarche[7] :
Toujours content, quelque part où je marche,
Le titre seul de vrai honneur avoir,
Sans vaine gloire en mon cœur concevoir,
Comme cestui qui, pour occasion
D'une incrédible et vaine vision
La nuit dormant apparue à sa mère,
Se disait fils de Jupiter[8] le père
De tous humains, aux astres honoré,
Et comme dieu voulut être adoré.
   Ainçois, Minos, toujours et ainsi comme
Petit soudard me suis réputé homme
Carthaginois, qui pour heur ou malheur
Ne fus atteint de liesse ou douleur.
Puis on connaît comme au pays d'Afrique
Durant mes jours à la chose publique
Me suis voulu vrai obéissant joindre :
Et que ainsi soit, ainsi comme le moindre
De tout mon ost, au simple mandement
De mes consorts, conclus soudainement
De m'en partir, et adressai ma voie
Vers Italie, où grand désir avoie.
   Que dirai plus ? Par ma grande prouesse
Et par vertu de sens et hardiesse,
J'ai achevé maints autres durs efforts,
Contre et envers les plus puissants et forts.

Mes étendards et guidons martiens
Onc ne dressai vers les Arméniens
Ou les Médois, qui se rendent vaincus
Ains qu'employer leurs lances et écus :
Mais fis trembler de main victorieuse
Les plus hautains, c'est Rome l'orgueilleuse
Et ses soudards que lors je combattis
Par maintes fois, et non point des craintifs,
Mais des plus fiers fis un mortel déluge.
Et d'autre part, Minos (comme bon juge),
Tu dois prévoir les aises d'Alexandre.
Car dès que mort son père voulut prendre,
A lui par droit le royaume survint,
Et fut reçu, dès que sur terre vint,
Entre les mains d'amiable Fortune,
Qui ne fut onc en ses faits importune.
Et s'il veut dire avoir vaincu les rois
Dare et Pyrrhus[9] par militants arrois,
Aussi fut-il vaincu en ces délices
De immodérés et désordonnés vices ;
Car si son père aima bien en son cœur
Du dieu Bacchus la vineuse liqueur,
Aussi fit-il : et si bien s'en troublait,
Que non pas homme, ains bête ressemblait.
N'occit-il pas (étant ivre à sa table)
Callisthénès[10], philosophe notable,
Qui reprenait par discrètes paroles
Les siennes mœurs vicieuses et folles ?
Certainement vice si détestable
En moi (peut-être) eût été excusable,
Ou quelqu'un autre, en mœurs et disciplines
Peu introduit : mais les saintes doctrines
Lues avait d'Aristote son maître,
Qui pour l'instruire, et en vertus accroître,
Par grand désir nuit et jour travaillait,
Et après lui trop plus qu'autre veillait.
Et si plus haut élève sa personne

Dont en son chef il a porté couronne,
Pourtant ne doit homme duc dépriser,
Qui a voulu entre vivants user
De sens exquis et prouesse louable,
Plus que du bien de Fortune amiable.

MINOS

Certes, tes faits de très claire vertu
Sont décorés. En après, que dis-tu,
Roi Alexandre ?

ALEXANDRE

A homme plein d'outrage
N'est de besoin tenir aucun langage :
Et mêmement la riche renommée
De mes hauts faits aux astres sublimée
Assez et trop te peuvent informer
Que par sus moi ne se doit renommer.
Aussi tous ceux de la vie mortelle
Sont connaissant la raison être telle.
Mais néanmoins, pource qu'à maintenir
Los et honneur je veux la main tenir,
Sache, Minos, juge plein de prudence,
Qu'en la verdeur de mon adolescence,
Portant en chef ma couronne invincible,
Au glaive aigu pris vengeance terrible
(Comme vrai fils) de ceux qui la main mirent
Dessus mon père, et à mort le soumirent.
Et non content du royaume qu'avoie,
Cherchant honneur, mis et jetai en voie
Mes étendards, et à flotte petite
De combattants, par moi fut déconfite
Et mise au bas en mes premiers assauts
Thèbes, cité antique, et ses vassaux ;
Puis subjuguai par puissance royale
Toutes cités d'Achaïe et Thessale[11],

Et découpai à foison par les champs
Illyriens de mes glaives tranchants,
Dont je rendis toute Grèce ébahie.
Par mon pouvoir fut Asie envahie :
Libye [12] pris, le Phase [13] surmontai.
Bref, tous les lieux où passai et plantai
Mes étendards (redoutant ma puissance)
Furent soumis à mon obéissance.
Le puissant roi Dare connut à Tharse,
Par quel vigueur fut ma puissance éparse
Encontre lui, quand sous lui chevauchèrent
Cent mil Persois, et fièrement marchèrent
Vers moi de front dessous ses étendards
Bien trois cent mille piétons hardis soudards.
Que dirai plus ? Quand vint à l'échauffer,
Le vieil Charon, grand nautonier d'Enfer,
Bien eut à faire à gouverner sa peautre
Pour celui jour passer de rive en autre
Tous les esprits qu'à bas je lui transmis
Des corps humains qu'à l'épée je mis.
A celui jour en la mortelle estorce
Pas n'épargnai ma corporelle force,
Car aux enfers quatre-vingt mil esprits
J'envoyai lors ; et si haut cœur je pris
Que me lançai par les flottes mortelles :
De ce font foi mes plaies corporelles.
Et jà ne faut laisser anéantir
Mes grands combats exécutés en Tyr ;
Et ne convient que le los on me rase
D'avoir passé le haut mont de Caucase.
Un chacun sait que y fus tant employé,
Que tout sous moi fut rasé et ployé.
En Inde fis aborder mon charroi
Triomphamment, où Pyrrhus [14] le fier roi
(A son méchef) de mes bras éprouva
La pesanteur, quand de moi se trouva
Pris et vaincu. Qui plus est, je marchai

En tant de lieux, qu'à la fin détranchai
Le dur rocher où Hercule le fort
Pour le passer en vain mit son effort [15].
Bref, tout battis, et vainquis sans repos,
Jusques à tant que la fière Atropos [16],
Seule cruelle ennemie aux humains,
Mon pouvoir large ôta hors de mes mains.
Et se ainsi est que jadis en maint lieu
Fusse tenu des mondains pour un Dieu,
Et du parti des Dieux immortels né,
De tel erreur pardon leur soit donné :
Car la hauteur de mes faits, et la gloire
Qu'eus en mon temps, les mouvait à ce croire.
Encore plus : tant fus fier belliqueur
Que j'entrepris, et eus vouloir en cœur,
De tout le monde embrasser et saisir,
Si fière mort m'eût prêté le loisir.
Or çà, Minos : je te supplie, demande
A Annibal (puisqu'il me vilipende
De doux plaisirs) si plus il est records
De ses délicts de Capue [17], où son corps
Plus débrisa aux amoureux alarmes
Qu'à soutenir gros bois, haches et armes.
Ne fut sa mort méchante et furibonde,
Quand par dépit de vivre au mortel monde
Fut homicide et bourreau de soi-mêmes,
En avalant les ords venins extrêmes ?
Et pour montrer sa méchance infinie,
Soit demandé au roi de Bithynie
(Dit Prusias) vers lequel s'enfuit,
S'il fut jamais digne de los et bruit.
Un chacun sait qu'il fut le plus pollu
De tous plaisirs, et le plus dissolu :
Et que par fraude et ses trahisons feintes
Il est venu de son nom aux atteintes.
Plusieurs grands faits il fit en maintes terres :
Mais qu'est-ce au prix de mes bruits et tonnerres ?

À tous mortels le cas est évident
Que si jugé n'eusse tout Occident
Être petit ainsi que Thessalie,
J'eusse pour vrai (en vainquant l'Italie)
Tout conquêté sans occision nulle
Jusques au lieu des Colonnes d'Hercule [18].
Mais (pour certain) je n'y daignai descendre :
Car seulement ce haut nom Alexandre
Les fit mes serfs redoutant mes merveilles.
Parquoi, Minos, garde que tu ne vueilles
Devant le mien son honneur préférer.

SCIPION

Entends ainçois ce que veux proférer,
Juge Minos.

MINOS

Comment es-tu nommé ?

SCIPION

Scipion suis l'Africain surnommé [19],
Homme romain, de noble expérience.

MINOS

Or parle donc : je te donne audience.

SCIPION

Certes mon cœur ne veut dire ou penser
Chose pourquoi je désire exaucer
La grand hauteur de mes faits singuliers
Par sus ces deux belliqueux chevaliers :
Car je n'eus onc de vaine gloire envie.

Mais s'il te plaît, Minos, entends ma vie.
Tu sais assez que de mes jeunes ans
Faits vicieux me furent déplaisants,
Et que Vertu je voulus tant chérir
Que tout mon cœur se mit à l'acquérir,
Jugeant en moi science peu valoir,
Si d'un haut vueil, et par ardent vouloir
D'acquérir bruit et renom vertueux,
N'est employée en œuvres fructueux.
Bref, tant aimai Vertu que dès enfance
Je fus nommé des Romains l'espérance.
Car quand plusieurs du Sénat, ébahis
De crainte et peur, à rendre le pays
Par maintes fois furent condescendants,
Je de haut cœur, et assez jeune d'ans,
Saillis en place, ayant le glaive au poing,
Leur remontrant que pas n'était besoin
Que le clair nom, que par peine et vertu
Avions acquis, fut par honte abattu,
Et que celui mon ennemi serait
Qui la sentence ainsi prononcerait.
Lors estimant cela être un présage,
Et que les Dieux pour le grand avantage
Du bien public, m'avaient donné haut cœur
En âge bas, comme un fort belliqueur
Fus élu chef de l'armée romaine ;
Dont sur le champ de bataille inhumaine
Je fis jeter mes bannières au vent,
Et Annibal pressai tant et souvent
Qu'avec bon cœur et bien peu de conduite
Le fis tourner en trop honteuse fuite,
Tant qu'en la main de Rome l'excellente
Serve rendis Carthage l'opulente.
Et toutefois les romains consistoires,
Après mes grands et louables victoires,
Aussi humain et courtois m'ont trouvé
Qu'avant que fusse aux armes éprouvé.

Tous biens mondains prisai moins que petit,
L'amour du peuple était mon appétit,
Et d'acquérir maints vertueux offices
A jeune Prince honnêtes et propices.
Et d'autre part, de Carthage amenai
Maints prisonniers, lorsque j'en retournai
Victorieux ; desquels en la présence
Par moi fut pris le poète Térence[20].
Dont aux Romains mon fait tant agréa
Qu'en plein Sénat censeur on me créa.
Ce fait, Asie et Libye courus ;
D'Égypte et Grèce à force l'amour eus.
Et qu'ainsi soit, sous querelle très juste
Par plusieurs fois ma puissance robuste
Ont éprouvé. Puis je consul voyant
Le nom romain, jadis reflamboyant,
Lors chanceler, soi ternir et abattre,
Pour l'élever fus conquérir et battre
Une cité de force et biens nantie
Dite Numance, ès Espagnes bâtie.
Trop long serait (Minos) l'entier déduire
De mes hauts faits, qu'on verra toujours luire.
Et d'autre part, simple vergogne honneste
D'en dire plus en rien ne m'admoneste.
Parquoi à toi en laisse la choison
Qui sais où sont les termes de raison.
Si t'avertis qu'onques malheur en riens
Ne me troubla ; ne pour comble de biens
Que me donnât la Déesse fatale[21],
Close ne fut ma main très libérale.
Bien l'ont connu, et assez le prouvèrent
Après ma mort ceux qui rien ne trouvèrent
En mes trésors des biens mondains délivres[22],
Fors seulement d'argent quatre-vingts livres.
Des Dieux aussi la bonté immortelle
M'a bien voulu douer de grâce telle
Que cruauté et injustice au bas

Je déjetai, et ne mis mes ébats
Aux vanités, et doux plaisirs menus
De Cupido le mol fils de Vénus,
Dont les déduits et mondaines enquêtes
Nuisantes sont à louables conquêtes.
Tous lesquels mots je ne dis pour tâcher
A leur honneur confondre, ou submarcher,
Ainçois le dis, pour toujours en prouesse
Du nom romain soutenir la hautesse;
Dont tu en as plus ouï référer
Que n'en pourrait ma langue proférer.

LA SENTENCE DE MINOS

Certainement vos martiaux ouvrages
Sont achevés de très ardents courages.
Mais si ainsi est que par vertu doive être
Honneur acquis, raison donne à connaître
Que Scipion jadis fuyant délices,
Et non saillant de Vertu hors des lices,
D'honneur dessert le titre précieux
Devant vous deux, qui fûtes vicieux.
Parquoi jugeons Scipion précéder,
Et Alexandre Annibal excéder.
Et si de nous la sentence importune
Est à vous deux, demandez à Fortune
S'elle n'a pas toujours favorisé
A votre part. Après soit avisé
Au trop ardent et outrageux désir
Qu'eûtes jadis de prendre tout plaisir
A (sans cesser) épandre sang humain
Et ruiner de foudroyante main,
Sans nul propos, la fabrique du monde.
Où Raison faut, Vertu plus n'y abonde.

LES TRISTES VERS DE PHILIPPE BÉROALDE[1],

sur le jour du Vendredi Saint,
translatés de latin en français.

Et se commencent en latin :

VENIT MOESTA DIES,
REDIIT LACHRYMABILE TEMPUS

Or est venu le jour en deuil tourné,
Or est le temps plein de pleurs retourné.
Or sont ce jour les funérailles saintes
De Jésus-Christ célébrées et teintes
D'âpre douleur : soient donque rougissants
Ores nos yeux par larmes d'eux issant[2].
Tous estomacs en griefs vices tombés,
Par coups de poing soient meurtris et plombés.
Quiconques aime, exalte, et qui décore
Le nom de Dieu, et son pouvoir adore,
Couvre son cœur et sensitif exprès
De gros sanglots s'entresuivant de près.
Voici le jour lamentable sur terre,
Le jour qu'on doit marquer de noire pierre.
Pourtant plaisirs, amours, jeux et banquets,
Ris, voluptés, brocards et fins caquets,
Tenez-vous loin, et vienne douleur rude,
Soin, pleurs, soupirs, avec sollicitude.
C'est le jour noir, auquel faut pour pointure
De deuil montrer, porter noire teinture.
Soient donc vêtus de couleur noire et brune
Princes, prélats, et toute gent commune ;
Viennent aussi avec robe de deuil
Jeunes et vieux, en pleurant larmes d'œil ;
Et toute femme, où liesse est aperte,

De noir habit soit vêtue et couverte.
  Rivières, champs, forêts, monts et vallées
Ce jourd'hui soient tristes et désolées.
  Bêtes aussi privées et sauvages
En douleur soient. Par fleuves et rivages
Soient gémissants poissons couverts d'écaille,
Et tous oiseaux peints de diverse taille.
  Les éléments, la terre, et mer profonde,
L'air, et le feu, lune, soleil, et monde,
Le ciel aussi de hauteur excellente,
Et toute chose à présent soit dolente :
Car c'est le jour dolent et doloreux,
Triste, terni, trop rude et rigoreux.
  Maintenant donc faut usurper et prendre
Les larmes d'œil que Héracle[3] sut épandre.
De Xénocrate[4] ou de Crassus doit-on
Avoir la face, et le front de Caton :
La barbe aussi longue, rude et semblable
A celle-là d'un prisonnier coupable.
  Porter ne veuille homme ou femme qui vive
Robe de pourpre ou d'écarlate vive.
Ne soit luisant la chaîne à grosse boucle
Dessus le col, ni l'ardente escarboucle :
Ne veuille aucun autour des doigts cercler
Verte émeraude ou diamant très clair.
Sans peigner soit le poil au chef tremblant,
Et aux cheveux soit la barbe semblant.
Ne soit la femme[5] en son cheminer grave,
Et d'eaux de fard son visage ne lave.
Ne soit sa gorge en blancheur décorée,
Ne d'aucun art sa bouche colorée.
Ne soient les chefs des grands Dames coiffés
D'ornements fins, de gemmes étoffés.
Mais sans porter bracelets ne carcans,
Prennent habits signe de deuil marquant.
  Car c'est le jour auquel le Rédempteur,
De toute chose unique Créateur,

Après tourments, labeurs de corps et veines,
Mille soufflets, flagellements et peines,
Illusions des Juifs inhumains,
Pendit en croix, encloué pieds et mains,
Piquant couronne au digne chef portant,
Et d'amertume un breuvage goûtant.
O jour funèbre, ô lamentable mort,
O cruauté, qui la pensée mord,
De cette gent profane et incrédule !
O fière tourbe, emplie de macule,
Trop plus sujette à rude félonie
Que ours de Libye, ou tigres d'Ircanie [6],
Ne que le sale et cruel domicile
Où s'exerçait tyrannie en Sicile [7] !
Ainsi avez (sacrilèges) mouillé
Vos mains au sang qui ne fut onc souillé :
Et icelui mis à mort par envie,
Qui vous avait donné lumière et vie,
Manoirs et champs de tous biens plantureux,
Puissant empire, et siège bienheureux,
Et qui jadis, en faisant consommer
Pharaon roi dedans la rouge Mer [8],
En liberté remit sous vos monarches
Tous vos parents anciens patriarches.
O crime, ô tache, ô monstre, ô cruel signe,
Dont partout doit apparoir la racine !
O fausse ligne extraite de Judée,
As-tu osé tant être outrecuidée,
De perdre cil qui par siècles plusieurs
T'a préservé par dons supérieurs,
Et t'a instruit en la doctrine exquise
Des saintes lois du prophète Moïse,
En apportant sur le haut des limites
De Sinaï les deux Tables écrites [9],
Pour et afin que obtinsses diadèmes,
Ou digne palme aux régions suprêmes ?
Las ! quels mercis tu rends pour un tel don !

O quel ingrat et contraire guerdon !
Et quel péché se pourrait-il trouver
Semblable au tien ? Point ne te peux laver.
A tous humains certes est impossible
D'en perpétrer encor un si horrible.
Car beau parler, ni foi ferme et antique,
Religion ne vertu authentique
Des Pères saints n'ont su si haut atteindre,
Que ta fureur aies voulu refreindre.
Des vrais disant Prophètes les oracles,
Ne de Jésus les apparents miracles,
De faux conseil ne t'ont su révoquer,
Tant t'es voulu à durté provoquer.
O gent sans cœur, gent de fausse nature,
Gent aveuglée en ta perte future,
En meurtrissant par peines et faiblesses
Un si grand Roi, de ton couteau te blesses :
Et qu'ainsi soit, à présent tu en souffres
Cruelle géhenne en feu, flambes et soufres ;
Si qu'à jamais ton tourment mérité
Vois, et verras ; et ta postérité,
Si elle adhère à ta faute importune,
Se sentira de semblable fortune.
Car il n'y a que lui qui sût purger
Le trop cruel et horrible danger
De mort seconde [10] ; et sans lui n'auront grâce
Vos fils vivants, n'aucune humaine race.
Aucun Juif pour tel faute ancienne
N'a siège, champ, ni maison qui soit sienne.
Et tout ainsi que la forte tourmente
En pleine mer la nacelle tourmente,
Laquelle étant sans mât, sans voile et maistre,
De tous les vents à dextre et à senestre
Est agitée : ainsi êtes, Juifs,
De tous côtés déchassés et fuis,
Vivant toujours sous tributaire règle.
Et tout ainsi que le cygne hait l'aigle,

Le chien le loup, Hannuier[11] le François,
Ainsi chacun, quelque part que tu sois,
Hait, et herra ta fausse progénie,
Pour l'inhumaine et dure tyrannie
Que fis à cil qui tant de biens t'offrit,
Quand Paradis et les Enfers t'ouvrit.
O douce Mort, par salut manifeste
Tu nous repais de viande céleste.
Par toi fuyons le règne plutonique[12],
Par toi gît bas le serpent draconique[13].
Car le jour vient agréable sur terre,
Le jour qu'on doit noter de blanche pierre,
Le jour heureux en trois jours surviendra,
Que Jésus-Christ des Enfers reviendra.
Parquoi, pécheur, dont l'âme est délivrée,
Qui ce jourd'hui portes noire livrée,
Réjouis-toi, prends plaisir pour douleur :
Pour noir habit, rouge et vive couleur ;
Pour pleurs, motets de liesse assignée.
Car c'est le jour d'heureuse destinée,
Qui à Satan prépare affliction,
Et aux mortels sûre salvation.
Donc connaissant le bien de mort amère,
Doux Jésus-Christ, né d'une Vierge mère,
S'il est ainsi que ton pouvoir honore,
S'il est ainsi que de bon cœur t'adore,
S'il est ainsi que j'ensuive ta loi,
S'il est ainsi que je vive en ta foi,
Et, comme crois qu'es aux cieux triomphant,
Secours (hélas !) un chacun tien enfant,
Si qu'en vivant soit en santé la vie,
Et en mourant aux cieux l'âme ravie.

ORAISON CONTEMPLATIVE DEVANT LE CRUCIFIX[1]

Las ! je ne puis ne parler, ne crier,
Doux Jésus-Christ : plaise-toi délier
L'étroit lien de ma langue périe,
Comme jadis fis au vieil Zacharie[2].
La quantité de mes vieux péchés bouche
Mortellement ma pécheresse bouche.
Puis l'ennemi des humains, en péchant,
Est de ma voix les conduits empêchant ;
Si que ne puis pousser dehors le crime
Qui en mon cœur par ma faute s'imprime.
Quand le loup veut (sans le su du berger)
Ravir l'agneau, et fuir sans danger,
De peur du cri le gosier il lui coupe.
Ainsi, quand suis au remords de ma coulpe,
Le faux Satan fait mon parler refreindre,
Afin qu'à toi je ne me puisse plaindre ;
Afin, mon Dieu, qu'à mes maux et périls
N'invoque toi, ne tes saints Esperits,
Et que ma langue, à mal dire apprêtée,
Laquelle m'as pour confesser prêtée,
Taise du tout mon méfait inhumain,
Disant toujours : « Attends jusque à demain. »
Ainsi sans cesse à mal va incitant
Par nouveaux arts mon cœur peu résistant.
O mon Sauveur, trop ma vue est troublée,

Et de te voir j'ai pitié redoublée,
Remémorant celle bénignité
Qui te fit prendre habit d'humanité ;
Voyant aussi de mon temps la grand perte,
Ma conscience a sa puissance ouverte
Pour stimuler et poindre ma pensée,
De ce que j'ai ta hautesse offensée,
Et dont par trop en paresse te sers,
Mal recordant que t'amour ne dessers,
Trop mal piteux quand vois souffrir mon proche
Et à gémir plus dur que fer ne roche.
  Donc, ô seul Dieu, qui tous nos biens accrois,
Descends (hélas) de cette haute croix
Jusques au bas de ce tien sacré temple,
À celle fin que mieux je te contemple.
  Pas n'est si longue icelle voie, comme
Quand descendis du Ciel pour te faire homme :
Si te supplie de me prêter la grâce,
Que tes genoux d'affection j'embrasse,
Et que je sois de baiser avoué
Ce divin pied, qui sur l'autre est cloué.
  En plus haut lieu te toucher ne m'encline,
Car du plus bas je me sens trop indigne.
Mais si par foi suis digne que me voies,
Et qu'à mon cas par ta bonté pourvoies,
Sans me chasser comme non légitime,
De si haut bien trop heureux je m'estime.
Et s'ainsi est que pour soi arroser
De larmes d'œil, on te puisse apaiser,
Je veuil qu'en pleurs tout fondant on me treuve.
Soit le mien chef dès maintenant un fleuve.
Soient mes deux bras ruisseaux, où eau s'épande ;
Et ma poitrine une mer haute et grande.
Mes jambes soient torrent, qui coure roide ;
Et mes deux yeux, deux fontaines d'eau froide,
Pour mieux laver la coulpe de moi-mêmes.
  Et si de pleurs et de sanglots extrêmes

Cure tu n'as, désirant qu'on te serve
A genoux secs, dès ors je me réserve,
Et suis tout prêt, pour plus brève réponce,
D'être plus sec que la pierre de ponce.
   Et d'autre part, si humbles oraisons
Tu aimes mieux, las, par vives raisons
Fais que ma voix soit plus répercussive
Que celle-là d'Écho [3], qui semble vive
Répondre aux gens et aux bêtes farouches :
Et que mon corps soit tout fendu en bouches,
Pour mieux à plein, et en plus de manières
Te rendre grâce, et chanter mes prières.
   Bref, moyen n'est, qui apaiser te face,
Que je ne cherche, afin d'avoir ta grâce ;
Mais tant y a, que si le mien tourment
Au gré de toi n'est assez véhément,
Certes, mon Dieu, tout ce qu'il te plaira,
Je souffrirai, comme cil qui sera
Le tien sujet ; car rien ne veuil souffrir
Que comme tien, qui viens à toi me offrir,
Et à qui seul est mon âme sujette.
   Mon prier donc ennuyeux ne rejette,
Puisque jadis une femme ennuyante [4]
Ne rejetas : qui tant fut suppliante,
Et en ses dits si fort t'importuna,
Qu'à son désir ta bonté ramena,
Pour lui ôter de ces péchés le nombre,
Qui tant faisaient à sa vie d'encombre.
   L'étroite loi que tu as prononcée
Épouvanter pourrait bien ma pensée :
Mais je prends cœur en ta douceur immense,
A qui ta loi donne lieu par clémence.
Et quoique j'aie envers toi tant méfait,
Que si aucun m'en avait autant fait,
Je ne crois pas que pardon lui en fisse,
De toi pourtant je attends salut propice,
Bien connaissant que ta bénignité

Trop plus grande est que mon iniquité.
Tu savais bien que pécher je devoie :
M'as-tu donc fait pour d'Enfer tenir voie ?
Non, mais afin qu'on connût au remède
Que ta pitié toute rigueur excède.
Veux-tu souffrir qu'en ma pensée aiguë
De droit et lois encontre toi arguë ?
Qui d'aucun mal donne l'occasion,
Lui-même fait mal et abusion.
Ce nonobstant, tu as créé les femmes,
Et nous défends d'amours suivre les flammes,
Si l'on ne prend marital sacrement,
Avec l'amour d'une tant seulement :
Certes plus doux tu es aux bêtes toutes,
Quand sous tes lois ne les contrains et boutes.
Pourquoi as-tu produit pour vieil et jeune
Tant de grands biens, puisque tu veux qu'on jeûne ?
Et de quoi sert pain et vin et fruitage,
Si tu ne veux qu'on en use en tout âge ?
Vu que tu fais Terre fertile et grasse,
Certainement tel grâce n'est point grâce ;
Ne celui don n'est don d'aucune chose,
Mais plutôt dam (si ce mot dire j'ose),
Et ressemblons, parmi les biens du monde,
A Tantalus [5], qui meurt de soif en l'onde.
Et d'autre part, si aucun est vénuste,
Prudent et beau, gorgias et robuste
Plus que nul autre, est-ce pas bien raison
Qu'il en soit fier, puisqu'il a l'achoison ?
Tu nous as fait les nuits longues et grandes,
Et toutefois à veiller nous commandes.
Tu ne veux pas que négligence on hante,
Et si as fait mainte chose attrayante
Le cœur des gens à oisive paresse.
Las qu'ai-je dit ? Quelle fureur me presse ?
Perds-je le sens ? Hélas, mon Dieu, refrein
Par ta bonté de ma bouche le frein.

Le dévoyé veuilles remettre en voie,
Et mon injure au loin de moi envoie.
Car tant sont vains mes arguments obliques,
Qu'il ne leur faut réponses ne répliques.
Tu veux que aucuns en pauvreté mendient,
Mais c'est afin qu'en s'excusant ne dient
Que la richesse à mal les a induits;
Et à plusieurs les grands trésors produis,
A celle fin que de dire n'aient garde
Que pauvreté de bien faire les garde.
Tel est ton droit, voire et si crois que pour ce
Tu fis Judas gouverneur de ta bourse [6];
Et au regard du faux Riche [7] inhumain,
Les biens livras en son ingrate main,
A celle fin qu'il n'eût faute de rien,
Quand il voudrait user de mal ou bien.
Mais (ô Jésus) Roi doux et amiable,
Dieu très clément, et juge pitoyable,
Fais qu'en mes ans ta hautesse me donne,
Pour te servir, saine pensée et bonne;
Ne faire rien qu'à ton honneur et gloire,
Tes mandements ouïr, garder et croire,
Avec soupirs, regrets et repentance
De t'avoir fait par tant de fois offence.
Puis quand la vie à Mort donnera lieu,
Las, tire-moi, mon Rédempteur et Dieu,
Là-haut, où joie indicible sentit
Celui Larron qui tard se repentit [8],
Pour et afin qu'en laissant tout moleste,
Je sois rempli de liesse céleste;
Et que t'amour, dedans mon cœur ancrée,
Qui m'a créé, près de toi me recrée.

ÉPÎTRE DE MAGUELONNE

à son Ami Pierre de Provence,
elle étant en son hôpital [1].

SUSCRIPTION DE L'ÉPÎTRE

Messager de Vénus [2], prends ta haute volée,
Cherche le seul amant de cette désolée :
Et quelque part qu'il rie ou gémisse à présent,
De ce piteux écrit fais-lui un doux présent.

La plus dolente et malheureuse femme
Qui onc entra en l'amoureuse flamme
De Cupido, met cette épître en voie,
Et par icelle (ami) salut t'envoie,
Bien connaissant que dépite Fortune,
Et non pas toi, à présent me infortune ;
Car si tristesse avecques dur regret
M'a fait jeter maint gros soupir aigret,
Certes je sais, que d'ennui les alarmes
T'ont fait jeter maintes fois maintes larmes.
O noble cœur, que je voulus choisir
Pour mon amant, ce n'est pas le plaisir
Qu'eûmes alors qu'en la maison royale
Du roi mon père à t'amie loyale
Parlementas, d'elle tout vis-à-vis ;
Si te promets que bien m'était avis,
Que tout le bien du monde, et le déduit
N'était que deuil, près du gracieux fruit
D'un des baisers que de toi je reçus.

Mais nos esprits par trop furent déçus,
Quand tout soudain la fatale Déesse
En deuil mua notre grande liesse,
Qui dura moins que celle de Dido [3].
Car tôt après que l'enfant Cupido [4]
M'eut fait laisser mon père, puissant roi [5],
Vînmes entrer seulets en désarroi
En un grand bois, où tu me descendis,
Et ton manteau dessus l'herbe étendis,
En me disant : « Mamie Maguelonne,
Reposons-nous sur l'herbe qui fleuronne,
Et écoutons du rossignol le chant. »
Ainsi fut fait. Adonc en arrachant
Fleurs et boutons de beauté très insigne,
Pour te montrer de vraie amour le signe,
Je les jetais de toi à l'environ,
Puis devisant m'assis sur ton giron :
Mais en contant ce qu'avions en pensée,
Sommeil me prit, car j'étais bien lassée.
Finablement m'endormis près de toi,
Dont, contemplant quelque beauté en moi [6],
Et te sentant en ta liberté franche,
Tu découvris ma poitrine assez blanche,
Dont de mon sein les deux pommes pareilles
Vis à ton gré, et tes lèvres vermeilles
Baisèrent lors les miennes à désir.
Sans vilainie, en moi pris ton plaisir,
Plus que ravi, voyant ta douce amie
Entre tes bras doucement endormie.
Là tes beaux yeux ne se pouvaient saouler.
Et si disais (pour plus te consoler)
Semblables mots en gémissante haleine :
« O beau Pâris, je ne crois pas que Hélène,
Que tu ravis par Vénus dedans Grèce [7],
Eut de beauté autant que ma maîtresse.
Si on le dit, certes ce sont abus. »
Disant ces mots, tu vis bien que Phébus [8]

Du hâle noir rendait ma couleur teinte,
Dont te levas, et coupas branche mainte,
Que tout autour de moi tu vins étendre
Pour préserver ma face jeune et tendre.
Hélas, Ami, tu ne savais que faire
A me traiter, obéir et complaire,
Comme celui duquel j'avais le cœur.
  Mais cependant, ô gentil belliqueur,
Je dormais fort, et Fortune veillait :
Pour notre mal, las, elle travaillait.
Car quand je fus de mon repos lassée,
En te cuidant donner une embrassée,
Pour mon las cœur grandement consoler,
En lieu de toi, las, je vins accoler
De mes deux bras la flairante ramée
Qu'autour de moi avais mise et semée [9],
En te disant : « Mon gracieux Ami,
Ai-je point trop à votre gré dormi ?
N'est-il pas temps, que d'ici je me lève ? »
  Ce proférant, un peu je me soulève,
Je cherche et cours, je reviens, et puis vois :
Autour de moi je ne vis que les bois ;
Dont maintes fois t'appelai : « Pierre, Pierre,
As-tu le cœur endurci plus que pierre,
De me laisser en cestui bois absconse [10] ? »
  Quand de nully n'eus aucune réponse,
Et que ta voix point ne me réconforte,
A terre chus, comme transie ou morte.
Et quand, après, mes langoureux esprits
De leur vigueur furent un peu surpris,
Semblables mots je dis de cœur et bouche :
  « Hélas, ami, de prouesse la souche,
Où es allé ? Es-tu hors de ton sens,
De me livrer la douleur que je sens
En ce bois plein de bêtes inhumaines ?
M'as-tu ôté des plaisances mondaines
Que je prenais en la maison mon père

Pour me laisser en ce cruel repaire ?
Las ! qu'as-tu fait, de t'en partir ainsi ?
Penses-tu bien que puisse vivre ici ?
Que t'ai-je fait, ô cœur lâche et immonde ?
  Se tu étais le plus noble du monde,
Ce vilain tour si rudement te blesse,
Qu'ôter te peut le titre de noblesse.
  O cœur rempli de fallace et feintise,
O cœur plus dur que n'est la roche bise,
O cœur plus faux qu'oncques naquit de mère !
  Mais réponds-moi à ma complainte amère.
Me promis-tu en ma chambre parée,
Quand te promis suivre jour et serée,
De me laisser en ce bois en dormant ?
Certes tu es le plus cruel amant
Qui oncques fut, d'ainsi m'avoir fraudée.
Ne suis-je pas la seconde Médée ?
Certes oui ; et à bonne raison
Dire te puis être l'autre Jason [11]. »
  Disant ces mots, d'un animé courage,
Te vais quérant, comme pleine de rage,
Parmi les bois, sans douter nuls travaux.
Et sur ce point rencontrai nos chevaux
Encor liés, paissant l'herbe nouvelle,
Dont ma douleur renforce et renouvelle :
Car bien connus que de ta voulenté
D'avecques moi ne t'étais absenté.
Si commençai, comme de douleur teinte,
Plus que devant faire telle complainte :
  « Or vois-je bien (Ami) et bien appert,
Que maulgré toi en cestui bois désert
Suis demeurée. O Fortune indécente,
Ce n'est pas or, ne de l'heure présente,
Que tu te prends à ceux de haute touche,
Et aux loyaux. Quel rancune te touche ?
Es-tu d'envie entachée et pollue,
Dont notre amour n'a été dissolue ?

O cher ami, ô cœur doux et bénin,
Que n'ai-je pris d'Atropos [12] le venin
Avecques toi ? Voulais-tu que ma vie
Fût encor plus cruellement ravie ?
Je te promets qu'oncques à créature
Il ne survint si piteuse aventure.
Et à tort t'ai nommé, et sans raison,
Le déloyal, qui conquit la toison [13] :
Pardonne-moi, certes je m'en repens.
O fiers lions et venimeux serpents,
Crapauds enflés et toutes autres bêtes,
Courez vers moi, et soyez toutes prêtes
De dévorer ma jeune tendre chair,
Que mon ami n'a pas voulu toucher
Qu'avec honneur. » Ainsi morne demeure
Par trop crier, et plus noire que meure [14],
Sentant mon cœur plus froid que glace ou marbre.
Et de ce pas montai dessus un arbre
A grand labeur. Lors la vue s'épart
En la forêt : mais en chacune part
Je n'entends que les voix très hideuses
Et hurlements des bêtes dangereuses.
De tous côtés regardais, pour savoir
Si le tien corps pourrais apercevoir :
Mais je ne vis que celui bois sauvage,
La mer profonde et périlleux rivage,
Qui durement fit mon mal empirer.
Là demeurai, non pas sans soupirer,
Toute la nuit : ô Vierge très hautaine,
Raison y eut, car je suis très certaine
Qu'oncques Thisbé [15], qui à la mort s'offrit
Pour Pyramus, tant de mal ne souffrit.
En évitant que les loups d'aventure
De mon corps tien ne fissent leur pâture,
Toute la nuit je passai sans dormir,
Sur ce grand arbre, où ne fis que gémir.
Et au matin, que la claire Aurora [16]

En ce bas monde éclairci le jour a,
Me descendis[17], triste, morne et pâlie,
Et nos chevaux en pleurant je délie,
En leur disant : « Ainsi comme je pense
Que votre maître au loin de ma présence
S'en va errant par le monde en émoi,
C'est bien raison que (comme lui et moi)
Alliez seulets par bois, plaine, et campagne. »
  Adonc rencontre une haute montagne ;
Et de ce lieu, les pèlerins errants
Je pouvais voir, qui tiraient sur les rangs
Du grand chemin de Rome sainte et digne.
Lors devant moi vis une pèlerine,
A qui donnai mon royal vêtement
Pour le sien pauvre ; et dès lors promptement
La tienne amour si m'incita grand erre
A te chercher en haute mer et terre :
Où maintes fois de ton nom m'enquérais,
Et Dieu tout bon souvent je requérais,
Que de par toi je fusse rencontrée.
  Tant cheminai que vins en la contrée
De Lombardie, en souci très amer.
Et de ce lieu me jetai sur la mer,
Où le bon vent si bien la nef avance,
Qu'elle aborda au pays de Provence :
Où mainte gent, en allant, me raconte
De ton départ ; et que ton père, comte
De ce pays, durement s'en contriste.
Ta noble mère en a le cœur si triste
Qu'en désespoir lui conviendra mourir.
  Penses-tu point doncques nous secourir ?
Veux-tu laisser cette pauvre loyale,
Née de sang et semence royale,
En cette simple et misérable vie ?
Laquelle, encor de ton amour ravie,
En attendant de toi aucun rapport,
Un hôpital a bâti sur un port

Dit de saint Pierre [18], en bonne souvenance
De ton haut nom ; et là prend sa plaisance
A gouverner, à l'honneur du haut Dieu,
Pauvres errants malades en ce lieu :
Où j'ai bâti ces miens tristes écrits,
En amertume, en pleurs, larmes et cris,
Comme peux voir qu'ils sont faits et tissus.
Et si bien vois la main dont sont issus,
Ingrat seras, si en cet hôpital
Celle qui t'a donné son cœur total
Tu ne viens voir ; car Virginité pure
Te gardera, sans aucune rompure :
Et de mon corps seras seul jouissant.
  Mais s'ainsi n'est, mon âge florissant
Consumerai sans joie singulière
En pauvreté, comme une Hospitalière.
  Doncques (ami) viens-moi voir, de ta grâce.
Car tiens-toi sûr qu'en cette pauvre place
Je me tiendrai, attendant des nouvelles
De toi qui tant mes regrets renouvelles [19].

RONDEAU,

DUQUEL LES LETTRES CAPITALES PORTENT LE NOM DE L'AUTEUR [20]

Comme Dido, qui moult se courrouça,
Lorsqu'Enéas seule la délaissa
En son pays : tout ainsi Maguelonne
Mena son deuil. Comme très sainte et bonne
En l'hôpital toute sa fleur passa.

Nulle Fortune oncques ne la blessa.
Toute constance en son cœur amassa,
Mieux espérant ; et ne fut point félonne,
    Comme Dido.

Aussi celui qui toute puissance a
Renvoya cil qui au bois la laissa
Où elle était ; mais, quoiqu'on en blasonne,
Tant eut de deuil que le monde s'étonne
Que d'un couteau son cœur ne transperça,
Comme Dido [21].

ÉPÎTRES

I

L'ÉPÎTRE DU DÉPOURVU, À MADAME LA DUCHESSE D'ALENÇON ET DE BERRY, SŒUR UNIQUE DU ROI [1]

Si j'ai empris en ma simple jeunesse
De vous écrire, ô très haute Princesse,
Je vous supplie, que par douceur humaine
Me pardonnez : car Bon Vouloir, qui mène
Le mien désir, me donna espérance
Que votre noble et digne préférence
Regarderait par un sens très illustre
Que petit feu ne peut jeter grand lustre.
Autre raison qui me induit et inspire
De plus en plus le mien cas vous écrire,
C'est qu'une nuit ténébreuse et obscure,
Me fut avis que le grand dieu Mercure [2],
Chef d'éloquence, en partant des hauts cieux,
S'en vint en terre apparaître à mes yeux,
Tenant en main sa verge et caducée
De deux serpents par ordre entrelacée ;
Et quand il eut sa face célestine,
Qui des humains la mémoire illumine,
Tournée à moi, contenance ne geste

Ne pus tenir, voyant ce corps céleste,
Qui d'une amour entremêlée de ire
Me commença semblables mots à dire.

MERCURE
en forme de rondeau :

Mille douleurs te feront soupirer,
Si en mon art tu ne veux inspirer
Le tien esprit par cure diligente :
Car bien peu sert la Poésie gente,
Si bien et los on n'en veut attirer.

Et se autrement tu n'y veux aspirer,
Certes, Ami, pour ton deuil empirer,
Tu souffriras des fois plus de cinquante
Mille douleurs.

Donc si tu quiers au grand chemin tirer
D'honneur et bien, veuille toi retirer
Vers d'Alençon la Duchesse excellente[3],
Et de tes faits (tels qu'ils sont[4]) lui présente,
Car elle peut te garder d'endurer
Mille douleurs.

L'AUTEUR

Après ces mots, ses ailes ébranla,
Et vers les cours célestes s'en alla
L'éloquent dieu : mais à peine fut-il
Monté au ciel par son voler subtil
Que dedans moi (ainsi qu'il me sembla)
Tout le plaisir du monde s'assembla.
Les bons propos, les raisons singulières
Je vais cherchant, et les belles matières,
A celle fin de faire œuvre duisante
Pour dame tant en vertus reluisante.
Que dirai plus ? certes les miens esprits
Furent dès lors comme de joie épris :

Bien disposés d'une veine subtile
De vous écrire en un souverain style.
Mais tout soudain, dame très vertueuse,
Vers moi s'en vint une vieille hideuse,
Maigre de corps, et de face blêmie,
Qui se disait de Fortune ennemie.
Le cœur avait plus froid que glace ou marbre,
Le corps tremblant comme la feuille en l'arbre,
Les yeux baissés, comme de peur étreinte,
Et s'appelait par son propre nom Crainte.
Laquelle lors d'un vouloir inhumain
Me fit saillir la plume hors la main,
Que sur papier tôt je voulais coucher,
Pour au labeur mes esprits empêcher ;
Et tous ces mots de me dire prit cure,
Mal consonant à ceux du dieu Mercure.

CRAINTE
parlant en forme de rondeau :

Trop hardiment entreprends et méfais,
O toi tant jeune. Oses-tu bien tes faits
Si mal bâtis présenter devant celle
Qui de savoir toutes autres précelle ?
Mal peut aller, qui charge trop grand faix.

Tous tes labeurs ne sont que contrefaits
Auprès de ceux des orateurs parfaits
Qui craignent bien de s'adresser à elle
Trop hardiment.

Si ton sens faible avisait les forfaits
Aisés à faire en tes simples effets,
Tu dirais bien que petite nacelle
Trop plus souvent que la grande chancelle.
Et pour autant, regarde que tu fais
Trop hardiment.

L'AUTEUR

Ces mots finis, demeure mon semblant
Triste, transi, tout terni, tout tremblant,
Sombre, songeant, sans sûre soutenance,
Dur d'esperit, dénué d'espérance,
Mélancolic, morne, marri, musant,
Pâle, perplex, peureux, pensif, pesant,
Faible, failli, foulé, fâché, forclus,
Confus, courcé. Croire Crainte conclus [5],
Bien connaissant que vérité disait
De celle-là que tant elle prisait.
Dont je perds cœur, et audace me laisse.
Crainte me tient, Doute me mène en laisse :
Plus dur devient le mien esprit qu'enclume.
Si ruai jus encre, papier et plume,
Voire, et de fait proposais de non tistre
Jamais pour vous rondeau, lai ou épistre,
Si n'eût été que sur cette entreprise
Vint arriver (à tout sa barbe grise)
Un bon vieillard, portant chère joyeuse,
Confortatif, de parole amoureuse,
Bien ressemblant homme de grand renom,
Et s'appelait Bon Espoir par son nom :
Lequel, voyant cette femme tremblante,
Autre que humaine (à la voir) ressemblante,
Vouloir ainsi mon malheur pourchasser,
Fort rudement s'efforce à la chasser,
En me incitant d'avoir hardi courage
De besogner, et faire à ce coup rage.
Puis folle Crainte, amie de Souci
Irrita fort, en s'écriant ainsi.

BON ESPOIR
parlant en forme de ballade :

Va-t'en ailleurs, fausse Vieille dolente,
Grande ennemie à Fortune et Bonheur,

Sans fourvoyer par ta parole lente
Ce pauvre humain hors la voie d'honneur ;
Et toi, ami, crois-moi, car guerdonneur
Je te ferai, si craintif ne te sens :
Crois donc Mercure, emploie tes cinq sens,
Cœur et esprit et fantaisie toute
A composer nouveaux mots et récents
En déchassant crainte, souci et doute.

Car celle-là vers qui tu as entente
De t'adresser est pleine de liqueur
D'humilité, cette vertu patente,
De qui jamais vice ne fut vainqueur.
Et outre plus, c'est la dame de cœur
Mieux excusant les esperits et sens
Des écrivains, tant soient-ils innocents,
Et qui plutôt leurs misères déboute.
Si te supplie, à mon vueil condescends,
En déchassant crainte, souci et doute.

Est-il possible, en vertu excellente
Qu'un corps tout seul puisse être possesseur
De trois beaux dons, de Juno l'opulente,
Pallas, Vénus [6] ? Oui : car je suis sûr
Qu'elle a prudence, avoir, beauté, douceur,
Et des vertus encor plus de cinq cents.
Parquoi, ami, si tes dits sont décents,
Tu connaîtras (et de ce ne te doute)
A quel honneur viennent adolescents [7]
En déchassant crainte, souci et doute.

Envoi

Homme craintif, tenant rentes et cens
Des Muses, crois, si jamais tu descends
Au val de peur, qui hors d'espoir te boute,

Mal t'en ira : pource à moi te consens
En déchassant crainte, souci et doute.

LE DÉPOURVU

En ce propos grandement travaillai
Jusques à tant qu'en sursaut m'éveillai,
Un peu devant qu'Aurora, la fourrière
Du clair Phébus[8], commençât mettre arrière
L'obscurité nocturne sans séjour,
Pour éclaircir la belle aube du jour.
Si me souvint tout à coup de mon songe,
Dont la plupart n'est fable ne mensonge.
A tout le moins pas ne fut mensonger
Le Bon Espoir, qui vint à mon songer :
Car vérité fit en lui apparaître
Par les vertus qu'en vous il disait être.
Or ai-je fait au vueil du dieu Mercure,
Or ai-je pris la hardiesse et cure
De vous écrire à mon petit pouvoir,
Me confiant aux paroles d'Espoir,
Le bon vieillard, vrai confort des craintifs,
A droit nommé repaisseur des chétifs,
Car repu m'a toujours sous bonne entente
En la forêt nommée Longue Attente :
Voire et encor de m'y tenir s'attend,
Si votre grâce envers moi ne s'étend.
Parquoi convient qu'en espérant je vive,
Et qu'en vivant tristesse me poursuive.
Ainsi je suis poursui[9], et poursuivant
D'être le moindre et plus petit servant
De votre hôtel (magnanime Princesse) ;
Ayant espoir que la vôtre noblesse
Me recevra, non pour aucune chose
Qui soit en moi pour vous servir enclose ;
Non pour prier, requête ou rhétorique,
Mais pour l'amour de votre Frère unique,

Roi des Français, qui à l'heure présente
Vers vous m'envoie, et à vous me présente
De par Pothon [10], gentihomme honorable.
En me prenant, Princesse vénérable,
Dire pourrai, que la nef opportune
Aura tiré de la mer d'infortune,
Maulgré les vents, jusque en l'île d'Honneur
Le pèlerin exempté de bonheur;
Et si aurai par un ardent désir
Cœur et raison de prendre tout plaisir
A éveiller mes esperits indignes
De vous servir, pour faire œuvres condignes,
Tels qu'il plaira à vous, très haute Dame,
Les commander; priant de cœur et d'âme
Dieu tout puissant, de tous humains le Père,
Vous maintenir en fortune prospère,
Et dans cent ans prendre l'âme à merci,
Partant du corps sans douleur ne souci.

II

L'ÉPÎTRE DU CAMP D'ATIGNY, À MADITE DAME D'ALENÇON [1]

SUSCRIPTION

Lettre mal faite et mal écrite,
Vole de par cet écrivant
Vers la plus noble Marguerite
Qui soit point au monde vivant.

La main tremblant dessus la blanche carte
Me vois souvent. La plume loin s'écarte,
L'encre blanchit, et l'esperit prend cesse,
Quand j'entreprends (très illustre Princesse)
Vous faire écrit. Et n'eusse pris l'audace,

Mais Bon Vouloir, qui toute paour efface,
M'a dit : « Crains-tu à écrire soudain
Vers celle-là, qui oncques en dédain
Ne prit tes faits ? » Ainsi à l'étourdi
Me suis montré (peut-être) trop hardi,
Bien connaissant néanmoins que la faute
Ne vient sinon d'entreprise trop haute.
Mais je m'attends que sous votre recueil
Sera connu le zèle de mon vueil.
Or est ainsi, Princesse magnanime,
Qu'en haut honneur et triomphe sublime
Est florissant, en ce camp où nous sommes,
Le conquérant des cœurs des gentilshommes.
C'est Monseigneur [2], par sa vertu loyale
Élu en chef de l'armée royale ;
Où l'on a vu de guerre maints ébats,
Aventuriers émouvoir gros combats
Pour leur plaisir sur petites querelles,
Glaives tirer et briser alumelles,
S'entrenavrant de façon fort étrange :
Car le cœur ont si très haut qu'en la fange
Plutôt mourront que fuir à la lice ;
Mais Monseigneur, en y mettant police,
A défendu de ne tirer épée,
Si on ne veut avoir la main coupée.
Ainsi piétons n'osent plus dégainer,
Dont sont contraints au poil s'entretraîner,
Car sans combattre ils languissent en vie ;
Et crois (tout sûr) qu'ils ont trop plus d'envie
D'aller mourir en guerre honnêtement
Que demeurer chez eux oisivement.
Ne pensez pas, dame où tout bien abonde,
Qu'on puisse voir plus beaux hommes au monde.
Car (à vrai dire) il semble que Nature
Leur ait donné corpulence et facture
Ainsi puissante, avec le cœur de mêmes,
Pour conquérir sceptres et diadèmes

En mer, à pied, sur coursiers ou genêts ;
Et ne déplaise à tous nos lansquenets[3],
Qui ont le bruit de tenir aucun ordre,
Mais à ceux-ci n'a point tant à remordre.
Et qui d'entre eux l'honnêteté demande,
Voise orendroit voir de Mouy[4] la bande
D'aventuriers issus de nobles gens.
Nobles sont-ils, pompeux et diligents,
Car chacun jour au camp sous leur enseigne
Font exercice, et l'un à l'autre enseigne
A tenir ordre, et manier la pique,
Ou le verdun, sans prendre noise ou pique.
De l'autre part, sous ses fiers étendards
Mène Boucal[5] mille puissants soudards
Qui aiment plus débats et grosses guerres
Qu'un laboureur bonne paix en ses terres.
Et que ainsi soit, quand rudement se battent,
Avis leur est proprement qu'ils s'ébattent.
D'autre côté voit-on le plus souvent
Lorges[6] jeter ses enseignes au vent,
Pour ses piétons faire usiter aux armes,
Lorsque viendront les périlleux vacarmes.
Grands hommes sont en ordre triomphant,
Jeunes, hardis, roides comme éléphants,
Fort bien armés, corps, têtes, bras et gorges.
Aussi dit-on : les hallecrets de Lorges.
Puis de Mouy les nobles et gentils,
Et de Boucal les hommes peu craintifs.
Bref, Hercules[7], Montmoreau[8] et Dasnières[9]
Ne font pas moins triompher leurs bannières.
Si que deçà on ne saurait trouver
Homme qui n'ait désir de s'éprouver,
Pour acquérir par haut œuvre bellique
L'amour du Roi, le vôtre frère unique.
Et par ainsi, en bataille ou assaut,
N'y aura cil qui ne prenne cœur haut,
Car la plupart si hardiment ira

Que tout le reste au choc s'enhardira.
De jour en jour une campagne verte
Voit-on ici de gens toute couverte,
La pique au poing, les tranchantes épées
Ceintes à droit, chaussures découpées,
Plumes au vent, et hauts fifres sonner
Sus gros tambours, qui font l'air résonner ;
Au son desquels, d'une fière façon,
Marchent en ordre, et font le limaçon [10],
Comme en bataille, afin de ne faillir,
Quand leur faudra défendre ou assaillir,
Toujours criant : « Les ennemis sont nôtres ! »
Et en tel point sont les six mil apôtres
Délibérés sous l'épée Saint Pol [11],
Sans que aucun d'eux se montre lâche ou mol.
Souventes fois par devant la maison
De Monseigneur viennent à grand foison
Donner l'aubade à coups de haquebutes,
D'un autre accord qu'épinettes ou flûtes.
Après oit-on sur icelle prairie
Par grand terreur bruire l'artillerie,
Comme canons doubles et raccourcis,
Chargés de poudre et gros boulets massifs,
Faisant tel bruit qu'il semble que la terre
Contre le ciel veuille faire la guerre.
Voilà comment (Dame très renommée)
Triomphamment est conduite l'armée,
Trop mieux aimant combattre à dure outrance,
Que retourner (sans coup férir) en France.
De Monseigneur, qui écrire en voudrait,
Plus clair esprit que le mien y faudrait.
Puis je sens bien ma plume trop rurale
Pour exalter sa maison libérale,
Qui à chacun est ouverte et patente.
Son cœur tant bon gentilshommes contente,
Son bon vouloir gens de guerre entretient,
Sa grand vertu bonne justice tient,

Et sa justice en guerre la paix fait,
Tant que chacun va disant (en effet) :
« Voici celui tant libéral et large
Qui bien mérite avoir royale charge.
C'est celui-là qui toujours en ses mains
Tient et tiendra l'amour de tous humains :
Car puis le temps de César dit Auguste,
On n'a point vu prince au monde plus juste ! »
Tel est le bruit qui de lui court sans cesse
Entre le peuple et ceux de la noblesse,
Qui chacun jour honneur faire lui viennent
Dedans sa chambre, où maints propos se tiennent,
Non pas d'oiseaux, de chiens, ne leur abois :
Tous leurs devis, ce sont haches, gros bois,
Lances, harnais, étendards, gouffanons,
Salpêtre, feu, bombardes et canons ;
Et semble avis, à les ouïr parler,
Qu'oncques ne fut mémoire de baller.
Bien écrirais encores autre chose,
Mais mieux me vaut rendre ma lettre close
En cet endroit : car les Muses entendent
Mon rude style, et du tout me défendent
De plus rien dire, afin qu'en cuidant plaire,
Trop long écrit ne cause le contraire.
Et pour autant (Princesse cordiale,
Tige partant de la fleur liliale)
Je vous supplie cette épître en gré prendre,
Me pardonnant de mon trop entreprendre,
Et m'estimer (si peu que le dessers)
Toujours du rang de vos très humbles serfs.
Priant celui, qui les âmes heurées,
Fait triompher aux maisons sidérées,
Que son vouloir et souverain plaisir
Soit mettre à fin votre plus haut désir.

III

ÉPÎTRE EN PROSE À LADITE DAME, TOUCHANT L'ARMÉE DU ROI EN HAINAUT

Ici voit-on (très illustre Princesse) du Roi la triomphante armée ; qui, un mercredi (comme savez), s'attendant avoir la bataille, par paroles persuadantes à le bien servir éleva le cœur de ses gens à si volontaire force que alors ils eussent non seulement combattu, mais foudroyé le reste du monde pour ce jour : auquel fut vue la hautesse de cœur de maints Chevaliers, qui par ardent désir voulurent pousser en la flotte des ennemis, lorsqu'en diffamée fuite tournèrent, laissant grand nombre des leurs ruinés en la campagne par impétueux orage d'artillerie ; dont fut atteint le Bâtard d'Aimery [1] si au vif que le lendemain finit ses jours à Valenciennes. Après peut-on voir des anciens capitaines la rusée conduite ; de leurs gens d'armes la discipline militaire observée ; l'ardeur des aventuriers, et l'ordre des Suisses, avec le triomphe général de l'armée gallicane : dont la vue seulement a meurtri l'honneur de Hainaut, comme le Basilic [2] premier voyant l'homme mortel. Autre chose (ma souveraine Dame) ne voyons-nous qui ne soit lamentable, comme pauvres femmes désolées errantes (leurs enfants au col) au travers du pays dépouillé de verdure par le froid hivernal, qui jà les commence à poindre ; puis s'en vont chauffer en leurs villes, villages et châteaux mis à feu, combustion et ruine totale, par vengeance réciproque : voire vengeance si confuse et universelle que nos ennemis propres font passer pitié devant nos yeux. Et en telle misérable façon, cette impitoyable Serpente la Guerre a obscurci l'air pur et net, par poudre de terre sèche, par salpêtre et poudre artificielle, et par fumée causée de bois mortel ardent en feu (sans eau de grâce) inextinguible. Mais notre espoir par deçà est que les prières d'entre vous, nobles princesses, monteront si avant ès chambres célestes que au moyen d'icelles la très sacrée fille de Jésus-Christ, nommée Paix, descendra trop plus luisante que le soleil, pour illuminer les régions galliques. Et lors sera votre noble sang hors du danger d'être épandu sur les mortelles plaines. D'autre part, aux cœurs des jeunes dames et damoiselles, entrera certaine espérance du retour désiré de leurs maris ; et vivront pauvres laboureurs sûrement en leurs habitacles, comme prélats en chambres bien nattées. Ainsi, bien heurée Princesse, espérons-nous la non assez soudaine venue de Paix : qui toutefois peut finablement revenir en dépit de Guerre cruelle ; comme témoigne Minfant[3] en sa *Comédie de Fatale Destinée*, disant :

Paix engendre Prospérité ;
De Prospérité vient Richesse ;
De Richesse, Orgueil, Volupté ;
D'Orgueil, Contention sans cesse ;
Contention la Guerre adresse ;
La Guerre engendre Pauvreté ;
La Pauvreté, Humilité ;
D'Humilité revient la Paix.
Ainsi retournent humains faits.

Voilà comment (au pis aller, dont Dieu nous gard) peut revenir celle précieuse Dame, souvent appelée par la nation française dedans les temples divins, chantant : « Seigneur, donne-nous paix[4]. » Laquelle nous veuille de bref envoyer icelui Seigneur et Rédempteur Jésus, qui vous doint heureuse vie transitoire, et enfin éternelle.

IV

ÉPÎTRE À LA DAMOISELLE NÉGLIGENTE DE VENIR VOIR SES AMIS

Ne pense pas, très gente damoiselle,
Ne pense pas que l'amour et vrai zèle
Que te portons jamais finisse et meure
Pour ta trop longue et fâcheuse demeure.
Fâcheuse est-elle au moins en nos endroits.
Mais ores quand quarante ans te tiendrois
Loin de nos yeux, si aurait-on (pour voir)
Records de toi et deuil de ne te voir :
Car le long temps ne l'absence lointaine
Vaincre ne peut l'amour vraie et certaine.
Si t'avisons, notre Amie très chère,
Que par-deçà ne se fait bonne chère,
Que de t'avoir on ne fasse un souhait.
Si l'un s'en rit, si l'autre est à son hait,
Si l'un s'ébat, si l'autre se récrée,
Sitôt qu'on tient propos qui nous agrée,
Tant que le cœur de plaisir nous sautelle,
« Plût or à Dieu (ce dit l'un) qu'une telle
Fût or ici. » L'autre dit : « Plût à Dieu
Qu'un ange l'eût transportée en ce lieu.
— Mais plût à Dieu (dit l'autre) que Astarot [1]
L'apportât saine, aussitôt qu'un garrot. »
Voilà comment, pour ta fort bonne grâce,
Il n'y a cil qui son souhait ne face
D'être avec toi : et ne pouvons savoir
Pourquoi ne viens tes amis deçà voir.
Le chemin n'est ni fâcheux, ni crotté ;
En moins d'avoir dit un *Obsecro te* [2],
En nos quartiers tu serais arrivée :
Pourquoi donc es de nous ainsi privée ?
Possible n'est que bien t'excuser susses.

Bref, nous voudrions qu'aussi haut voler pusses
Que le haut mont d'Olympe ou Parnassus ;
Ou qu'eusses or le cheval Pégasus [3],
Qui te portât volant par les provinces ;
Ou qu'à présent à ton vouloir tu tinsses
Par le licol, par queue, ou par collet
Le bon cheval du gentil Pacollet [4] ;
Ou que ton pied fût aussi léger doncques
Que biche, ou cerf, que le Roi chassa oncques ;
Ou que de là jusque ici courût eau,
Qui devers nous te menât en bateau.
Lors n'aurais-tu bonne excuse jamais,
Mais saurait-on si en oubli tu mets
Les tiens Amis. Car adonc ne tiendroit,
Fors seulement au bon vouloir et droit,
Et à l'amour, qui aux gens donne soin
De venir voir les Amis au besoin ;
Quoiqu'envers toi n'avons peur qu'elle faille,
Mais prions Dieu qu'excuse te défaille,
Afin qu'amour, qui onc ne te laissa,
A nos désirs t'amène par-deçà.

V

L'ÉPÎTRE DES JARTIÈRES [1] BLANCHES

De mes couleurs [2], ma nouvelle alliée,
Etre ne peut votre jambe liée,
Car couleurs n'ai, et n'en porterai mie,
Jusques à tant que j'aurai une amie,
Qui me teindra le seul blanc, que je porte,
En ses couleurs de quelque belle sorte.
Plût or à Dieu, pour mes douleurs éteindre,
Que vous eussiez vouloir de les me teindre :
C'est qu'il vous plût pour ami me choisir

D'aussi bon cœur que j'en ai bon désir.
Que dis-je, ami ? Mais pour humble servant,
Quoique ne soie un tel bien desservant.
Mais quoi ? au fort, par loyaument servir
Je tâcherai à bien le desservir.
Bref, pour le moins, tout le temps de ma vie
D'une autre aimer ne me prendrait envie.
Et par ainsi quand ferme je serais,
Pour prendre noir, le blanc je laisserais :
Car fermeté c'est le noir par droiture,
Pource que perdre il ne peut sa teinture.
  Or porterai le blanc, ce temps pendant,
Bonne Fortune en amour attendant.
Si elle vient, elle sera reçue
Par loyauté dedans mon cœur conçue.
S'elle ne vient, de ma voulenté franche,
Je porterai toujours livrée blanche.
C'est celle-là que j'aime le plus fort
Pour le présent ; vous avisant, au fort,
Si j'aime bien les blanches ceinturettes,
J'aime encor mieux dames qui sont brunettes [3].

VI

PETITE ÉPÎTRE AU ROI [1]

  En m'ébattant je fais rondeaux en rime,
Et en rimant bien souvent je m'enrime :
Bref, c'est pitié d'entre nous rimailleurs,
Car vous trouvez assez de rime ailleurs,
Et quand vous plaît, mieux que moi rimassez [2].
Des biens avez et de la rime assez.
Mais moi, à tout ma rime et ma rimaille,
Je ne soutiens (dont je suis marri) maille.
  Or ce me dit (un jour) quelque rimart :
« Viens çà, Marot, trouves-tu en rime art

Qui serve aux gens, toi qui as rimassé ?
— Oui vraiment (réponds-je) Henri Macé[3] ;
Car, vois-tu bien, la personne rimante,
Qui au jardin de son sens la rime ente,
Si elle n'a des biens en rimoyant,
Elle prendra plaisir en rime oyant.
Et m'est avis que si je ne rimois
Mon pauvre corps ne serait nourri mois,
Ne demi-jour. Car la moindre rimette,
C'est le plaisir, où faut que mon ris mette. »
Si vous supplie, qu'à ce jeune rimeur
Fassiez avoir un jour par sa rime heur.
Afin qu'on die, en prose, ou en rimant :
« Ce rimailleur, qui s'allait enrimant,
Tant rimassa, rima et rimonna,
Qu'il a connu quel bien par rime on a. »

VII

ÉPÎTRE
POUR LE CAPITAINE BOURGEON, À MONSIEUR DE LA ROCQUE[1]

Comme à celui en qui plus fort j'espère,
Et que je tiens pour père et plus que père,
A vous me plains par cet écrit léger
Que je ne puis de Paris déloger,
Et si en ai vouloir tel comme il faut...
Mais quoi ? C'est tout : la reste me défaut,
J'entends cela qui m'est le plus duisant.
Mais que me vaut d'aller tant devisant ?
Venons au point : vous savez, sans reproche,
Que suis boiteux, au moins comment je cloche :
Mais je ne sais si vous savez comment
Je n'ai cheval[2], ne mule, ne jument.
Parquoi, Monsieur, je le vous fais savoir,

A celle fin que m'en fassiez avoir ;
Ou il faudra (la chose est toute seure)
Que voise à pied, ou bien que je demeure.
Car en finer je ne m'attends d'ailleurs.
Raison pourquoi ? Il n'est plus de bailleurs[3],
Sinon de ceux lesquels dormiraient bien.
Si vous supplie, le très cher seigneur mien,
Baillez assez, mais ne veuillez dormir.
  Quand Désespoir me veut faire gémir,
Voici comment bien fort de lui me moque :
« O Désespoir, crois que sous une rocque,
Rocque bien ferme, et pleine d'assurance,
Pour mon secours est cachée Espérance :
Si elle en sort, te donnera carrière,
Et pource donc recule-toi arrière. »
  Lors Désespoir s'en va saignant du nez.
Mais ce n'est rien, si vous ne l'échinez ;
Car autrement jamais ne cessera
De tourmenter le bourgeon, qui sera
Toujours bourgeon, sans Raisin[4] devenir,
S'il ne vous plaît de lui vous souvenir.

VIII

ÉPÎTRE
FAITE POUR LE CAPITAINE RAISIN, AUDIT SEIGNEUR DE LA ROCQUE

  En mon vivant je ne te fis savoir
Chose de moi, dont tu dusses avoir
Ennui ou deuil ; mais pour l'heure présente,
Très cher seigneur, il faut que ton cœur sente,
Par amitié, et par cette écriture,
Un peu d'ennui de ma male aventure.
Et m'attends bien qu'en maint lieu où iras
A mes amis cette épître liras.

Je ne veux pas aussi que tu leur cèles ;
Mais leur diras : « Amis, j'ai des nouvelles
D'un malheureux que Vénus la déesse
A forbanni de soulas et liesse. »
Tu diras vrai, car maux me sont venus
Par le vouloir de impudique Vénus.
Laquelle fit tant par mer que par terre
Sonner un jour contre femmes la guerre :
Où trop tôt s'est maint chevalier trouvé,
Et maint grand homme à son dam éprouvé ;
Maint bon courtaut [1] y fut mis hors d'haleine,
Et maint mouton y laissa de sa laine [2].
Bref, nul ne peut (soit par feu, sang ou mine)
Gagner profit en guerre féminine :
Car leur ardeur est âpre le possible,
Et leur harnais haut et bas invincible.
Quant est de moi, jeunesse pauvre et sotte
Me fit aller en cette dure flotte
Fort mal garni de lances et écus.
Semblablement, le gentil dieu Bacchus
M'y amena, accompagné d'andouilles,
De gros jambons, de verres et gargouilles,
Et de bon vin versé en maint flacon.
Mais je y reçus si grand coup de faucon [3],
Qu'il me fallit soudain faire la poule,
Et m'enfuir (de peur) hors de la foule.
Ainsi navré, je contemple et remire
Où je pourrais trouver souverain mire ;
Et, prenant cœur autre que de malade,
Vins circuir les limites d'Arcade,
La Terre Neuve, et la grand Tartarie,
Tant qu'à la fin me trouvai en Surie [4].
Où un grand Turc [5] me vint au corps saisir
Et, sans avoir à lui fait déplaisir,
Par plusieurs jours m'a si très bien frotté
Le dos, les reins, les bras et le côté,
Qu'il me convint gésir en une couche,

Criant les dents, le cœur, aussi la bouche,
Disant : « Hélas, ô Bacchus, puissant dieu,
M'as-tu mené exprès en ce chaud lieu,
Pour voir à l'œil moi, le petit Raisin,
Perdre le goût de mon proche cousin [6] ?
Si une fois puis avoir allégeance,
Certainement j'en prendrai bien vengeance :
Car je ferai une armée légère
Tant seulement de lances de fougère,
Camp de taverne, et pavois de jambons,
Et bœuf salé, qu'on trouve en mangeant bons,
Tant que du choc rendrai tes flacons vides,
Si tu n'y mets grand ordre et bonnes guides. »
Ainsi j'élève envers Bacchus mon cœur,
Pource qu'il m'a privé de sa liqueur,
Me faisant boire en chambre bien serrée
Fade tisane, avecques eau ferrée,
Dont souvent fais ma grand soif étancher.
Voilà comment (ô Monseigneur tant cher)
Sous l'étendard de Fortune indignée
Ma vie fut jadis prédestinée.
En fin d'écrit, bien dire le te veuil,
Pour adoucir l'aigreur de mon grand deuil.
(Car deuil caché en déplaisant courage
Cause trop plus de douleur et de rage
Que quand il est par paroles hors mis,
Ou déclaré par lettre à ses Amis.)
Tu es des miens le meilleur éprouvé :
Adieu celui que tel j'ai bien trouvé.

IX

MAROT À MONSIEUR BOUCHART [1], DOCTEUR EN THÉOLOGIE

Donne réponse à mon présent affaire,
Docte Docteur. Qui t'a induit à faire

Emprisonner, depuis six jours en çà,
Un tien ami, qui onc ne t'offensa ?
Et vouloir mettre en lui crainte et terreur
D'aigre justice, en disant que l'erreur
Tiens de Luther ? Point ne suis Luthériste [2],
Ne Zwinglien [3], et moins Anabaptiste [4] :
Je suis de Dieu par son fils Jésus-Christ.
Je suis celui qui ai fait maint écrit
Dont un seul vers on n'en saurait extraire
Qui à la Loi divine soit contraire.
Je suis celui qui prends plaisir et peine
A louer Christ et sa Mère tant pleine
De grâce infuse [5] ; et pour bien l'éprouver,
On le pourra par mes écrits trouver.
Bref, celui suis qui croit, honore et prise
La sainte, vraie et catholique Eglise [6].
Autre doctrine en moi ne veux bouter :
Ma loi est bonne. Et si ne faut douter
Qu'à mon pouvoir ne la prise et exauce,
Vu qu'un Païen prise la sienne fausse.
Que quiers-tu donc, ô Docteur catholique ?
Que quiers-tu donc ? As-tu aucune pique
Encontre moi ? ou si tu prends saveur
A me trister dessous autrui faveur [7] ?
Je crois que non ; mais quelque faux entendre [8]
T'a fait sur moi telle rigueur étendre.
Doncque, refreins de ton courage l'ire.
Que plût à Dieu qu'ores tu pusses lire
Dedans ce corps de franchise interdit :
Le cœur verrais autre qu'on ne t'a dit.
A tant me tais, cher Seigneur notre Maître [9],
Te suppliant à ce coup ami m'être.
Et si pour moi à raison tu n'es mis,
Fais quelque chose au moins pour mes amis,
En me rendant par une horsboutée
La liberté, laquelle m'as ôtée.

X

ÉPÎTRE
À SON AMI LION[1]

Je ne t'écris de l'amour vaine et folle :
Tu vois assez s'elle sert ou affole.
Je ne t'écris ne d'armes ne de guerre :
Tu vois qui peut bien ou mal y acquerre[2].
Je ne t'écris de Fortune puissante :
Tu vois assez s'elle est ferme ou glissante[3].
Je ne t'écris d'abus trop abusant :
Tu en sais prou, et si n'en vas usant.
Je ne t'écris de Dieu ne sa puissance :
C'est à lui seul t'en donner connaissance.
Je ne t'écris des Dames de Paris :
Tu en sais plus que leurs propres maris.
Je ne t'écris qui est rude ou affable,
Mais je te veux dire une belle fable[4] :
C'est assavoir du Lion et du Rat.
Cestui lion, plus fort qu'un vieux verrat[5],
Vit une fois que le rat ne savait
Sortir d'un lieu, pour autant qu'il avait
Mangé le lard[6] et la chair toute crue.
Mais ce lion (qui jamais ne fut grue)
Trouva moyen, et manière, et matière,
D'ongles et dents, de rompre la ratière ;
Dont maître rat échappe vitement.
Puis mit à terre un genou gentement,
Et en ôtant son bonnet de la tête,
A mercié mille fois la grand bête :
Jurant le dieu des souris et des rats
Qu'il lui rendrait. Maintenant tu verras
Le bon du conte. Il advint d'aventure
Que le lion, pour chercher sa pâture,
Saillit dehors sa caverne et son siège ;

Dont (par malheur) se trouva pris au piège,
Et fut lié contre un ferme poteau.
  Adonc le rat, sans serpe ne couteau,
Y arriva joyeux et ébaudi,
Et du lion (pour vrai) ne s'est gaudi;
Mais dépita chats, chattes et chatons,
Et prisa fort rats, rates et ratons,
Dont il avait trouvé temps favorable
Pour secourir le lion secourable;
Auquel a dit : « Tais-toi, lion lié,
Par moi seras maintenant délié;
Tu le vaux bien, car le cœur joli as.
Bien y parut, quand tu me délias.
Secouru m'as fort lionneusement,
Or secouru seras rateusement. »
  Lors le lion ses deux grands yeux vêtit,
Et vers le rat les tourna un petit,
En lui disant : « O pauvre verminière,
Tu n'as sur toi instrument, ne manière,
Tu n'as couteau, serpe, ne serpillon,
Qui sût couper corde, ne cordillon,
Pour me jeter de cette étroite voie.
Va te cacher, que le chat ne te voie.
  — Sire Lion (dit le fils de souris)
De ton propos (certes) je me souris.
J'ai des couteaux assez, ne te soucie,
De bel os blanc plus tranchant qu'une scie :
Leur gaine, c'est ma gencive, et ma bouche.
Bien couperont la corde qui te touche
De si très près : car j'y mettrai bon ordre. »
  Lors sire Rat va commencer à mordre
Ce gros lien; vrai est qu'il y songea
Assez longtemps; mais il le vous rongea
Souvent, et tant, qu'à la parfin tout rompt.
Et le lion de s'en aller fut prompt,
Disant en soi : « Nul plaisir (en effet)
Ne se perd point, quelque part où soit fait. »

Voilà le conte en termes rimassés :
Il est bien long, mais il est vieil assez,
Témoin Ésope, et plus d'un million.
   Or viens me voir, pour faire le lion ;
Et je mettrai peine, sens et étude
D'être le rat, exempt d'ingratitude ;
J'entends, si Dieu te donne autant d'affaire
Qu'au grand lion : ce qu'il ne veuille faire.

COMPLAINTES

I

COMPLAINTE
DU BARON DE MALLEVILLE [1], PARISIEN,

QUI AVEC L'AUTEUR SERVIT JADIS DE SECRÉTAIRE
MARGUERITE DE FRANCE SŒUR UNIQUE DU ROI
ET FUT TUÉ DES TURCS À BARUTH [2]

À LA TERRE [3]

O Terre basse, où l'homme se conduit,
Réponds (hélas) à ma demande triste :
Où est le corps que tu avais produit,
Dont le départ me tourmente et contriste ?
L'avais-tu fait tant bon, tant beau, tant miste,
Pour de son sang teindre les dards pointus
Des Turcs maudits ? Las, ils n'en ont point eus
De plus aimant vrai honneur que icelui ;
Qui mieux aima là mourir en vertus
Qu'en déshonneur suivre plusieurs battus.
Tel vit encor qui est plus mort que lui.

À LA MER

O cruauté de impétueuses vagues,
Mer variable, où toute crainte abonde,

Cause mouvant, dont trop cruelles dagues
L'ont fait périr de mort tant furibonde.
Si haut désir de connaître le monde
T'avait transmis si gentil personnage,
Las ! fallait-il qu'en la fleur de son âge
Par-devers toi si rudement le prinses,
Sans plus revoir la cour des nobles Princes,
Où tant il est à présent regretté ?
O mer amère, aux mordantes espinces ;
Certainement, ce qu'arrêtes et pinces,
Au gré de tous est trop bien arrêté.

À NATURE

Hélas, Nature, où est la bonne grâce
Dont tu le fis luire par ses effets ?
Formé l'avais beau de corps et de face,
Doux en parler, et constant en ses faits.
D'honnêteté était l'un des parfaits,
Car en fuyant les piquants épinettes
D'oisiveté, flûtes et épinettes
Bruire faisait en très douce accordance.
Du luz sonnait motets et chansonnettes.
Danser savait avec et sans sonnettes.
Las, or est-il à sa dernière danse.

À LA MORT[4]

Las, or est-il à sa dernière danse,
Où toi, la Mort, lui as fait sans soulas
Faire faux pas et mortelle cadence[5],
Sous dur rebec sonnant le grand hélas.
Quant est du corps, vrai est que meurtri l'as,
Mais de son bruit[6], où jamais n'eut frivole,
Maulgré ton dard, par tout le monde il vole,
Toujours croissant, comme lys qui fleuronne.
Touchant son âme, immortelle couronne

Lui a donné celui pour qui mourut ;
Mais quelque bien encor que Dieu lui donne,
Je suis contraint par amour, qui l'ordonne,
Le regretter, et maudire Baruth.

À FORTUNE

Fortune, hélas, muable et déréglée,
Qui du palud de Malheur viens et sors,
Bien as montré que tu es aveuglée,
D'avoir jeté sur lui tes rudes sorts ;
Car si tes yeux de inimitié consorts,
Eusses ouverts pour bien apercevoir
Les grands vertus qu'on lui a vu avoir,
Pitié t'eût mue à le retenir seur.
Mais tu ne veux de toi-même rien voir,
Pour aux humains faire mieux assavoir
Que plus te plaît cruauté que douceur.

MAROT CONCLUT

La Terre dit qu'à bon droit peut reprendre
Ce qu'elle a fait, quoi qu'on ait desservi.
La Mer répond que sain le sut bien rendre
En terre ferme, où soudain fut ravi.
Nature dit que Mort a l'*audivi*[7]
Par-dessus elle, et qu'en rien ne peut mais.
La Mort répond que les plus grands jamais
N'épargnera. Et Fortune l'infâme
Dit qu'elle est née à faire tort et blâme.
Laissons-la donc en sa coutume vile ;
Et supplions le fils de Notre Dame,
Qu'enfin ès cieux il nous fasse voir l'âme
Du feu baron, dit Jehan de Malleville.
Amen

II

COMPLAINTE D'UNE NIÈCE, SUR LA MORT DE SA TANTE

O que je sens mon cœur plein de regret,
Quand souvenir ma pensée réveille
D'un deuil caché au plus profond secret
Du mien esprit, qui pour se plaindre veille !
Seigneurs lisant, n'en soyez en merveille,
Ains vos douleurs à la mienne unissez ;
Ou pour le moins, ne vous ébahissez,
Si ma douleur est plus qu'autre profonde ;
Mais tous ensemble étonnez-vous assez
Comment je n'ai en mon cœur amassés
Tous les regrets qui furent onc au monde [1].

Tous les regrets qui furent onc au monde,
Venez saisir la dolente nièce,
Qui a perdu, par fière mort immonde,
Tante, et attente, et entente et liesse.
Perdu (hélas) gît son corps. Et qui est-ce ?
Jane Bonté [2], des meilleures de France :
De qui la vie éloignait de souffrance
Mon triste cœur, et le logeait aussi
Au parc de Joie, et au clos d'Espérance.
Mais, las, sa mort bâtit ma demeurance
Au bois de Deuil, à l'ombre de Souci [3].

Au bois de Deuil, à l'ombre de Souci,
N'étais, au temps de sa vie prospère.
Mon soulas gît sous cette terre ici,
Et de le voir plus au monde n'espère.
O Mort mordant [4], ô impropre impropère,
Pourquoi, hélas, ton dard ne fléchissait,
Quand son vouloir au mien elle unissait

Par vraie amour naturelle et entière ?
Mon cœur ailleurs ne pense, ne pensoit,
Ne pensera. Doncques (quoi qu'il en soit)
Si je me plains, ce n'est pas sans matière[5].

Si je me plains, ce n'est pas sans matière,
Vu que trop fut horrible cet orage,
De convertir en terrestre fumière
Ce corps, qui seul a navré maint courage.
Hélas, c'était celle tant bonne et sage,
A qui jadis le Prince des hauts Cieux
Voulut livrer le don tant précieux
D'honnêteté, en cœur constant et fort.
Mais dard mortel de ce fut envieux ;
Dont plus ne vient plaisir devant mes yeux,
Tant ai d'ennui, et tant de déconfort[6].

Tant ai d'ennui, et tant de déconfort,
Que plus n'en puis ; donc en bois ou montaigne,
Nymphes, laissez l'eau qui de terre sort.
Maintenant faut qu'en larmes on se baigne.
Pourquoi cela ? pour de votre compaigne
Pleurer la mort. Mort l'est venu saisir :
Pleure, Rouen, pleure ce déplaisir,
En douleur soit tant plaisante demeure !
Et qui aura de soi trister désir,
Vienne avec moi, qui n'ai autre plaisir,
Fors seulement l'attente que je meure[7].

Fors seulement l'attente que je meure,
Rien ne me peut alléger ma douleur ;
Car sous cinq points incessamment demeure,
Qui m'ont contrainte aimer noire couleur.
Deuil tout premier me plonge en son malheur,
Ennui sur moi emploie son effort,
Souci me tient sans espoir de confort,

Regret après m'ôte liesse pleine,
Peine me suit, et toujours me remord.
Par ainsi j'ai, pour une seule mort,
Deuil et ennui, souci, regret et peine.

ÉPITAPHES

I

DE JANE BONTÉ

Ci est le corps Jane Bonté bouté :
L'esprit au ciel est par bonté monté.

II

DE LONGUEIL [1], HOMME DOCTE

O viateur, ci-dessous gît Longueil.
A quoi tient-il que ne mènes long deuil,
Quand tu entends sa vie consommée?
N'as-tu encor entendu Renommée
Par les climats, qui son renom insigne
Va publiant à voix, trompe et buccine?
Si as pour vrai; mais si grande est la gloire
Qu'en as ouï, que tu ne le peux croire.
  Va lire donc (pour en être assuré)
Ses beaux écrits de style mesuré [2] :
Lors seulement ne croiras son haut prix,
Mais apprendras, tant sois-tu bien appris.

Si te sera son bruit tout véritable,
Et la grandeur de ses faits profitable.

III

DE FEU HONNÊTE PERSONNE, LE PETIT ARGENTIER PAULMIER D'ORLÉANS [1]

Ci-gît le corps d'un petit argentier,
Qui eut le cœur si bon, large et entier,
Qu'en son vivant n'assembla bien aucun,
Fors seulement l'amitié de chacun :
Laquelle gît avec lui (comme pense)
Et a laissé pour toute récompense
A ses amis le regret de sa mort.
Doncque, passant, si pitié te remord,
Ou si ton cœur quelque deuil en reçoit,
Souhaite-lui (à tout le moins) qu'il soit
Autant aimé de Dieu tout pur et monde
Comme il était du misérable monde.

IV

DE MAÎTRE ANDRÉ LE VOUST, MÉDECIN DU DUC D'ALENÇON [1]

Celui qui prolongeait la vie des humains,
A la sienne perdue, au dommage de maints.
Hélas, c'était le bon feu maître André le Voust,
Jadis Alençonnais, ores pâture et goût
De terrestre vermine : et ores revêtu
De cercueil et de tombe, et jadis de vertu.
Or est mort médecin du bon duc d'Alençon :
A Nature ainsi faut tous payer la rançon.

V

DE NOBLE DAMOISELLE PARISIENNE, KATHERINE BUDÉ [1]

Mort a ravi Katherine Budé.
Ci-gît le corps : hélas, qui l'eût cuidé ?
Elle était jeune, en bon point, belle et blanche :
Tout cela chet, comme fleurs de la branche.
N'y pensons plus. Voire, mais du renom
Que elle mérite, en dirai-je rien ? Non.
Car du mari les larmes pour le moins
De sa bonté sont suffisants témoins.

VI

DE COQUILLART [1] : ET DE SES ARMES À TROIS COQUILLES D'OR

La morre [2] est jeu pire que aux quilles,
Ne que aux échets, ne qu'au quillart.
A ce méchant jeu Coquillart
Perdit sa vie et ses coquilles.

VII

DE FRÈRE JEHAN LEVÊQUE, CORDELIER, NATIF D'ORLÉANS

Ci-gît, repose, et dort léans
Le feu Evêque d'Orléans :
J'entends l'Évêque en son surnom,
Et frère Jehan en propre nom.
Qui mourut l'an cinq cent et vingt,

De la vérole qui lui vint [1].
Or afin que Saintes et Anges
Ne prennent ces boutons étranges,
Prions Dieu, qu'au frère frappart
Il donne quelque chambre à part.

VIII

DE JEHAN LE VEAU [1]

Ci-gît le jeune Jehan le Veau,
Qui en sa grandeur et puissance
Fût devenu bœuf ou taureau :
Mais la mort le prit dès enfance.
Il mourut veau par déplaisance :
Qui fut dommage à plus de neuf,
Car on dit (vu sa corporance)
Que ce eût été un maître bœuf.

IX

DE GUION LE ROI [1], QUI S'ATTENDAIT D'ÊTRE PAPE AVANT QUE MOURIR

Ci-gît Guion, Pape jadis, et Roi :
Roi de surnom, Pape par fantaisie,
Non marié, de peur (comme je crois)
D'être cocu ou d'avoir jalousie.
Il préféra bon vin et malvoisie
Et chair salée à sa propre santé.
Or est-il mort la face cramoisie :
Dieu te pardoint, pauvre *Pater sante*.

X

DE JOUAN LE FOL DE MADAME [1]

Je fus Jouan [2], sans avoir femme,
Et fol jusque à la haute gamme.
Tous fols, et tous jouant aussi,
Venez pour moi prier ici,
L'un après l'autre, et non ensemble :
Car le lieu serait (ce me semble)
Un petit bien étroit pour tous ;
Et puis s'on ne parlait tout doux,
Tant de gens me rompraient mon somme.
  Au surplus, quand quelque sage homme
Viendra mon épitaphe lire,
J'ordonne (s'il se prend à rire)
Qu'il soit des fols maître passé.
Faut-il rire d'un trépassé ?

XI

DE FRÈRE ANDRÉ, CORDELIER

Ci-gît, qui assez mal prêchait,
Par ces femmes tant regretté,
Frère André, qui les chevauchait,
Comme un grand âne débâté.

XII

DE FEU MAÎTRE PIERRE DE VILLIERS [1]

Ci-gît feu Pierre de Villiers,
Jadis fin entre deux milliers,

Et secrétaire de renom
De François premier de ce nom.
Si sagement vivre soulait
Que jamais être ne voulait
(Combien qu'il fût vieil charié)
Prêtre, ne mort, ne marié,
De peur qu'il ne chantât l'office,
De peur qu'il n'entrât en service,
Et de peur d'être enseveli.
Et de fait, je tiens tant de li[2],
Ou au moins partout le bruit a,
Que des trois, les deux évita :
Car jamais on ne le vit être
Au monde marié, ne prêtre.
Mais de mort, ma foi, je crois bien
Qu'il l'est, depuis ne sais combien.
Les deux il sut bien échapper,
Mais le tiers le sut bien happer,
Mil cinq cent un et vingt et quatre :
Non pas happer, mais si bien battre
Qu'il dort encor ici dessous.
De ses péchés soit-il absous.

XIII

DE JEHAN SERRE[1], EXCELLENT JOUEUR DE FARCES

Ci-dessous gît et loge en serre
Ce très gentil fallot Jehan Serre,
Qui tout plaisir allait suivant,
Et grand joueur en son vivant,
Non pas joueur de dés ne quilles,
Mais de belles farces gentilles.
Auquel jeu jamais ne perdit,
Mais y gagna bruit et crédit,

Amour et populaire estime,
Plus que d'écus, comme j'estime.
Il fut en son jeu si adextre,
Qu'à le voir on le pensait estre
Ivrogne, quand il se y prenait,
Ou badin, s'il l'entreprenait.
Et n'eût su faire en sa puissance
Le sage : car à sa naissance
Nature ne lui fit la trogne
Que d'un badin ou d'un ivrogne.
Toutefois je crois fermement
Qu'il ne fit onc si vivement
Le badin qui rit ou se mord,
Comme il fait maintenant le mort.
Sa science n'était point vile,
Mais bonne : car en cette ville
Des tristes tristeur détournait,
Et l'homme aise en aise tenait.
Or bref, quand il entrait en salle
Avec une chemise sale,
Le front, la joue et la narine
Toute couverte de farine,
Et coiffé d'un béguin d'enfant,
Et d'un haut bonnet triomphant,
Garni de plumes de chapons,
Avec tout cela, je réponds
Qu'en voyant sa grâce niaise
On n'était pas moins gai ni aise,
Qu'on est aux champs Élysiens.
O vous, humains Parisiens,
De le pleurer pour récompense
Impossible est : car quand on pense
A ce qu'il soulait faire et dire,
On ne se peut tenir de rire.
Que dis-je ? on ne le pleure point ?
Si fait-on. Et voici le point :
On en rit si fort en maints lieux

Que les larmes viennent aux yeux.
Ainsi, en riant on le pleure,
Et en pleurant on rit à l'heure[2].
   Or pleurez, riez votre saoul,
Tout cela ne lui sert d'un sou :
Vous feriez beaucoup mieux (en somme)
De prier Dieu pour le pauvre homme.

BALLADES

I

DES ENFANTS SANS SOUCI [1]

Qui sont ceux-là qui ont si grand envie
Dedans leur cœur, et triste marrisson,
Dont, cependant que nous sommes en vie,
De maître Ennui n'écoutons la leçon ?
Ils ont grand tort, vu qu'en bonne façon
Nous consommons notre florissant âge.
Sauter, danser, chanter à l'avantage,
Faux envieux, est-ce chose qui blesse ?
Nenni (pour vrai) mais toute gentillesse,
Et gai vouloir, qui nous tient en ses lacs.
Ne blâmez point doncques notre jeunesse,
Car noble cœur ne cherche que soulas.

Nous sommes drus, chagrin ne nous suit mie.
De froid souci ne sentons le frisson.
Mais de quoi sert une tête endormie ?
Autant qu'un bœuf dormant près du buisson.
Languards piquant plus fort qu'un hérisson,
Et plus reclus qu'un vieil corbeau en cage,
Jamais d'autrui ne tiennent bon langage,
Toujours s'en vont songeant quelque finesse :

Mais entre nous, nous vivons sans tristesse,
Sans mal penser, plus aises que prélats.
D'en dire mal c'est doncques grand simplesse,
Car noble cœur ne cherche que soulas.

Bon cœur, bon corps, bonne physionomie,
Boire matin, fuir noise et tanson ;
Dessus le soir, pour l'amour de s'amie
Devant son huis la petite chanson ;
Trancher du brave, et du mauvais garçon,
Aller de nuit, sans faire aucun outrage :
Se retirer, voilà le tripotage ;
Le lendemain recommencer la presse.
Conclusion, nous demandons liesse :
De la tenir jamais ne fûmes las.
Et maintenons que cela est noblesse :
Car noble cœur ne cherche que soulas.

ENVOI

Prince d'amour, à qui devons hommage,
Certainement c'est un fort grand dommage,
Que nous n'avons en ce monde largesse
Des grands trésors de Juno la déesse
Pour Vénus suivre, et que dame Pallas [2]
Nous vint après réjouir en vieillesse,
Car noble cœur ne cherche que soulas.

II

LE CRI DU JEU DE L'EMPIRE D'ORLÉANS [1]

Laissez à part vos vineuses tavernes,
Museaux ardents, de rouge enluminés.
Renjeunissez, saillez de vos cavernes,
Vieux accroupis, par âge exanimés.

Voici les jours qui sont déterminés
A blasonner, à dégorger et dire ;
Voici le temps, que suppôts de l'Empire
Doivent par droit leurs coutumes tenir.
Si voulez donc passer le temps et rire,
N'y envoyez, mais pensez de venir.

Harnais, chevaux, fifres, tambours et trompes,
Riches habits et grands bragues avoir,
Ce ne sont pas de l'Empire les pompes :
Leurs mots, leur jeu, c'est cela qu'il[2] faut voir.
Qui voudra donc des nouvelles savoir,
Qui ne saura des folies cent mille,
Qui ne saura mainte abusion vile,
Sans trop piquer, l'en ferons souvenir :
Pourtant, seigneurs de cette noble ville,
N'y envoyez, mais pensez de venir.

N'ayez pas peur, Dames gentes, mignonnes,
Qu'en nos papiers on vous veuille coucher ;
Chacun sait bien qu'êtes belles et bonnes,
On ne saurait à vos honneurs toucher :
Qui est morveux, si se voise moucher.
Venez, venez, Sots, Sages, Fols et Folles,
Vous musequins, qui tenez les écoles
De caqueter, faire, et entretenir,
Pour bien juger, que c'est de nos paroles,
N'y envoyez, mais pensez de venir.

ENVOI

Prince, le temps et le terme s'approche,
Qu'Empiriens par-dessus la Basoche[3]
Triompheront, pour honneur maintenir :
Toutes et tous, si trop fort on ne cloche,
N'y envoyez, mais pensez de venir.

III

D'UN QU'ON APPELAIT FRÈRE LUBIN [1]

Pour courir en poste à la ville,
Vingt fois, cent fois, ne sais combien :
Pour faire quelque chose vile,
Frère Lubin le fera bien.
Mais d'avoir honnête entretien
Ou mener vie salutaire,
C'est à faire à un bon chrétien.
Frère Lubin ne le peut faire.

Pour mettre (comme un homme habile)
Le bien d'autrui avec le sien,
Et vous laisser sans croix ne pile,
Frère Lubin le fera bien.
On a beau dire : « je le tien »,
Et le presser de satisfaire,
Jamais ne vous en rendra rien.
Frère Lubin ne le peut faire.

Pour débaucher par un doux style
Quelque fille de bon maintien,
Point ne faut de vieille subtile,
Frère Lubin le fera bien.
Il prêche en théologien,
Mais pour boire de belle eau claire,
Faites-la boire à votre chien,
Frère Lubin ne le peut faire.

ENVOI

Pour faire plus tôt mal que bien,
Frère Lubin le fera bien :

Et si c'est quelque bon affaire,
Frère Lubin ne le peut faire.

IV

DE SOI-MÊME, DU TEMPS QU'IL APPRENAIT À ÉCRIRE AU PALAIS, À PARIS

Musiciens à la voix argentine,
Dorénavant comme un homme éperdu
Je chanterai plus haut qu'une buccine :
« Hélas ! si j'ai mon joli temps perdu [1]. »
Puisque je n'ai ce que j'ai prétendu,
C'est ma chanson, pour moi elle est bien due :
Or je vais voir si la guerre est perdue,
Ou s'elle pique ainsi qu'un hérisson.
Adieu vous dis, mon maître Jehan Grisson,
Adieu Palais, et la Porte Barbette [2],
Où j'ai chanté mainte belle chanson
Pour le plaisir d'une jeune fillette.

Celle qui c'est, en jeunesse est bien fine,
Où j'ai été assez mal entendu.
Mais si pour elle encore je chemine,
Parmi les pieds je puisse être pendu :
C'est trop chanté, sifflé, et attendu
Devant sa porte, en passant par la rue.
Et mieux vaudrait tirer à la charrue
Qu'avoir tel peine : ou servir un maçon.
Bref, si jamais j'en tremble de frisson,
Je suis content qu'on m'appelle Caillette [3].
C'est trop souffert de peine et marrisson
Pour le plaisir d'une jeune fillette.

Je quitte tout, je donne, je résigne
Le don d'aimer, qui est si cher vendu.

Je ne dis pas que je me détermine
De vaincre Amour, cela m'est défendu :
Car nul ne peut contre son arc tendu.
Mais de souffrir chose si mal congrue,
Par mon serment, je ne suis plus si grue.
On m'a appris tout par cœur ma leçon :
Je crains le guet, c'est un mauvais garçon ;
Et puis de nuit trouver une charrette :
Vous vous cassez le nez comme un glaçon
Pour le plaisir d'une jeune fillette.

ENVOI

Prince d'amour régnant dessous la nue,
Livre-la moi en un lit toute nue,
Pour me payer de mes maux la façon,
Ou la m'envoie à l'ombre d'un buisson :
Car s'elle était avecque moi seulette,
Tu ne vis onc mieux planter le cresson,
Pour le plaisir d'une jeune fillette.

V

À MADAME LA DUCHESSE D'ALENÇON [1] : LAQUELLE IL SUPPLIE D'ÊTRE COUCHÉ EN SON ÉTAT

Princesse au cœur noble et rassis,
La fortune que j'ai suivie
Par force m'a souvent assis
Au froid giron de triste vie :
De m'y seoir encor me convie,
Mais je réponds (comme fâché) :
« D'être assis je n'ai plus d'envie.
Il n'est que d'être bien couché [2]. »

Je ne suis point des excessifs
Importuns, car j'ai la pépie :
Dont suis au vent comme un châssis,
Et debout ainsi qu'une espie.
Mais s'une fois en la copie
De votre état je suis marché[3],
Je crierai plus haut qu'une pie :
« Il n'est que d'être bien couché. »

L'un soutient contre cinq ou six
Qu'être accoudé, c'est musardie.
L'autre, qu'il n'est que d'être assis
Pour bien tenir chère hardie.
L'autre dit que c'est mélodie
D'un homme debout bien fiché :
Mais quelque chose que l'on die,
Il n'est que d'être bien couché.

ENVOI

Princesse de vertu remplie,
Dire puis (comme j'ai touché)
Si promesse m'est accomplie :
« Il n'est que d'être bien couché. »

VI

D'UN AMANT FERME EN SON AMOUR, QUELQUE RIGUEUR QUE SA DAME LUI FASSE

Près de toi m'a fait arrêter
Amour, qui toujours me remord :
Mais d'en partir faut m'apprêter,
Sans y poursuivre ma mort.
Bel Accueil[1], qui m'a ri, me mord
Et tourne ma joie en détresse,

Pour avoir quis en trop haut port
Première et dernière maîtresse.

Ha mon cœur, que vois regretter,
Tu cherches trop heureux confort.
Faible suis pour te conquêter
Un château de si grand effort :
Si vivras-tu loyal et fort,
Et combien que rigueur t'oppresse,
Je veux que la tiennes (au fort)
Première et dernière maîtresse.

Première, car d'autre accointer
Ne me vint oncques en record.
Et dernière, car la quitter
Jamais je ne serai d'accord.
Première me serre, et entord :
Dernière peut m'ôter de presse.
Bref, elle m'est (soit droit, ou tort)
Première et dernière maîtresse.

ENVOI

Adieu donc, cœur de noble apport,
Taché d'ingratitude expresse.
Adieu, du servant sans support
Première et dernière maîtresse.

VII

DE LA NAISSANCE DE MONSEIGNEUR LE DAUPHIN [1]

Quand Neptunus [2], puissant Dieu de la mer,
Cessa d'armer caraques et gallées,
Les Gallicans [3] bien le durent aimer

Et réclamer ses grands ondes salées,
Car il voulut en ces basses vallées
Rendre la mer de la Gaule hautaine
Calme et paisible ainsi qu'une fontaine :
Et pour ôter matelots de souffrance,
Faire nager en cette eau claire et saine
Le beau Dauphin tant désiré en France.

Nymphes des bois, pour son nom sublimer
Et estimer, sur la mer sont allées.
Si furent lors, comme on peut présumer,
Sans écumer les vagues ravalées ;
Car les forts vents eurent gorges halées,
Et ne soufflaient, sinon à douce haleine :
Dont mariniers voguaient en la mer pleine
Sans craindre en rien des orages l'outrance,
Bien prévoyant la paix que leur amène
Le beau Dauphin tant désiré en France.

Monstres marins vit-on lors assommer,
Et consommer tempêtes dévalées,
Si que les nefs sans crainte d'abîmer
Nageaient en mer à voiles avalées.
Les grands poissons faisaient sauts et hulées,
Et les petits, d'une voix fort sereine,
Doucettement avecques la Sereine [4]
Chantaient au jour de sa noble naissance :
« Bien soit venu en la mer souveraine
Le beau Dauphin tant désiré en France. »

ENVOI

Prince marin, fuyant œuvre vilaine,
Je te supplie, garde que la baleine
Au célerin plus ne fasse nuisance,
Afin qu'on aime en cette mer mondaine
Le beau Dauphin tant désiré en France.

VIII

DU TRIOMPHE D'ARDRES ET GUIGNES, FAIT PAR LES ROIS DE FRANCE ET D'ANGLETERRE [1]

Au camp des rois les plus beaux de ce monde
Sont arrivés trois riches étendards.
Amour tient l'un, de couleur blanche et monde,
Triomphe l'autre avecques ses soudards,
Vivement peint de couleur célestine :
Beauté après en sa main noble et digne
Porte le tiers, teint de vermeille sorte.
Ainsi chacun richement se comporte,
Et en tel ordre et pompe primeraine
Sont venus voir la royale cohorte
Amour, Triomphe et Beauté souveraine.

En ces beaux lieux plus tôt que vol d'aronde
Vient celle Amour des célestines parts,
Et en apporte une vive et claire onde,
Dont elle éteint les fureurs du dieu Mars.
Avecques France, Angleterre enlumine,
Disant : « Il faut qu'en ce camp je domine » ;
Puis à son vueil fait bon guet à la porte,
Pour empêcher que Discorde n'apporte
La pomme d'or [2], dont vint guerre inhumaine :
Aussi afin que seulement en sorte
Amour, Triomphe et Beauté souveraine.

Pas ne convient que ma plume se fonde
A rédiger du Triomphe les arcs,
Car de si grands en hautesse profonde
N'en firent onc les belliqueurs Césars.
Que dirai plus ? richesse tant insigne
A tous humains bien démontre et désigne
Des deux partis la puissance très forte.

Bref, il n'est cœur qui ne se réconforte
En ce pays, plus qu'en mer la Sereine,
De voir régner (après rancune morte)
Amour, Triomphe et Beauté souveraine.

ENVOI

De la beauté des hommes me déporte :
Et quant à celle aux dames, je rapporte
Qu'en ce monceau laide serait Hélène.
Parquoi conclus que cette terre porte
Amour, Triomphe et Beauté souveraine.

IX

DE L'ARRIVÉE DE MONSIEUR D'ALENÇON EN HAINAUT [1]

Devers Hainaut, sur les fins de Champagne,
Est arrivé le bon duc d'Alençon,
Avec Honneur, qui toujours l'accompagne
Comme le sien propre et vrai écusson.
Là peut-on voir sur la grand plaine unie
De bons soudards son enseigne munie,
Prêts d'employer leur bras fulminatoire
A repousser dedans leur territoire
Lourds Hannuyers [2], gent rustique et brutale,
Voulant marcher sans raison péremptoire
Sur les climats de France occidentale.

Prenez haut cœur doncques, France et Bretagne :
Car si en camp tenez fière façon,
Fondre verrez devant vous Allemagne,
Comme au soleil blanche neige et glaçon.
Fifres, tambours, sonnez en harmonie.
Aventuriers, que la pique on manie

Pour les choquer et mettre en accessoire,
Car déjà sont au royal possessoire.
Mais (comme crois) Destinée fatale
Veut ruiner leur outrageuse gloire
Sur les climats de France occidentale.

Doncques, piétons marchant sur la campagne,
Foudroyez tout, sans rien prendre à rançon :
Preux chevaliers, puisque honneur on y gagne,
Vos ennemis poussez hors de l'arson.
Faites rougir du sang de Germanie
Les clairs ruisseaux dont la terre est garnie.
Si seront mis vos hauts noms en histoire.
Frappez donc tant de main gladiatoire,
Qu'après leur mort et défaite totale
Vous rapportez la palme de victoire
Sur les climats de France occidentale.

ENVOI

Princes remplis de haut los méritoire,
Faisons-les tous, si vous me voulez croire,
Aller humer leur cervoise et godale [3],
Car de nos vins ont grand désir de boire
Sur les climats de France occidentale.

X

DE PAIX ET DE VICTOIRE [1]

Quel haut souhait, quel bienheuré désir
Ferai-je, las, pour mon deuil qui empire ?
Souhaiterai-je avoir Dame à plaisir ?
Désirerai-je un règne ou un empire ?
Nenni (pour vrai) car celui qui n'aspire
Qu'à son seul bien, trop se peut dévoyer.

Pour chacun donc à soulas convoyer,
Souhaiter veux chose plus méritoire :
C'est que Dieu veuille en bref nous envoyer
Heureuse Paix ou triomphant Victoire.

Famine vient Labeur aux champs saisir.
Le bras au chef soudaine Mort désire.
Sous terre vois gentilshommes gésir,
Dont mainte dame en regrettant soupire.
Clameurs en fait ma bouche qui respire,
Mon triste cœur l'œil en fait larmoyer,
Mon faible sens ne peut plus rimoyer
Fors en dolente et pitoyable histoire.
Mais Bon Espoir me promet pour loyer
Heureuse Paix ou triomphant Victoire.

Ma plume lors aura cause et loisir
Pour du loyer quelque beau lai écrire.
Bon Temps adonc viendra France choisir,
Labeur alors changera pleurs en rire.
O que ces mots sont faciles à dire !
Ne sais si Dieu les voudra employer.
Cœurs endurcis (las) il vous faut ployer.
Amende-toi, ô règne transitoire,
Car tes péchés pourraient bien fourvoyer
Heureuse Paix ou triomphant Victoire.

ENVOI

Prince Français, fais Discorde noyer.
Prince Espagnol, cesse de guerroyer.
Prince aux Anglais, garde ton territoire.
Prince du Ciel, veuille à France octroyer
Heureuse Paix ou triomphant Victoire.

XI

DU JOUR DE NOËL [1]

Or est Noël venu son petit trac,
Sus donc aux champs, bergères de respec :
Prenons chacun panetière et bissac,
Flûte, flageol, cornemuse et rebec.
Ores n'est pas temps de clore le bec,
Chantons, sautons, et dansons ric à ric :
Puis allons voir l'enfant au pauvre nic,
Tant exalté d'Hélie, aussi d'Enoc [2],
Et adoré de maint grand roi et duc.
S'on nous dit nac, il faudra dire noc :
Chantons Noël, tant au soir qu'au déjuc.

Colin, Georget, et toi Margot du Clac,
Ecoute un peu, et ne dors plus illec.
N'a pas longtemps, sommeillant près d'un lac,
Me fut avis qu'en ce grand chemin sec
Un jeune enfant se combattait avec
Un grand serpent, et dangereux aspic [3] :
Mais l'enfanteau, en moins de dire pic,
D'une grand croix lui donna si grand choc
Qu'il l'abattit, et lui cassa le suc.
Garde n'avait de dire en ce défroc :
Chantons Noël tant au soir qu'au déjuc.

Quand je l'ouïs frapper et tic et tac,
Et lui donner si merveilleux échec,
L'ange me dit, d'un joyeux estomac :
« Chante Noël, en français ou en grec,
Et de chagrin ne donne plus un zec,
Car le serpent a été pris au bric. »
Lors m'éveillai, et comme fantastic
Tous mes troupeaux je laissai près un roc.

Si m'en allai plus fier qu'un archiduc
En Bethléem. Robin, Gautier et Roch,
Chantons Noël tant au soir qu'au déjuc.

ENVOI

Prince dévot, souverain catholiq [4],
Sa maison n'est de pierre ne de bric.
Car tous les vents y soufflent à grand floc :
Et qu'ainsi soit, demandez à saint Luc [5].
Sus donc avant, pendons souci au croc,
Chantons Noël tant au soir qu'au déjuc.

XII

DE CARÊME [1]

Cessez, acteurs [2], d'écrire en éloquence
D'armes, d'amours, de fables et sornettes :
Venez dicter sous piteuse loquence
Livres plaintifs de tristes chansonnettes.
N'écrivez d'or [3], mais de couleurs brunettes,
A celle fin que tout deuil y abonde.
Car Jésus-Christ, l'Agneau tout pur et monde,
Pour nous tirer des Enfers détestables
Endura mort horrible et furibonde
En ces saints jours piteux et lamentables.

Romps tes flageols, dieu Pan, par violence,
Et va gémir en champêtres logettes.
Laissez les bois, vous, nymphes d'excellence,
Et vous rendez en cavernes sujettes.
Ne chantez plus, réfrénez vos gorgettes,
Tous oiselets ! Trouble-toi, la claire onde !
Ciel, noircis-toi ! Et d'angoisse profonde,
Bêtes des champs, par cris épouvantables,

Faites trembler toute la terre ronde
En ces saints jours piteux et lamentables.

Riches habits de noble préférence
Veuillez changer, dames et pucelettes,
Aux ornements de dolente apparence,
Et resserrez vos blanches mammelettes.
En temps d'été florissent violettes,
Et en hiver sèchent par tout le monde :
Donc puisqu'en vous joie et soulas redonde
Durant les jours à rire convenables,
Pleurez au moins, autant noire que blonde,
En ces saints jours piteux et lamentables.

ENVOI

Prince chrétien, sans que nul te confonde,
Prêche chacun qu'à jeûner il se fonde,
Non seulement de mets bien délectables,
Mais de péché et vice trop immonde,
En ces saints jours piteux et lamentables.

XIII

DE LA PASSION NOTRE SEIGNEUR JÉSUS-CHRIST

Le Pélican de la forêt célique [1],
Entre ses faits tant beaux et nouvelets,
Après les cieux et l'ordre archangélique,
Voulut créer ses petits oiselets.
Puis s'envola, les laissa tous seulets,
Et leur donna, pour mieux sur la terre estre,
La grand forêt de Paradis terrestre,
D'arbres de vie amplement revêtue,
Plantés par lui, qu'on peut dire en tout estre
Le Pélican, qui pour les siens se tue.

Mais cependant qu'en ramage musique
Chantent au bois comme rossignolets,
Un oiseleur cauteleux et inique
Les a déçus à glus, rets et filets :
Dont sont bannis des jardins verdelets,
Car des hauts fruits trop voulurent repaistre.
Parquoi en lieu sentant poudre et salpestre
Par plusieurs ans mainte souffrance ont eue,
En attendant hors du beau lieu champestre
Le Pélican, qui pour les siens se tue.

Pour eux mourut cet oisel déifique,
Car du haut bois plein de saints Angelets
Vola çà-bas par charité pudique,
Où il trouva corbeaux très ords et laids :
Qui de son sang ont fait maints ruisselets,
Le tourmentant à dextre et à senestre,
Si que sa mort, comme l'on peut connoistre,
A ses petits a la vie rendue.
Ainsi leur fit sa bonté apparoistre
Le Pélican, qui pour les siens se tue.

ENVOI

Les Corbeaux[2] sont ces Juifs exilés,
Qui ont à tort les membres mutilés
Du Pélican : c'est du seul Dieu et maistre.
Les Oiselets, sont Humains, qu'il fit naistre ;
Et l'Oiseleur, la Serpente tortue[3]
Qui les déçut, leur faisant méconnaistre
Le Pélican, qui pour les siens se tue.

XIV

CONTRE CELLE QUI FUT S'AMIE[1]

Un jour récrivis à m'amie
Son inconstance seulement,

Mais elle ne fut endormie
A me le rendre chaudement.
Car dès l'heure tint parlement
A je ne sais quel papelard,
Et lui a dit tout bellement :
« Prenez-le, il a mangé le lard. »

Lors six pendards ne faillent mie
A me surprendre finement,
Et de jour, pour plus d'infamie,
Firent mon emprisonnement.
Ils vinrent à mon logement.
Lors se va dire un gros paillard :
« Par la morbieu, voilà Clément,
Prenez-le, il a mangé le lard. »

Or est ma cruelle ennemie
Vengée bien amèrement.
Revenge n'en veux, ne demie ;
Mais quand je pense voirement,
Elle a de l'engin largement,
D'inventer la science et l'art
De crier sur moi hautement :
« Prenez-le, il a mangé le lard. »

ENVOI

Prince, qui n'eût dit pleinement
La trop grand chaleur, dont elle ard,
Jamais n'eût dit aucunement :
« Prenez-le, il a mangé le lard. »

CHANT ROYAL
DE LA CONCEPTION NOTRE-DAME[1], QUE MAÎTRE GUILLAUME CRETIN[2] VOULUT AVOIR DE L'AUTEUR : LEQUEL LUI ENVOYA AVECQUES CE HUITAIN

À MONSIEUR CRETIN, SOUVERAIN POÈTE FRANÇAIS, SALUT

L'homme sotard et non savant,
Comme un rôtisseur qui lave oie,
La faute d'aucun nonce avant
Qu'il la connaisse ne la voie :
Mais vous, de haut savoir la voie,
Saurez par trop mieux me excuser
D'un gros erreur, si fait l'avoie,
Qu'un amoureux de musc user.

CHANT ROYAL DE LA CONCEPTION

Lorsque le Roi[2], par haut désir et cure,
Délibéra d'aller vaincre ennemis,
Et retirer de leur prison obscure
Ceux de son ost à grands tourments soumis,

Il envoya ses fourriers en Judée
Prendre logis sur place bien fondée :
Puis commanda tendre en forme facile
Un pavillon pour exquis domicile,
Dedans lequel dresser il proposa
Son lit de camp, nommé en plein concile[4]
La digne couche où le Roi reposa.

Au pavillon fut la riche peinture,
Montrant par qui nos péchés sont remis :
C'était la nue, ayant en sa clôture
Le jardin clos[5] à tous humains promis,
La grand cité des hauts cieux regardée,
Le lys royal, l'olive[6] collaudée,
Avec la tour de David[7] immobile.
Parquoi l'Ouvrier sur tous le plus habile
En lieu si noble assit et apposa
(Mettant en fin le dit de la Sibylle[8])
La digne couche où le Roi reposa.

D'antique ouvrage a composé Nature
Le bois du lit, où n'a un point omis :
Mais au coussin plume très blanche et pure
D'un blanc colomb le grand Ouvrier a mis.
Puis Charité, tant quise et demandée,
Le lit prépare avec Paix accordée :
Linge très pur dame Innocence file,
Divinité les trois rideaux enfile,
Puis à l'entour les tendit et posa,
Pour préserver du vent froid et mobile
La digne couche où le Roi reposa.

Aucuns ont dit noire la couverture[9] :
Ce qui n'est pas, car du Ciel fut transmis
Son lustre blanc, sans autre art de teinture ;
Un grand Pasteur l'avait ainsi permis :
Lequel jadis par grâce concordée

De ses agneaux la toison bien gardée
Transmit au clos de Nature subtile,
Qui une en fit, la plus blanche et utile
Qu'oncques sa main tissut ou composa ;
Dont elle orna (outre son commun style)
La digne couche où le Roi reposa.

Pas n'eut un ciel fait à frange et figure
De fins damas, sargettes ou samis.
Car le haut ciel, que tout rond on figure,
Pour telle couche illustrer fut commis.
D'un tour était si précieux bordée,
Qu'oncques ne fut de vermine abordée.
N'est-ce donc pas d'humanité fertile
Œuvre bien fait ? Vu que l'Aspic hostile,
Pour y dormir, approcher n'en osa ?
Certes si est, et n'est à lui servile [10]
La digne couche où le Roi reposa.

ENVOI

Prince, je prends, en mon sens puérile,
Le pavillon pour sainte Anne stérile [11] :
Le Roi, pour Dieu, qui aux cieux repos a.
Et Marie est (vrai comme l'Evangile)
La digne couche où le Roi reposa.

RONDEAUX

I

RONDEAU RESPONSIF À UN AUTRE, QUI SE COMMENÇAIT : MAÎTRE CLÉMENT, MON BON AMI

En un rondeau sur le commencement
Un vocatif, comme « maître Clément »,
Ne peut faillir rentrer par huis ou porte :
Aux plus savants poètes m'en rapporte,
Qui d'en user se gardent sagement.

Bien inventer vous faut premièrement,
L'invention déchiffrer proprement,
Si que Raison et Rime ne soit morte
En un rondeau.

Usez de mots reçus communément,
Rien superflu n'y soit aucunement,
Et de la fin quelque bon propos sorte :
Clouez tout court, rentrez [1] de bonne sorte,
Maître passé serez certainement
En un rondeau.

II

À UN CRÉANCIER

Un bien petit de près me venez prendre,
Pour vous payer : et si devez entendre
Que je n'eus onc Anglais de votre taille.
Car à tous coups vous criez : « baille, baille[1] »,
Et n'ai de quoi contre vous me défendre.

Sur moi ne faut telle rigueur étendre,
Car de pécune un peu ma bourse est tendre,
Et toutefois j'en ai, vaille que vaille,
Un bien petit.

Mais à vous voir (ou l'on me puisse pendre)
Il semble avis qu'on ne vous veuille rendre
Ce qu'on vous doit : beau sire, ne vous chaille.
Quand je serai plus garni de cliquaille,
Vous en aurez : mais il vous faut attendre
Un bien petit.

III

DU DISCIPLE SOUTENANT SON MAÎTRE CONTRE LES DÉTRACTEURS

Du premier coup, entendez ma réponse,
Fols détracteurs. Mon Maître vous annonce
Par moi, qui suis l'un de ses clercs nouveaux,
Que pour rimer ne vous craint deux naveaux,
Et eussiez-vous de sens encor une once.

Si l'épargnez, tous deux je vous renonce :
Piquez-le donc mieux que d'épine ou ronce,

Lui envoyant des meilleurs et plus beaux
Du premier coup.

Et tenez bon, ensuivant ma semonce.
Car si un coup ses deux sourcils il fronce,
Et eussiez-vous de rimes et rondeaux
Plein trois barils, voire quatre tonneaux,
Je veux mourir, s'il ne les vous défonce
Du premier coup.

IV

DE CELUI QUI INCITE UNE JEUNE DAME À FAIRE AMI

A mon plaisir vous faites feu et basme,
Parquoi souvent je m'étonne, madame,
Que vous n'avez quelque ami par amours :
Au diable l'un, qui fera ses clamours
Pour vous prier, quand serez vieille lame.

Or, en effet, je vous jure mon âme,
Que si j'étais jeune et gaillarde femme,
J'en aurais un devant qu'il fut trois jours
A mon plaisir.

Et pourquoi non ? Ce serait grand diffame,
Si vous perdiez jeunesse, bruit et fame
Sans ébranler drap, satin et velours.
Pardonnez-moi, si mes mots sont trop lourds :
Je ne vous veux qu'apprendre votre gamme
A mon plaisir.

V

DE L'AMOUREUX ARDANT [1]

Au feu, qui mon cœur a choisi,
Jetez-y, ma seule Déesse,
De l'eau de grâce et de liesse,
Car il est consommé quasi.

Amour l'a de si près saisi
Que force est qu'il crie sans cesse
Au feu.

Si par vous en est dessaisi,
Amour lui doint plus grand détresse,
Si jamais sert autre maîtresse :
Doncques, ma dame, courez-y
Au feu.

VI

À UNE MÉDISANTE

On le m'a dit, dague à rouelle [1],
Que de moi en mal vous parlez :
Le vin que si bien avalez
Vous le met-il en la cervelle ?

Vous êtes rapporte-nouvelle,
D'autre chose ne vous mêlez,
On le m'a dit.

Mais si plus vous advient, méselle,
Vos reins en seront bien gallés :
Allez, de par le diable, allez,

Vous n'êtes qu'une maquerelle.
On le m'a dit.

VII

À UN POÈTE IGNORANT

Qu'on mène aux champs ce coquardeau,
Lequel gâte (quand il compose)
Raison, mesure, texte et glose,
Soit en ballade ou en rondeau.

Il n'a cervelle ne cerveau.
C'est pourquoi si haut crier j'ose :
« Qu'on mène aux champs ce coquardeau. »

S'il veut rien faire de nouveau,
Qu'il œuvre hardiment en prose
(J'entends s'il en sait quelque chose) :
Car en rime ce n'est qu'un veau,
Qu'on mène aux champs.

VIII

DE LA JEUNE DAME QUI A VIEIL MARI

En languissant et en griève tristesse
Vit mon las cœur, jadis plein de liesse,
Puisque l'on m'a donné mari vieillard.
Hélas, pourquoi ? Rien ne sait du vieil art
Qu'apprend Vénus, l'amoureuse déesse.

Par un désir de montrer ma prouesse
Souvent l'assaus : mais il demande : « où est-ce ? »,
Ou dort (peut-être), et mon cœur veille à part
En languissant.

Puis quand je veux lui jouer de finesse,
Honte me dit : « Cesse, ma fille, cesse,
Garde-t'en bien, à honneur prends égard. »
Lors je réponds : « Honte, allez à l'écart :
Je ne veux pas perdre ainsi ma jeunesse
En languissant. »

IX

DU MAL CONTENT D'AMOUR

D'être amoureux n'ai plus intention,
C'est maintenant ma moindre affection,
Car celle-là, de qui je cuidais être
Le bien-aimé, m'a bien fait apparaître
Qu'au fait d'amour n'y a que fiction.

Je la pensais sans imperfection,
Mais d'autre ami a pris possession :
Et pour ce, plus ne me veux entremettre
D'être amoureux.

Au temps présent par toute nation
Les dames sont comme un petit scion,
Qui toujours ploie à dextre et à senestre.
Bref, les plus fins ne s'y savent connaître :
Parquoi conclus que c'est abusion
D'être amoureux.

X

DE L'ABSENT DE S'AMIE

Tout au rebours (dont convient que languisse)
Vient mon vouloir : car de bon cœur vous visse[1],

Et je ne puis par-devers vous aller.
Chante qui veut, balle qui veut baller,
Ce seul plaisir seulement je voulsisse.

Et s'on me dit, qu'il faut que je choisisse
De par-deçà dame qui m'éjouisse,
Je ne saurais me tenir de parler
Tout au rebours.

Si réponds franc : « J'ai Dame sans nul vice,
Autre n'aura en amour mon service ;
Je la désire, et souhaite voler,
Pour l'aller voir, et pour nous consoler ;
Mais mes souhaits vont, comme l'écrevisse,
Tout au rebours. »

XI

DE L'AMANT DOULOUREUX

Avant mes jours mort me faut encourir
Par un regard, dont m'as voulu férir,
Et ne te chaut de ma griève tristesse :
Mais n'est-ce pas à toi grande rudesse,
Vu que tu peux si bien me secourir ?

Auprès de l'eau me faut de soif périr [1].
Je me vois jeune, et en âge fleurir,
Et si me montre être plein de vieillesse
Avant mes jours.

Or, si je meurs, je veux Dieu requérir
Prendre mon âme : et sans plus enquérir,
Je donne aux vers mon corps plein de faiblesse.
Quant est du cœur, du tout je le te laisse,
Ce nonobstant que me fasses mourir
Avant mes jours.

XII

À MONSIEUR DE POTHON [1]

POUR LE PRIER DE PARLER AU ROI

Là où savez, sans vous ne puis venir.
Vous êtes cil qui pouvez subvenir
Facilement à mon cas et affaire,
Et des heureux de ce monde me faire,
Sans qu'aucun mal vous en puisse advenir.

Quand je regarde, et pense à l'avenir,
J'ai bon vouloir de sage devenir :
Mais sans support je ne me puis retraire
Là où savez.

Male Fortune a voulu maintenir,
Et a juré de toujours me tenir :
Mais (Monseigneur) pour l'occire et défaire,
Envers le Roi veuillez mon cas parfaire,
Si que par vous je puisse parvenir
Là où savez.

XIII

DE LA MORT DE MONSIEUR DE CHISSAY [1]

D'un coup d'estoc, Chissay, noble homme et fort,
L'an dix-et-sept, sous malheureux effort,
Tomba occis, au mois qu'on sème l'orge,
Par Pomperan [2] : qui de Boucal et Lorge [3]
Fut fort blessé, quoiqu'il résistât fort.

Chissay, beau-jeune, en crédit et support,
Fit son devoir au combat et abord :
Mais par hasard fut frappé en la gorge
D'un coup d'estoc.

Dont un chacun de deuil ses lèvres mord,
Disant : « Hélas, l'honnête homme est-il mort ?
Plût or à Dieu et monseigneur saint George
Que tout bâton eût été en la forge
Alors qu'il fut ainsi navré à mort
D'un coup d'estoc. »

XIV

À UN POÈTE FRANÇAIS

Mieux résonnant, qu'à bien louer facile,
Est ton renom volant du domicile
Palladial[1] vers la terrestre gent :
Puis vers les cieux, dont as le titre gent
D'aigle moderne[2], à suivre difficile.

Je dis moderne, antique en façons mille :
Ce qui près toi me rend bas et humile[3],
D'autant que plomb est plus sourd que l'argent
Mieux résonnant.

Ainsi ma plume, en qui bourbe distille,
Veut éclaircir l'onde claire et utile,
Dont le gravier est assez réfulgent
Pour troubler l'œil de l'esprit indigent,
Qui en tel cas a besoin d'autre style
Mieux résonnant.

XV

AU SEIGNEUR THEOCRENUS[1], LISANT À SES DISCIPLES

Plus profitable est de t'écouter lire
Que d'Apollo ouïr toucher la lyre,

Où ne se prend plaisir que pour l'oreille :
Mais en ta langue ornée et nonpareille
Chacun y peut plaisir et fruit élire.

Ainsi, d'autant qu'un Dieu doit faire et dire
Mieux qu'un mortel, chose où n'ait que redire,
D'autant il faut estimer ta merveille
Plus profitable.

Bref, si dormir plus que veiller peut nuire,
Tu dois en los par sus Mercure bruire,
Car il endort l'œil de celui qui veille[2],
Et ton parler les endormis éveille,
Pour quelque jour à repos les conduire
Plus profitable.

XVI

À ÉTIENNE DU TEMPLE[1]

Tant est subtil, et de grande efficace
Le tien esprit, qu'il n'est homme qui fasse
Chose qui plus honneur et los conserve.
Et ce qu'as fait, roi, seigneur, serf ne serve
Ne le fit onc : je mets Raison en face.

Qui veut descendre en la vallée basse,
Monté doit être avant en haute place :
Mais ton esprit tout le contraire observe,
Tant est subtil.

Descendu es des Temples[2], quant à race :
Et puis monté au temple, quant à grâce,
Je dis au temple excellent de Minerve.
Bref, ton descendre est d'antique réserve,
Et ton monter le ciel cristallin passe,
Tant est subtil.

XVII

ÉTIENNE CLAVIER [1] À CLÉMENT MAROT

Pour bien louer une chose tant digne
Comme ton sens, il faut savoir condigne.
Mais moi, pauvret d'esprit et de savoir,
Ne puis atteindre à si haut concevoir :
Dont de dépit souvent me pais et dîne.

Car je connais que le fonds et racine
De tes écrits ont pris leur origine
Si très profond que je n'y puis rien voir,
Pour bien louer.

Donc, orateurs, chacun de vous consigne
Termes dorés puisés en la piscine
Palladiane [2] ; et faites le devoir
Du fils Marot [3] en telle estime avoir
Qu'il n'a second en poésie insigne,
Pour bien louer.

XVIII

RÉPONSE DUDIT MAROT AU DIT CLAVIER

Pour bien louer, et pour être loué,
De tous esprits tu dois être alloué,
Fors que du mien, car tu me plus que loues :
Mais en louant plus hauts termes alloues,
Que la Saint-Jean, ou Pâques, ou Noué [1].

Qui noue mieux, réponds, ou C, ou E ?
J'ai jusque ici en eau basse noué :
Mais dedans l'eau caballine [2] tu noues,
Pour bien louer.

C, c'est Clément contre chagrin cloué.
E, est Étienne, éveillé, enjoué ;
C'est toi, qui maints de los très ample doues :
Mais endroit moi tu fais cygnes les oues[3],
Quoique de los doives être doué,
Pour bien louer.

XIX

À MADAME JEHANNE GAILLARDE[1], DE LYON, FEMME DE BON SAVOIR

D'avoir le prix en science et doctrine
Bien mérita de Pisan la Christine[2]
Durant ses jours : mais ta plume dorée
D'elle serait à présent adorée,
S'elle vivait par volonté divine.

Car tout ainsi que le feu l'or affine,
Le temps a fait notre langue plus fine,
De qui tu as l'éloquence assurée
D'avoir le prix.

Doncques, ma main, rends-toi humble et bénigne,
En donnant lieu à la main féminine :
N'écris plus rien en rime mesurée,
Fors que tu es une main bien heurée,
D'avoir touché celle qui est tant digne
D'avoir le prix.

XX

RÉPONSE AU PRÉCÉDENT RONDEAU, PAR LA DITE JEHANNE GAILLARDE

De m'acquitter je me trouve surprise
D'un faible esprit, car à toi n'ai savoir

Correspondant : tu le peux bien savoir,
Vu qu'en cet art plus qu'autre l'on te prise.

Si fusse autant éloquente et apprise,
Comme tu dis, je ferais mon devoir
De m'acquitter.

Si veux prier la grâce en toi comprise,
Et les vertus qui tant te font valoir,
De prendre en gré l'affectueux vouloir,
Dont ignorance a rompu l'entreprise
De m'acquitter.

XXI

À CELUI [1] DONT LES LETTRES CAPITALES DU RONDEAU PORTENT LE NOM

Vu ton esprit, qui les autres surpasse,
Je m'ébahis comment je prends audace
Composer vers. Est-ce pour te valoir,
Touchant cet art ? C'est plutôt bon vouloir,
Ou franc désir, qui mon cœur induit à ce.

Rien n'est mon fait : le tien est don de grâce.
Bref, ta façon en peu de rime embrasse
Raison fort grande, et sans grand peine avoir,
Vu ton esprit.

Or désormais, je veuil suivre la trace
De ton haut sens, duquel la veine passe
Entre les rocs du profond concevoir.
A tant me tais, mais si en tel savoir
Veux t'adonner, tu seras l'outrepasse,
Vu ton esprit.

XXII

À LA LOUANGE DE MADAME LA DUCHESSE D'ALENÇON, SŒUR UNIQUE DU ROI

Sans rien blâmer, je sers une maîtresse,
Qui toute femme ayant noble hautesse
Passe en vertus, et qui porte le nom
D'une fleur belle, et en royal surnom
Démontre bien son antique noblesse.

En chasteté elle excède Lucrèce[1] :
De vif esprit, de constance et sagesse,
C'en est l'enseigne et le droit gouffanon,
Sans rien blâmer.

On pourrait dire : « Il l'estime sans cesse,
Pource que c'est sa Dame et sa Princesse. »
Mais on sait bien si je dis vrai ou non.
Bref, il ne fut en louable renom
Depuis mille ans une telle duchesse,
Sans rien blâmer.

XXIII

À SES AMIS, AUXQUELS ON RAPPORTA QU'IL ÉTAIT PRISONNIER[1]

Il n'en est rien, de ce qu'on vous révèle.
Ceux qui l'ont dit ont faute de cervelle,
Car en mon cas il n'y a méprison,
Et par-dedans ne vis jamais prison :
Doncques, amis, l'ennui qu'avez, ôtez-le.

Et vous, causeurs pleins d'envie immortelle,
Qui voudriez bien que la chose fût telle,
Crevez de deuil, de dépit, ou poison :
Il n'en est rien.

Je ris, je chante en joie solennelle,
Je sers ma Dame, et me console en elle,
Je rime en prose (et peut-être en raison),
Je sors dehors, je rentre en la maison.
Ne croyez pas doncques l'autre nouvelle :
Il n'en est rien.

XXIV

D'UN QUI SE PLAINT DE MORT ET D'ENVIE

Depuis quatre ans Faux Rapport vicieux
Et de la Mort le dard pernicieux
Ont fait sur moi tomber maint grand orage :
Mais l'un des deux m'a navré en courage
Trop plus que l'autre, et en bien plus de lieux.

Touchant Rapport, en dépit de ses jeux
Je vis toujours riche, sain et joyeux,
Combien qu'à tort il m'ait fait grand dommage
Depuis quatre ans.

Mais quand de Mort le remors furieux
S'en vient parfois passer devant mes yeux,
Lors suis contraint de blâmer son outrage :
Car lui tout seul m'a plus donné de rage
Que n'a Envie et tous les envieux
Depuis quatre ans.

XXV

D'UN SE COMPLAIGNANT DE FORTUNE

Fausse Fortune, ô que je te vis belle !
Las, qu'à présent tu m'es rude et rebelle !
O que jadis fis bien à mon désir,
Et maintenant me fais le déplaisir
Que je craignais plus que chose mortelle.

Enfants nourris de sa gauche mamelle,
Composons-lui (je vous prie) un libelle
Qui pique dru, et qui morde à loisir
Fausse Fortune.

Par sa rigueur (hélas) elle m'expelle
Du bien que j'ai : disant, puisqu'il vient d'elle,
Qu'elle peut bien du tout m'en dessaisir.
Mais enfin Mort mort me fera gésir,
Pour me venger de sa sœur la cruelle
Fausse Fortune.

XXVI

À MADAME DE BAZAUGES [1]

De Fortune trop âpre et dure
Peut trop souffrir un pauvre corps,
Si par parole ne met hors
La cause pourquoi il endure.

Mais sous constante couverture
On peut bien déclarer les sorts
De Fortune.

D'en dessirer robe et ceinture,
Crier et faire tels efforts,
Tout cela ne sert de rien fors
A plus indigner la nature
De Fortune.

XXVII

DU CONFIT EN DOULEUR

Si j'ai du mal, maulgré moi je le porte,
Et s'ainsi est qu'aucun me réconforte,
Son réconfort ma douleur point n'apaise :
Voilà comment je languis en malaise,
Sans nul espoir de liesse plus forte.

Et faut qu'ennui jamais de moi ne sorte,
Car mon état fut fait de telle sorte,
Dès que fus né. Pourtant ne vous déplaise,
Si j'ai du mal.

Quand je mourrai, ma douleur sera morte :
Mais cependant mon pauvre cœur supporte
Mes tristes jours en fortune mauvaise.
Dont force m'est que mon ennui me plaise,
Et ne faut plus que je me déconforte,
Si j'ai du mal.

XXVIII

RONDEAU PAR CONTRADICTIONS [1]

En espérant, espoir me désespère,
Tant que la mort m'est vie très prospère,
Me tourmentant de ce qui me contente,

Me contentant de ce qui me tourmente :
Pour la douleur du soulas que j'espère.

Amour haineuse en aigreur me tempère.
Puis tempérance, âpre comme Vipère,
Me refroidit sous chaleur véhémente,
En espérant.

L'enfant aussi qui surmonte le père[2]
Bande ses yeux, pour voir mon impropère :
De moi s'enfuit et jamais ne s'absente,
Mais sans bouger va en obscure sente
Cacher mon deuil, afin que mieux appère,
En espérant.

XXIX

AUX AMIS, ET SŒURS DE FEU CLAUDE PERRÉAL[1] LYONNAIS

En grand regret, si pitié vous remord,
Pleurez l'ami Perréal, qui est mort,
Vous ses amis : chacun prenne sa plume ;
La mienne est prête, et bon désir l'allume
A déplorer (de sa part) telle mort.

Et vous ses sœurs, dont maint beau tableau sort,
Peindre vous faut pleurantes son grief sort
Près de la tombe, en laquelle on l'inhume
En grand regret.

Regret m'en blesse, et si sais bien au fort
Qu'il faut mourir, et que le déconfort
(Soit court ou long) n'y sert que d'amertume :
Mais vraie amour est de telle coutume,

Qu'elle contraint les amis plaindre fort
En grand regret.

XXX

DU VENDREDI SAINT[1]

Deuil ou plaisir me faut avoir sans cesse :
Deuil, quand je vois (ce jour plein de rudesse)
Mon Rédempteur pour moi en la croix pendre ;
Ou tout plaisir, quand pour son sang épandre
Je me vois hors de l'infernale presse.

Je rirai donc : non, je prendrai tristesse.
Tristesse ? oui, dis-je, toute liesse.
Bref, je ne sais bonnement lequel prendre,
Deuil ou plaisir.

Tous deux sont bons, selon que Dieu nous dresse :
Ainsi la mort, qui le Sauveur oppresse,
Fait sur nos cœurs deuil et plaisir descendre :
Mais notre mort, qui enfin nous fait cendre,
Tant seulement l'un ou l'autre nous laisse,
Deuil ou plaisir.

XXXI

DE LA CONCEPTION NOTRE DAME[1]

Comme Nature est en péché ancrée
Par art d'enfer : grâce, qui nous recrée
Par art du ciel, Marie en garantit,
Car autrement cil qui se y consentit
Ne l'eût jamais à son fils consacrée.

Mais il peut tout, et veut et lui agrée
Qu'un fils sacré aye mère sacrée :
Ce qu'elle fut, et vice ne sentit,
Comme Nature.

Nature, trop de fol désir outrée,
Est en péché originel entrée,
Et sans Baptême onc homme n'en partit.
Même jamais la Vierge n'en sortit :
Aussi jamais elle n'y fit entrée
Comme Nature.

XXXII

DE LA VUE DES ROIS DE FRANCE ET D'ANGLETERRE, ENTRE ARDRES ET GUYNES [1]

De deux grands Rois la noblesse et puissance
Vue en ce lieu nous donne connaissance
Que amitié prend courage de lion
Pour ruer jus vieille rébellion,
Et mettre sus de Paix l'éjouissance.

Soit en beauté, savoir et contenance,
Les anciens n'ont point de souvenance
D'avoir onc vu si grand perfection
De deux grands Rois.

Et le festin, la pompe, et l'assistance
Surpasse en bien le triomphe et prestance
Qui fut jadis sur le mont Pélion [2].
Car de là vint la guerre d'Ilion :
Mais de ceci vient Paix, et alliance
De deux grands Rois.

XXXIII

DE CEUX QUI ALLAIENT SUR MULE AU CAMP D'ATTIGNY [1]

Aux champs, aux champs, braves, qu'on ne vous [trousse !
Prenez harnais, l'arc, la flèche et la trousse
Pour vous défendre en Hainaut ou Milan,
Et gardez bien d'y empoigner mal an,
Car le drap d'or [2] bien peu sert, quand on pousse.

Raison pourquoi ? On se y bat et courrousse
Plus qu'à chasser à quelque bête rousse,
Ou à voler la Pie ou le Milan [3]
Aux champs.

En cestui camp, où la guerre est si douce,
Allez sur mule, avecques une housse,
Aussi tousés qu'un moine ou capellan :
Mais vous voudriez être en Hiérusalem [4],
Quand ce viendra à donner la secousse
Aux champs.

XXXIV

AU ROI, POUR AVOIR ARGENT AU DÉLOGER DE REINS [1]

Au départir de la ville de Reins,
Faute d'argent [2] me rend faible de reins,
Roi des Français, voire de telle sorte,
Que ne sais pas comment d'ici je sorte,
Car mon cheval tient mieux que par les crins.

Puis l'hôte est rude, et plein de gros refrains :
Je y laisserai mors, bossettes et freins [3],
Ce m'a-t-il dit, ou le diable l'emporte,
Au départir.

Si vous supplie, Prince que j'aime et crains,
Faites miracle : avecques aucuns grains
Ressuscitez cette personne morte,
Ou autrement demeurrai à la porte
Avec plusieurs qui sont à ce contraints
Au départir.

XXXV

DE CELLE QUI POUR ÉTRENNES ENVOIE À SON AMI UNE DE SES COULEURS

Sous espérance et attente d'avoir
Réponse faite en plus profond savoir,
Les miens esprits un lourd rondeau t'écrivent,
Et devers toi peu d'étrennes arrivent
Pour force amour entre nous concevoir.

Gris, blanc et bleu sont mes couleurs (pour voir) :
Mais du seul gris je t'ai voulu pourvoir,
Dont sont vêtus plusieurs humains qui vivent
Sous Espérance.

Reçois-le donc, et veuille percevoir
Que les tendant à leurs désirs se voir
S'arment de gris, et Désespoir ne suivent :
Car par lui seul souvent de bien se privent
Ceux qui pourraient mieux que bien recevoir
Sous Espérance.

XXXVI

D'UN LIEU DE PLAISANCE [1]

Plus beau que fort ce lieu je puis juger,
Parquoi le veux non pas comparager
A Ilion, non à Troie la grande,
Mais bien au val tapissé de lavande
Où s'endormit Paris, jeune berger.

En ce beau lieu Diane vient loger :
Ne veuillez donc sur lui faute songer,
Car il est tel comme elle le demande,
Plus beau que fort.

Maints ennemis le viennent assiéger,
Dont le plus rude est le serin léger,
L'autre le geai, la passe, et la calande :
Ainsi la dame (à qui me recommande)
S'ébat à voir la guerre en son verger
Plus beau que fort.

XXXVII

DES NONNES, QUI SORTIRENT DU COUVENT POUR ALLER SE RÉCRÉER

Hors du couvent l'autre-hier sous la coudrette
Je rencontrai mainte nonne proprette,
Suivant l'abbesse en grand' dévotion :
Si cours après, et par affection
Vins aborder la plus jeune et tendrette.

Je l'arraisonne, elle plaint et regrette,
Dont je connus (certes) que la pauvrette

Eût bien voulu autre vacation
Hors du couvent.

Toutes avaient sous vêture secrète
Un teint vermeil, une mine saffrette,
Sans point avoir d'amour fruition.
« Ha (dis-je lors) quelle perdition
Se fait ici, de ce dont j'ai souffrette,
Hors du couvent. »

XXXVIII

D'ALLIANCE DE PENSÉE [1]

Un mardi gras, que tristesse est chassée,
M'advint par heur d'amitié pourchassée
Une pensée excellente et loyale :
Quand je dirais digne d'être royale,
Par moi serait à bon droit exaucée.

Car de rimer ma plume dispensée
(Sans me louer) peut louer la Pensée
Qui me survint dansant en une salle
Un mardi gras.

C'est celle qu'ai d'alliance pressée
Par ces attraits ; laquelle à voix baissée
M'a dit : « Je suis ta Pensée féale,
Et toi la mienne, à mon gré cordiale. »
Notre alliance ainsi fut commencée
Un mardi gras.

XXXIX

DE SA GRAND AMIE

Dedans Paris, ville jolie,
Un jour passant mélancolie,

Je pris alliance nouvelle
A la plus gaie Damoiselle
Qui soit d'ici en Italie.

D'honnêteté elle est saisie,
Et crois (selon ma fantaisie)
Qu'il n'en est guère de plus belle
Dedans Paris.

Je ne la vous nommerai mie,
Sinon que c'est ma grand Amie,
Car l'alliance se fit telle,
Par un doux baiser, que j'eus d'elle
Sans penser aucune infamie,
Dedans Paris.

XL

DE TROIS ALLIANCES

Tant et plus mon cœur se contente
D'alliances, car autre attente
Ne me saurait mieux assouvir,
Vu que j'ai (pour honneur suivir)
Pensée, Grand Amie, et Tante.

La Pensée est noble et prudente ;
La Grand Amie belle et gente ;
La Tante en bonté veux pleuvir
Tant et plus.

Et ce rondeau je lui présente,
Mais pour conclusion décente,
La première je veux servir ;
De l'autre l'amour desservir ;
Croire la tierce est mon entente
Tant et plus.

XLI

AUX DAMOISELLES PARESSEUSES D'ÉCRIRE À LEURS AMIS

Bonjour : et puis, quelles nouvelles ?
N'en saurait-on de vous avoir ?
S'en bref ne m'en faites savoir,
J'en ferai de toute nouvelles.

Puisque vous êtes si rebelles,
Bon vêpre, bonne nuit, bonsoir,
Bonjour !

Mais si vous cueillez des groselles,
Envoyez-m'en ; car, pour tout voir,
Je suis gros, mais c'est de vous voir
Quelque matin, mes damoiselles :
Bonjour !

XLII

DE CELUI QUI NOUVELLEMENT À REÇU LETTRES DE S'AMIE

A mon désir, d'un fort singulier être
Nouveaux écrits on m'a fait apparaître,
Qui m'ont ravi, tant qu'il faut que par eux
Aie liesse ou ennui langoureux :
Pour l'un ou l'autre Amour si m'a fait naître.

C'est par un cœur que du mien j'ai fait maître,
Voyant en lui toutes vertus accroître :
Et ne crains, fors qu'il soit trop rigoureux
A mon désir.

C'est une Dame en faits et dits adextre,
C'est une Dame ayant la sorte d'être
Fort bien traitant un loyal amoureux.
Plût or à Dieu que fusse assez heureux
Pour quelque jour l'éprouver et connaître
A mon désir.

XLIII

DES TROIS COULEURS, GRIS, TANNÉ ET NOIR [1]

Gris, tanné, noir, porte la fleur des fleurs [2]
Pour sa livrée, avec regrets et pleurs :
Pleurs et regrets en son cœur elle enferme,
Mais les couleurs dont ses vêtements ferme
(Sans dire mot) exposent ses douleurs.

Car le noir dit la fermeté des cœurs ;
Gris, le travail ; et tanné, les langueurs ;
Par ainsi c'est, Langueur en Travail ferme,
Gris, tanné, noir.

J'ai ce fort mal par elle et ses valeurs,
Et en souffrant ne crains aucuns malheurs,
Car sa bonté de mieux avoir m'afferme :
Ce nonobstant, en attendant le terme,
Me faut porter ces trois tristes couleurs,
Gris, tanné, noir.

XLIV

D'UN SOI DÉFIANT DE SA DAME

Plus qu'en autre lieu de la ronde,
Mon cœur vole comme l'aronde

Vers toi, en prières et dits :
Mais si âprement l'écondis,
Que noyer le fais en claire onde.

Dont ne puis croire (ou l'on me tonde)
Que ton cœur à m'aimer se fonde,
Quand tous biens me y sont interdits
Plus qu'en autre lieu.

Car il n'y a Princesse au monde
Qui m'aimât d'amour si profonde
Comme celle que tu me dis,
Qui ne m'ouvrît le Paradis
De jouissance, où grâce abonde
Plus qu'en autre lieu.

XLV

DE CELUI QUI NE PENSE QU'EN S'AMIE

Toutes les nuits je ne pense qu'en celle
Qui a le corps plus gent qu'une pucelle
De quatorze ans, sur le point d'enrager,
Et au dedans un cœur (pour abréger)
Autant joyeux qu'eut oncque damoiselle.

Elle a beau teint, un parler de bon zèle,
Et le tétin rond comme une groselle :
N'ai-je donc pas bien cause de songer
Toutes les nuits ?

Touchant son cœur, je l'ai en ma cordelle,
Et son mari n'a sinon le corps d'elle :
Mais toutefois, quand il voudra changer,
Prenne le cœur : et pour le soulager
J'aurai pour moi le gent corps de la belle
Toutes les nuits.

XLVI

DE CELUI QUI ENTRA DE NUIT CHEZ S'AMIE

De nuit et jour faut être aventureux,
Qui d'amour veut avoir biens plantureux.
Quant est de moi, je n'eus onc crainte d'âme,
Fors seulement, en entrant chez ma Dame,
D'être aperçu des languards dangereux.

Un soir bien tard me firent si peureux
Qu'avis m'était qu'il était jour pour eux :
Mais si entrai-je, et n'en vint jamais blâme
De nuit et jour.

La nuit je pris d'elle un fruit savoureux :
Au point du jour vis son corps amoureux
Entre deux draps plus odorants que basme.
Mon Œil adonc, qui de plaisir se pâme,
Dit à mes Bras : « Vous êtes bien heureux
De nuit et jour. »

XLVII

DU CONTENT EN AMOURS

Là me tiendrai, où à présent me tien,
Car ma maîtresse au plaisant entretien
M'aime d'un cœur tant bon et désirable
Qu'on me devrait appeler misérable,
Si mon vouloir était autre que sien.

Et fusse Hélène [1] au gracieux maintien
Qui me vînt dire : « Ami, fais mon cœur tien »,
Je répondrais : « Point ne serai muable :
Là me tiendrai. »

Qu'un chacun donc voise chercher son bien :
Quant est à moi, je me trouve très bien.
J'ai Dame belle, exquise et honorable.
Parquoi, fussé-je onze mil ans durable,
Au Dieu d'amour ne demanderai rien :
Là me tiendrai.

XLVIII

DE CELUI, QUI EST DEMEURÉ, ET S'AMIE S'EN EST ALLÉE

Tout à part soi est mélancolieux
Le tien servant, qui s'éloigne des lieux,
Là où l'on veut chanter, danser et rire :
Seul en sa chambre il va ses pleurs écrire,
Et n'est possible à lui de faire mieux.

Car quand il pleut, et le Soleil des Cieux
Ne reluit point, tout homme est soucieux,
Et toute bête en son creux se retire
Tout à part soi.

Or maintenant pleut larmes de mes yeux,
Et toi, qui es mon Soleil gracieux,
M'as délaissé en l'ombre de martyre :
Pour ces raisons, loin des autres me tire,
Que mon ennui ne leur soit ennuyeux
Tout à part soi.

XLIX

DE CELUI DE QUI L'AMIE A FAIT NOUVEL AMI

Jusque à la mort Dame t'eusse clamée,
Mais un nouveau t'a si bien réclamée

Que tu ne veux qu'à son leurre venir :
Si ne peux-tu contre moi soutenir,
Pourquoi l'amour dût être consommée.

Car en tous lieux toujours t'ai estimée,
Et si on dit que je t'ai déprimée,
Je dis que non, et le veux maintenir
Jusque à la mort.

Dieu doint que pis tu n'en sois renommée :
Car s'il est su, tu en seras nommée
Femme sans cœur, qui ne se peut tenir
D'aller au change, et à grand tort bannir
Celui qui t'eût parfaitement aimée
Jusque à la mort.

L

DE L'AMANT MARRI CONTRE SA DAME

Du tout me veux deshériter
De ton amour : car profiter
Je n'y pourrais pas longue espace,
Vu qu'un autre reçoit ta grâce,
Sans mieux que moi la mériter.
Puisqu'à toi se veut présenter,
De moi se devra contenter,
Car je lui quitterai la place
Du tout.

Tes grâces sont fort à noter.
On n'y saurait mettre, ne ôter.
Tu as beau corps et belle face,
Mais ton cœur est plein de fallace :
Voilà qui m'en fait déporter
Du tout.

LI

D'ALLIANCE DE SŒUR

Par alliance ai acquis une Sœur,
Qui en beauté, en grâce et en douceur
Entre un millier ne trouve sa pareille :
Aussi mon cœur à l'aimer s'appareille,
Mais d'être aimé ne se tient pas bien seur.

Las, elle m'a navré de grand vigueur,
Non d'un couteau, ne par haine ou rigueur,
Mais d'un baiser de sa bouche vermeille,
Par alliance.

Cil qui la voit, jouit d'un très haut heur :
Plus heureux est, qui parle à sa hauteur,
Et plus heureux, à qui prête l'oreille.
Bien heureux donc devrait être à merveille
Qui en amours serait son serviteur
Par alliance.

LII

D'UNE DAME AYANT BEAUTÉ ET BONNE GRÂCE

Grande vertu et beauté naturelle
Ne sont souvent en forme corporelle :
Mais ta forme est en beauté l'outrepasse,
D'autant que l'or tous les métaux surpasse,
Et si voit-on mainte vertu en elle.

Aussi partout en vole la nouvelle,
Et ce qui plus ton renom renouvelle,
C'est que tu as (toi seule) double grâce,
Grande vertu.

Grâce en maintien et en parole belle,
Grâce en après, que merci on appelle ;
L'une contraint que t'amour on pourchasse.
L'autre de toi la jouissance brasse :
Je te supplie, use envers moi d'icelle
Grande vertu.

LIII

À LA JEUNE DAME MÉLANCOLIQUE ET SOLITAIRE

Par seule amour, qui a tout surmonté,
On trouve grâce en divine bonté,
Et ne la faut par autre chemin querre.
Mais tu la veux par cruauté conquerre,
Qui est contraire à bonne volonté.

Certes c'est bien à toi grand cruauté,
De user en deuil la jeunesse et beauté,
Que t'a donné Nature sur la terre
Par seule amour.

En sa verdeur se réjouit l'été,
Et sur l'hiver laisse joyeuseté.
En ta verdeur plaisir doncques asserre,
Puis tu diras (si vieillesse te serre) :
« Adieu le temps qui si bon a été
Par seule amour[1] ! »

LIV

À UNE DAME POUR LUI OFFRIR CŒUR ET SERVICE

Tant seulement ton Amour je demande,
Te suppliant que ta beauté commande

Au cœur de moi, comme à ton serviteur,
Quoique jamais il ne desservit heur,
Qui procédât d'une grâce si grande.

Crois que ce cœur de te connaître amende [1],
Et voulentiers se rendrait de ta bande,
S'il te plaisait lui faire cet honneur
Tant seulement.

Si tu le veux, mets-le sous ta commande :
Si tu le prends, las, je te recommande
Le triste corps, ne le laisse sans cœur,
Mais loges-y le tien, qui est vainqueur
De l'humble serf, qui son vouloir te mande
Tant seulement.

LV

À UNE DAME POUR LA LOUER

Rondeau où toute aigreur abonde,
Va voir la douceur de ce Monde :
Telle douceur t'adoucira,
Et ton aigreur ne l'aigrira.

Trop plus qu'en autre en moi s'est arrêté
Fâcheux ennui. Car hiver et été
N'ai vu que fraude, haine, vice et oppresse
Avec chagrin : et durant cette presse,
Plus mort que vif au monde j'ai été.

Mais le mien cœur (lors de vie absenté)
Commence à vivre, et revient à santé,
Et tout plaisir vers moi prend son adresse,
Trop plus qu'en autre.

Car maintenant j'aperçois loyauté,
Je vois à l'œil Amour et féauté,

Je vois vertu, je vois pleine liesse.
Tout cela vois : voire mais en qui est-ce ?
C'est en vous seule, où gît toute beauté
Trop plus qu'en autre.

LVI

À LA FILLE D'UN PEINTRE D'ORLÉANS, BELLE ENTRE LES AUTRES

Au temps passé Apelle [1] peintre sage
Fit seulement de Vénus le visage
Par fiction : mais (pour plus haut atteindre)
Ton père a fait de Vénus (sans rien feindre)
Entièrement la face et le corsage.

Car il est peintre, et tu es son ouvrage,
Mieux ressemblant Vénus de forme et d'âge,
Que le tableau qu'Apelle voulu peindre
Au temps passé.

Vrai est qu'il fit si belle son image,
Qu'elle échauffait en amour maint courage.
Mais celle-là que ton père a su teindre
Y met le feu, et a de quoi l'éteindre :
L'autre n'eut pas un si gros avantage
Au temps passé.

LVII

DU BAISER DE S'AMIE

En la baisant m'a dit : « Ami sans blâme,
Ce seul baiser, qui deux bouches embasme,
Les arrhes sont du bien tant espéré. »

Ce mot elle a doucement proféré,
Pensant du tout apaiser ma grand flamme.

Mais le mien cœur adonc plus elle enflamme,
Car son haleine odorant plus que basme
Soufflait le feu qu'Amour m'a préparé,
En la baisant.

Bref, mon esprit sans connaissance d'âme
Vivait alors sur la bouche à ma Dame,
Dont se mourait le corps enamouré :
Et si sa lèvre eût guères demouré
Contre la mienne, elle m'eût sucé l'âme
En la baisant.

LVIII

POUR UN QUI EST ALLÉ LOIN DE S'AMIE

Loin de tes yeux t'amour me vient poursuivre
Autant ou plus qu'elle me soulait suivre
Auprès de toi : car tu as (pour tout seur)
Si bien gravé dedans moi ta douceur,
Que mieux graver ne se pourrait en cuivre.

Le corps est loin, plus à toi ne se livre :
Touchant le cœur, ta beauté m'en délivre.
Ainsi je suis (long temps a) sans mon cœur [1],
Loin de tes yeux.

Or l'homme est mort, qui n'a son cœur délivre :
Mais endroit moi ne s'en peut mort ensuivre,
Car si tu as le mien plein de langueur,
J'ai avec moi le tien plein de vigueur,
Lequel autant que le mien me fait vivre
Loin de tes yeux.

LIX

DE LA PAIX TRAITÉE À CAMBRAI PAR TROIS PRINCESSES [1]

Dessus la terre on voit les trois Déesses,
Non pas les trois qui après grands liesses
Mirent au monde âpre guerre et discord :
Ces trois ici avec paix et accord
Rompent de Mars les cruelles rudesses.

Par ces trois-là, entre tourbes et presses,
La pomme d'or causa grandes oppresses :
Par ces trois-ci l'olive [2] croît et sort
Dessus la terre.

S'elle fleurit, sont divines largesses ;
S'elle flétrit, sont humaines sagesses :
Et en viendra (si l'arbre est bon et fort)
Gloire à Dieu seul, aux humains réconfort,
Amour de peuple aux trois grandes Princesses
Dessus la terre.

LX

À MONSIEUR DE BELLEVILLE [1]

En attendant que plus grand œuvre fasse,
Pour présenter devant la claire face
De Diana [2], Seigneur tant estimé,
Prends cet écrit mal poli et limé :
Et si lourd suis, mes offenses efface.

Si répondrai-je à ton envoi, qu'Horace [3]
N'amenderait. Voire mais, quand sera-ce ?

Tu le sauras par ce rondeau rimé
En attendant.

Ce sera lors que ma Muse trop basse
Se haussera pour louer l'outrepasse
En bruit et los qui par tout est semé.
Loyal Amant très digne d'être aimé,
Veuille-moi mettre et tenir en sa grâce
En attendant.

LXI

SUR LA DEVISE DE MADAME DE LORRAINE [1] : « AMOUR ET FOI »

Amour et Foi sont bien appariés,
Voire trop mieux ensemble mariés
Que les humains qu'en ce monde on marie :
Car jamais Foi de l'Amour ne varie :
Et vous, humains, bien souvent variez.

Dames de cœur, ici étudiez :
Ces deux beaux dons Dieu vous a dédiés,
Et sont séants en haute seigneurie,
Amour et Foi.

Tant sont unis, tant sont bien alliés,
Qu'oubliant l'un, l'autre vous oubliez :
Si l'Amour faut, la Foi n'est plus chérie ;
Si Foi périt, l'Amour s'en va périe :
Pour ce les ai en devise liés,
Amour et Foi.

LXII

DE L'AMOUR DU SIÈCLE ANTIQUE

Au bon vieux temps un train d'amours régnait,
Qui sans grand art et dons se démenait,
Si qu'un bouquet donné d'amour profonde,
C'était donné toute la terre ronde,
Car seulement au cœur on se prenait.

Et si par cas à jouir on venait,
Savez-vous bien comme on s'entretenait?
Vingt ans, trente ans : cela durait un monde,
Au bon vieux temps.

Or est perdu ce qu'Amour ordonnait :
Rien que pleurs feints, rien que changes on n'oit.
Qui voudra donc qu'à aimer je me fonde,
Il faut premier que l'Amour on refonde,
Et qu'on la mène ainsi qu'on la menait
Au bon vieux temps.

LXIII

RONDEAU PAR VICTOR BRODEAU [1]

RESPONSIF AU PRÉCÉDENT

Au bon vieux temps que l'amour par bouquets
Se démenait et par joyeux caquets,
La femme était trop sotte, ou trop peu fine :
Le temps, depuis, qui tout fine et affine,
Lui a montré à faire ces acquêts.

Lors les seigneurs étaient petits naquets,
D'aux et oignons se faisaient les banquets,
Et n'était bruit de ruer en cuisine,
Au bon vieux temps.

Dames aux huis n'avaient clefs ne loquets !
Leur garde-robe était petits paquets
De canevas ou de grosse étamine.
Or, diamants, on laissait en leur mine,
Et les couleurs porter aux perroquets,
Au bon vieux temps !

LXIV

D'UNE DAME, À UN IMPORTUN

Tant seulement ton repos je désire,
T'avertissant (puisqu'il faut le te dire)
Que je ne suis disposée à t'aimer :
Si pour cueillir tu veux doncques semer,
Trouve autre champ, et du mien te retire.

Bref, si ton cœur plus à ce chemin tire,
Il ne fera que augmenter son martyre,
Car je ne veux serviteur te nommer
Tant seulement.

Tu peux donc bien autre maîtresse élire :
Que plût à Dieu qu'en mon cœur pusses lire,
Là où Amour ne t'a su imprimer !
Et m'ébahis (sans rien désestimer)
Comment j'ai pris la peine de t'écrire
Tant seulement.

LXV

DE LA MAL MARIÉE[1] QUI NE VEUT FAIRE AMI

Contre raison Fortune l'évolée
Trop lourdement devers moi est volée,

Quand pour loyer de ma grand loyauté
Du mien époux je n'ai que cruauté,
En lieu d'en être en mes maux consolée.

Or d'autre ami ne serai-je accolée,
Et aimerais mieux être décollée,
Que déloyale à sa déloyauté
Contre raison.

La fleur des champs n'est séchée et foulée
Qu'en temps d'hiver ; mais moi, pauvre affolée,
Perds en tout temps la fleur de ma beauté.
Hélas, ma mère, en qui j'ai privauté,
Réconfortez la pauvre désolée
Contre raison.

LXVI

DE L'INCONSTANCE DE ISABEAU [1]

Comme inconstante, et de cœur fausse et lâche,
Elle me laisse. Or, puisqu'ainsi me lâche,
A votre avis, ne la dois-je lâcher ?
Certes oui : mais autrement fâcher
Je ne la veux, combien qu'elle me fâche.

Il lui faudrait (au train qu'à mener tâche)
Des serviteurs à journée et à tâche :
En trop de lieux veut son cœur attacher,
Comme inconstante.

Or, pour couvrir son grand vice et sa tache,
Souvent ma plume à la louer s'attache :
Mais à cela je ne veux plus tâcher,
Car je ne puis son mauvais bruit cacher
Si sûrement qu'elle ne le décache
Comme inconstante.

LXVII

RONDEAU PARFAIT
À SES AMIS APRÈS SA DÉLIVRANCE [1]

En liberté maintenant me pourmène,
Mais en prison pourtant je fus cloué :
Voilà comment Fortune me démène.
C'est bien, et mal. Dieu soit de tout loué.

Les Envieux ont dit que de Noé [2]
N'en sortirais : que la Mort les emmène !
Maulgré leurs dents le nœud est dénoué.
En liberté maintenant me pourmène.

Pourtant, si j'ai fâché la Cour romaine,
Entre méchants ne fus oncq alloué.
Des bien famés j'ai hanté le domaine [3] ;
Mais en prison pourtant je fus cloué.

Car aussitôt que fus désavoué
De celle-là qui me fut tant humaine,
Bientôt après à saint Pris [4] fus voué :
Voilà comment Fortune me démène.

J'eus à Paris prison fort inhumaine,
A Chartres [5] fus doucement encloué ;
Maintenant vais où mon plaisir me mène.
C'est bien, et mal. Dieu soit de tout loué.

Au fort, Amis, c'est à vous bien joué,
Quand votre main hors du parc me ramène.
Ecrit et fait d'un cœur bien enjoué,
Le premier jour de la verte Semaine [6],
En liberté.

CHANSONS

CHANSON PREMIÈRE

Plaisir n'ai plus, mais vis en déconfort.
Fortune[1] m'a remis en grand douleur.
L'heur que j'avais est tourné en malheur,
Malheureux est, qui n'a aucun confort.

Fort suis dolent, et regret me remord,
Mort m'a ôté ma Dame de valeur.
L'heur que j'avais est tourné en malheur :
Malheureux est, qui n'a aucun confort.

Valoir ne puis, en ce monde suis mort.
Morte est m'amour, dont suis en grand langueur.
Langoureux suis, plein d'amère liqueur,
Le cœur me part pour sa dolente mort.

CHANSON II

Secourez-moi, ma Dame par amours,
Ou autrement la Mort me vient quérir.
Autre que vous ne peut donner secours
A mon las cœur, lequel s'en va mourir.
Hélas, hélas, veuillez donc secourir

Celui qui vit pour vous en grand détresse,
Car de son cœur vous êtes la maîtresse.

Si par aimer, et souffrir nuits et jours,
L'ami dessert ce qu'il vient requérir,
Dites pourquoi faites si longs séjours
A me donner ce que tant veux chérir ?
O noble fleur, laisserez-vous périr
Votre servant, par faute de liesse ?
Je crois qu'en vous n'a point tant de rudesse.

Votre rigueur me fit plusieurs détours,
Quand au premier je vous vins requérir :
Mais Bel Accueil[1] m'a fait d'assez bons tours,
En me laissant maint baiser conquérir.
Las, vos baisers ne me savent guérir,
Mais vont croissant l'ardent feu qui me presse :
Jouissance est ma médecine expresse.

CHANSON III

Dieu gard ma Maîtresse et Régente,
Gente[1] de corps et de façon.
Son cœur tient le mien en sa tente
Tant et plus d'un ardent frisson.
S'on m'oit pousser sur ma chanson
Son de voix, ou harpes doucettes,
C'est Espoir, qui sans marrisson
Songer me fait en amourettes.

La blanche colombelle belle[2],
Souvent je vais priant, criant :
Mais dessous la cordelle d'elle
Me jette un œil friant riant,
En me consommant, et sommant
A douleur, qui ma face efface :

Dont suis le réclamant amant,
Qui pour l'outrepasse trépasse.

Dieu des amants, de mort me garde,
Me gardant, donne-moi bon heur,
Et le me donnant, prends ta darde,
En la prenant, navre son cœur ;
En le navrant, me tiendras seur[3],
En seurté suivrai l'accointance ;
En l'accointant, ton Serviteur
En servant aura jouissance.

CHANSON IV

Jouissance vous donnerai,
Mon Ami, et si mènerai
A bonne fin votre espérance.
Vivante ne vous laisserai ;
Encore, quand morte serai,
L'esprit en aura souvenance.

Si pour moi avez du souci,
Pour vous n'en ai pas moins aussi,
Amour le vous doit faire entendre.
Mais s'il vous grève d'être ainsi,
Apaisez votre cœur transi :
Tout vient à point, qui peut attendre.

CHANSON V

J'attends secours de ma seule pensée :
J'attends le jour, que l'on m'écondira[1],
Ou que du tout la belle me dira :
« Ami, t'amour sera récompensée. »

Mon alliance est fort bien commencée,
Mais je ne sais comment il en ira :
Car, s'elle veut, ma vie périra,
Quoiqu'en amour s'attend d'être avancée.

Si j'ai refus, vienne Mort insensée :
A son plaisir de mon cœur jouira.
Si j'ai merci, adonc s'éjouira
Celui qui point n'a sa Dame offensée.

CHANSON VI

Amour et Mort m'ont fait outrage.
Amour me retient en servage,
Et Mort (pour accroître ce deuil)
A pris celui loin de mon œil,
Qui de près navre mon courage.

Hélas, Amour, tel personnage
Te servait en fleur de son âge,
Mais tu es ingrat à mon vueil
De souffrir Guerre et son orgueil
Tuer ceux qui t'ont fait hommage.

Si est-ce à mon cœur avantage,
De ce que son noble corsage
Gît envers, loin de mon accueil :
Car si j'avais vu son cercueil,
Ma grand douleur deviendrait rage.

CHANSON VII

Celle qui m'a tant pourmené
A eu pitié de ma langueur :
Dedans son jardin m'a mené,

Où tous arbres sont en vigueur.
Adoncques ne usa de rigueur :
Si je la baise, elle m'accole ;
Puis m'a donné son noble cœur,
Dont il m'est avis que je vole.

Quand je vis son cœur être mien,
Je mis toute crainte dehors,
Et lui dis : « Belle, ce n'est rien,
Si entre vos bras je ne dors. »
La Dame répondit alors :
« Ne faites plus cette demande :
Il est assez maître du corps,
Qui a le cœur à sa commande[2]. »

CHANSON VIII

Si de nouveau j'ai nouvelles couleurs,
Il n'en faut jà prendre ébahissement,
Car de nouveau j'ai nouvelles douleurs,
Nouvelle amour, et nouveau pensement.
Deuil et Ennui, c'est tout l'avancement
Que j'ai encor de vous tant amoureuse :
Si vous supplie que mon commencement
Cause ne soit de ma fin langoureuse.

Plût or à Dieu (pour fuir mes malheurs)
Que je vous tinsse à mon commandement :
Ou, pour le moins, que vos grandes valeurs
Ne fussent point en mon entendement :
Car vos beaux yeux me plaisent tellement,
Et votre amour me semble tant heureuse,
Que je languis : ainsi voilà comment
Ce qui me plaît m'est chose douloureuse.

CHANSON IX

Quand j'ai pensé en vous, ma bien-aimée,
Trouver n'en puis de si grande beauté :
Et de vertu seriez plus estimée,
Qu'autre qui soit, si n'était cruauté.
    Mais pour vous aimer loyaument
    J'ai récompense de tourment :
    Toutefois quand il vous plaira,
    Mon mal par merci finira.

Dès que mon œil aperçut votre face,
Ma liberté du tout m'abandonna,
Car mon las cœur, espérant votre grâce,
De moi partit, et à vous se donna.
    Or s'est-il voulu retirer
    En lieu dont ne se peut tirer,
    Et vous a trouvée sans si [1],
    Fors qu'êtes Dame sans merci [2].

Votre rigueur veut doncques que je meure [3],
Puisque pitié votre cœur ne remord.
Si n'aurez-vous (de ce je vous asseure)
Los ni honneur de si cruelle mort :
    Car on ne doit mettre en langueur
    Celui qui aime de bon cœur :
    Trop est rude à son ennemi,
    Qui est cruel à son ami.

CHANSON X

Je suis aimé de la plus belle
Qui soit vivant dessous les cieux :
Encontre tous faux envieux
Je la soutiendrai être telle.

Si Cupido doux et rebelle
Avait débandé ses deux yeux,
Pour voir son maintien gracieux,
Je crois qu'amoureux serait d'elle.

Vénus, la Déesse immortelle,
Tu as fait mon cœur bien heureux,
De l'avoir fait être amoureux
D'une si noble Damoiselle.

CHANSON XI

Qui veut avoir liesse
Seulement d'un regard,
Vienne voir ma maîtresse,
Que Dieu maintienne et gard !
Elle a si bonne grâce,
Que celui qui la voit,
Mille douleurs efface,
Et plus s'il en avoit.

Les vertus de la belle
Me font émerveiller.
La souvenance d'elle
Fait mon cœur éveiller.
Sa beauté tant exquise
Me fait la mort sentir ;
Mais sa grâce requise
M'en peut bien garantir.

CHANSON XII

Tant que vivrai en âge florissant,
Je servirai Amour, le Dieu puissant,
En faits et dits, en chansons et accords.

Par plusieurs jours m'a tenu languissant,
Mais après deuil m'a fait réjouissant,
Car j'ai l'amour de la belle au gent corps.
Son alliance,
Est ma fiance :
Son cœur est mien,
Mon cœur est sien :
Fi de tristesse,
Vive liesse,
Puisqu'en Amour a tant de bien.

Quand je la veux servir et honorer,
Quand par écrits veux son nom décorer,
Quand je la vois et visite souvent,
Les envieux n'en font que murmurer.
Mais notre Amour n'en saurait moins durer :
Autant ou plus en emporte le vent.
Maulgré envie
Toute ma vie
Je l'aimerai,
Et chanterai :
C'est la première,
C'est la dernière,
Que j'ai servie, et servirai.

CHANSON XIII

Languir me fais sans t'avoir offensée :
Plus ne m'écris, plus de moi ne t'enquiers.
Mais nonobstant autre Dame ne quiers :
Plutôt mourir que changer ma pensée.

Je ne dis pas t'amour être effacée,
Mais je me plains de l'ennui que j'acquiers,
Et loin de toi humblement te requiers
Que loin de moi, de moi ne sois fâchée.

CHANSON XIV

D'où vient cela, belle, je vous supplie
Que plus à moi ne vous recommandez ?
Toujours serai de tristesse rempli
Jusques à tant qu'au vrai le me mandez.
Je crois que plus d'Ami ne demandez,
Ou mauvais bruit de moi on vous révèle,
Ou votre cœur a fait amour nouvelle.

Si vous laissez d'amour le train joli,
Votre beauté prisonnière rendez ;
Si pour autrui m'avez mis en oubli,
Dieu vous y doint le bien que y prétendez ;
Mais si de mal en rien m'appréhendez,
Je veux qu'autant que vous me semblez belle,
D'autant ou plus vous me soyez cruelle.

CHANSON XV

Ma Dame ne m'a pas vendu,
Elle m'a seulement changé :
Mais elle a au change perdu,
Dont je me tiens pour bien vengé,
Car un loyal a étrangé
Pour un autre, qui la diffame.
N'est-elle pas légère femme ?

Le Noir a quitté et rendu,
Le Blanc est d'elle dérangé,
Violet lui est défendu,
Point n'aime Bleu, ni Orangé :
Son cœur muable s'est rangé
Vers le Changeant [1], couleur infâme.
N'est-elle pas légère femme ?

CHANSON XVI

J'ai contenté
Ma voulenté
Suffisamment,
Car j'ai été
D'amour traité
Différemment.
J'ai eu tourment,
Bon traitement,
J'ai eu douceur et cruauté :
Et ne me plains fors seulement
D'avoir aimé si loyaument
Celle qui est sans loyauté.

Cœur affété
Moins arrêté
Qu'un seul moment,
Ta lâcheté
M'a déjeté
Fâcheusement.
Prends hardiment
Amendement.
Et vous, Dames de grand beauté,
Si l'honneur aimez chèrement,
Vous n'ensuivrez aucunement
Celle qui est sans loyauté.

CHANSON XVII

Je ne fais rien que requérir
Sans acquérir
Le don d'amoureuse liesse.
Las, ma Maîtresse,
Dites, quand est-ce

Qu'il vous plaira me secourir.
Je ne fais rien que requérir.

Votre beauté qu'on voit flourir
    Me fait mourir :
Ainsi j'aime ce qui me blesse.
    C'est grand simplesse :
    Mais grand sagesse,
Pourvu que m'en veuillez guérir.
Je ne fais rien que requérir.

CHANSON XVIII

D'un nouveau dard je suis frappé,
Par Cupido, cruel de soi :
De lui pensais être échappé,
Mais cuidant fuir me déçois,
Et remède je n'aperçois
    A ma douleur secrète,
Fors de crier : « Allégez-moi,
    Douce plaisant Brunette [1]. »

Si au monde ne fussiez point,
Belle, jamais je n'aimerais :
Vous seule avez gagné le point
Que si bien garder j'espérais.
Mais quand à mon gré vous aurais
    En ma chambre seulette,
Pour me venger, je vous ferais
    La couleur vermeillette.

CHANSON XIX

Maudite soit la mondaine richesse,
Qui m'a ôté m'Amie et ma Maîtresse.

Las, par vertu j'ai son amitié quise,
Mais par richesse un autre l'a conquise :
Vertu n'a pas en amour grand prouesse.

Dieu gard de mal la Nymphe et la Déesse :
Maudit soit l'Or, où elle a sa liesse,
Maudite soit la fine Soie exquise,
Le Diamant et la Perle requise,
Puisque par eux il faut qu'elle me laisse.

CHANSON XX

Le cœur de vous ma présence désire,
Mais pour le mieux (Belle) je me retire,
Car sans avoir autre contentement
Je ne pourrais servir si longuement :
Venons au point, au point qu'on n'ose dire.

Belle Brunette, à qui mon cœur soupire,
Si me donnez ce bien (sans m'écondire)
Je servirai : mais savez-vous comment?
De nuit et jour très bien et loyaument.
Si ne voulez, je fuirai mon martyre.

CHANSON XXI

Amour au cœur me point,
Quand bien aimé je suis :
Mais aimer je ne puis
Quand on ne m'aime point.

Chacun soit averti
De faire comme moi :
Car d'aimer sans parti,
C'est un trop grand émoi.

CHANSON XXII

Qui veut entrer en grâce
Des Dames bien avant,
En cautelle et fallace
Faut être bien savant.
Car tout vrai poursuivant,
La loyauté suivant,
Aujourd'hui est déçu :
Et le plus décevant
Pour loyal est reçu.

CHANSON XXIII

Longtemps y a que je vis en espoir
Et que Rigueur a dessus moi pouvoir.
Mais si jamais je rencontre Allégeance,
Je lui dirai : « Ma Dame, venez voir :
Rigueur me bat, faites-m'en la vengeance. »

Si je ne puis Allégeance émouvoir,
Je le ferai au Dieu d'Amour savoir,
En lui disant : « O mondaine plaisance,
Si d'autre bien ne me voulez pourvoir,
A tout le moins ne m'ôtez Espérance. »

CHANSON XXIV

Quand vous voudrez faire une Amie [1],
Prenez-la de belle grandeur,
En son esprit non endormie,
En son tétin bonne rondeur,
    Douceur
    En cœur,

Langage
Bien sage,
Dansant, chantant par bons accords,
Et ferme de cœur et de corps.

Si vous la prenez trop jeunette,
Vous en aurez peu d'entretien :
Pour durer prenez-la brunette[2],
En bon point, d'assuré maintien.
Tel bien
Vaut bien
Qu'on fasse
La chasse
Du plaisant gibier amoureux :
Qui prend telle proie est heureux.

CHANSON XXV

DU JOUR DE NOËL

Une pastourelle gentille
Et un berger, en un verger,
L'autre-hier, jouant à la bille
S'entredisaient, pour abréger :
Roger
Berger,
Légère
Bergère,
C'est trop à la bille joué.
Chantons Noé, Noé, Noé.

Te souvient-il plus du Prophète[1],
Qui nous dit cas de si haut fait,
Que d'une Pucelle parfaite
Naîtrait un Enfant tout parfait?

L'effet
Est fait[2] :
La belle
Pucelle
A un fils du Ciel avoué[3].
Chantons Noé, Noé, Noé.

CHANSON XXVI

En entrant en un jardin
Je trouvai Guillot Martin
Avec Hélène,
Qui voulait son picotin,
Son beau petit picotin,
Non pas d'avoine.

Adonc Guillot lui a dit :
« Vous aurez bien ce crédit,
Quand je serai en haleine :
Mais n'en prenez qu'un petit.
Car par trop grand appétit
Vient souvent la panse pleine. »

CHANSON XXVII

D'amours me va tout au rebours,
Jà ne faut, que de cela mente,
J'ai refus en lieu de secours :
M'amie rit, et je lamente.
C'est la cause pourquoi je chante :
« D'amours me va tout au rebours,
Tout au rebours me va d'amours. »

CHANSON XXVIII

J'ai grand désir
D'avoir plaisir

D'amour mondaine :
Mais c'est grand peine,
Car chacun loyal amoureux
Au temps présent est malheureux ;
Et le plus fin
Gagne à la fin
La grâce pleine.

CHANSON XXIX

O cruauté logée en grand beauté,
O grand beauté, qui loges cruauté,
Quand ma douleur jamais ne sentiras,
Au moins un jour pense en ma loyauté :
Ingrate alors (peut-être) te diras.

CHANSON XXX

J'aime le cœur de m'amie,
Sa bonté et sa douceur.
Je l'aime sans infamie,
Et comme un frère la sœur.
Amitié démesurée
N'est jamais bien assurée,
Et met les cœurs en tourment :
Je veux aimer autrement.

Ma mignonne débonnaire,
Ceux qui font tant de clamours,
Ne tâchent qu'à eux complaire
Plus qu'à leurs belles amours.
Laissons-les en leur folie,
Et en leur mélancolie.
Leur amitié cessera,
Sans fin la nôtre sera.

CHANSON XXXI

Si je vis en peine et langueur,
De bon gré je le porte.
Puisque celle qui a mon cœur
Languit de même sorte.
Tous ces maux nous fait recevoir
Envie décevante,
Qui ne permet nous entrevoir,
Et d'en parler se vante.

Aussi Danger [1], faux blasonneur,
Tient rigueur à la Belle,
Car il menace son honneur,
S'il me voit auprès d'elle.
Mais plutôt loin je me tiendrai,
Qu'il en vienne nuisance :
Et à son honneur entendrai,
Plutôt qu'à ma plaisance.

CHANSON XXXII

Changeons propos, c'est trop chanté d'amours ;
Ce sont clamours [1], chantons de la Serpette :
Tous Vignerons ont à elle recours,
C'est leur secours pour tailler la Vignette.
Ô Serpillette, ô la Serpillonnette,
La Vignollette est par toi mise sus,
Dont les bons Vins tous les ans sont issus.

Le Dieu Vulcain, forgeron des hauts Dieux,
Forgea aux Cieux la Serpe bien taillante
De fin acier trempé en bon vin vieux,
Pour tailler mieux et être plus vaillante :
Bacchus la vante et dit qu'elle est séante,

Et convenante à Noé[2] le bonhom
Pour en tailler la Vigne en la saison.

Bacchus alors chapeau de treille avait,
Et arrivait pour bénître la Vigne :
Avec flacons Silénus[3] le suivait,
Lequel buvait aussi droit qu'une ligne ;
Puis il trépigne, et se fait une bigne[4] :
Comme une Guigne était rouge son nez.
Beaucoup de gens de sa race sont nés.

CHANSON XXXIII

La plus belle des trois sera[1]
Celle qui mourir me fera,
Ou qui me fera du tout vivre :
Car de mon mal serai délivrée,
Quand à sa puissance plaira.

Pallas point ne m'aidera,
Juno point ne s'en mêlera :
Mais Vénus, que j'ai voulu suivre,
Me dira bien : « Tiens, je te livre
Celle qui ravi ton cœur a. »

CHANSON XXXIV

Puisque de vous je n'ai autre visage,
Je m'en vais rendre ermite en un désert,
Pour prier Dieu ; si un autre vous sert,
Qu'autant que moi en votre honneur soit sage.

Adieu Amours, adieu gentil corsage,
Adieu ce teint, adieu ces friands yeux.
Je n'ai pas eu de vous grand avantage.
Un moins aimant aura, peut-être, mieux.

CHANSON XXXV

Vous perdez temps de me dire mal d'elle,
Gens qui voulez divertir mon entente :
Plus la blâmez, plus je la trouve belle.
S'ébahit-on si tant je m'en contente ?
La fleur de sa jeunesse,
A votre avis rien n'est-ce ?
N'est-ce rien que ses grâces ?
Cessez vos grands audaces,
Car mon amour vaincra votre médire :
Tel en médit, qui pour soi la désire.

CHANSON XXXVI

POUR LA BRUNE

Pourtant si je suis brunette,
Ami, n'en prenez émoi :
Autant suis ferme et jeunette,
Qu'une plus blanche que moi.
Le blanc effacer je vois,

Couleur noire est toujours une[1] :
J'aime mieux donc être brune
Avecque ma fermeté,
Que blanche comme la lune[2],
Tenant de légèreté.

CHANSON XXXVII

POUR LA BLANCHE

Pourtant si le blanc s'efface,
Il n'est pas à dépriser :

Comme lui, le noir se passe,
Il a beau temporiser.
Je ne veux point me priser,

Ne médire en ma revanche :
Mais j'aime mieux être blanche
Vingt ou trente ans ensuivant,
En beauté naïve et franche,
Que noire tout mon vivant.

CHANSON XXXVIII

J'ai trouvé moyen et loisir
D'envoyer Monsieur à la chasse :
Mais un autre prend le plaisir
Qu'envers ma Dame je pourchasse.

Ainsi pour vous, gros bœufs puissants,
Ne traînez charrue en la plaine ;
Ainsi pour vous, moutons paissants,
Ne portez sur le dos la laine.

Ainsi pour vous, oiseaux du ciel,
Ne sauriez faire une couvée :
Ainsi pour vous, mouches à miel,
Vous n'avez la cire trouvée.

CHANSON XXXIX

Si j'avais tel crédit,
Et d'Amour récompense,
Comme l'envieux pense,
Et comme il vous a dit :
Menteur ne serait dit,
Ne vous froide amoureuse,

Et moi, pauvre interdit,
Serais personne heureuse.

Quand viens à remirer
Si belle jouissance,
Il n'est en ma puissance
De ne la désirer :
Et pour y aspirer,
N'en dois perdre louange,
Ne d'honneur empirer :
Suis-je de fer, ou Ange ?

Qu'est besoin de mentir ?
J'ose encore vous dire,
Que plus fort vous désire,
Quand veux m'en repentir.
Et pour anéantir
Ce désir qui tant dure,
Il vous faudrait sentir
La peine que j'endure.

Votre doux entretien,
Votre belle jeunesse,
Votre bonté expresse
M'ont fait vôtre, et m'y tiens.
Vrai est que je vois bien
Votre amour endormie :
Mais langueur, ce m'est bien,
Pour vous, ma chère Amie.

CHANSON XL

Ne sais combien la haine est dure,
Et n'ai désir de le savoir :
Mais je sais qu'amour, qui peu dure,
Fait un grand tourment recevoir.

Amour autre nom dût avoir,
Nommer le faut Fleur ou Verdure,
Qui peu de temps se laisse voir.

Nommez-le donc Fleur ou Verdure
Au cœur de mon léger Amant.
Mais en mon cœur, qui trop endure,
Nommez-le Roc ou Diamant :
Car je vis toujours en aimant,
En aimant celui qui procure
Que Mort me voise consommant.

CHANSON XLI

COMPOSÉE PAR HÉROET [1]

Qui la voudra, faut premier que je meure.
Puis, s'il connaît son grand deuil apaisé,
La serve bien : mais il est mal aisé
(Mort son Ami) qu'elle vive demeure.

SECOND COUPLET, PAR MAROT

Je cuide bien qu'elle mourrait à l'heure
Que Mort viendrait tous les Amants saisir ;
Mais si (toi mort) elle en trouve à choisir,
J'ai belle peur qu'à grand peine elle pleure.

CHANSON XLII

Mon cœur se recommande à vous,
Tout plein d'ennui et de martyre :
Au moins, en dépit des jaloux,
Faites qu'adieu vous puisse dire.
Ma bouche, qui vous soulait rire,

Et conter propos gracieux,
Ne fait maintenant que maudire
Ceux qui m'ont banni de vos yeux.

Banni j'en suis par faux semblant[1].
Mais pour nous voir encor ensemble,
Faut que me soyez ressemblant
De fermeté ; car il me semble
Que quand Faux Rapport désassemble
Les Amants qui sont assemblés,
Si ferme amour ne les rassemble,
Sans fin seront désassemblés.

Fin de *L'Adolescence Clémentine.*

Annexes

L'ENFER
DÉPLORATION DE FLORIMOND ROBERTET
PSAUMES

L'ENFER

L'Enfer[1] *de Clément Marot de Cahors en Quercy, Valet de chambre du Roi, composé en la prison de l'Aigle de Chartres*[2], *et par lui envoyé à ses Amis*

Comme douleurs de nouvel amassées
Font souvenir des liesses passées,
Ainsi plaisir de nouvel amassé
Fait souvenir du mal qui est passé.
Je dis ceci, mes très chers Frères[3], pource
Que l'amitié, la chère non rebourse,
Les passe-temps et consolations
Que je reçois par visitations
En la prison claire et nette de Chartres
Me font records des ténébreuses chartres,
Du grand chagrin et recueil ord et laid
Que je trouvai dedans le Châtelet.
Si ne crois pas qu'il y ait chose au monde
Qui mieux ressemble un Enfer très immonde :
Je dis Enfer et Enfer puis bien dire ;
Si l'allez voir, encor le verrez pire.
Aller, hélas ! ne vous y veuillez mettre ;
J'aime trop mieux le vous décrire en mètre
Que pour le voir aucun de vous soit mis
En telle peine ! Ecoutez donc, Amis.
Bien avez lu, sans qu'il s'en faille un A,
Comme je fus, par l'instinct de Luna[4],
Mené au lieu plus mal sentant que soufre

Par cinq ou six ministres de ce gouffre ;
Dont le plus gros jusque-là me transporte.
Si rencontrai Cerbérus[5] à la porte,
Lequel dressa ses trois têtes en haut,
A tout le moins une qui trois en vaut.
Lors de travers me voit ce Chien poussif ;
Puis m'a ouvert un huis gros et massif,
Duquel l'entrée est si étroite et basse
Que pour entrer fallut que me courbasse.
Mais, ains que fusse entré au gouffre noir,
Je vois à part un autre vieil manoir
Tout plein de gens, de bruit et de tumulte[6],
Parquoi avec ma guide je consulte,
En lui disant : « Dis-moi, s'il t'en souvient,
D'où et de qui et pourquoi ce bruit vient. »
Si me répond : « Sans croire le rebours,
Sache qu'ici sont d'Enfer les faubourgs,
Où bien souvent s'élève cette fête,
Laquelle sort plus rude que tempête
De l'estomac de ces gens que tu vois,
Qui sans cesser se rompent tête et voix
Pour appointer faux et chétifs humains,
Qui ont débats, et débats ont eus maints.
Haut devant eux le grand Minos[7] se sied,
Qui sur leurs dits ses sentences assied. Minos
C'est lui qui juge ou condamne ou défend, Juge
Ou taire fait quand la tête lui fend. infernal
Là les plus grands les plus petits détruisent,
Là les petits peu ou point aux grands nuisent,
Là trouve l'on façon de prolonger La fortune
Ce qui se doit et se peut abréger ; de ceux qui
Là sans argent pauvreté n'a raison, ont Procès
Là se détruit mainte bonne maison,
Là biens sans cause en causes se dépendent,
Là les causeurs les causes s'entrevendent[8],
Là en public on manifeste et dit
La mauvaistié de ce monde maudit,

Qui ne saurait sous bonne conscience
Vivre deux jours en paix et patience ;
Dont j'ai grand joie avecques ces mordants.

D'où vient le gain des gens de Justice

Et tant plus sont les hommes discordants,
Plus à discord émouvons leurs courages
Pour le profit qui vient de leurs dommages ;
Car s'on vivait en paix, comme est métier,
Rien ne vaudrait de ce lieu le métier ;
Pource qu'il est de soi si anormal
Qu'il faut exprès qu'il commence par mal,
Et que quelqu'un à quelque autre méfasse,
Avant que nul jamais profit en fasse.

Bref en ce lieu ne gagnerions deux pommes,
Si ce n'était la mauvaistié des hommes.
Mais, par Pluton, le Dieu que dois nommer,
Mourir de faim ne saurions, ne chômer,
Car tant de gens qui en ce parc s'assaillent
Assez et trop de besogne nous taillent,
Assez pour nous, quand les biens nous en viennent,
Et trop pour eux, quand pauvres en deviennent.
Ce nonobstant, ô nouveau prisonnier,
Il est besoin de près les manier ;
Il est besoin (crois-moi), et par leur faute,
Que dessus eux on tienne la main haute ;
Ou autrement les bons bonté fuiraient,
Et les mauvais en empirant iraient.

Encor (pour vrai) mettre on n'y peut tel ordre,
Que toujours l'un l'autre ne veuille mordre ;
Dont raison veut qu'ainsi on les embarre,
Et qu'entre deux soit mis distance et barre,
Comme aux chevaux en l'étable hargneux.

Minos, le Juge, est de cela soigneux,
Qui devant lui, pour entendre le cas,
Fait déchiffrer tels noisifs altercas
Par ces crieurs, dont l'un soutient tout droit
Droit contre tort ; l'autre tort contre droit ;
Et bien souvent, par cautelle subtile,

Tort bien mené rend bon droit inutile.
Prends-y égard et entends leurs propos ;
Tu ne vis onq si différents suppôts.
Approche-toi pour de plus près les voir ;
Regarde bien, je te fais assavoir
Que ce mordant que l'on oit si fort bruire
De corps et biens veut son prochain détruire.
Ce grand criard, qui tant la gueule tord,
Pour le grand gain, tient du riche le tort.
Ce bon vieillard (sans prendre or ou argent)
Maintient le droit de mainte pauvre gent[9].
Celui qui parle illec sans s'éclater
Le Juge assis veut corrompre et flatter.
Et cestui-là, qui sa tête décœuvre,
En plaiderie a fait un grand chef-d'œuvre,
Car il a tout détruit son parentage,
Dont il est craint et prisé davantage ;
Et bien heureux celui se peut tenir,
Duquel il veut la cause soutenir.
Amis, voilà quelque peu des menées,
Qui aux faubourgs d'Enfer sont démenées
Par nos grands loups ravissants et famis,
Qui aiment plus cent sous que leurs amis,
Et dont, pour vrai, le moindre et le plus neuf
Trouverait bien à tondre sur un œuf.
Mais puisque tant de curiosité
Te meut à voir la somptuosité
De nos manoirs, ce que tu ne vis oncques
Te ferai voir. Or saches, Ami, doncques,
Qu'en cestui parc, où ton regard épands,
Une manière il y a de Serpents,
Qui de petits viennent grands et félons,
Non point volants, mais traînants et bien longs ;
Et ne sont pas pourtant Couleuvres froides,
Ne verts Lézards, ne Dragons forts et roides ;
Et ne sont pas Cocodrilles infaicts,
Ne Scorpions tortus et contrefaicts ;

La description de procès sous la figure des Serpents

Ce ne sont pas Vipereaux furieux,
Ne Basilics [10] tuant les gens des yeux ;
Ce ne sont pas mortifères Aspics [11],
Mais ce sont bien Serpents qui valent pis [12].
Ce sont Serpents enflés, envenimés,
Mordants, maudits, ardents et animés,
Jetant un feu qu'à peine on peut éteindre,
Et en piquant dangereux à l'atteindre.
Car qui en est piqué ou offensé
Enfin devient chétif ou insensé ;

La nature de Procès

C'est la nature au Serpent, plein d'excès,
Qui par son nom est appelé Procès.
Tel est son nom, qui est de mort une ombre ;
Regarde un peu, en voilà un grand nombre
De gros, de grands, de moyens et de grêles,
Plus malfaisants que tempêtes ne grêles.
Celui qui jette ainsi feu à planté
Veut enflammer quelque grand parenté ;
Celui qui tire ainsi hors sa languette

La diversité des Procès

Détruira bref quelqu'un, s'il ne s'en guette ;
Celui qui siffle et a les dents si drues
Mordra quelqu'un, qui en courra les rues ;
Et ce froid-là, qui lentement se traîne,
Par son venin a bien su mettre haine
Entre la mère et les mauvais enfants,
Car Serpents froids sont les plus échauffants.
Et de tous ceux qui en ce parc habitent,
Les nouveau-nés qui s'enflent et dépitent
Sont plus sujets à engendrer ici
Que les plus vieux. Voire, et qu'il soit ainsi,
Ce vieil Serpent sera tantôt crevé,
Combien qu'il ait maint lignage grevé.
Et celui-là plus antique qu'un roc,
Pour reposer, s'est pendu à un croc [13].
Mais ce petit, plus mordant qu'une
[Louve,
Dix grands Serpents dessous sa panse couve ;

La génération éternelle (et ultra) de procès en procès

Dessous sa panse il en couve dix grands,
Qui quelque jour seront plus dénigrants
Honneurs et biens que cil qui les couva;
Et pour un seul qui meurt ou qui s'en va
En viennent sept. Dont ne faut t'étonner,
Car, pour du cas la preuve te donner,
Tu dois savoir qu'issues sont ces bêtes
Du grand Serpent Hydra qui eut sept têtes,
Contre lequel Hercule combattait[14];
Et quand de lui une tête abattait,
Pour une morte en revenait sept vives.
  Ainsi est-il de ces bêtes noisives;
Cette nature ils tiennent de la race
Du grand Hydra, qui au profond de Thrace,
Où il n'y a que guerres et contents,
Les engendra dès l'âge et dès le temps
Du faux Caïn. Et si tu quiers raison
Pourquoi Procès sont si fort en saison,
Sache que c'est faute de charité
Entre Chrétiens. Et à la vérité,
Comment l'auront dedans leur cœur fichée,
Quand partout est si froidement prêchée?
A écouter vos Prêcheurs, bien souvent
Charité n'est que donner au couvent.
Pas ne diront combien Procès diffère
Au vrai Chrétien[15], qui de tous se dit [frère.
Pas ne diront qu'impossible leur semble
D'être Chrétien et plaideur tout ensemble,
Ainçois seront eux-mêmes à plaider
Les plus ardents. Et à bien regarder,
Vous ne valez de guère mieux au monde
Qu'en notre Enfer où toute horreur abonde.
  Doncques, Ami, ne t'ébahis comment
Serpents procès vivent si longuement;
Car bien nourris sont du lait de la Lice[16]
Qui nommée est du Monde la malice;

Pour quelle cause règnent tant de Procès

La négligence des Prêcheurs à exhorter à charité

Toujours les a la Louve entretenus,
Et près du cœur de son ventre tenus.
Mais si ne veux-je à ses faits contredire,
Car c'est ma vie. Or plus ne t'en veux dire.
Passe cet huis barré de puissant fer. »
A tant se tut le Ministre d'Enfer,
De qui les mots voulentiers écoutoie ;
Point ne me laisse, ains me tient et côtoie,
Tant qu'il m'eut mis (pour mieux être à couvert)
Dedans le lieu par Cerbérus ouvert,

Le prisonnier

Où plusieurs cas me furent ramentus ;
Car lors allai devant Rhadamantus[17]
Par un degré fort vieil, obscur et sale.

Rhadamantus Juge d'Enfer

Pour abréger : je trouve en une salle
Rhadamantus (Juge assis à son aise)
Plus enflammé qu'une ardente fournaise,
Les yeux ouverts, les oreilles bien grandes,
Fier en parler, cauteleux en demandes,
Rébarbatif quand son cœur il décharge ;
Bref, digne d'être aux Enfers en sa charge.

Description d'un Juge rigoureux et inhumain

Là devant lui vient mainte Ame damnée,
Et quand il dit : « Telle me soit menée »,
A ce seul mot un gros marteau carré
Frappe tel coup contre un portail barré
Qu'il fait crouler les tours du lieu infâme.
Lors, à ce bruit, là-bas n'y a pauvre Ame
Qui ne frémisse et de frayeur ne tremble,
Ainsi qu'au vent feuille de chêne ou tremble,
Car la plus sûre a bien crainte et grand peur
De se trouver devant tel attrapeur.
Mais un Ministre appelle et nomme celle
Que veut le Juge. Adoncques s'avance elle,
Et s'y en va tremblant, morne et pâlie.
Dès qu'il la voit, il mitigue et pallie
Son parler aigre, et en feinte douceur
Lui dit ainsi : « Viens çà, fais-moi tout [seur,

Subtilité de Rhadamantus en interrogations

Je te supplie, d'un tel crime et forfait.
Je croirais bien que tu ne l'as point fait,
Car ton maintien n'est que des plus gaillards ;
Mais je veux bien connaître ces paillards
Qui avec toi firent si chaude esmorche.
Dis hardiment ; as-tu peur qu'on t'écorche ?
Quand tu diras qui a fait le péché,
Plus tôt seras de nos mains dépêché.
De quoi te sert la bouche tant fermée,
Fors de tenir ta personne enfermée ?
Si tu dis vrai, je te jure et promets
Par le haut Ciel, où je n'irai jamais,
Que des Enfers sortiras les brisées
Pour t'en aller aux beaux champs Elysées [18],
Où liberté fait vivre les esprits
Qui de conter vérité ont appris.
Vaut-il pas mieux doncques que tu la contes
Que d'endurer mille peines et hontes ?
Certes, si fait. Aussi je ne crois mie
Que sois menteur, car ta physionomie
Ne le dit point, et de mauvais affaire
Serait celui qui te voudrait méfaire.
Dis-moi, n'aies peur. » Tous ces mots alléchants
Font souvenir de l'oiseleur des champs
Qui doucement fait chanter son sublet
Pour prendre au bric l'oiseau nice et faiblet,
Lequel languit ou meurt à la pipée [19] ;
Ainsi en est la pauvre Ame grippée ;
Si tel douceur lui fait rien confesser,
Rhadamanthus la fait pendre ou fesser ;
Mais, si la langue elle refreint et mord,
Souventes fois échappe peine et mort.

Le prisonnier

Ce nonobstant, sitôt qu'il vient à voir
Que par douceur il ne la peut avoir,
Aucunes fois encontre elle il s'irrite,
Et de ce pas, selon le démérite
Qu'il sent en elle, il vous la fait plonger

Au fond d'Enfer, où lui fait allonger
Veines et nerfs, et par tourments s'efforce
A éprouver s'elle dira par force
Ce que douceur n'a su d'elle tirer.

Le tourment de la gêne

O chers Amis, j'en ai vu martyrer
Tant que pitié m'en mettait en émoi !
Parquoi vous prie de plaindre avecques moi
Les Innocents qui en tels lieux damnables
Tiennent souvent la place des coupables.

Et vous, enfants suivant mauvaise vie[20],
Retirez-vous ; ayez au cœur envie
De vivre autant en façon estimée
Qu'avez vécu en façon déprimée.
Quand le bon train un peu éprouverez,
Plus doux que l'autre enfin le trouverez ;
Si que par bien le mal sera vaincu,
Et du regret d'avoir si mal vécu
Devant les yeux vous viendra honte honneste,
Et n'en hairrez cil qui vous admoneste ;
Pource qu'alors, ayant discrétion,
Vous vous verrez hors la sujétion
Des Infernaux et de leurs entrefaites[21],
Car pour les bons les Lois ne sont point faites.

Avertissement aux jeunes gens de fuir le vice

Venons au point. Ce Juge tant divers[22]
Un fier regard me jeta de travers,
Tenant un port trop plus cruel que brave ;
Et, d'un accent impératif et grave,
Me demandant ma naissance et mon nom
Et mon état : « Juge de grand renom,
Réponds-je alors, à bon droit tu poursuis
Que je te die orendroit qui je suis ;
Car inconnu suis des ombres iniques,
Inconnu suis des Ames plutoniques,
Et de tous ceux de cette obscure voie
Où (pour certain) jamais entré n'avoie ;
Mais bien connu suis des Ombres céliques,
Bien connu suis des Ames angéliques,

Et de tous ceux de la très claire voie
Où Jupiter[23] les dévoyés avoie ;
Bien me connut et bien me guerdonna,
Lorsqu'à sa sœur Pallas il me donna ;
Je dis Pallas[24], la si sage et si belle ;
Bien me connaît la prudente Cybèle[25],
Mère du grand Jupiter amiable.

Jupiter pour le Roi

Pallas pour la Reine de Navarre

Cybèle pour ma Dame la Régente

Quant à Luna diverse et variable[26],
Trop me connaît son faux cœur odieux.
En la mer suis connu des plus hauts Dieux,
Jusque aux Tritons et jusque aux Néréides ;
En terre aussi des Faunes et Hymnides[27]
Connu je suis. Connu je suis d'Orphée,
De mainte Nymphe et mainte noble Fée,
Du gentil Pan[28] qui les flûtes manie,
De Églé[29] qui danse au ton de [l'harmonie
Quand elle voit les Satyres suivants,
De Galathée[30] et de tous les sylvants,
Jusqu'à Tityre[31] et ses brebis camuses ;
Mais par sus tout suis connu des neuf Muses,
Et d'Apollo[32], Mercure et tous leurs fils
En vraie amour et science confits.

Dénombrement figuratif des Seigneurs et Dames et toutes personnes vertueuses desquelles Marot est aimé et prisé

Ce sont ceux-là (Juge) qui en brefs jours
Me mettront hors de tes obscurs séjours,
Et qui pour vrai de mon ennui se deulent.
Mais puisqu'envie et ma fortune veulent
Que connu sois et saisi de tes lacs,
Sache de vrai, puisque demandé l'as,
Que mon droit nom[33] je ne te veux point taire,
Si t'avertis qu'il est à toi contraire,
Comme eau liquide au plus sec élément[34] ;
Car tu es rude et mon nom est Clément ;
Et pour montrer qu'à grand tort on me triste :
Clément n'est point le nom de Luthériste[35] ;
Ains est le nom (à bien l'interpréter)

Clément

Du plus contraire ennemi de Luther[36] ;
C'est le saint nom du Pape, qui accole
Les chiens d'Enfer (s'il lui plaît) d'une étole[37] ;
Le crains-tu point ? C'est celui qui afferme Pape
Qu'il ouvre Enfer quand il veut et le ferme ; Clément
Celui qui peut en feu chaud martyrer
Cent mille esprits, ou les en retirer[38].
Quant au surnom, aussi vrai qu'Évangile,
Il tire à cil du Poète Virgile,
Jadis chéri de Mécénas[39] à Rome : Marot
Maro s'appelle, et Marot je me nomme,
Marot je suis, et Maro ne suis pas ;
Il n'en fut onc depuis le sien trépas ;
Mais puisqu'avons un vrai Mécénas ore,
Quelque Maro nous pourrons voir encore[40].
Et d'autre part (dont nos jours sont heureux)
Le beau verger des lettres plantureux
Nous reproduit ses fleurs à grands jonchées
Par ci-devant flétries et séchées
Par le froid vent d'ignorance et sa tourbe
Qui haut savoir persécute et détourbe, Ignorance
Et qui de cœur est si dure ou si tendre ennemie
Que vérité[41] ne veut ou peut entendre. de savoir.
O Roi heureux, sous lequel sont entrés
(Presque péris) les lettres et Lettrés !
Entends après (quant au point de mon être)
Que vers midi les hauts Dieux m'ont fait naître,
Où le Soleil non trop excessif est[42] ; Le lieu
Parquoi la terre avec honneur s'y vêt de la
De mille fruits, de mainte fleur et plante ; naissance
Bacchus aussi sa bonne vigne y plante de Marot,
Par art subtil sur montagnes pierreuses et la
Rendant liqueurs fortes et savoureuses. description d'icelui.
Mainte fontaine y murmure et ondoie,
Et en tous temps le Laurier y verdoie
Près de la vigne ; ainsi comme dessus
Le double mont[43] des Muses, Parnassus ;

Dont s'ébahit la mienne fantaisie
Que plus d'esprits de noble Poésie
N'en sont issus. Au lieu que je déclaire
Le fleuve Lot coule son eau peu claire, Le Lot
Qui maints rochers transverse et environne,
Pour s'aller joindre au droit fil de Garonne.
A bref parler, c'est Cahors en Quercy, Cahors en Quercy
Que je laissai pour venir querre icy
Mille malheurs, auxquels ma destinée
M'avait soumis. Car une matinée,
N'ayant dix ans, en France[44] fut mené; Marot amené en France
Là où depuis me suis tant pourmené
Que j'oubliai ma langue maternelle
Et grossement appris la paternelle,
Langue Française ès grands Cours estimée,
Laquelle enfin quelque peu s'est limée,
Suivant le Roi François, premier du nom,
Dont le savoir excède le renom.
C'est le seul bien que j'ai acquis en France
Depuis vingt ans, en labeur et souffrance.
Fortune m'a, entre mille malheurs,
Donné ce bien des mondaines valeurs.
Que dis-je, las ? O parole soudaine !
C'est don de Dieu, non point valeur mondaine ;
Rien n'ai acquis des valeurs de ce monde
Qu'une maîtresse en qui gît et abonde
Plus de savoir, parlant et écrivant,
Qu'en autre femme en ce monde vivant. Les louanges de la Reine de Navarre, Reine comblée de toute vertu
C'est du franc Lys l'issue Marguerite[45],
Grande sur terre, envers le Ciel petite;
C'est la Princesse à l'esprit inspiré,
Au cœur élu[46], qui de Dieu est tiré
Mieux (et m'en crois) que le fétu de l'Ambre ;
Et d'elle suis l'humble Valet de chambre.
C'est mon état, ô Juge plutonique ;
Le Roi des Francs, dont elle est sœur unique,
M'a fait ce bien, et quelque jour viendra

Que la sœur même au frère me rendra [47].
Or suis-je loin de ma Dame et princesse,
Et près d'ennui, d'infortune et détresse ;
Or suis-je loin de sa très claire face.
S'elle fût près (ô cruel), ton audace
Pas ne se fût mise en effort de prendre
Son serviteur, qu'on n'a point vu méprendre ;
Mais tu vois bien (dont je lamente et pleure)
Qu'elle s'en va (hélas), et je demeure
Avec Pluton et Charon nautonier ;
Elle va voir un plus grand prisonnier [48] :
Sa noble Mère ores elle accompagne
Pour retirer notre Roi hors d'Espagne,
Que je souhaite en cette compagnie
Avec ta laide et obscure mégnie ;
Car ta prison liberté lui serait,
Et, comme Christ [49], les Ames pousserait
Hors des Enfers, sans t'en laisser une ombre [50] :
En ton avis, serais-je point du nombre ?
S'ainsi était, et la mère et la fille
Retourneraient, sans qu'Espagne et Castille
D'elles reçût les fils au lieu du père [51].
Mais quand je pense à si grand impropère,
Qu'est-il besoin que soie en liberté,
Puisqu'en prison mon Roi est arrêté ?
Qu'est de besoin qu'ores je sois sans peine,
Puisque d'ennui ma maîtresse est si pleine ? »
Ainsi (peu près) au Juge devisai,
Et en parlant un Griffon j'avisai, Le Greffier d'Enfer
Qui de sa croche et ravissante patte
Écrivait là l'an, le jour et la date
De ma prison, et ce qui pouvait duire
A leur propos pour me fâcher et nuire ;
Et ne sut onc bien orthographier
Ce qui servait à me justifier.
Certes, amis, qui cherchez mon recours,
La coutume est des infernales cours,

Les témoins bienveillants repoussés

Si quelque esprit de gentille nature
Vient là-dedans témoigner d'aventure
Aucuns propos ou moyens ou manières
Justifiant les Ames prisonnières,
Il ne sera des Juges écouté,
Mais lourdement de son dit rebouté ;

Les témoins malveillants reçus

Et écouter on ne refusera
L'esprit malin qui les accusera ;
Si que celui qui plus fera d'encombres,
Par ses rapports, aux malheureuses ombres,
Plus recevra de recueil et pécunes ;
Et si tant peut en accuser aucunes
Qu'elles en soient pendues ou brûlées,
Les infernaux feront sauts et hulées ;
Chaînes de fer et crochets sonneront,
Et de grand joie ensemble tonneront,
En faisant feu de flamme sulfurée
Pour la nouvelle ouïr tant malheurée.
Le Griffon donc en son livre doubla
De mes propos ce que bon lui sembla ;
Puis se leva Rhadamantus du siège,
Qui ramener me fit au bas collège
Des malheureux par la voie où je vins.
Si les trouvai à milliers et à vingts ;
Et avec eux fis un temps demeurance,
Fâché d'ennui, consolé d'espérance[52].

DÉPLORATION DE FLORIMOND ROBERTET

Clément Marot de Cahors en Quercy,
valet de chambre du Roi, sur le trépas de feu
messire Florimond Robertet[1]*, jadis chevalier,*
conseiller du Roi et trésorier de France,
secrétaire des finances dudit seigneur,
et seigneur d'Alluye

Jadis ma plume on vit son vol étendre
Au gré d'amour, et d'un bas style et tendre
Distiller dits que soulais mettre en chant.
Mais un regret de tous côtés tranchant
Lui fait laisser cette belle coutume
Pour la tremper en encre d'amertume.
Ainsi le faut, et quand ne le faudrait,
Mon cœur (hélas) encore le voudrait ;
Et quand mon cœur ne le voudrait encore,
Outre son vueil contraint y serait ore
Par l'aiguillon d'une mort qui le point.
Que dis-je mort ? D'une mort n'est-ce point,
Ains d'une amour. Car quand chacun mourrait,
Sans vraie amour plaindre on ne le pourrait.
Mais quand la mort a fait son maléfice,
Amour adonc use de son office,
Faisant porter aux vrais amis le deuil,
Non point un deuil de feintes larmes d'œil,
Non point un deuil de drap noir annuel,
Mais un deuil teint d'ennui perpétuel ;
Non point un deuil qui dehors apparaît,
Mais qui au cœur sans apparence croît.
Voilà le deuil qui a vaincu ma joie.
C'est ce qui fait que toute rien que je oie
Me sonne ennui. C'est ce qui me procure

Que couleur blanche à l'œil me soit obscure
Et que jour clair me semble noire nuit,
De tel façon que ce qui tant me nuit
Corrompt du tout le naïf de ma Muse,
Lequel de soi ne veut que je m'amuse
A composer en triste tragédie ;
Mais maintenant force m'est que je die
Chanson mortelle en style plein d'émoi,
Vu qu'autre cas ne peut sortir de moi.
De mon cœur donc l'intention totale
Vous contera une chose fatale,
Que je trouvai d'aventure malsaine,
En m'en venant de Loire droit à Seine,
Dessus Tourfou [2]. Tourfou jadis était
Un petit bois où la mort commettait
Meurtres bien grands sur ceux qui chemin tel
Voulaient passer. En cestui lieu mortel,
Je vis la mort hideuse et redoutée
Dessus un char en triomphe [3] montée,
Dessous ses pieds ayant un corps humain
Mort à l'envers, et un dard en la main,
De bois mortel, de plumes empenné
D'un vieil corbeau, de qui le chant damné
Prédit tout mal ; et fut trempé le fer
En eau de Styx, fleuve triste d'Enfer [4].
La mort, en lieu de sceptre vénérable,
Tenait en main ce dard épouvantable
Qui en maint lieu était teint et taché
Du sang de cil qu'elle avait submarché.
Ainsi debout sur le char se tenait,
Qu'un cheval pâle en hennissant traînait,
Devant lequel cheminait une fée,
Fraîche, en bon point, et noblement coiffée,
Sur tête rase ayant triple couronne [5]
Que mainte perle et rubis environne.
Sa robe était d'un blanc et fin samis
Où elle avait en pourtraiture mis [6],

Par trait de temps, un million de choses,
Comme châteaux, palais et villes closes,
Villages, tours et temples et couvents,
Terres et mers et voiles à tous vents,
Artillerie, armes, hommes armés,
Chiens et oiseaux, plaines et bois ramés ;
Le tout brodé de fine soie exquise,
Par main d'autrui torse, teinte et acquise.
Et pour devise au bord de la besogne
Etait écrit : « Le feu à qui en grogne. »
Ce néanmoins sa robe [7] elle mussait
Sous un manteau qui humble paraissait,
Où plusieurs draps divers furent compris
De noir, de blanc, d'enfumé et de gris,
Signifiant de sectes un grand nombre
Qui sans travail vivent dessous son ombre.
Cette grand dame est l'église Romaine [8]
Qui ce corps mort jusques au tombeau mène,
La croix devant, en grand cérémonie,
Chantant motets de piteuse harmonie.
  Une autre dame au côté droit venait,
A qui trop peu de chanter souvenait ;
D'un haubin noir de parure tannée
Montée était ; la plus triste et tannée
Qui fût alors sous la hauteur célique.
Hélas ! c'était française République,
Laquelle avait en maints lieux entamé
Son manteau bleu, de fleurs de lys semé.
Si dérompait encor de toutes parts
Ses beaux cheveux sur elle tous épars.
Et pour son train ne menait avec elle
Sinon douleur, ennui et leur séquelle
Qui la servaient de tout cela qui duit
Quand au sépulcre un ami on conduit.
  De l'autre part cheminait, en grand peine,
Le bonhommeau Labeur, qui en la plaine
Avait laissé bœufs, charrue et culture,

Pour ce corps mort conduire en sépulture.
Mais bien lava son visage hâlé
De force pleurs, ains que là fût allé.
Lors je, voyant telle pompe mondaine,
Présupposai en pensée soudaine
Que là gisait quelque prince de nom,
Mais tôt après fus averti que non ;
Et que c'était un serviteur royal
Qui fut jadis si prudent et loyal
Qu'après sa mort son vrai seigneur et roi
Lui ordonna ce beau funèbre arroi,
Montrant au doigt que bien d'amour desservent
De leurs seigneurs les servants qui bien servent.
Et comme sus-je alors qui était l'homme [9] ?
Autour de lui ne vois qui le me nomme.
Et m'en enquiers, mais le cœur qui leur fend
Toute parole à leur bouche défend.
Si vous dirai comment doncques j'ai su
Le nom de lui : ce char que j'aperçus
N'était paré de rouge, jaune ou vert,
Mais tout de noir par tristesse couvert ;
Et le suivaient cent hommes en douleur,
Vêtus d'habits de semblable couleur,
Chacun au poing torche qui feu rendait,
Et où l'écu du noble mort pendait.
Lors, curieux, piquai pour voir les armes,
Mais telle vue aux yeux me mit les larmes,
Y voyant peinte l'aile sans pair à elle [10].
Dieu immortel, dis-je lors, voici l'aile
Qui a volé ainsi que voler faut
Entre deux airs, ne trop bas ne trop haut.
Voici, pour vrai, l'aile dont la volée,
Par sa vertu, a la France extollée,
Circonvolant ce monde spacieux
Et survolant maintenant les neuf cieux.
C'est l'aile noire en la bande dorée,
L'aile en volant jamais non essorée,

Et dont sortie est la mieux écrivant
Plume qui fût de notre âge vivant.
C'est celle plume où modernes esprits
Sous ses patrons leur savoir ont appris.
Ce fut la plume, en sage main baillée,
Qui ne fut onc (comme je crois) taillée
Que pour servir en leurs secrets les rois;
Aussi de rang elle en a servi trois [11],
En guerre, en paix, en affaires urgents,
Au gré des rois et profit de leurs gens.
  O vous humains qui écoutez ma plainte,
Qui est celui qui eut cette aile peinte
En son écu? Vous en faut-il douter?
Sentez-vous point, quand venez à goûter
Ce que j'en dis en mon triste motet,
Que c'est le bon Florimond Robertet?
En est-il d'autre en la vie mortelle
Pour qui je disse une louange telle?
Non, car vivant de son art n'en approche;
Or est-il mort, serviteur sans reproche.
  Ainsi, pour vrai, que mon cœur et ma langue
Disaient d'accord si piteuse harangue,
La fière mort, sur le char séjournée,
Sa face pâle a devers moi tournée,
Et à bien peu qu'elle ne m'a rué
Le même dard dont elle avait tué
Celui qui fut la toute ronde sphère [12]
Par où guettais ma fortune prospère.
Mais tout à coup tourna sa vue oblique
Contre et devers française République,
Qui l'irritait, maudissait et blâmait
D'avoir occis celui qui tant l'aimait.
Adonc la mort, sans s'effrayer, l'écoute,
Et République hors de l'estomac boute
Les propres mots contenus ci-après,
Avec sanglots s'entresuivant de près.

COMMENT LA RÉPUBLIQUE FRANÇAISE PARLE À LA MORT [13]

Puisqu'on sait bien, ô perverse chimère,
Que toute rage en toi se peut choisir
Jusqu'à tuer avec angoisse amère
L'enfant petit au ventre de sa mère,
Sans lui donner de naître le loisir ;
Puisqu'ainsi est, pourquoi prends-tu plaisir
A montrer plus ta force tant connue,
Dont ne te peut louange être advenue ?

Qui de son corps la force met en preuve
Devant ses yeux, los ou gain lui appert.
Mais en effet, où la tienne s'épreuve,
Blâme pour los, perte pour gain se treuve.
Chacun t'en blâme et tout le monde y perd.
Perdu nous as l'homme en conseil expert,
Et l'as jeté mort dedans le giron
De France, hélas, qui pleure à l'environ.

François, franc roi de France et des Français,
Tu le fus voir quand l'âme il voulait rendre ;
De lui donner réconfort t'avançais,
Et en ton cœur contre la mort tançais,
Qui ton bon serf au besoin venait prendre.
O quelle amour impossible à comprendre !
Santé cent ans puisse avoir un tel maître,
Et du servant au ciel puisse l'âme être.

France et la fleur de ses princes ensemble
Le corps au temple à grand deuil ont mené,
Lors cette dame à Hécuba [14] ressemble
Quand ses enfants alentour d'elle assemble,
Pour lamenter Hector, son fils aîné.
Quiconque fut Hector, aux armes né,

Robertet fut notre Hector en sagesse ;
Pallas aussi lui en fit grand largesse.

Au fond du cœur les larmes vont puisant
Pauvres de cour pour pleurer leur ruine.
Et toi, Labeur, tu ne vois plus luisant
Ce clair soleil qui était tant duisant
A éclaircir de ce temps la bruine.
Processions, ne chanter en rue hymne,
N'ont su mouvoir fière mort à merci.
Blâmez-la donc, et lui dites ainsi :

Vieille effacée, infecte, image immonde,
Crainte de gens, pensement soucieux,
Quel bon avis, quelle sagesse abonde
En ton cerveau, d'appauvrir ce bas monde,
Pour enrichir de nos biens les hauts cieux ?
Que maudit soit ton dard malicieux ;
En un seul coup s'est montré trop habile
D'en tuer un et en navrer cent mille.

Tu as froissé la main tant imitable
Qui au profit de moi, lasse, écrivoit ;
Tu as cousu la bouche véritable,
Tu as percé le cœur tant charitable
Et assommé le chef qui tant savoit.
Mais, malgré toi, de lui çà-bas se voit
Un clair renom [15], qui ce tour te fera
Que par sus toi sans fin triomphera.

Tu as défait, ô lourde et mal adextre,
Ta non nuisance et notre allègement.
Endormi as de ta pesante dextre
Cil qui ne peut réveillé au monde estre
Jusques au jour du final jugement ;
Las, et tandis nous souffrons largement,

N'ayant recours qu'au ciel et à nos larmes
Pour nous venger de tes soudains alarmes.

De vos deux yeux, vous, sa chère épousée [16],
Faites fontaine où puiser on puisse eau !
Filles de lui, votre face arrousée
De larmes soit, non comme de rousée,
Mais chacun œil soit un petit ruisseau ;
Chacun des miens en jette plus d'un seau ;
De tout cela faisons une rivière
Pour y noyer la mort qui est si fière.

Ha, la méchante ! écoutez sa malice !
Premier occit, en martial détroit,
Quatre meilleurs chevaliers de ma lice [17] :
Lescut, Bayard, La Tremoille et Pallice,
Puis est entrée en mon conseil étroit [18],
Et de la troupe alla frapper tout droit
Le mieux aimé et le plus diligent.
Souvent de tels est un peuple indigent.

Si son nom propre à dire on me semond
Je répondrai qu'à son los se compasse ;
Son los fleurit, son nom c'est Florimond,
Un mont flori, un plus que flori mont [19],
Qui de hauteur Parnassus outrepasse,
Car Parnassus sans plus les nues passe,
Et cestui vainc la hauteur cristalline ;
Mais tous deux ont fontaine caballine [20].

De Robertet le nom partout s'épart,
En Tartarie, Espagne et la Morée.
Deux fils du nom nous restent de sa part [21],
Et un neveu [22], qui d'esprit, forme et art
Semble Phébus à la barbe dorée.
De lui se sert Dame France honorée

En ses secrets, car le nom y consonne.
Si fait son sens, sa plume et sa personne.

Vous, ses deux fils, ne sont vos yeux lassés ?
Cessez vos pleurs, cessez, François et Claude,
Et en latin, dont vous savez assez,
Ou en beau grec quelque œuvre compassez
Qui après mort votre père collaude.
Puis incrépez cette mort qui nous fraude,
En lui prouvant par dits philosophaux
Comme inutile est son dard[23] et sa faux.

L'ACTEUR

Incontinent que la mort entendit
Que l'on voulait inutile la dire,
Son bras tout sec en arrière étendit
Et fièrement son dard mortel brandit,
Pour République en frapper par grand ire.
Mais tout à coup de fureur se retire
Et d'une voix qui semblait bien lointaine
Dit telle chose utile et très certaine.

COMMENT LA MORT SUR LE PROPOS DE RÉPUBLIQUE PARLE À TOUS HUMAINS

Peuple séduit, endormi en ténèbres
Tant de longs jours par la doctrine d'homme[24],
Pourquoi me fais tant de pompes funèbres,
Puisque ta bouche inutile me nomme ?
Tu me maudis quand tes amis assomme,
Mais quand ce vient qu'aux obsèques on chante,
Le prêtre adonc, qui d'argent en a somme,
Ne me dit pas maudite ne méchante.

Ainsi, pour vrai, de ma pompe ordinaire
Amende plus le vivant que le mort,

Car grand tombeau, grand deuil, grand luminaire
Ne peut laver l'âme que péché mord.
Le sang de Christ, si la foi te remord,
Lave seul l'âme[25], ains que le corps dévie ;
Et toutefois, sans moi qui suis la mort,
Aller ne peut en l'éternelle vie.

Pourtant, si suis défaite et dessirée,
Ministre suis des grands trésors du ciel,
Dont je devrais être plus désirée
Que cette vie amère plus que fiel ;
Plus elle est douce et moins en sort de miel ;
Plus tu y vis, plus te charges de crimes ;
Mais, par défaut d'esprit célestiel,
En t'aimant trop, tu me hais et déprimes.

Que dis-je aimer ? Celui ne s'aime en rien,
Lequel voudrait toujours vivre en ce monde,
Pour se frustrer du tant souverain bien
Que lui promet vérité pure et monde,
Possédât-il mer et terre féconde,
Beauté, savoir, santé sans empirer ;
Il ne croit pas qu'il soit vie seconde ;
Ou, s'il la croit, il me doit désirer.

L'apôtre Paul, saint Martin charitable
Et Augustin, de Dieu tant écrivant,
Maint autre saint, plein d'esprit véritable,
N'ont désiré que mort en leur vivant.
Or est ta chair contre moi étrivant ;
Mais, pour l'amour de mon père céleste[26],
T'enseignerai comme iras ensuivant
Ceux à qui onc mon dard ne fut moleste.

Prie à Dieu seul que par grâce te donne
La vive foi[27] dont saint Paul tant écrit.
Ta vie après du tout lui abandonne,

Qui en péché[28] journellement aigrit;
Mourir pour être avecques Jésus-Christ
Lors aimeras plus que vie mortelle.
Ce beau souhait fera le tien esprit;
La chair ne peut désirer chose telle.

L'âme est le feu, le corps est le tison;
L'âme est d'en haut, et le corps inutile
N'est autre cas qu'une basse prison[29]
En qui languit l'âme noble et gentille.
De tel prison j'ai la clef très subtile;
C'est le mien dard à l'âme gracieux,
Car il la tire hors de sa prison vile
Pour avec foi la renvoyer ès cieux.

Tiens-toi donc fort du seul Dieu triomphant,
Croyant qu'il est ton vrai et propre père.
Si ton père est, tu es donc son enfant[30]
Et héritier de son règne prospère.
S'il t'a tiré d'éternel impropère,
Durant le temps que ne le connaissois[31],
Que fera-t-il s'en lui ton cœur espère?
Douter ne faut que mieux traité ne sois.

Et pour autant que l'homme ne peut faire
Qu'il puisse vivre ici-bas sans péché[32],
Jamais ne peut envers Dieu satisfaire;
Et plus lui doit le plus tard dépêché.
Donc, comme Christ, en la croix attaché,
Mourut pour toi, mourir pour lui désire!
Qui pour lui meurt est du tout relâché
D'ennui, de peine et péché qui est pire.

Qui fait le coup? C'est moi; tu le sais bien.
Ainsi je suis au chrétien qui dévie
Fin de péché, commencement de bien,
Fin de langueur, commencement de vie.

O toi, vieillard, pourquoi donc prends envie
De retourner en ta jeunesse pleine ?
Veux-tu rentrer, en misère asservie,
Dont échappé tu es à si grand peine ?

Si tu me dis qu'en te venant saisir
Je ne te fais sinon tort et nuisance,
Et que tu n'as peine ne déplaisir,
Mais tout plaisir, liesse et toute aisance,
Je dis qu'il n'est déplaisir que plaisance,
Vu que sa fin n'est rien que damnement [33],
Et dis qu'il n'est plaisir que déplaisance,
Vu que sa fin redonde à sauvement.

Quel déplaisance entends-tu que je die ?
Craindre mon dard ? Cela n'entends-je point ;
J'entends pour Dieu souffrir deuil, maladie,
Perte et méchef, tant viennent mal à point,
Et mettre jus par foi, car c'est le point,
Désirs mondains et liesses charnelles.
Ainsi mourant sous ma darde qui point,
Tu en auras qui seront éternelles.

Doncques par moi contristé ne seras,
Ains par fiance et d'un joyeux courage,
Pour à Dieu seul obéir, laisseras
Trésors, amis, maisons et labourage [34] ;
Clair temps de loin est signe que l'orage
Fera de l'air tôt séparation ;
Ainsi tel foi au mourant personnage
Est signe grand de sa salvation.

Le Christ, afin que de moi n'eusses crainte,
Premier que toi [35] voulut mort encourir.
Et en mourant ma force a si éteinte
Que quand je tue, on ne saurait mourir.
Vaincue m'a pour les siens secourir,

Et plus ne suis qu'une porte ou entrée[36]
Qu'on doit passer voulentiers pour courir
De ce vil monde en céleste contrée.

Jadis celui que Moïse l'on nomme
Un grand serpent tout d'airain élevoit[37],
Qui (pour le voir) pouvait guérir un homme
Quand un serpent naturel mors l'avoit.
Ainsi celui qui par vive foi voit
La mort de Christ, guérit de ma blessure
Et vit ailleurs plus que ici ne vivoit,
Que dis-je plus ? mais sans fin, je t'assure.

Parquoi bien folle est la coutume humaine
Quand aucun meurt porter et faire deuil[38].
Si tu crois bien que Dieu vers lui le mène,
A quelle fin en jettes larmes d'œil ?
Le veux-tu vif tirer hors du cercueil,
Pour à son bien mettre empêche et défense ?
Qui pour ce pleure est marri dont le vueil
De Dieu est fait ; juge si c'est offense.

Laisse gémir et braire les païens
Qui n'ont espoir d'éternelle demeure.
Faute de foi te donne les moyens
D'ainsi pleurer quand faut que quelqu'un meure.
Et quant au port du drap plus noir que meure[39],
Hypocrisie en a taillé l'habit,
Dessous lequel tel pour sa mère pleure
Qui bien voudrait de son père l'obit.

Messes sans nombre et force anniversaires,
C'est belle chose, et la façon j'en prise ;
Si sont les chants, cloches et luminaires ;
Mais le mal est en l'avare prêtrise[40] ;
Car, si tu n'as vaillant que ta chemise,
Tiens-toi certain qu'après le tien trépas

Il n'y aura ni couvent ni église
Qui pour toi sonne ou chante ou fasse un pas.

N'ordonne à toi telles solennités,
Ne sous quel marbre il faudra qu'on t'enterre,
Car ce ne sont vers Dieu que vanités.
Salut ne gît en tombeau ni en terre.
Le bon chrétien au ciel ira grand erre,
Fût le sien corps en la rue enterré ;
Et le mauvais en enfer tiendra serre,
Fût le sien corps sous l'autel enserré.

Mais pour tomber à mon premier propos :
Ne me crains plus, je te prie, ne maudis ;
Car qui voudra en éternel repos
Avoir de Dieu les promesses et dits,
Qui voudra voir les anges bénédits,
Qui voudra voir de son vrai Dieu la face,
Bref, qui voudra vivre au beau paradis,
Il faut premier que mourir je le face.

Confesse donc que je suis bienheureuse,
Puisque sans moi tu ne peux être heureux
Et que ta vie est aigre et rigoureuse,
Et que mon dard n'est aigre ou rigoureux.
Car tout au pis, quand l'esprit vigoureux
Serait mortel comme le corps immonde,
Encore t'est ce dard bien amoureux
De te tirer des peines de ce monde.

L'ACTEUR

Quand mort prêchait ces choses ou pareilles,
Ceux qui avaient les plus grandes oreilles
N'en désiraient entendre mots quelconques[41] ;
Parquoi se tut et fit marcher adoncques
Son chariot en grand triomphe et gloire

Et le défunt mener à Blois sur Loire,
Où les manants, pour le corps reposer,
Préparaient tombe et pleurs pour l'arroser.
Or est aux champs ce mortel chariot,
Et n'y a blé, sauge ne pouliot,
Fleurs ni boutons, hors de la terre issus,
Qu'il n'amortisse en passant par-dessus.
Taupes et vers, qui dedans terre hantent,
Tremblent de peur, et bien passer le sentent.
Même la terre en sûrté ne se tient,
Et à regret ce chariot soutient.
Là-dessus est la mort maigre et vilaine,
Qui de sa froide et pestifère haleine [42]
L'air d'entour elle a mis en tel méchef
Que les oiseaux volant par sus son chef
Tombent d'en haut et morts à terre gisent,
Excepté ceux qui les malheurs prédisent.
Bœufs et juments courent par le pays,
De voir la mort grandement ébahis ;
Le loup cruel craint plus sa face seule
Que la brebis du loup ne craint la gueule.
Tous animaux de quelconques manières
A sa venue entrent en leurs tanières.
Quand elle approche ou fleuves ou étangs,
Poules, canards et cygnes là étant
Au fond de l'eau se plongent et se cachent
Tant que la mort loin de leur rive sachent.
Et se elle approche une ville ou bourgade,
Le plus hardi se musse ou chet malade,
Ou meurt de peur ; nobles, prêtres, marchands
Laissent la ville et gagnent l'air des champs.
Chacun fait voie à la chimère vile ;
Et quand on voit qu'elle a passé la ville,
Chacun revient ; lors on épand et rue
Eaux de senteurs et vinaigre en la rue.
Puis ès cantons feu de genèvre allument
Et leurs maisons éventent et parfument,

A leur pouvoir de la ville chassant
L'air que la mort y a mis en passant [43].
Tant fait la mort qu'auprès de Blois arrive
Et côtoyait jà de Loire la rive,
Quand les poissons grands, moyens et petits
Le haut de l'eau laissèrent tout craintifs,
Et vont trouver, au plus profond et bas,
Loire, leur Dieu, qui prenait ses ébats
Dedans son creux avec ses sœurs et filles,
Dames des eaux, les Naïades gentilles.
Mais bien à coup ses ébats se perdirent,
Car les poissons en leur langue lui dirent
Comment la mort, qu'ils avaient rencontrée,
Avait occis quelqu'un de sa contrée.
Le fleuve Loire adonc en ses esprits
Bien devina que la mort avait pris
Son bon voisin ; dont si fort lamenta
Que de ses pleurs ses ondes augmenta ;
Et n'eût été qu'il était immortel,
Trépassé fût d'avoir un remords tel.
Ce temps pendant la mort fait ses exploits
De faire entrée en la ville de Blois,
Dedans laquelle il n'y a citoyen
Qui pour fuir cherche lieu ni moyen.
Car du défunt ont plus d'amour empreinte
Dedans leurs cœurs que de la mort n'ont crainte.
De leurs maisons partirent séculiers ;
Hors des couvents sortirent réguliers.
Justiciers laissèrent leurs pratiques ;
Gens de labeur serrèrent leurs boutiques.
Dames aussi, tant fussent bien polies,
Pour ce jour-là ne se firent jolies [44].
Toutes et tous, des grands jusqu'aux menus,
Loin au-devant de ce corps sont venus,
Sinon aucuns qui les cloches sonnaient
Et qui la fosse et la tombe ordonnaient.
Ses cloches donc chacune église ébranle,

Sans carillon, mais toutes à grand branle
Si hautement que le ciel entendit
La belle Echo[45], qui pareil son rendit.
Ainsi reçu ont honorablement
Leur ami mort, et lamentablement
L'ont amené avec croix et bannières,
Cierges, flambeaux de diverses manières,
Dedans l'église au bon saint Honoré,
Là où Dieu fut pour son âme imploré
Par Augustins, par Jacobins et Carmes
Et Cordeliers. Puis avec pleurs et larmes
Enterré l'ont ses parents et amis.
Et aussitôt qu'en la fosse il est mis,
Et que sur lui terre et tombe l'on voit,
La fière mort, qui amené l'avoit,
Subtilement de là s'évanouit,
Et oncques puis on ne la vit n'ouït.
Tel fut conduit dedans Blois, la comté,
L'ordre funèbre, ainsi qu'on m'a conté.
Si l'ai compris succinct en cet ouvrage,
Fait en faveur de maint noble courage.
S'il y a mal, il vient tout de ma part;
S'il y a bien, il vient d'où le bien part.
Mort n'y mord[46].

QUATORZE PSAUMES

Clément Marot, au Roi très chrétien François, premier du nom, Salut

Jà n'est besoin (Roi qui n'as ton pareil)
Me soucier, ne demander conseil
A qui je dois dédier cet ouvrage ;
Car (outre encor qu'en toi gît mon courage)
Tant est cet œuvre et royal et chrétien
Que de soi-même il se dit être tien,
Qui as par droit de très chrétien le nom,
Et qui es Roi non de moindre renom
Que cestui-là qui, mû du saint esprit,
A le dicter et le chanter se prit [1].
Certainement la grande conférence
De ta hauteur avec sa préférence
Me montre au doigt qu'à toi le dédier
C'est à son point la chose approprier ;
Car il fut Roi de prudence vêtu,
Et tu es Roi tout aorné de vertu ;
Dieu le nomma aux peuples hébraïques,
Dieu te devait (ce pensé-je) aux Galliques ;
Il était Roi des siens fort honoré,
Tu es des tiens (peu s'en faut) adoré.
Fort bien porta ses fortunes adverses,
Fort constamment les tiennes tu renverses ;

Savoir voulut toutes sciences bonnes,
Et qui est celle à quoi tu ne t'adonnes ?
En Dieu remit et soi et son affaire,
Tu as très bien le semblable su faire ;
Il eut enfin la paix par lui requise,
Tant quise l'as qu'à la fin l'as acquise.
Que dirai plus ? vous êtes les deux rois
Qui au milieu des martiaux détroits
Avez acquis nom d'immortalité,
Et qui durant paix et tranquillité
L'avez acquis par sciences infuses,
Daignant tous deux tant honorer les Muses
Que d'employer la même forte dextre,
Sceptre portant et aux armes adextre,
A faire écrits qui si grande force ont
Qu'en rien sujet à la mort ils ne sont.
O doncques, roi, prends l'œuvre de David,
Œuvre plutôt de Dieu qui le ravit,
D'autant que Dieu son Apollo était
Qui lui en train et sa harpe mettait ;
Le saint esprit était sa Calliope.
Son Parnassus, montagne à double crope [2],
Fut le sommet du haut ciel cristallin ;
Finablement son ruisseau caballin
De grâce fut la fontaine profonde,
Où à grands traits il but de la claire onde
Dont il devint Poète en un moment,
Le plus profond dessous le firmament ;
Car le sujet qui la plume en la main
Prendre lui fit est bien autre qu'humain.
Ici n'est pas l'aventure de Aenée
Ne d'Achille la vie demenée ;
Fables n'y sont plaisantes mensongères,
Ne des mondains les amours trop légères ;
Ce n'est pas ci le poète écrivant
Au gré du corps à l'esprit étrivant.
Ses vers divins, ses chansons mesurées

Plaisent (sans plus) aux âmes bien heurées,
Pource que là ils trouvent leur amant
Plus ferme et clair que nul vrai diamant,
Et que ses faits, sa bonté et son prix
Y sont au long récités et compris.
Ici, sont donc les louanges écrites
Du roi des rois, du Dieu des exercites
Ici David, le grand prophète hébrieu,
Nous chante et dit quel est ce puissant Dieu
Qui de berger en grand roi l'érigea
Et sa houlette en sceptre lui changea.
Vous y orrez de Dieu la pure loi
Plus clair sonner qu'argent de fin aloi,
Et y verrez quels maux et biens adviennent
A tous ceux-là qui la rompent et tiennent.
Ici sa voix sus les réprouvés tonne
Et aux élus toute assurance donne,
Etant aux uns aussi doux et traitable
Qu'aux autres est terrible et redoutable.
Ici oit-on l'esprit de Dieu qui crie
Dedans David, alors que David prie
Et fait de lui ne plus ne moins que fait
De sa musette un bon joueur parfait.
Christ y verrez par David figuré [3],
Et ce qu'il a pour nos maux enduré,
Voire mieux peint mille ans ains sa venue
Qu'après la chose écrite et advenue
Ne le peindraient (qui est cas bien étrange)
Le tien Janet [4] ne le grand Miquel l'ange.
Qui bien y lit, à connaître il apprend
Soi et Celui qui tout voit et comprend,
Et y orra sur la harpe chanter
Que d'être rien, rien ne se peut vanter,
Et qu'il est tout en ses faits (quant au reste).
Fort admirable ici se manifeste,
Soit par l'effet des grands signes montrés
Aux siens par Pharaon outrés,

Soit par le grand et merveilleux chef-d'œuvre
Du ciel voûté qui toutes choses œuvre,
Ou par le cours que fait l'obscure nuit
Et le clair jour qui par compas la suit,
Soit par la terre en l'air épars pendue
Ou par la mer autour d'elle épandue,
Ou par le tout qui aux deux prend naissance,
Sur quoi il veut qu'ayons toute puissance,
Nous apprenant à le glorifier,
Et de quel cœur nous faut en lui fier.

O gentils cœurs et âmes amoureuses
(S'il en fut oncq) quand serez langoureuses
D'infirmité, prison, péché, souci,
Perte ou opprobre, arrêtez-vous ici.
Espèce n'est de tribulation
Qui n'ait ici sa consolation.
C'est un jardin plein d'herbes et racines
Où de tous maux se trouvent médecines.

Quant est de l'art aux Muses réservé,
Homère grec ne l'a mieux observé ;
Descriptions y sont propres et belles,
D'affections il n'en est point de telles.
Et trouveras (sire) que sa couronne,
Ne celle-là qui ton chef environne,
N'est mieux ne plus de gemmes entournée
Que son œuvre est de figures aornée.
Tu trouveras le sens en être tel
Qu'il rend là-haut son David immortel,
Et immortel çà-bas son livre pource
Que l'Eternel en est première source ;
Et voulentiers toutes choses retiennent
Le naturel du lieu dont elles viennent.

Pas ne faut donc qu'auprès de lui Horace
Se mette en jeu s'il ne veut perdre grâce ;
Car par sus lui vole notre Poète
Comme ferait l'aigle sus l'alouette,
Soit à écrire en beaux lyriques vers,

Soit à toucher la lyre en sons divers.
N'a-t-il souvent au doux son de sa lyre
Bien apaisé de Dieu courroucé l'ire?
N'en a-t-il pas souvent de ces bas lieux
Les écoutants ravi jusques aux cieux?
Et fait cesser de Saül la manie
Pendant le temps que durait l'harmonie?
Si Orpheus jadis l'eût entendue,
La sienne il eût à quelque arbre pendue.
Si Arion l'eût ouï résonner,
Plus de la sienne il n'eût voulu sonner;
Et si Phoebus un coup l'eût écoutée,
La sienne il eût en cent pièces boutée,
Au moins laissé le sonner pour l'ouïr,
Afin d'apprendre et de se réjouir,
En lui quittant son laurier de bon cœur,
Comme en écrits et en armes vainqueur.
Or sont en l'air perdus les plaisants sons
De cette lyre et non pas ses chansons.
Dieu a voulu (jusque ici) qu'en son temple
Par ces beaux vers on le serve et contemple.
Bien est-il vrai (comme encore se voit)
Que la rigueur du long temps les avoit
Rendus obscurs et durs d'intelligence.
Mais tout ainsi qu'avecques diligence
Sont éclaircis par bons esprits rusés
Les écriteaux des vieux fragments usés,
Ainsi (ô roi) par les divins esprits
Qui ont sous toi hébrieu langage appris [5]
Nous sont jetés les Psaumes en lumière
Clairs et au sens de la forme première,
Dont, après eux, si peu que faire sais,
T'en ai traduit par manière d'essai
Trente sans plus en ton noble langage,
Te suppliant les recevoir pour gage
Du résidu qui jà t'est consacré
Si les voir tous il te venait à gré.

Clément Marot aux Dames de France humble salut

Quand viendra le siècle doré [1],
Qu'on verra Dieu seul adoré,
Loué, chanté, comme il l'ordonne,
Sans qu'ailleurs sa gloire l'on donne ?
Quand n'auront plus ne cours ne lieu
Les chansons de ce petit Dieu
A qui les peintres font des ailes [2] ?
O vous dames et damoiselles
Que Dieu fit pour être son temple
Et faites sous mauvais exemple
Retentir et chambres et salles
De chansons mondaines ou sales,
Je veux ici vous présenter
De quoi sans offense chanter,
Et sachant que point ne vous plaisent
Chansons qui de l'amour se taisent,
Celles qu'ici présenter j'ose
Ne parlent, certes, d'autre chose ;
Ce n'est qu'amour. Amour lui-même
Par sa sapience suprême
Les composa et l'homme vain
N'en a été que l'écrivain.
Amour, duquel parlant je vois,
A fait en vous langage et voix
Pour chanter ses hautes louanges,
Non point celles des dieux étranges
Qui n'ont ne pouvoir ni aveu
De faire en vous un seul cheveu.
L'amour dont je veux que chantez
Ne rendra vos cœurs tourmentés
Ainsi que l'autre, mais sans doute

Il vous remplira l'âme toute
De ce plaisir solacieux
Que sentent les Anges aux cieux,
Car son Esprit vous fera grâce
De venir prendre en vos cœurs place
Et les convertir et muer,
Faisant vos lèvres remuer
Et vos doigts sur les épinettes
Pour dire saintes chansonnettes.
  O bienheureux qui voir pourra
Florir le temps que l'on orra
Le laboureur à sa charrue,
Le charretier parmi la rue,
Et l'artisan en sa boutique
Avecques un Psaume ou Cantique
En son labeur se soulager ;
Heureux qui orra le berger
Et la bergère au bois étant
Faire que rochers et étangs
Après eux chantent la hauteur
Du saint Nom de leur créateur.
Souffrirez-vous qu'à joie telle
Plutôt que vous, Dieu les appelle ?
Commencez, dames, commencez,
Le siècle doré avancez,
En chantant d'un cœur débonnaire
Dedans ce saint Cancionnaire,
Afin que du monde s'envole
Ce Dieu inconstant d'amour folle,
Place faisant à l'amiable
Vrai Dieu d'amour non variable.

Le premier jour d'août 1543.

Clément Marot au Roi

Puisque voulez que je poursuive, ô Sire,
L'œuvre royal[1] du Psautier commencé
Et que tout cœur aimant Dieu le désire,
D'y besogner me tiens pour dispensé.
S'en sente donc qui voudra offensé,
Car ceux à qui un tel bien ne peut plaire,
Doivent penser, si jà ne l'ont pensé,
Qu'en vous plaisant me plaît de leur déplaire.

De Genève, le quinzième de mars 1543

PSAUME III

Psaume troisième à un verset pour couplet à chanter
Domine quid multiplicati sunt

Argument du troisième Psaume

David assailli d'une grosse armée s'étonne du commencement puis prend une si grande fiance en Dieu qu'après l'avoir imploré il s'assure de la victoire. Psaume propre pour un chef de guerre moins bien accompagné que son ennemi.

O Seigneur, que de gens
A nuire diligents
Qui me troublent et grièvent!
Mon Dieu, que d'ennemis
Qui aux champs se sont mis
Et contre moi s'élèvent!

Certes, plusieurs j'en voi
Qui vont disant de moi :

Sa force est abolie;
Plus ne trouve en son Dieu
Secours en aucun lieu;
Mais c'est à eux folie.

Car tu es mon très seur
Bouclier et défenseur
Et ma gloire éprouvée,
C'est toi (à bref parler)
Lequel me faits aller
Haut, la tête levée.

J'ai crié de ma voix
Au Seigneur maintes fois,
Lui faisant ma complainte,
Et ne m'a repoussé
Mais toujours exaucé
De sa montagne sainte.

Dont coucher m'en irai,
En sûrté dormirai
Sans crainte de mégarde;
Puis me réveillerai
Et sans peur veillerai,
Ayant Dieu pour ma garde.

Cent mil hommes de front
Craindre ne me feront,
Encor qu'ils l'entreprinssent
Et que (pour m'étonner)
Clore et environner
De tous côtés me vinssent.

Viens donc, déclare-toi
Pour moi, mon Dieu, mon Roi,
Qui de buffes renverses
Mes ennemis mordants,

Et qui leur romps les dents
En leurs bouches perverses.

C'est de toi (Dieu très haut)
De qui attendre faut
Vrai secours et défense ;
Car sur ton peuple étends
Toujours en lieu et temps
Ta grand bénéficence.

PSAUME IV

Psaume quatrième à un verset
pour couplet à chanter
Cum inuocarem exaudiuit me

Argument du quatrième Psaume

En la conspiration d'Abschalom[1]*, il invoque Dieu, reprend les princes d'Israël conspirant contre lui, les appelle à repentance et conclut qu'il se trouve bien de se fier en Dieu. Psaume pour un prince qu'on veut déposer de son trône.*

Quand je t'invoque, hélas, écoute,
Dieu qui sais mon droit et raison,
Mon cœur serré au large boute,
De ta pitié ne me reboute,
Mais exauce mon oraison.

Jusques à quand (ducs, capitaines)
Ma gloire abattre tâcherez ?
Jusques à quand emprises vaines,
Sans fruit et d'abusion pleines,
Aimerez-vous et chercherez ?

Sachez (puisqu'il le convient dire)
Que Dieu pour son roi gracieux
Entre tous m'a voulu élire,
Et si à lui crie et soupire,
Il m'entendra de ses hauts cieux.

Craignez-le donc sur toute chose,
Sans plus contre son vueil pécher ;
Pensez en vous ce que propose,
Dessus vos lits, en chambre close,
Et cessez de plus me fâcher.

Puis, offrez juste sacrifice,
De cœur contrit, bien humblement,
Pour repentance d'un tel vice,
Mettant au seigneur Dieu propice
Vos fiances entièrement.

Plusieurs gens dient : qui sera-ce
Qui force biens nous fera voir ?
Et crient : Seigneur, par ta grâce,
Epands la clarté de ta face
Dessus nous, fais-nous en avoir !

Mais plus de joie m'est donnée
Me fiant en toi (Dieu très haut),
Que n'ont ceux qui ont grand année
De froment et bonne vinée,
D'huiles et tout ce qu'il leur faut.

Si qu'en paix et en sûrté bonne
Coucherai et reposerai ;
Car (Seigneur) ta bonté l'ordonne,
Et elle seule espoir me donne
Que sûr et seul régnant serai.

PSAUME VI[1]

Psaume sixième à un verset
pour couplet à chanter
Domine ne in furore tuo arguas me

Argument du sixième Psaume

David malade à l'extrémité a horreur de la mort, désire avant que mourir glorifier encore le nom de Dieu. Puis tout à coup se réjouit de sa convalescence et de la honte de ceux qui s'attendaient à sa mort. Psaume propre pour les malades.

Je te supplie (ô Sire)
Ne reprendre en ton ire
Moi qui t'ai irrité,
N'en ta fureur terrible
Me punir de l'horrible
Tourment qu'ai mérité.

Ains (Seigneur) viens étendre
Sur moi ta pitié tendre ;
Car malade me sens.
Santé doncques me donne ;
Car mon grand mal étonne
Tous mes os et mes sens.

Ma languissante vie
De si près poursuivie
S'étonne fort aussi.
O Seigneur plein de grâce,
Jusques à quand sera-ce
Que me lairras ainsi ?

Hélas, Sire, retourne,
D'entour de moi détourne

Ce merveilleux émoi.
Certes grande est ma faute ;
Mais par ta bonté haute,
Je te prie, sauve-moi.

Car en la mort cruelle
Il n'est de toi nouvelle,
Mémoire ne renom.
Qui penses-tu qui die,
Qui loue et psalmodie
En la fosse ton nom ?

A gémir tant travaille
Que lit, châlit et paille
En pleurs je fais noyer,
Et en eau, goutte à goutte,
S'en va ma couche toute
Par si fort larmoyer.

Mon œil pleurant sans cesse
De dépit et détresse
En pauvre état est mis ;
Il est envieilli d'ire
De voir entour moi rire
Mes plus grands ennemis.

Sus, méchants, qu'on s'en aille !
Retirez-vous, canaille,
De moi tous à la fois ;
Car le Dieu débonnaire
De ma plainte ordinaire
A bien ouï la voix.

Le Seigneur en arrière
N'a point mis ma prière ;
Exaucé m'a des cieux,
Reçu a ma demande,

Et ce que lui demande
Accordé m'a et mieux.

Doncques honteux deviennent,
Et pour vaincus se tiennent
Mes adversaires tous,
Que chacun d'eux s'éloigne
Subit en grand vergogne
Puisque Dieu m'est si doux.

PSAUME VII

Psaume septième à un verset
pour couplet à chanter
Domine deus meus in te speraui

Argument du septième Psaume

Il prie d'être préservé de la grande persécution de Saul, met en avant son innocence, requiert le royaume à lui promis et confusion à ses adversaires. Finablement il chante qu'ils périront de leurs propres glaives et en loue Dieu. Psaume pour un prince qui en guerre a le droit pour soi.

Mon Dieu, j'ai en toi espérance ;
Donne-moi donc sauve assurance
De tant d'ennemis inhumains
Et fais que ne tombe en leurs mains.

Afin que leur chef ne me grippe,
Et ne me dérompe et dissipe
Ainsi qu'un lion dévorant
Sans que nul me soit secourant.

Mon Dieu, sur qui je me repose,
Si j'ai commis ce qu'il propose,

Si de lui faire ai projeté
De ma main tour de lâcheté,

Si j'ai mal ne faute commise
Là où j'ai paix et foi promise,
Si fait ne lui ai tour d'ami
Quoiqu'à tort me soit ennemi,

Je veux qu'il me poursuive en guerre
Qu'il m'atteigne et rue par terre,
Soit de ma vie ruineur,
Et mette à néant mon honneur.

Lève-toi donc, lève-toi (Sire) ;
Sur mes ennemis en ton ire
Veille pour moi, que je sois mis
Au droit lequel tu m'as promis.

Car de gens multitude grande
T'enclôt et contre toi se bande ;
Pour cette cause derechef
Lève-toi contre eux et leur chef.

Des peuples Dieu sera le juge
O doncques, mon Dieu, mon refuge,
Juge-moi en mon équité
Et selon mon intégrité.

La malice aux malins consomme
Et soutiens le droit et juste homme.
Toi, juste Dieu, qui jusque au fond
Sondes les cœurs, mauvais et bons.

C'est Dieu qui est mon assurance
Et mon pavois ; j'ai espérance
En lui qui garde et fait vainqueur
Un chacun qui est droit de cœur.

Dieu est le juge véritable
De celui qui est équitable,
Et de celui semblablement
Qui l'offense journellement.

Si cestui-ci ne se désiste,
Et son glaive aiguiser persiste,
Si bander veut et accoutrer
Toujours son arc pour m'en outrer ;

Si pour me faire encor alarmes,
Il prépare mortelles armes,
S'il prête ses flèches et dards
A ses persécuteurs soudards,

Il n'engendre que chose vaine,
Ne conçoit que travail et peine
Pour enfanter (quoi qu'il en soit)
Le rebours de ce qu'il pensoit.

A caver une grande fosse
Il met sollicitude grosse ;
Mais en la fosse qu'il fera
Lui-même il trébuchera.

Le mal qu'il me forge et apprête
Retournera dessus sa tête ;
Bref, je vois le mal qu'il commet
Lui descendre sur le sommet.

Dont louange au Seigneur je donne
Pour sa justice droite et bonne,
Et tant que terre hanterai
Le nom du Très haut chanterai.

PSAUME XIX

Psaume dix-neuvième à un verset pour couplet à chanter
Cœli enarrant gloriam dei

Argument du dix-neuvième Psaume

Il montre par le merveilleux ouvrage des cieux combien Dieu est puissant ; loue et exalte la loi divine, et enfin prie le Seigneur qu'il le préserve de péché afin de lui être agréable. Psaume pour faire contempler la puissance et bonté de Dieu.

Les cieux en chacun lieu
La puissance de Dieu
Racontent aux humains.
Ce grand entour épars
Nonce de toutes parts
L'ouvrage de ses mains.

Jour après jour coulant
Du Seigneur va parlant
Par longue expérience ;
La nuit suivant la nuit
Nous prêche et nous instruit
De sa grand sapience.

Et n'y a nation,
Langue, prolation,
Tant soit d'étranges lieux,
Qui n'oie bien le son,
La manière et façon
Du langage des cieux.

Leur tour partout s'étend
Et leur propos s'entend

Jusques au bout du monde.
Dieu en eux a posé
Palais bien composé
Au soleil clair et monde;

Dont il sort ainsi beau
Comme un époux nouveau
De son paré pourpris.
Semble un grand prince à voir,
S'égayant pour avoir
D'une course le prix.

D'un bout des cieux il part
Et atteint l'autre part
En un jour, tant est vite.
Outre plus n'y a rien
En ce val terrien
Qui sa chaleur évite.

La très entière loi
De Dieu, souverain roi,
Vient l'âme restaurant.
Son témoignage seur
Sapience en douceur
Montre à l'humble ignorant.

D'icelui roi des rois
Les mandements sont droits,
Et joie au cœur assignent.
Les commandements saints
De Dieu sont purs et sains
Et les yeux illuminent.

L'obéissance à lui
Est un très saint appui
A perpétuité.
Dieu ne fait jugement

Qui véritablement
Ne soit plein d'équité.

Ces choses sont encor
Plus désirables qu'or,
Ne que fin or de touche,
Et en un cœur sans fiel
Sont plus douces que miel,
Ne pain de miel en bouche.

Qui servir te voudra,
Par ces points apprendra
A ne se fourvoyer,
Et en les observant
En aura le servant
Grand et riche loyer.

Mais où se trouvera
Qui ses fautes saura
Nombrer, penser ne dire ?
Las, de tant de péchés,
Lesquels me sont cachés,
Purge-moi, très cher Sire.

Aussi des grands forfaits
Témérairement faits
Soit ton serf relâché ;
Qu'ils ne règnent en moi !
Si serai hors d'émoi
Et net de grand péché.

Ma bouche prononcer
Ne mon cœur rien penser
Ne puisse qui ne plaise
A toi, mon défendeur,
Sauveur et amendeur
De ma vie mauvaise.

PSAUME XXII

Psaume vingt-deuxième
Deus meus respice in me quare dereliquisti

Argument du vingt-deuxième Psaume

Prophétie de Jésus-Christ en laquelle David chante d'entrée sa basse et honteuse déjection, puis l'exaltation et l'étendue de son royaume jusques aux fins de la terre et la perpétuelle durée d'icelui. Psaume propre pour chanter à la passion du rédempteur.

Mon Dieu, mon Dieu, pourquoi m'as-tu laissé [1]
Loin de secours, d'émoi tant oppressé,
Et loin du cri que je t'ai adressé
En ma complainte ?

De jour (mon Dieu) je t'invoque sans feinte ;
Et toutefois ne répond ta voix sainte
De nuit aussi et n'ai de quoi éteinte
Soit ma clameur.

Hélas, tu es le saint et la trémeur
Et d'Israël le résident bonheur ;
Là où t'a plu que ton los et honneur
On chante et prise.

Nos pères ont leur fiance en toi mise,
Leur confiance ils ont sur toi assise,
Et tu les as de captifs en franchise
Toujours boutés.

A toi criant d'ennui furent ôtés ;
Espéré ont en tes saintes bontés,
Et ont reçu (sans être reboutés)
Ta grâce prompte.

Mais moi je suis un ver qui rien ne monte,
Et non plus homme, ains des hommes la honte,
Et plus ne sers que de fable et de conte
Au peuple bas.

Chacun qui voit comme ainsi tu m'abats
De moi se moque et y prend ses ébats ;
Me font la moue, et puis haut et puis bas
Hochent la tête.

Puis vont disant : « Il s'appuie et s'arrête
Du tout sur Dieu et lui fait sa requête ;
Donc qu'il le sauve et que secours lui prête
S'il l'aime tant ! »

Si m'as-tu mis hors du ventre pourtant,
Causes d'espoir tu me fus apportant,
Dès que j'étais les mamelles tétant
De ma nourrice.

Et qui plus est, sortant de la matrice,
Me recueillit ta sainte main tutrice,
Et te montras être mon Dieu propice
Dès que fus né.

Ne te tiens donc de moi si détourné ;
Car le péril m'a de près ajourné,
Et n'est aucun par qui me soit donné
Secours ne grâce.

Maint gros taureau m'environne et menace ;
Les gros taureaux de Basan, terre grasse,
Pour m'assiéger m'ont suivi à la trace
En me pressant.

Et tout ainsi qu'un lion ravissant,
Après la proie en fureur rugissant,

Ils ont ouvert dessus moi languissant
Leur gueule gloute.

Las, ma vertu comme eau s'écoule toute ;
N'ai os qui n'ait la jointure dissoute,
Et comme cire en moi fond goutte à goutte
Mon cœur fâché.

D'humeur je suis comme tuile asséché,
Mon palais est à ma langue attaché,
Tu m'as fait prêt d'être au tombeau couché,
Réduit en cendre.

Car circuit m'ont les chiens pour me prendre ;
La fausse troupe est venue m'offendre ;
Venue elle est me transpercer et fendre
Mes pieds et mains.

Compter je puis mes os du plus au moins,
Ce que voyant les cruels inhumains
Tous réjouis me jettent regards maints
Avec risée.

Jà ma dépouille entre eux ont divisée ;
Entre eux déjà ma robe déposée
Ils ont au sort hasardeux exposée
A qui l'aura.

Seigneur, ta main donc ne s'éloignera ;
Ains par pitié secours me donnera,
Et, s'il te plaît, elle se hâtera,
Mon Dieu, ma force.

Sauve de glaive et de mortelle estorce
Mon âme, hélas, que de perdre on s'efforce,
Délivre-la, que du chien ne soit morse,
Chien enragé.

Du léonin gosier encouragé
Délivre-moi, réponds à l'affligé
Qui est par grands licornes assiégé
Des cornes d'elles.

Si conterai à mes frères fidèles
Ton nom très haut, tes vertus immortelles ;
Dirai parmi les assemblées belles
Parlant ainsi :

« Vous, craignant Dieu, confessez-le sans si [2] !
Fils de Jacob, exaltez sa merci !
Crains-le toujours, toi, d'Israël aussi
La race entière !

Car rebouté n'a l'humble en sa prière
Ne détourné de lui sa face arrière ;
S'il a crié, sa bonté singulière
L'a exaucé. »

Ainsi ton los par moi sera haussé,
En grande troupe et mon vœu jà dressé
Rendrai devant le bon peuple amassé
Qui te craint, Sire.

Lors mangeront les pauvres à suffire.
Bénira Dieu qui Dieu craint et désire.
O vous, ceux-là sans fin (je le puis dire)
Vos cœurs vivront.

Cela pensant, tous se convertiront
Les bouts du monde et à Dieu serviront ;
Bref, toutes gens leurs genoux fléchiront
En ta présence.

Car ils sauront qu'à la divine essence
Seule appartient règne et magnificence,

Dont sur les gens seras par excellence
Roi conquérant.

Gras et repus te viendront adorant,
Voire le maigre à la fosse courant
Et dont la vie est hors de restaurant
Te donra gloire.

Puis leurs enfants à te servir et croire
S'enclineront et en tout territoire
De fils en fils il sera fait mémoire
Du Tout-puissant.

Toujours viendra quelqu'un d'entre eux issant
Par qui sera de main en main chantée
Ta grand bonté à tout peuple naissant
Par l'avoir tant sur moi manifestée.

PSAUME XXXIII

Exultate iusti in Domino rectos

Argument du trente-troisième Psaume

C'est un bel hymne auquel le Prophète invite d'entrée à célébrer le Tout-puissant ; puis chante que tout est plein de sa bonté, récite ses merveilles, admoneste les princes de ne se fier en leurs forces, et que Dieu assiste à ceux qui le révèrent ; puis invoque sa bonté.

Réveillez-vous, chacun fidèle,
Menez en Dieu joie orendroit ;
Louange est très séante et belle
En la bouche de l'homme droit.

Sur la douce harpe
Pendue en écharpe
Le Seigneur louez ;
De lucs, d'épinettes
Saintes chansonnettes
A son nom jouez !

Chantez de lui par mélodie
Nouveau vers, nouvelle chanson ;
Et que bien on la psalmodie
A haute voix et plaisant son !

Car ce que Dieu mande,
Qu'il dit et commande,
Est juste et parfait :
Tout ce qu'il propose,
Qu'il fait et dispose,
A fiance est fait.

Il aime d'amour souveraine
Que droit règne et justice ait lieu ;
Quand tout est dit, la terre est pleine
De la grand bonté de Dieu.

Dieu par sa parole
Forma chacun pôle
Et ciel précieux.
Du vent de sa bouche
Fit ce qui attouche
Et aorne les cieux.

Il a les grands eaux amassées
En la mer comme en un vaisseau ;
Aux abîmes les a mussées,
Comme un trésor en un monceau.

Que la terre toute
Ce grand Dieu redoute,

Qui fit tout de rien !
Qu'il n'y ait personne
Qui ne s'en étonne
Au val terrien !

Car toute chose qu'il a dite
A été faite promptement ;
L'obéissance aussi subite
A été que le mandement.

Le conseil, l'emprise
Des gens il débrise
Et met à l'envers ;
Vaines et cassées
Il rend les pensées
Des peuples divers.

Mais la divine providence
Son conseil sait perpétuer.
Ce que son cœur une fois pense
Dure à jamais sans se muer.

O gent bienheurée
Qui toute asseurée
Pour son Dieu le tient !
Heureux le lignage
Que Dieu en partage
Choisit et retient !

Le Seigneur éternel regarde
Ici-bas du plus haut des cieux ;
Dessus les humains il prend garde
Et les voit tous devant ses yeux.

De son trône stable
Paisible, équitable,
Ses clairs yeux aussi

Jusqu'au fond visitent
Tous ceux qui habitent
En ce monde ici.

Car Lui seul, sans d'autrui puissance,
Forma leurs cœurs tels qu'ils les ont;
C'est Lui seul qui a connaissance
Quelles toutes leurs œuvres sont.

Nombre de gendarmes
En assaut n'alarmes
Ne sauvent le roi.
Bras, ni hallebarde
L'homme fort ne garde
De mortel déroi.

Celui se trompe qui cuide estre
Sauvé par cheval bon et fort.
Ce n'est point par sa force adextre
Que l'homme échappe un dur effort.

Mais l'œil de Dieu veille
Sur ceux à merveille,
Qui de volonté
Craintifs le révèrent;
Qui aussi espèrent
En sa grand bonté.

Afin que leur vie il délivre
Quand la mort les menacera
Et qu'il leur donne de quoi vivre
Au temps que famine sera.

Que doncques notre âme
L'Eternel réclame
S'attendant à lui.
Il est notre adresse,

Notre forteresse,
Pavois et appui.

Et par lui grand réjouissance
Dedans nos cœurs toujours aurons,
Pourvu qu'en la haute puissance
De son nom saint nous espérons.

Or ta bonté grande
Dessus nous s'épande,
Notre Dieu et Roi,
Tout ainsi qu'entente,
Espoir et attente
Nous avons en toi.

PSAUME CIV

Psaume cent quatrième
Benedic anima mea domino, domine deus

Argument du cent quatrième Psaume

C'est un cantique beau par excellence auquel David célèbre et glorifie Dieu de la création et gracieux gouvernement de toutes choses. Psaume pour connaître amplement la puissance de Dieu [1].

Sus, sus, mon âme, il te faut dire bien
De l'Éternel, ô mon vrai Dieu, combien
Ta grandeur est excellente et notoire.
Tu es vêtu de splendeur et de gloire.

Tu es vêtu de splendeur proprement,
Ne plus ne moins que d'un accoutrement ;
Pour pavillon qui d'un tel roi soit digne
Tu tends le ciel ainsi qu'une courtine.

Lambrissé d'eaux est ton palais voûté,
En lieu de char sur la nue es porté,
Et les forts vents qui parmi l'air soupirent
Ton chariot (avec leurs ailes) tirent.

Des vents aussi diligents et légers
Fais tes hérauts, postes et messagers,
Et foudre et feu fort prompts à ton service
Sont les sergents de ta haute justice.

Tu as assis la terre rondement,
Par contrepoids, sur son vrai fondement,
Si qu'à jamais sera ferme en son estre
Sans se mouvoir n'à dextre n'à senestre.

Auparavant de profonde et grand eau
Couverte était ainsi que d'un manteau,
Et les grands eaux faisaient toutes à l'heure
Dessus les monts leur arrêt et demeure.

Mais aussitôt que les voulus tancer,
Bientôt les fis de partir s'avancer,
Et à ta voix qui bruit comme tonnerre
Toutes de paour s'enfuient à grand erre.

Montagnes lors vinrent à se dresser
Pareillement les vaux à s'abaisser,
En se rendant droit à la propre place
Que tu leur as établi de ta grâce.

Ainsi la mer bornas par tel compas
Que son limite elle ne pourra pas
Outrepasser, et fis ce beau chef-d'œuvre
Afin que plus la terre elle ne cœuvre.

Tu fis descendre aux vallées les eaux,
Sortir y fis fontaines et ruisseaux

Qui vont coulant et passent et murmurent
Entre les monts qui les plaines emmurent.

Et c'est afin que les bêtes des champs
Puissent leur soif être là étanchant :
Buvant à gré toutes de ces breuvages,
Toutes je dis, jusque aux ânes sauvages.

Dessus et près de ces ruisseaux courant,
Les oiselets du ciel sont demeurant,
Qui du milieu des feuilles et des branches
Font résonner leurs voix nettes et franches.

De tes hauts lieux, par art autre qu'humain,
Les monts pierreux arroses de ta main,
Si que la terre est toute saoule et pleine
Du fruit venant de ton labeur sans peine.

Car ce faisant tu fais par monts et vaux
Germer le foin pour juments et chevaux ;
L'herbe à servir l'humaine créature,
Lui produisant de la terre pâture.

Le vin pour être au cœur joie et confort,
Le pain aussi pour l'homme rendre fort,
Semblablement l'huile afin qu'il en face
Plus reluisante et joyeuse sa face.

Tes arbres verts prennent accroissement,
O seigneur Dieu, les cèdres mêmement
Du mont Liban, que ta bonté suprême
Sans artifice a plantés elle-même.

Là font leurs nids (car il te plaît ainsi)
Les passereaux et les passes aussi ;
De l'autre part, sur hauts sapins besogne
Et y bâtit sa maison la cigogne.

Par ta bonté les monts droits et hautains
Sont le refuge aux chèvres et aux daims,
Et aux connints et lièvres qui vont vite,
Les rochers creux sont ordonnés pour gîte.

Que dirai plus ? la claire lune fis
Pour nous marquer les mois et jours préfix,
Et le soleil (dès qu'il lève et éclaire)
De son coucher a connaissance claire.

Après en l'air les ténèbres épars,
Et lors se fait la nuit de toutes parts,
Durant laquelle aux champs sort toute bête
Hors des forêts pour se jeter en quête.

Les lionceaux mêmes lors sont issant
Hors de leurs creux, bruyant et rugissant
Après la proie, afin d'avoir pâture
De toi, Seigneur, qui sais leur nourriture.

Puis, aussitôt que le soleil fait jour,
A grands troupeaux revont en leur séjour,
Là où tout cois se vautrent et reposent,
Et en partir tout le long du jour n'osent.

Adoncques sort l'homme sans nul danger,
S'en va tout droit à son œuvre ranger
Et au labeur, soit de champ, soit de prée,
Soit de jardins jusques à la vêprée.

O seigneur Dieu, que tes œuvres divers
Sont merveilleux par le monde univers !
O que tu as tout fait par grand sagesse !
Bref, la terre est pleine de ta largesse.

Quant à la grande et spacieuse mer,
On ne saurait ne nombrer ne nommer

Les animaux qui vont nageant illecques,
Moyens, petits, et de bien grands avecques.

En cette mer navires vont errant,
Puis la Baleine, horrible monstre et grand,
Y as formé, qui bien à l'aise y noue,
Et à son gré par les ondes se joue.

Tous animaux à toi vont à recours,
Les yeux au ciel afin que le secours
De ta bonté à repaître leur donne
Quand le besoin et le temps s'y adonne.

Incontinent que tu leur fais ce bien,
De le donner ils le prennent très bien ;
Ta large main n'est pas plutôt ouverte,
Que de tous biens planté leur est offerte.

Dès que ta face et tes yeux sont tournés
Arrière d'eux, ils sont tous étonnés ;
Si leur esprit tu retires, ils meurent,
Et en leur poudre ils revont et demeurent.

Si ton esprit derechef tu transmets,
En telle vie adoncques les remets
Que paravant ; et de bêtes nouvelles
(En un moment) la terre renouvelles.

Or soit toujours régnant et florissant
La majesté du Seigneur tout-puissant !
Plaise au Seigneur prendre réjouissance
Aux œuvres faits par sa haute puissance !

Le Seigneur dis, qui fait horriblement
Terre trembler d'un regard seulement,
Voire qui fait (tant peu les sache atteindre)
Les plus hauts monts d'ahan suer et craindre.

Quant est à moi, tant que vivant serai,
Au seigneur Dieu chanter ne cesserai,
A mon vrai Dieu, plein de magnificence,
Psaumes ferai tant que j'aurai essence.

Si le suppli qu'en propos et en son
Lui soit plaisante et douce ma chanson.
S'ainsi advient, retirez-vous, tristesse,
Car en Dieu seul m'éjouirai sans cesse.

De terre soient infidèles exclus,
Et les pervers, si bien qu'il n'en soit plus.
Sus, sus (mon cœur), Dieu où tout bien abonde
Te faut louer ; louez-le tout le monde !

PSAUME CXIV

Psaume cent quatorzième
In exitu Israel de Aegypto

Argument du cent quatorzième Psaume

De la délivrance d'Israël hors d'Égypte, et succinctement des principaux miracles que Dieu fit pour cela.

Quand Israël hors d'Égypte sortit
Et la maison de Jacob se partit
D'entre le peuple étrange,
  Juda fut fait le saint peuple de Dieu,
Et Dieu se fit prince du peuple Hébrieu,
Prince de grand louange.

La mer le vit, qui s'enfuit soudain,
Et contremont l'eau du fleuve Jourdain
Retourner fut contrainte.
  Comme moutons montagnes ont sauté,

Les petits monts sautaient d'autre côté
Comme agnelets en crainte.

Qu'avais-tu, mer, à t'enfuir soudain ?
Pourquoi amont (l'eau du fleuve Jourdain)
Retourner fus contrainte ?
   Pourquoi avez, monts, en moutons sauté ?
Pourquoi sautiez (mottes) d'autre côté
Comme agnelets en crainte ?

Devant la face au Seigneur qui tout peut,
Devant le Dieu de Jacob (quand il veut)
Terre tremble craintive.
   Je dis le Dieu, le Dieu convertissant
La pierre en lac et le rocher puissant
En fontaine d'eau vive.

PSAUME CXV

Psaume cent quinzième
Non nobis domine non nobis sed

Argument du cent quinzième Psaume

Il prie Dieu vouloir (pour sa gloire) si bien traiter son peuple qu'il connaisse qu'il est le seul Dieu. Et que les Idoles des Gentils ne sont rien qu'ouvrage d'hommes. Psaume contre les Idolâtres[1].

Non point à nous, non point à nous (Seigneur)
Mais à ton nom donne gloire et honneur
Pour ta grand bonté seure.
   Pourquoi diraient les gens (en se moquant)
Où est ce Dieu qu'ils vont tant invoquant ?
Où est-il à cette heure ?

Certainement notre Dieu tout parfait
Réside aux cieux et de là-haut il fait
Tout ce qu'il veut en somme.
Mais ce qu'adore une si male gent,
Idoles sont, faites d'or et d'argent,
Ouvrage de main d'homme.

Bouche elles ont sans parler ne mouvoir;
Elles ont yeux, et ne sauraient rien voir;
C'est une chose morte.
Oreilles ont, et ne sauraient ouïr,
Elles ont nez, et ne sauraient jouir
D'odeur douce ne forte.

Elles ont mains ne pouvant rien toucher,
Elles ont pieds, et ne savent marcher,
Gosier, et point ne crient.
Semblables soient à elles ceux qui vont
A leurs recours, et ceux-là qui les font,
Et tous ceux qui s'y fient.

Toi, Israël, arrête ton espoir
Sur le Seigneur, c'est ta force et pouvoir,
Bouclier et sauvegarde.
Maison d'Aaron, arrête ton espoir
Sus le Seigneur, c'est ta force et pouvoir,
Lequel te sauve et garde.

Qui craignez Dieu, arrêtez votre espoir
Sur tel Seigneur, car c'est votre pouvoir,
Sous qui l'ennemi tremble.
Le Seigneur Dieu de nous souvenir a;
Plus que jamais Israël bénira,
Ceux d'Aaron ensemble.

A tous qui sont de l'offenser craintifs
Grands biens a faits depuis les plus petits

Jusque à ceux de grand âge.
Les biens et dons que pour vous faits il a,
Il fera croître à vous et à ceux-là
De votre parentage.

Car favoris êtes et bien aimés
Du grand Seigneur qui les cieux a formés
Et terre confinée.
Le Seigneur s'est réservé seulement
Les cieux pour soi ; la terre entièrement
Aux hommes a donnée.

O Seigneur Dieu, l'homme par mort transi
Ne dit ton los, ne quiconques aussi
En la fosse dévale.
Mais nous vivants, partout où nous irons,
De bouche et cœur le Seigneur bénirons
Sans fin, sans intervalle.

PSAUME CXXVIII

Beati omnes qui timent Dominum

Argument du cent vingt-huitième Psaume

Il dit que ceux qui vraiment craignent et aiment Dieu sont heureux soit en public soit en privé.

Bienheureux est quiconques
Sert à Dieu volontiers,
Et ne se lassa oncques
De suivre ses sentiers.

Du labeur que sais faire,
Vivras commodément ;

Et ira ton affaire
Bien et heureusement.

Quant à l'heur de ta ligne,
Ta femme en ta maison
Sera comme une vigne
Portant fruit à foison.

Et autour de ta table
Seront tes enfants beaux,
Comme un rang délectable
D'oliviers tous nouveaux.

Ce sont les bénéfices
Dont sera jouissant
Celui qui, fuyant vices,
Craindra le Tout-puissant.

De Sion Dieu sublime
Te fera tant de bien
De voir Hiérosolyme
En tes jours aller bien.

Et verras de ta race
Double postérité
Et sur Israël grâce,
Paix et félicité.

PSAUME CXXX

Psaume cent trentième
De profundis clamaui ad te domine

Argument du cent trentième Psaume

Affectueuse prière de celui qui par son péché a beaucoup d'adversité, et toutefois par espérance ferme se promet obtenir de

Dieu rémission de ses péchés et délivrance de ses maux. Psaume propre pour tous ceux qui font pénitence.

Du fond de ma pensée,
Au fond de tous ennuis,
A toi s'est adressée
Ma clameur jours et nuits.
  Entends ma voix plaintive,
Seigneur, il est saison !
Ton oreille intentive
Soit à mon oraison !

Si tu veux par rudesse
Nos péchés mesurer,
Seigneur, Seigneur, qui est-ce
Qui pourra plus durer ?
  Or n'es-tu point sévère,
Mais propice à merci ;
C'est pourquoi on révère
Toi et ta loi aussi.

En Dieu je me console ;
Mon âme s'y attend ;
En sa ferme parole
Tout mon espoir s'étend.
  Mon âme à Dieu regarde
Matin et sans séjour,
Matin avant la garde
Assise au point du jour.

Que Israël en Dieu fonde
Hardiment son appui,
Car en Dieu grâce abonde
Et secours est en lui !
  C'est celui qui (sans doute)
Israël jettera
Hors d'iniquité toute
Et le rachètera.

PSAUME CXXXVII

Psaume cent trente-septième
Super flumina Babylonis

Argument du cent trente-septième Psaume

C'est le cantique des prêtres, Lévites et chantres sacrés de Hiérusalem captifs en Babylone. Psaume propre pour les Chrétiens prisonniers en Turquie.

Étant assis aux rives aquatiques
De Babylon, pleurions mélancoliques,
Nous souvenant du pays de Sion.
Et au milieu de l'habitation
Où de regret tant de pleurs épandîmes,
Aux saules verts nos harpes nous pendîmes.

Lors ceux qui là captifs nous emmenèrent
De les sonner fort nous importunèrent,
Et de Sion les chansons réciter.
« Las (dîmes-nous), qui pourrait inciter
Nos tristes cœurs à chanter la louange
De notre Dieu en une terre étrange ? »

Or (toutefois) puisse oublier ma dextre
L'art de harper, avant qu'on te voie estre
(Hiérusalem) hors de mon souvenir.
Ma langue puisse à mon palais tenir
Si je t'oublie et si jamais ai joie
Tant que (premier) ta délivrance j'oie.

Mais donc (Seigneur) en ta mémoire imprime
Les fils d'Edom qui sur Jérosolyme

Criaient au jour que l'on la détruisait !
Souvienne-toi que chacun d'eux disait :
« A sac, à sac (qu'elle soit embrasée),
Et jusque au pied des fondements rasée ! »

Aussi seras (Babylon) mise en cendre
Et très heureux qui te saura bien rendre
Le mal dont trop de près nous viens toucher.
Heureux celui qui viendra arracher
Les tiens enfants de ta mamelle impure
Pour les froisser contre la pierre dure.

PSAUME CXXXVIII

Psaume cent trente-huitième
Confitebor tibi domine in toto corde

Argument du cent trente-huitième Psaume

Il célèbre la bonté de Dieu qui l'avait retiré de tous périls et heureusement élevé en dignité royale ; puis chante qu'il en rendra grâces à Dieu et que même tous autres Rois lui en donneront louange ; se promet aussi qu'à l'avenir le secours de Dieu ne lui faudra point.

Il faut que de tous mes esprits
Tous los et prix
J'exalte et prise ;
Devant les grands me présenter
Pour te chanter
J'ai fait emprise.

En ton saint temple adorerai,
Célébrerai
Ta renommée,

Pour l'amour de ta grand bonté
Et féauté
Tant estimée.

Car tu as fait ton nom mout grand
En te montrant
Vrai en paroles ;
Dès que je crie, tu m'entends ;
Quand il est temps,
Mon cœur consoles.

Dont les rois de chacun pays,
Mout ébahis,
T'ont loué, Sire,
Après qu'ils ont connu que c'est
Un vrai arrêt
Que de ton dire.

Et de Dieu, ainsi que je fais,
Chantent les faits
A sa mémoire,
Confessant que du Tout-puissant
Resplendissant
Grande est la gloire.

De voir si bas tout ce qu'il faut
De son plus haut
Trône céleste
Et de ce qu'étant si lointain,
Grand et hautain
Se manifeste.

Si au milieu d'adversité
Suis agité,
Vif me préserves ;
Sur mes ennemis inhumains

Jettes les mains,
Et me conserves.

Et parferas mon cas tout seur.
Car ta douceur
Jamais n'abaisses;
Ce qu'une fois as commencé
Et avancé,
Tu ne délaisses.

Dossier

Parmi les amis et collègues qui m'ont aidé à mettre au point ce dossier, qu'il me soit permis de remercier tout particulièrement pour leurs conseils et suggestions Josiane Rieu, Kurt Baldinger, Jean Céard, Gérard Defaux et Jean Dupèbe. Les étudiants de l'Université de Haute-Alsace à Mulhouse ont aussi eu part à l'élaboration de ce commentaire. Qu'ils en soient ici collectivement remerciés.

CHRONOLOGIE

Vie et œuvres de Marot		*Événements historiques*
Fin de l'année : Naissance à Cahors en Quercy de Clément Marot, fils d'une Quercinoise et de Jean des Mares, ou des Marets, ou Marot, originaire de Caen et établi chapelier-bonnetier à Cahors depuis 1471.	1496	
	1498	Accès de Louis XII au trône, à la mort de son cousin Charles VIII.
Fin 1505-début 1506 : Révoqué par sa corporation, Jean Marot quitte le Quercy pour la cour de France. Appuyé par Michelle de Saubonne, il est admis par la reine Anne de Bretagne en qualité de secrétaire. Clément le suit en « France », et est confié à divers régents.	1505	
Jean Marot compose pour la reine *Le Voyage de Gênes.*	1507	Campagne de Gênes. Louis XII à Milan.
1509-1510 : Jean Marot, toujours en qualité d'historiographe de la reine, compose *Le Voyage de Venise,* son œuvre maîtresse, où il fait	1509	Campagne victorieuse de Louis XII contre Venise. Bataille d'Agnadel. Henri VIII roi d'Angleterre.

Vie et œuvres de Marot		*Événements historiques*
un large usage de l'alexandrin.		
	1512	Perte de l'Italie.
Vers 1514 : Premiers essais poétiques de Clément Marot : *La Première Églogue de Virgile* et *Le Jugement de Minos* d'après Lucien. C'est vers cette date qu'il reçoit les conseils de Jean Lemaire de Belges, alors au sommet de sa carrière poétique : *La Concorde des deux langages* est composée en 1511, et les *Illustrations de Gaule* sont publiées de 1511 à 1513.	1514	
1514 : Clément Marot entre comme page au service de Nicolas Ier de Neufville, seigneur de Villeroy et secrétaire des finances du roi. C'est à ce personnage, qui devint notamment trésorier de France et conseiller au Conseil privé, que Marot dédiera plus tard, en 1538, *Le Temple de Cupido,* poème d'abord offert, en cette année 1514, à François d'Angoulême et Claude de France pour leurs noces. C'est la première œuvre imprimée du poète (vers 1515 ?).		
Après 1515 : Marot devient clerc de chancellerie, sous l'autorité du procureur Jean Grisson. A pu suivre auparavant des études de droit à Orléans (?), où il aurait fait la connaissance de Lion Jamet, son fidèle ami par la suite, et à Paris. Marot est	1515	Avènement de François Ier au trône (janvier). Bataille de Marignan.

Vie et œuvres de Marot		*Événements historiques*
affilié à la Basoche, ce dont témoignent les Ballades I, II et IV de l'*Adolescence*.		
	1517	Luther affiche ses 95 thèses à Wittenberg.
Marot compose la Ballade VII et le Rondeau XIII.	1518	Naissance du dauphin François.
Marot entre au service de Marguerite d'Angoulême, duchesse d'Alençon, à qui il est « donné » par François Ier. Antoine Raffin, dit Pothon, sénéchal d'Agenais, a servi d'intermédiaire. Il a composé vers cette date les Épîtres I *(Du dépourvu)* et VI *(Petite Épître au roi)*.	1519	Charles Quint, déjà roi d'Espagne depuis 1516, est élu empereur contre François Ier qui s'était porté candidat.
Accompagnant Marguerite, Marot est présent au Camp du drap d'or, qu'il célèbre dans la Ballade VIII et le Rondeau XXXII.	1520	*7-24 juin :* Entrevue du Camp du drap d'or entre François Ier et Henri VIII.
Juin : Clément Marot suit le duc d'Alençon dans la campagne de Hainaut contre Charles Quint, occasion pour lui d'une abondante production officielle : Épîtres II et III ; Ballade IX ; Rondeaux XXXIII, XXXIV. Il chante également les négociations tripartites de Calais qui firent suite à cette campagne (Ballade X).	1521	Perte du Milanais. Lefèvre d'Étaples est appelé à Meaux par l'évêque Guillaume Briçonnet.
	1523	Clément VII, pape.
Marot figure sur l'état de Marguerite d'Angoulême en qualité de secrétaire.	1524	Invasion de la Provence par Charles Quint. Premiers placards luthériens à Meaux. Début des tensions religieuses.
Clément Marot, qui accompagne l'armée d'Italie, n'est	1525	Désastre de Pavie. François Ier est fait prisonnier ; Louise

Vie et œuvres de Marot		*Événements historiques*
pas présent à la bataille de Pavie.		de Savoie devient régente du royaume.
Fin février : Marot est incarcéré au Châtelet de Paris pour avoir « mangé le lard ». *Mars :* Sur la requête de Louis Guillard, évêque de Chartres, il est transféré dans cette ville où il est assigné à résidence. Il y compose *L'Enfer,* avant d'être relâché le 1er mai. *Fin de l'année :* Jean Marot meurt dans les bras de son fils. Édition (non signée) du *Roman de la Rose.*	1526	*Février-mars :* Louise de Savoie et Marguerite d'Alençon se rendent à Hendaye pour y négocier l'échange de François Ier contre ses deux fils retenus dès lors en otages (17 mars).
Mardi-gras (5 mars) : « Alliance » avec Anne d'Alençon, nièce de ses protecteurs (voir Rondeau XXXVIII) : un long amour platonique les unira jusque vers 1538. Marot lui dédiera Rondeaux, Élégies et Épigrammes. *Octobre :* Marot, ayant « recouru » un prisonnier des mains de la police, est emprisonné à son tour à la Conciergerie. Le roi, auquel il adresse une Épître « pour le délivrer de prison », le fait élargir début novembre. *Décembre :* Composition de la *Déploration de Florimond Robertet.*	1527	*Juin :* Sac de Rome par les troupes du connétable de Bourbon qui est tué pendant l'assaut. *Août :* Procès et exécution de Jacques de Beaune, seigneur de Semblançay, surintendant des finances, dont Marot célèbre la mémoire et le courage dans une épigramme fameuse. *29 novembre :* Mort de Florimond Robertet, trésorier de France et protecteur de Marot. Marguerite d'Alençon, par son remariage avec Henri d'Albret, devient reine de Navarre.
1528-1534 : Période de grande faveur de Marot à la cour. Bien que nommé valet de chambre dès 1527, c'est à partir de 1528 qu'il est officiellement inscrit sur l'état	1528	*Juin :* Renée de France, fille de Louis XII, future protectrice de Marot à Ferrare, épouse Hercule d'Este. Marot célèbre l'événement dans un *Chant nuptial* imité

Vie et œuvres de Marot		*Événements historiques*
de la maison du roi et qu'il touche ses gages. Il s'est marié avant cette date. De ce mariage il aura un fils, Michel, poète à son tour, et une fille, qui se fera religieuse.		Catulle et marqué par l'évangélisme d'Érasme.
Querelle des *Gracieux Adieux aux dames de Paris,* pièce qui circule sous le nom de Marot et qui insultait à l'honneur des Parisiennes.	1529	Traité de Cambrai, dit paix des Dames, célébré par Marot dans le Rondeau LIX de l'*Adolescence,* l'une des pièces les plus tardives du recueil. Supplice de Berquin, brûlé comme « luthérien ».
	1530	Libération des enfants de France en application du traité de Cambrai. Institution des Lecteurs royaux (Collège de France).
Marot, malade pendant « trois bons mois » de la peste, est volé par son valet. Compose l'*Épître au roi pour avoir été dérobé.*	1531	Mort de Louise de Savoie.
Printemps : Nouvelle affaire du lard devant le Parlement de Paris. Mêlé à la condamnation de Louis et Laurent Meigret, Marot est délivré sur une intervention d'Étienne Clavier qui se porte garant, agissant au nom de Marguerite de Navarre. *L'Adolescence clémentine* rencontre un grand succès.	1532	Première édition à Lyon du *Pantagruel* de Rabelais.
Le Psaume VI, traduit par Marot, est inséré dans le *Miroir de l'âme pécheresse* de Marguerite de Navarre. A l'instigation du syndic Béda, la Sorbonne demande à	1533	*Octobre-novembre :* Alliance du pape Clément VII et du roi François Ier conclue lors de l'entrevue de Marseille, pour combattre l'hérésie luthérienne. Elle aura pour

Vie et œuvres de Marot		*Événements historiques*
« examiner » l'ouvrage. Mais, sur l'intervention de François Ier, l'affaire n'aura pas de suites. *Septembre :* Édition des *Œuvres de François Villon* à Paris chez Galiot du Pré.		conséquence une vague de persécutions durant l'hiver suivant, qui visera, entre autres évangélistes luthéranisants, le poète Nicolas Bourbon, ami de Marot.
Janvier : La Suite de l'Adolescence clémentine. Premier livre de la Métamorphose d'Ovide traduit en vers. *Août :* Première dispute avec François Sagon, aux noces d'Isabeau d'Albret. *Octobre :* Marot, à Blois, est obligé de fuir sans pouvoir se justifier auprès du roi. Le Parlement perquisitionne à son domicile parisien, et fait brûler livres et manuscrits (sans doute la traduction des *Psaumes* en chantier). *Fin novembre :* Arrêté à Bordeaux, il est interrogé et relâché. *Décembre :* Il arrive à Nérac, auprès de Marguerite de Navarre.	1534	Mort de Clément VII. Paul III, pape. Mort de Guillaume Briçonnet. Fondation de la Compagnie de Jésus. Première édition non datée du *Gargantua* de Rabelais. *17-18 octobre :* Affaire des Placards contre la messe. Violente répression contre les suspects d'hérésie. En Angleterre, rupture de Henri VIII avec Rome.
Condamné par contumace à Paris, l'un des tout premiers sur la liste des suspects, il quitte la Navarre et se réfugie en Italie : il arrive en juin auprès de Renée de Ferrare, dont il devient le « secrétaire et poète » pensionné. Il adresse alors à François Ier l'*Épître au Roi, du temps de son exil à Ferrare.*	1535	Renouvellement de la ligue de Smalkalde. Exécution de Thomas More. En France, édit de suppression de l'imprimerie, qui sera rapporté.
A la cour de Ferrare, Marot a composé le blason du *Beau Tétin,* suscitant un véritable	1536	Édition latine à Bâle de *L'Institution de la religion chrétienne* de Calvin. Au printemps, le

Vie et œuvres de Marot	*Événements historiques*
concours de *Blasons anatomiques* chez ses disciples restés en France.	réformateur se rend à Ferrare et y rencontre Marot. Reprise des hostilités contre Charles Quint.
Juin : Bastonné une nuit en pleine rue, à l'instigation probable du duc de Ferrare, Marot fuit à Venise.	
Début juillet : Il adresse à « Monseigneur le Dauphin » une seconde Épître pour obtenir un sauf-conduit. En juillet, il compose l'*Épître envoyée de Venise à Madame la duchesse de Ferrare,* pièce importante où il retrouve, par-delà la leçon de l'évangélisme, l'inspiration satirique qui avait été en 1509 celle de son père dans *Le Voyage de Venise* (cf. v. 579 : « Autre Dieu n'ont que l'or ») ; dans la conclusion il rappelle la victoire remportée jadis sur la République par Louis XII, le propre père de Renée, à l'époque où Jean Marot était le poète officiel de la monarchie.	*6 juillet :* Mort d'Érasme. *10 août :* Mort à Tournon du dauphin François, fils aîné de François Ier. La plupart des poètes et humanistes français (Dolet, Nicolas Bourbon, Mellin de Saint-Gelais, Maurice Scève, Marot) associent leurs épitaphes versifiées dans un Tombeau publié vers septembre.
Fin octobre : Marot quitte Venise. Ayant, dans la seconde moitié de novembre, reçu la permission de rentrer en France, Marot passe les Alpes et fait halte à Genève. En décembre à Lyon, il « abjure » publiquement, au cours d'une cérémonie religieuse présidée par le cardinal de Tournon, l' « erreur luthérienne ». Échappant ainsi à l'excommunication, il rentre	

Vie et œuvres de Marot		*Événements historiques*
dans le giron de l'Église catholique.		
Retour de la faveur de Marot auprès du roi et de la cour. *Fin février :* Il participe à Paris au banquet fêtant la grâce accordée par le roi à Dolet, avec notamment Budé et Rabelais. *8 mars :* Il a rejoint la cour à Compiègne. *Avril :* Il la suit lors de la campagne de Picardie. A la fin de juin, à Saint-Cloud, Marot rencontre Sagon chez Marguerite de Navarre. Aux nouvelles attaques de son ennemi, il riposte par l'*Épître de Frippelippes, valet de Marot, à Sagon,* qui est publiée peu après. En décembre, Marot accompagne le roi et la reine de Navarre dans le Sud-Ouest. Il salue sa ville natale de Cahors dans l'épigramme CXLIV.	1537	
En janvier, il est fêté à Toulouse par le milieu lettré. Par Narbonne, il gagne ensuite Lyon. *1er mars :* Il présente au connétable Anne de Montmorency un recueil manuscrit de ses œuvres (manuscrit de Chantilly). *Été :* Publication des *Œuvres de Clément Marot* à Lyon chez Dolet et chez Gryphe. Comme Dolet ne possède pas à cette date de presse ni d'atelier, c'est probablement Sébastien Gryphe qui	1538	*2 juin-16 juillet :* Trêve de Nice et entrevue d'Aigues-Mortes entre le roi de France, le pape et l'Empereur.

Vie et œuvres de Marot		*Événements historiques*
assure l'impression de cette double édition. Marot la surveille en personne et elle servira de modèle à tous les éditeurs suivants, au moins jusqu'à l'édition Constantin de 1544. Voir Claude Longeon, *Bibliographie des œuvres d'Étienne Dolet*, Genève, Droz, 1980, p. 23.		
Juillet : Le roi fait don à Marot de la « maison du cheval de bronze », sise au clos Bruneau, « au Faubourg Saint Germain des Prés les Paris ». Édition de l'*Églogue au roi sous les noms de Pan et Robin*, et de *L'Enfer*, publié pour la première fois chez J. Steels à Anvers. Traduction de *Six Sonnets de Pétrarque*.	1539	Ordonnance de Villers-Cotterêts. Mappemonde de Mercator.
Début janvier : A Charles Quint, qui traverse la France pour aller réprimer ses sujets de Gand révoltés, il présente une copie des *Trente Psaumes*, comprenant aussi l'oraison dominicale, la salutation angélique et le symbole des apôtres.	1540	*1er janvier :* Charles Quint arrive à Vincennes. Mort de Guillaume Budé et du poète marotique Victor Brodeau.
Janvier : Édition pirate de l'*Histoire de Leander et Hero*. *Décembre :* Publication des *Trente Psaumes* à Paris, chez Étienne Roffet avec l'autorisation de la Faculté de théologie. *Histoire de Leander et Hero*, traduite du poète grec Musée.	1541	Publication par Calvin de *L'Institution de la religion chrétienne* en français.
Dolet donne une seconde édition de *L'Enfer* en janvier.	1542	Campagne du Milanais. Rabelais donne l'édition défini-

Vie et œuvres de Marot		*Événements historiques*
Les *Psaumes* sont interdits. *Fin novembre :* Marot se réfugie à Genève, où il est bien accueilli par Calvin, mais ne tarde pas à être en butte aux tracasseries du Consistoire.		tive de *Pantagruel* et *Gargantua.*
Fin de l'année : Édition de *Vingt autres Psaumes* par Marot. Publication anonyme des *Cinquante Psaumes en français par Clément Marot.* *Décembre :* Marot quitte Genève pour la Savoie et cherche à rentrer en France.	1543	Publication par Copernic du *De revolutionibus orbium cœlestium.*
Séjour à Annecy, puis à Chambéry. Marot célèbre dans une Épître la victoire de Cérisoles. Il passe en Piémont. *Septembre :* Mort de Clément Marot à Turin. Il est inhumé dans l'église Saint-Jean-Baptiste. Lion Jamet compose son épitaphe. Édition posthume des *Œuvres* par A. Constantin à Lyon.	1544	*Juillet :* Victoire du comte d'Enghien à Cérisoles. *18 septembre :* Traité de Crépy-en-Laonnois. Publication de la *Délie* de Maurice Scève.
	1545	Ouverture du Concile de Trente. *Avril :* Massacre des Vaudois en Provence.
	1546	Étienne Dolet est brûlé vif sur la place Maubert à Paris, après deux années d'emprisonnement.
Édition par Charles de Sainte-Marthe des *Épigrammes* (Poitiers, de Marnef).	1547	
	1548	*Art poétique français* de Thomas Sébillet, où l'œuvre de Marot est mise en fiches et distribuée en exemples.
	1549	Publication de la *Défense et illustration* de J. Du Bellay.

ORIENTATION BIBLIOGRAPHIQUE

Pour une bibliographie méthodique que cet aperçu ne saurait remplacer, on se reportera aux travaux de Robert Aulotte, « Quinze années d'études sur Clément Marot », *L'Information littéraire*, t. XXX, 1978, p. 55-62 ; Susumu Ito, « Clément Marot : essai de bibliographie », *Bulletin of the Faculty of Liberal Arts*, Chukio University, vol. 22, n° 4, 1981, p. 89-229 ; Harry Peter Clive, *Marot. An annotated Bibliography*, Londres, Grant & Cutler, 1983.

ÉDITIONS

Pour les éditions anciennes de Marot, on se reportera à la *Bibliographie des Œuvres de Clément Marot* de C. A. Mayer, t. II, *Éditions*, Genève, Droz, 1954 (rééd. Paris, Nizet, 1975). Le t. I de cette bibliographie (Genève, Droz, 1954, non réédité) est consacré aux manuscrits de l'œuvre de Marot.

Œuvres de Jean et Clément Marot, éd. par Lenglet-Dufresnoy, La Haye, 1731, 6 vol.

Œuvres, publiées par Georges Guiffrey, Robert Yve-Plessis et Jean Plattard. Paris, Jean Schemit, A. Quantin, Jules Claye, 1875-1931, 5 vol. (réimpression, Genève, Slatkine, 1968).

Œuvres complètes, publiées par Abel Grenier. Paris, Garnier, 1919, 2 vol.

Les Épîtres ; Œuvres satiriques ; Œuvres lyriques ; Œuvres diverses ; Épigrammes, édition critique par C. A. Mayer. Londres, Athlone Press, 1958-1970, 5 vol. ; *Les Traductions*, éd. crit. par C. A. Mayer. Genève, Slatkine, 1980. (*Les Épîtres*, rééd. Paris, Nizet, 1977.)

L'Enfer, les Coq-à-l'âne, les Élégies, éd. crit. par C. A. Mayer. Paris, Champion, 1977.

Œuvres poétiques, choix présenté et annoté par Yves Giraud. Paris, Garnier-Flammarion, 1973.

L'Adolescence clémentine a fait l'objet d'une édition par Verdun-L. Saulnier. Paris, Armand Colin, « Bibliothèque de Cluny », 1958. L'on y trouve, outre l'édition de 1538, des « documents concernant les traductions » de Marot et le texte primitif du *Temple de Cupido*, tel qu'il fut publié séparément, sans doute vers 1515. Une chronologie des poèmes et un index musical complètent cet ouvrage agréable et très sûr.

Les Psaumes de Clément Marot, édition critique par Samuel Jan Lenselink. Assen (Pays-Bas), Van Gorcum, et Kassel, Bärenreiter, 1969.

Signalons enfin dans *Poètes du XVI*e *siècle*, anthologie publiée et présentée par Albert-Marie Schmidt, Paris, Gallimard, « Bibliothèque de la Pléiade », 1953, p. 3 à 65, l'ensemble des Rondeaux, Chansons et Oraisons, les deux premières sections provenant intégralement de *L'Adolescence clémentine*.

ÉTUDES

Pierre Bayle, *Dictionnaire historique et critique,* 1702, *s.v.* Marot.
Sainte-Beuve, *Tableau historique et critique de la poésie française et du théâtre français au XVI*^e^ *siècle.* Paris, A. Sautelet, 1828, p. 19-39.
Henri Guy, *De Fontibus Clementis Maroti* (thèse). Foix, Gadrat, 1898.
Henri Guy, *Clément Marot et son école.* Paris, Champion, 1926.
Walther de Lerber, *L'Influence de Clément Marot aux XVII*^e^ *et XVIII*^e^ *siècles.* Paris, Champion, 1920.
Pierre Villey, *Marot et Rabelais (Les Grands Écrivains du XVI*^e^ *siècle,* I). Paris, Champion, 1967 (1re éd. 1923).
Philip August Becker, *Clement Marot, sein Leben und seine Dichtung.* Munich, Max Kellerer, 1926.
Alexandre Eckhardt, « Marot et Dante. *L'Enfer* et l'*Inferno* » *Revue du seizième siècle,* 1926, p. 140-142.
Joseph Vianey, *Les Épîtres de Marot.* Paris, Malfère, 1935 (rééd. Paris, Nizet, 1962).
Jean Plattard, *Marot, sa carrière poétique, son œuvre.* Paris, Boivin, 1938 (réimpression Genève, Slatkine, 1972).
Alice Hulubei, *L'Églogue en France au XVI*^e^ *siècle. Époque des Valois (1515-1589).* Paris, Droz, 1938, p. 210-224.
Jean Frappier, « Sur quelques emprunts de Clément Marot à Jean Lemaire de Belges », *Mélanges offerts à Edmond Huguet.* Paris, Boivin, 1940 (réimpression Genève, Slatkine, 1972), p. 161-176.
Charles E. Kinch, *La Poésie satirique de Clément Marot.* Paris, Boivin, 1940 (réimpression Genève, Slatkine, 1969).
Albert Pauphilet, *Marot et son temps.* Angers, J. Petit, 1941.
Pierre Jourda, *Marot.* Paris, Hatier, « Connaissance des Lettres », 1950 (rééd. 1967).
Jean Rollin, *Les Chansons de Clément Marot.* Paris, Fischbacher, 1951.
Paulette Leblanc, *La Poésie religieuse de Clément Marot.* Paris, Nizet, 1955.
C. A. Mayer, *La Religion de Marot.* Genève, Droz, 1960 (réimpression Paris, Nizet, 1973).
Michel Jeanneret, « Marot traducteur des *Psaumes :* entre le néoplatonisme et la Réforme », *Bibliothèque d'Humanisme et Renaissance,* t. XXVII, 1965, p. 629-643.
Michael A. Screech, *Marot évangélique.* Genève, Droz, 1967.
Françoise Joukovsky, « Clément et Jean Marot », *Bibliothèque d'Humanisme et Renaissance,* t. XXIX, 1967, p. 555-567.
Verdun-L. Saulnier, *Les Élégies de Clément Marot.* Paris, SEDES, nouvelle éd. augmentée, 1968 (1re éd. 1952).

Helmut Siepmann, *Die allegorische Tradition im Werke Clement Marots (Dissertation)*, Bonn, 1968.

Michel Jeanneret, *Poésie et tradition biblique au XVIe siècle. Recherches stylistiques sur les paraphrases des Psaumes de Marot à Malherbe*. Paris, José Corti, 1969, p. 51-87.

Pauline M. Smith, *Clement Marot Poet ot the French Renaissance*. Londres, Athlone Press, 1970.

C. A. Mayer, *Clément Marot*. Paris, Nizet, 1972.

Yves Giraud et Marc-René Jung, *Littérature française. La Renaissance (I. 1480-1548)*. Paris, Arthaud, 1972, p. 203-224.

Mario Richter, « L'Evangelismo di Clément Marot. Lettura della *Déploration de Florimond Robertet* », *Bibliothèque d'Humanisme et Renaissance*, 1973, t. XXXV, p. 247-258.

Robert Griffin, *Clement Marot and the Inflections of Poetic Voice*. Berkeley, University of California Press, 1974 (ouvrage fondamental).

François Rigolot, *Poétique et onomastique. L'exemple de la Renaissance*, livre II : « Diagrammatisme et poésie chez les deux Marot ». Genève, Droz, 1977, p. 57-79 (l'analyse porte sur le traitement poétique du nom propre, par « annomination » et calembour, notamment dans l'Épître X, *L'Enfer* et la *Déploration de Florimond Robertet*).

Christine Martineau-Génieys, *Le Thème de la mort dans la poésie française (1450-1550)*. Paris, Champion, 1977 (les p. 440 à 521 de cette thèse sont consacrées à Marot, et principalement à la *Déploration de Florimond Robertet*).

Claude Blum, *La Représentation de la mort dans la littérature française du XVIe siècle*, thèse Paris-Sorbonne, 1978.

Mia Cocco, *La Tradizione cortese ed il Petrarchismo nella poesia di Clément Marot*. Florence, Olschki, 1978.

Gérard Defaux, « Rhétorique, silence et liberté dans l'œuvre de Marot. Essai d'explication d'un style », *Bibliothèque d'Humanisme et Renaissance*, t. XLVI, 1984, n° 2, p. 299-322.

Georgie Durosoir, « Les Genres de la musique vocale », dans *La Notion de genre à la Renaissance*, ouvrage publié sous la direction de Guy Demerson. Genève, Slatkine, 1984, p. 245-262.

George Joseph, *Clément Marot*, Boston, Twayne Publishers, 1985.

Gérard Defaux, *Marot, Rabelais, Montaigne : l'écriture comme présence*. Paris, Champion, 1987.

POÉTIQUE, RHÉTORIQUE

Pierre Le Fèvre, dit Fabri, *Le Grand et Vrai Art de pleine Rhétorique (Rouen, 1521)*. Publié avec introduction, notes et glossaire par A. Héron. Rouen, Société des Bibliophiles Normands-A. Lestringant, 1889-1890, 3 vol. (réimpr. Genève, Slatkine, 1969).

Thomas Sébillet, *Art Poétique Françoys*. Paris, par la veuve François Regnault, 1555 (réimpression Genève, Slatkine, 1972). La première édition, de 1548, a fait l'objet d'une édition critique par F. Gaiffe, Cornély, 1910, et Droz, 1932.

Philippe Martinon, *Les Strophes. Étude historique et critique sur les formes de la poésie lyrique en France depuis la Renaissance*. Paris, Champion, 1912 (sur la « révolution dans le lyrisme » accomplie par la traduction des *Psaumes* de Marot, p. 8-20).

Yves Le Hir, *Esthétique et structure du vers français d'après les théoriciens du XVIe siècle à nos jours*. Paris, P.U.F., 1956.

W. Theodor Elwert, *Traité de versification française, des origines à nos jours*, trad. fr. Paris, Klincksieck, 1965.

Frédéric Deloffre, *Le Vers français*. Paris, SEDES, 1973.

Jean Mazaleyrat, *Éléments de métrique française*. Paris, A. Colin, 1974.

Henri Morier, *Dictionnaire de poétique et de rhétorique*. Paris, P.U.F., 3e éd. augmentée, 1981 (1re éd. 1961).

Francis Goyet, « A propos de l'expression " rimer avec " (ou un peu de logique appliquée à la rhétorique) », *Lez Valenciennes* n° 9, hiver 1984, p. 25-35.

Francis Goyet, « Le Sonnet français, vrai et faux héritier de la Grande Rhétorique », *Actes* du colloque *Le Sonnet à la Renaissance* (Reims, 17-19 janvier 1986). Paris, Nizet, 1987.

Ouvrages parus depuis la première édition
de *L'Adolescence clémentine* dans Poésie / Gallimard

ÉDITION

Œuvres poétiques complètes, édition critique par Gérard Defaux. Paris, Bordas, « Classiques Garnier », t. I (incluant *L'Adolescence clémentine* et *La Suite de l'Adolescence*), 1990 ; t. II, 1993.

ÉTUDES

Frank Lestringant, « De la défloration aux ossements : les jeux de l'amour et de la mort dans les héroïdes d'André de La Vigne et de Clément Marot », *La Mort dans le texte*, éd. par Gilles Ernst. Lyon, Presses Universitaires de Lyon, 1988, p. 65-83 [sur l'« Épître de Maguelonne à Pierre de Provence » et ses sources].

Frank Lestringant, « D'un *Enfer* à l'autre : Clément Marot et Étienne Dolet », *Études sur Étienne Dolet, le théâtre au XVIe siècle [...] à la mémoire de Claude Longeon*, éd. par G.-A. Pérouse. Genève, Droz, 1993, p. 121-135.

Gérard Defaux et Michel Simonin éd., *Clément Marot, « Prince des poëtes françois »*, 1496-1996, Actes du colloque de Cahors-en-Quercy. Paris, Champion, 1997.

NOTE DE POÉTIQUE SUR *L'ADOLESCENCE CLÉMENTINE* ET AUTRES ŒUVRES

Pour faire le commentaire poétique de l'*Adolescence,* il n'est, semble-t-il, que de reprendre l'*Art poétique françoys,* que Thomas Sébillet publia à Paris en 1548 « pour l'instruction des jeunes studieux et encore peu avancés en la Poësie françoyse ». Comme le notait Sainte-Beuve, l'ouvrage est tout à la fois l'inventaire et le commentaire des poésies de Marot, qui fournit, avec Saint-Gelais et quelques rares Rhétoriqueurs pour l'illustration des formes les plus surannées, la plupart des exemples de ce traité annonciateur de la *Défense et illustration de la langue française.* Nous y puiserons donc, tout en opérant la confrontation avec *Le Grand et Vrai Art de pleine rhétorique* de Pierre Fabri, qui témoigne de l'état d'avancement des lettres à la génération précédente, avant le passage de Marot dans le siècle (Rouen, 1521). Les ouvrages récents mentionnés dans la bibliographie fourniront l'appoint.

LES GENRES

L'*Adolescence,* dit-on, se caractériserait par le recours aux « vieux » genres comme la ballade, auparavant illustrée par Charles d'Orléans et François Villon, le rondeau et la chanson. Il est un fait qu'après 1527 Marot ne reviendra plus que très rarement à ces trois formes, abandonnant tout à fait le rondeau et la chanson au profit surtout de l'épître et de l'épigramme. Mais ce serait abus que de voir dans cette évolution un rejet du vieux pour le neuf et de la contrainte formelle pour la liberté.

Des trois formes que Marot sacrifie pour ainsi dire au cours de sa carrière, seule la *Ballade* revêt un cachet indiscutablement médiéval. Composée de trois strophes et demie et construite sur trois ou quatre rimes selon sa longueur, elle apparaît un peu hiératique avec son refrain d'un vers et son envoi-dédicace, la fameuse demi-strophe finale, adressé au Prince ou à la Princesse, qui peut être le souverain d'un puy ou d'une cour d'amour, mais aussi bien un monarque régnant, le « souverain catholiq » de la Ballade XI, ou une divinité, le dieu Neptune de la Ballade VII.

Avec la ballade et plus encore le *Chant royal,* qui n'est autre chose, au dire de Sébillet, « qu'une ballade surmontant la ballade commune en nombre de couplets et en gravité de matière », l'on en reste strictement à la tradition de la Grande Rhétorique. L'emportant en dignité sur la ballade, genre déjà grave en soi, à moins qu'il ne soit parodique ou basochien, le Chant royal se compose de soixante vers sur cinq rimes, répartis en cinq strophes de onze vers, dont un refrain, et un envoi de cinq vers. Il a pour objet, sous couvert d' « une allégorie obscure », la louange de « Dieu ou Déesse, Roi ou Reine, Seigneur ou Dame ».

La *Chanson,* poème strophique d'une grande variété de dessin, ne revêt d'autre archaïsme chez Marot que de se prêter, plus que tout autre genre peut-être, comme l'attestent en particulier les Chansons I et III, aux effets de rimes internes, couronnées, annexées ou fratrisées, nullement arbitraires ici, puisque soutenus ou accompagnés par la polyphonie des voix. La plupart de ces chansons furent mises en musique avant même que d'être recueillies dans la section ultime de l'*Adolescence.*

Quant au *Rondeau,* il ne s'agit aucunement d'une « vieillerie » poétique, comme il semblerait, mais c'est le résultat d'une très récente codification. L'innovation, à vrai dire, ne vient pas de Clément Marot, mais de son père Jean, le rhétoriqueur de Louis XII et de François Ier, qui réduisit le retour du ou des premiers vers au seul hémistiche initial. Genre intermédiaire entre la poésie libre et les poèmes à forme fixe, et donc placé à mi-parcours sur la voie qui mène de la ballade au sonnet (Francis Goyet, 1987), le rondeau est à l'origine fondé sur une proportion. Pour Pierre Fabri par exemple, le rondeau se construit ainsi : trois couplets, le premier et le dernier ayant le même nombre de vers ; le second la moitié seulement. Au second et au troisième s'ajoute, comme refrain, partie ou totalité du premier couplet. « Si les vers du premier couplet sont en nombre impair, cinq ou sept par exemple, on prend pour moitié trois ou quatre » (note de A. Héron). Chez Jean et Clément Marot, le fils entérinant et fixant la formule héritée du père, la reprise à la fin de la seconde (demi-) strophe et de la troisième se limite à l'hémistiche initial du premier vers. De la sorte, selon Sébillet, les « poètes de notre temps, se fâchant de tant longue redite, ont avisé pour le plus court et pour le meilleur ». Le « rentrement » sera donc de quatre syllabes au plus pour un rondeau en décasyllabes, composé de deux quintils encadrant un tercet ; de deux, trois ou quatre syllabes pour un rondeau en octosyllabes, formé de deux quatrains autour d'un distique (Rondeaux V, VI, XX, XXVI, XLI). Une exception relative est constituée par le Rondeau VII, où la totalité du premier vers « Qu'on mène aux champs ce coquardeau », est répétée à la fin du distique central, alors que le rentrement normal de quatre syllabes n'apparaît, sous cette forme abrégée, qu'à la fin du second quatrain. Quant aux Rondeaux XXXIX, XL, XLIV et L, bien qu'étant en octosyllabes, ils obéissent au schéma du rondeau décasyllabique, de deux quintils entourant un tercet.

Le « Rondeau parfait », qui clôt la suite contenue dans l'*Adolescence* et donc la production marotique dans ce genre, présente une structure particulière, sur laquelle Gérard Defaux a récemment rappelé l'attention. Le « rentrement » du premier hémistiche « En liberté » n'est repris qu'une seule fois, au terme d'une longue série de six quatrains au total. Encore manque-t-il dans certaines éditions, comme celle de 1538 chez Gryphe, où nous l'avons restitué — et la forme générale du poème n'est alors plus tout à fait « ronde », comme le veut la définition même du genre. En revanche, et conformément à un schéma plus traditionnel — « souverain entre les anciens », précise encore Sébillet —, chacun des vers de la première strophe est repris à tour de rôle à la fin des quatre strophes suivantes, en une sorte de refrain tournant. Si l'on remarque en outre que ce rondeau prolongé est construit sur deux rimes, en accord cette fois avec une des lois fondamentales du genre, on se convaincra que pour ses adieux à une forme qu'il avait pratiquée avec un rare bonheur, Marot a multiplié les difficultés et les contraintes. Le résultat est une pièce hybride, où deux schémas prosodiques, également « ronds » l'un et l'autre, se trouvent combinés ou pour mieux dire additionnés. D'où, sans doute, la « perfection » de ce rondeau, deux fois refermé sur lui-même, et par le retour final de l'hémistiche initial, et par la reprise en quatre refrains de la totalité de la première strophe.

L'abrégement du rentrement à l'hémistiche, qui, comme on l'a vu, représente le trait distinctif du rondeau marotique (chez Jean et Clément), entraîne non seulement plus de vivacité et de « grâce » dans le traitement du genre, comme le voulait Sébillet, mais de plus un phénomène de suspens dilatoire, essentiel à l'économie proprement logique de cette forme.

On sait que l'effet de suspension est trois fois répété dans le rondeau classique, à la fin du tercet (ou du distique) intermédiaire, qui est un écourtement du quintil (ou du quatrain) initial, et après chacun des deux rentrements qui reprennent, mais seulement jusqu'à la césure, le premier vers. Le blanc sonore ou la pause ainsi obtenu laisse deviner un non-dit : changeant de contexte et laissé sans prolongement, le rentrement change de sens et appelle dans l'esprit du lecteur des échos deux fois renouvelés. Une telle disposition, neuve chez les Marot, et que Voiture et les précieux du XVIIe siècle érigeront en dogme, se prête admirablement, comme on le constate, aux jeux de l'antanaclase (répétition d'un mot pris dans des sens différents) et de la syllepse (figure dans laquelle le même mot est pris à la fois au sens propre et au figuré).

Les autres genres représentés dans l'*Adolescence, Épîtres* de décasyllabes à rimes plates, dont la première *(Du dépourvu)* intègre en son sein deux rondeaux et une ballade, *Complaintes* et *Épitaphes,* que Marot augmentera par la suite en un « Cimetière », appellent moins de commentaires. Il est à noter toutefois que deux des dix Épîtres incluses dans le recueil, les Épîtres VII et VIII, qui associent de manière toute rabelaisienne le vin et la vérole, annoncent, dans le registre burlesque de la fatrasie, ce que sera, avant et pendant l'exil à Ferrare et à Venise, le sous-genre du coq à l'âne.

Les *Complaintes,* dont la composition, selon Sébillet, n'est pas soumise à une forme définie, offrent dans l'*Adolescence* deux exemples distincts, mais tous deux strophiques. La première est construite sur l'alternance de trois onzains et de trois strophes de treize vers, le tout animé par un dialogisme qui fait succéder à une série d'apostrophes aux éléments, à Nature, à la Mort et à Fortune, une quintuple réponse suivie d'une prière. La seconde, de style moins oratoire et de registre plus élégiaque, se compose de six strophes de onze décasyllabes concaténées entre elles.

Quant aux *Épitaphes,* elles s'apparentent à la forme concise de l'épigramme, tour à tour grave ou mordante.

LA MÉTRIQUE

Dans certaines variantes anciennes de l'*Adolescence* ou même de *L'Enfer,* l'on observe des cas de *césure épique,* ce dont Marot veut bien s'excuser auprès de ses « frères » dans la préface de 1530 (voir ci-dessus, p. 46). Aussi avoue-t-il s'être corrigé depuis de ces « coupes fémenines » fautives sur le reproche qui lui en fut fait par Jean Lemaire de Belges. Il s'agit de la licence par laquelle on plaçait à la césure un « e » muet non élidé en surnombre. Au vers 9 de l'*Églogue de Virgile* (p. 49), Marot avait d'abord écrit :

*Ô Mélibé*e, *mon bon ami parfait,*

vers corrigé ensuite en :

Ô Mélibée, ami cher et parfait.

Quant à la césure épique que l'on rencontre au vers 144 de *L'Enfer* dans l'édition Dolet de 1542 :

*Enfin demeur*e *chétif ou insensé,*

elle serait le résultat d'une simple faute d'édition, absente du reste aussi bien du manuscrit Gueffier que de la version procurée par

J. Steels à Anvers en 1539, qui donnent la leçon que nous avons retenue pour ce vers, suivant en cela les conclusions de C. A. Mayer :

Enfin devient chétif ou insensé.

Contrairement à Octovien de Saint-Gelais dans sa traduction des *Héroïdes* d'Ovide en 1500, Marot ne respecte pas l'alternance des rimes masculines et féminines dans les pièces à rimes plates. Cette alternance, que Jean Bouchet applique ensuite aux rimes croisées, ne sera systématiquement observée par Marot que dans sa traduction des *Psaumes*.

LES RIMES

L'un des caractères qui distinguent l'*Adolescence* de la suite de la production marotique est l'importance dévolue au jeu phonétique, principalement en fin de vers. La *rime équivoquée,* ou rime « paronomastique », pour reprendre la terminologie suggérée par W. Theodor Elwert (1965, § 128, p. 90), qui était très fréquente dans la poésie lyrique du Moyen Age, tient la meilleure place parmi ces procédés qui relèvent moins de la poétique (sonorités et euphonie) que de la rhétorique (jeu de mots et de sens). Dans l'*Adolescence,* mais aussi dans *L'Enfer* et dans la *Déploration de Florimond Robertet,* Marot fait comme les Rhétoriqueurs ses maîtres, et comme le fera beaucoup plus tard encore Agrippa d'Aubigné : il « pense à coups de rimes » (Francis Goyet, 1984, p. 35).

a) *Rimes équivoquées :*

Deux pièces de l'*Adolescence,* la *Petite Épître au Roi* (Épître VI, p. 122) et le huitain liminaire du *Chant royal de la conception Notre-Dame* adressé à Guillaume Cretin (p. 169), reposent entièrement sur le jeu de la rime équivoquée, et tirent leur intérêt principal de la démonstration par le jeune Marot d'un étonnant savoir-faire. Dans l'Épître VI, l'acrobatie verbale est destinée de toute évidence à attirer sur le « rimeur » et « rimart » l'attention du roi François Ier : les treize rimes-calembours prolongées sur deux ou trois syllabes sont dérivées d'un unique radical : le mot « rime » précisément, à partir duquel sont formées les rimes dérivatives ou en écho : enrime, rimailleurs, rimassez, rimaille, rimart, rimassé, rimante, etc. Le *polyptote* se conjugue de la sorte à l'équivoque.

Le huitain d'envoi du *Chant royal*, construit sur trois rimes, présente une manière d'excuse codée au « Souverain Poète français », et instaure d'emblée avec lui une complicité fondée sur une égale maîtrise du vers et des doubles sens auxquels il prête. Là encore l'on est dans le registre de la pure performance.

Dans d'autres pièces du recueil, également parmi les plus

anciennes, comme *Le Jugement de Minos* composé vers 1514 (v. 11-12 : Justice/juste isse) ou *L'Épître du dépourvu* des années 1518-1519 (v. 107-108 : courage/coup rage; v. 152-155 : mon songe/mensonge; mensonger/mon songer), l'équivoque, déjà, n'est plus ingéniosité simplement plaisante; elle signifie. Tel est le cas, au vers 12 du *Jugement de Minos,* du « juste isse », né par scissiparité de la « Justice » fondatrice du droit et de la raison. La rencontre de « mensonge » et de « mon songe », en une équivoque paronymique, permet de faire ressortir une antithèse que souligne la reprise dérivative de la rime en « mon songer », qui n'est pas « mensonger ». Vers la fin du *Temple de Cupido* (v. 527-528), « étrange » (= étranger) n'est pas sans rapport sémantique avec « être ange ». De même, la « voix fort sereine » des petits poissons bondissant de joie appelle à soi en un accord parfait « la Sereine » (ou Sirène) qui chante la naissance du Dauphin de France (Ballade VII, v. 26-27).

Dans les Rondeaux, où Marot atteint à sa plus grande maîtrise du métier poétique, l'équivoque peut sans doute rester arbitraire, voire absurde, comme cela semble de règle dans les pièces de sollicitation : ainsi le Rondeau XXXIV joue-t-il sur l'homonymie de la ville de « Reims » (ou « Reins »), dont il faut déloger au plus vite, avec la faiblesse de « reins » du poète, qui a faute d'argent et de monture. Toutefois, dans le Rondeau XXXIII, relatif à la campagne militaire de 1521, la rime homonyme qui associe la ville ennemie de « Milan » et le « milan » qu'on « vole » au gerfaut recouvre une rencontre de mots au moins opportune. Si elle ne délivre guère de « plus haut sens », elle sert fort à propos la verve belliqueuse et satirique de Marot. Mais c'est dans les pièces plus personnelles, d'échange amical ou de conversation amoureuse, que l'équivoqe apparaît dans toute sa nécessité sémantique et logique. Le Rondeau XXIII, dont le thème rappelle d'assez près une ballade de Charles d'Orléans, « Qu'encore est vive la souris », en offre deux exemples parlants : l'absence de « méprison » (de méprise ou d'erreur) s'éclaircit en « jamais prison », cependant qu'au début du second quintil la « joie solennelle » est suffisamment expliquée par la formule « me console en elle ». Ailleurs, la crainte « d'âme » rime tout naturellement avec la « Dame » que l'amoureux rejoint au milieu de la nuit chez elle (Rondeau XLVI), et dans l'étourdissant Rondeau XLV « la cordelle » qui figure le lien de dépendance amoureuse de la belle envers son soupirant entraîne très logiquement pour celui-ci la possession du « corps d'elle ».

Dans *L'Enfer,* l'homonymie de Chartres, lieu de la délivrance de Marot ou du moins de sa résidence surveillée, rappelle par antithèse les « ténébreuses chartres » (= prisons) de Paris où le poète croupissait auparavant (v. 9-10). De manière symétrique et par un second contraste de la mémoire, le « Quercy » natal et bienheureux s'éloigne avec le « querre icy » de la montée du jeune provincial dans la funeste capitale (v. 395-396). Nous avons déjà relevé, dans la préface, l'équivoque presque obligatoire entre « deuil » et « larmes d'œil » au début de la *Déploration de Florimond Robertet* (v. 17-18). Tout aussi rituelle en pareil contexte est l'*annomination* du vers 256 qui tire, et toujours à la rime, un « flori mont » du prénom du défunt.

Ainsi, dans la plupart des exemples considérés, et sauf cas d'absurdité flagrante et délibérée, comme dans le huitain d'envoi du *Chant royal,* la rime équivoquée est une rime logique qui implique entre les séries homophones qu'elle rassemble et met en parallèle une relation d'équivalence ou d'opposition.

Ce bref relevé, nécessairement partiel, ne peut donner qu'une faible idée de la richesse et de la complexité rhétoriques de la rime chez Marot. On mentionnera encore ici, au rang des prouesses poétiques de l'*Adolescence,* la *rime rauque* de la Ballade XI, *Du jour de Noël* (p. 164-165). Les cinq rimes de la ballade ayant en commun la consonne finale *c,* déjà rare à cette place, et les consonnes d'appui changeant ou restant les mêmes, les voyelles toniques changent et parcourent la gamme des voyelles. De la sorte, chaque strophe décrit l'harmonie vocalique : *-ac, -ec, -ic, -oc, -uc.* Ce tour de force entretient une certaine parenté avec la contrerime ou la contre-assonance de certains poètes de la fin du siècle dernier (Elwert, § 131, 2).

b) « *Figures et enrichissements tombant en la rime* » :

Il reste à évoquer les divers « jeux de rimes », qualifiés par Sébillet (II, 4, f. 73 v°) de « sucrées douceurs et miellées confitures » qui « afriandissent » le vers. Bien qu'il ne s'agisse pas toujours de rimes à proprement parler, le mot rime (ou « ryme », ou « rythme », comme on l'orthographie à la Renaissance) signifiant aussi bien « mètre » ou « vers », on conservera ce nom, en conformité avec les arts de seconde rhétorique (ou arts poétiques) de l'époque, et notamment ceux de Fabri et de Sébillet. Nous suivrons la nomenclature proposée par le second de ces auteurs, dont la plupart des exemples, comme on sait, proviennent de l'*Adolescence.*

— La rime *concaténée,* dont le paradigme est donné par la Complainte II (p. 136-138), est celle dans laquelle les couplets successifs sont concaténés « en sorte que le suivant se commence par le dernier vers du précédent ». Sont également concaténées — et comme telles, relèvent de la « rime concaténée » — les strophes 3 et 4 de la Complainte I (p. 134).

— La rime *annexée* joint la fin d'un vers au début du vers suivant par la répétition d'une même syllabe. Les Chansons I (en totalité) et III (première strophe) en offrent de bons exemples.

— Variante de la rime annexée, la rime *fratrisée* (ou fraternisée) consiste à répéter en entier le dernier mot du vers au commencement du vers suivant, « soit par équivoque ou autrement ». On la rencontre, associée au polyptote, aux vers 3-4 (7-8) et 10-11 de la Chanson première. Exemple :

> *L'heur que j'avais est tourné en* malheur,
> Malheur*eux est, qui n'a aucun confort.*

— Assez proche des deux précédentes, la rime *enchaînée,* où, selon Sébillet, « les vers sont enchaînés par gradation », conjugue la figure étymologique et le polyptote ininterrompu (Elwert, § 128, 5, p. 93). Sébillet en découvre le paradigme dans la troisième strophe de la Chanson III :

> *Dieu des amants, de mort me* garde,
> *Me* gard*ant,* donne*-moi bon heur,*
> *Et le me* donn*ant,* [etc.]

— Dans la rime *senée,* c'est-à-dire *sensée* ou *ingénieuse,* il y a allitération de tous les mots. L'*Épître du dépourvu* présente sept « rimes senées » d'affilée (v. 82-88). Le Rondeau XVIII, aux vers 10 et 11, offre une application particulière de ce procédé, tous les mots de chacun de ces deux vers commençant respectivement par les lettres C et E, qui sont les initiales des prénoms Clément (Marot) et Étienne (Clavier). Ces vers sont dits alors lettrisés. Des rimes senées partielles se rencontrent dans *L'Enfer* (v. 417 : « du franc *Lys l'is*sue Marguerite ») et dans la *Déploration de Florimond Robertet* (v. 189 : *Franç*ois, *franc* roi de *Franc*e et des *Franç*ais ; v. 213 : Vieille effacée, *in*fecte, *im*age *im*monde).

— La rime *couronnée* ou rime double : la syllabe qui fait la rime est répétée deux fois à la fin du vers. Chanson III, strophe 2 :

> *La blanche colom*belle belle,
> etc.

— La rime *emperière* ou rime triplée est désavouée par Sébillet, puisqu'il n'en trouve pas d'exemple chez Marot. Elle serait ainsi appelée parce qu'ayant « triple couronne ».

— La rime *batelée,* dans laquelle la fin du vers rencontre un écho à l'hémistiche du vers suivant, est présente dans la Ballade VII (v. 2 et 4 de chaque strophe) et la Chanson XXXII (v. 2, 4, 5 et 6 de chaque couplet). Elle est peu prisée de Sébillet, qui en renvoie l'étymologie aux « bateleurs ».

— La rime *intérieure* à l'hémistiche s'associe à la rime batelée dans la Chanson XXXII, au cinquième vers du couplet.

NOTES

Page 37. PRÉFACE DES ŒUVRES

1. Alain Chartier, diplomate et poète (v. 1385-1433), est notamment l'auteur de *La Belle Dame sans merci* (1424), qui dénonce crûment les conventions rhétoriques de l'amour courtois.

2. La première édition du recueil est de 1532. En 1538, Marot en donne l'édition définitive comprenant la *Suite de l'Adolescence clémentine,* que nous ne publions pas ici.

Page 39. NICOLAI BORBONII CARMEN

1. *Borbonius :* Nicolas Bourbon (1503-v.1550), épigrammatiste néo-latin, auteur des *Nugae* (1533), ou *Bagatelles* (anthologie traduite et éditée par Verdun-L.Saulnier, 1945). Il était originaire de Vandœuvre, en Champagne. — En janvier 1534, lorsque dès avant l'affaire des Placards la persécution frappe les suspects d'hérésie, Nicolas Bourbon est emprisonné au Petit Châtelet de Paris et sa chambre du Collège de Beauvais est pillée. Mais il se soumettra par la suite, chantera la Vierge et flattera Lizet, le redoutable président du Parlement. Lors de la querelle entre Marot et Sagon, il arbitrera le conflit dans un esprit de concorde. Voir sur ce point Jean Dupèbe, « Un document sur les persécutions de l'hiver 1533-1534 à Paris », *Bibliothèque d'Humanisme et Renaissance,* 1986, t. XLVIII, p. 405-417. — La pièce de Rubella n'est pas comprise dans les deux éditions des *Œuvres* de 1538. Nous l'ajoutons, à la suite de Verdun-L. Saulnier, d'après l'édition de François Juste parue à Lyon en 1539, pour le reste conforme aux précédentes.

2. *Rubella :* l'amie de Nicolas Bourbon, que l'on ne connaît guère plus précisément.

3. *Momus* ou *Momos :* dieu de la raillerie et de la critique acerbe, dans la mythologie grecque et romaine.

4. *Viue recte, et gaude :* vis bien, et réjouis-toi.

Page 44. NICOLAI BERALDI IN ADOLESCENTIAM

1. *Nicol. Beraldi :* il s'agit de Nicolas Bérault, humaniste d'Orléans. Le distique latin signifie : « Voici les jeux de jeunesse de Clément : mais il n'est rien en eux de juvénile. »

Page 45. PRÉFACE DE L'ADOLESCENCE

1. *Enfants d'Apollo :* périphase désignant les poètes. Apollon est en effet le dieu de la musique, de la poésie et de l'éloquence. Il préside aux concerts des neuf Muses.

2. *Souci :* jeu de mots sur l'état d'esprit et la fleur homonyme. Cf. *Le Temple de Cupido,* p. 66, vers 361, où l'équivoque se retrouve. — Cette « allusion » se rencontrait déjà dans deux rondeaux de Charles d'Orléans, XXIV et CXIX, éd. Pierre Champion des *Poésies,* Paris, Champion, 1927, t. II, p. 304 et 358. Voir la belle étude de Gérard Defaux, « Charles d'Orléans ou la poétique du secret », *Romania,* 1972, p. 194-243.

3. *Jean Lemaire de Belges :* le plus illustre des Grands Rhétoriqueurs, né à Bavay dans le Hainaut en 1473, mort après 1515. Marot l'imite en plus d'un passage de l'*Adolescence,* notamment dans *Le Temple de Cupido,* et il le démarque encore dans *L'Enfer.*

Page 49. LA PREMIÈRE ÉGLOGUE DE VIRGILE

1. Les *Bucoliques* de Virgile ont été traduites en français, mais fort lourdement, par Guillaume Michel de Tours en 1516. Marot lui doit peut-être l'un ou l'autre des faux-sens de sa traduction ou plutôt de sa paraphrase versifiée. La composition initiale, selon C. A. Mayer, en serait antérieure à 1515 ; par la suite, l'ouvrage fut plusieurs fois remis sur le métier.

2. Faux-sens de Marot, déjà présent dans la traduction de Guillaume Michel : c'est d'argent (*peculium*) et non pas de bétail (*pecus*), que Tityre était insouciant à cette époque.

3. Cette réplique de Tityre développe la figure topique des *adunata* ou choses impossibles. Le sens général de la formule est le suivant : le monde ira sens dessus dessous avant que...

4. *Araris :* la Saône. Les Parthes, peuple semi-nomade, séjournaient au sud-ouest de la mer Caspienne. Dans ce vers ainsi que dans le suivant, Virgile se plaît à conjoindre des réalités géographiques et humaines situées aux antipodes les unes des autres, du moins au regard du monde connu à son époque.

5. *Tigris :* le Tigre, fleuve de Mésopotamie, que les Germains (dont la « Germanie » est l'expression métonymique) ont peu de chance de boire un jour.

6. *Scythie :* pays des anciens Scythes, au nord de la mer Noire.

7. *Oaxe :* Oaxes ou Oxus, fleuve de Scythie qui charrie de la craie (*creta*) ; ou fleuve de Crète (laquelle se dit aussi *Creta* en latin).

8. Les Anglais insulaires sont naturellement séparés de l'œkoumène, le monde habité connu des Anciens.

9. Autre faux-sens de Marot qui traduit par « villes » le latin *villae* : maisons de campagne.

Page 55. LE TEMPLE DE CUPIDO

1. Ce poème allégorique se situe dans la tradition du *Roman de la Rose,* dont on retrouve ici les principales personnifications, et dans la lignée des Grands Rhétoriqueurs, auxquels Marot est redevable d'un décor et du jeu sur les rimes et les thèmes amoureux. Selon Mia Cocco, *La Tradizione cortese ed il Petrarchismo nella Poesia di Clément Marot,* Florence, 1978, p. 129 et suiv., le poème doit également à Pétrarque des éléments comme le temple symbolique (Canzone CCCXXV), la délicate peinture de la *primavera* ou tel italianisme comme l'« enamouré » du vers 56. Le nom de Pétrarque est du reste mentionné au vers 324. Toutefois la description du temple de l'Amour fait penser assez précisément au « temple de Vénus » dans *La Concorde des deux langages* de Jean Lemaire de Belges. — Le poème avait d'abord été dédié au jeune François d'Angoulême, futur François Ier, marié en 1514 à Claude, fille d'Anne de Bretagne.

2. Nicolas de Neufville, seigneur de Villeroy, fut secrétaire des finances du roi, puis lieutenant général au gouvernement de l'Ile-de-France. C'est vers 1514 que Marot semble être entré comme page à son service.

3. *Flora :* Flore, nymphe aimée et épousée par Zéphyre, qui lui donna l'empire des fleurs. Flore et Zéphyre, le vent d'ouest frais et vivifiant, font partie du cortège du Printemps. — On notera au vers suivant la rime équivoquée « flour a » (fleur a), que l'on peut comprendre ici comme une « allusion » poétique sur le nom de la déesse.

4. *Ses yeux bandés.* Cupidon, dieu de l'amour charnel représenté sous l'aspect d'un enfant nu et gracieux, porte ici un bandeau sur les yeux, qui signifie son aveuglement. Pour la formation tardive, à partir du XIVe siècle, de cette image négative de l'amour, on se reportera à l'étude célèbre d'Erwin Panofsky, *Essais d'iconologie,* chap. IV, « L'Amour aveugle », Paris, Gallimard, 1967, p. 151-202. Selon Mia Cocco, *op. cit.,* p. 138, c'est Marot qui aurait introduit dans la littérature française ce motif de l'amour aux yeux bandés, que l'on retrouve du reste dans le Rondeau XXVIII, v. 11, la Chanson X, v. 6, et l'Élégie XVIII, v. 1.

5. *Les édits.* Le recours à la terminologie légale pour parler d'amour est traditionnel au Moyen Age, ainsi qu'en témoignent les *Arrêts d'amour* de Martial d'Auvergne ou les *Amatoria Problemata* de Leonico, traduits en 1525 sous le titre de *Pourquoi d'Amour.*

6. *Pas n'y faillit :* il n'y manqua pas.

7. *Où jetais le mien regard :* sur lequel je jetais mon regard.

8. *Chevalier errant.* A l'épisode initial de l'*innamoramento* succède à présent celui de la quête. Émule des chevaliers des romans médiévaux, Marot se peint en adepte de l'amour courtois, lequel ne craint pas d'affronter les périls du vaste monde pour accéder à l'idéal du Ferme Amour.

9. Ce « droit chemin », en tout comparable à celui que suit, par exemple dans les romans de Chrétien de Troyes, le chevalier courtois, revêt une signification éminemment morale. Voir, pour le cas analogue d'*Yvain, ou le chevalier au lion,* les analyses pénétrantes d'Erich Auerbach, *Mimésis,* trad. Cornélius Heim, Paris, Gallimard, 1968, p. 138, et de Jacques Le Goff, *L'Imaginaire médiéval,* Paris, Gallimard, 1985, p. 168.

10. *Adresser la voie :* indiquer la « droite » voie, la bonne voie.

11. *Tityrus :* le type du berger comblé et qui chante son bonheur rustique, d'après la *Première Églogue* de Virgile, où il est opposé à Mélibée, le pasteur errant et contraint à l'exil. Voir plus haut p. 49 et suivantes.

12. *Pan :* dieu des pasteurs et des troupeaux. Dans une œuvre plus tardive, l'*Églogue au Roi sous les noms de Pan et Robin* (1539), Marot représentera François Ier sous les traits de cette divinité rustique et bienfaisante, lui-même s'affublant de la défroque du berger Robin. Voir sur ce point la thèse d'Alice Hulubei, *L'Églogue en France au XVIe siècle,* 1938, p. 217-220.

13. Cette évocation traditionnelle du *locus amoenus* peut faire penser à un passage du *Roman de la Rose,* éd. Félix Lecoy, Paris, Champion, 1970, t. I, v. 99-107. Mais le *topos* du verger d'Amour, qui remonte à une double source, profane et biblique, est suffisamment répandu pour que Marot n'ait pas eu à suivre un modèle particulier.

14. *Pâris :* aima la nymphe Pégasis avant de rencontrer et d'enlever Hélène. Le passage est peut-être inspiré de Jean Lemaire de Belges, *Illustrations de Gaule et singularités de Troie* (livre I, chap. 24). Cf. Ovide, *Héroïdes,* V, 5.

15. *De gueules :* de couleur rouge, dans le langage de l'héraldique.

16. Tout ce passage sur la symbolique des deux flèches antithétiques de l'Amour est une paraphrase d'Ovide, *Métamorphoses,* I, v. 468 et suivants. Comme ici, cette digression allégorique se rattache au mythe d'Apollon et de Daphné.

17. *Daphné :* nymphe qui, poursuivie par les ardeurs d'Apollon, fut à sa demande métamorphosée en laurier, échappant ainsi à l'étreinte du dieu. Cette légende fameuse est rapportée par Ovide, *Métamorphoses,* I, v. 452 et suivants.

18. Tout ce dizain précise l'allégorie traditionnelle de l'Amour, en enfant nu, armé d'un arc doré et décochant ses flèches à l'aveuglette.

19. *Bel Accueil :* personnage allégorique du *Roman de la Rose,* symbolisant la grâce de la dame acceptant l'hommage d'amour.

20. *Faux Danger :* personnage allégorique forgé par Marot sur le

modèle des allégories similaires du *Roman de la Rose*, Faux Semblant et Danger, qui représentent les traverses de la passion. La topographie du jardin clos recelant l'Amour rappelle celle du jardin de la Rose. Voir, pour ce rapprochement, l'introduction de Silvio F. Baridon, *Le Roman de la Rose dans la version attribuée à Clément Marot,* Milan-Varèse, 1957, t. I, p. 44-46.

21. *Jason :* type de l'amant inconstant jusqu'à la traîtrise, pour avoir abandonné Médée.

22. *Le ciel ou poêle :* le dais qui surmonte l'autel.

23. Dans la description du temple, la substitution ludique des rites amoureux au rituel de l'Église ne trahit nulle intention blasphématoire de la part de Marot. Elle relève d'un genre bien défini et notamment illustré par les *Droits nouveaux* de Coquillart (*Œuvres,* Paris, Galiot du Pré, 1532, f. 26 v°-27 r°) ou par la description du temple de Vénus dans *La Concorde des deux langages* de Jean Lemaire (éd. Frappier, Genève, Droz, 1947, p. 13-15, v. 145-198), qui a pu servir de modèle à tout ce développement.

24. *Didon :* amante ardente et déraisonnable d'Énée (qui la trahit sur l'ordre des dieux), comme Byblis amoureuse de son frère Caunus et Hélène amoureuse de Pâris — passion qui engendra, comme on sait, la guerre de Troie. Pour l'histoire de Byblis, voir Ovide, *Métamorphoses,* IX, 418-662.

25. *Jehan de Mehun :* Jean de Meun, l'auteur de la seconde partie du *Roman de la Rose,* composée entre 1268 et 1282. Or la référence est inexacte, puisque la citation est tirée de la première partie, dont l'auteur est Guillaume de Lorris, éd. Félix Lecoy, t. I, v. 3406-3408 :

Elle tint un brandon flambant
en sa main dextre, dont la flamme
a échauffé mainte dame.

Se conformant à la tradition dominante en son temps, Marot a dépossédé Guillaume, l'adepte éthéré de l'« art d'Amors » au profit de Jean, le clerc philosophe et misogyne, que l'on croyait être l'unique auteur du *Roman.*

26. Cette énumération d'allégories rappelle la « baronnie » d'Amour dans le *Roman de la Rose,* éd. Félix Lecoy, t. II, v. 10419-10430.

27. *Clos obstacles :* l'obstacle étant étymologiquement un objet qui cache un autre objet à la vue, l'expression peut désigner d'après le contexte l'équivalent du *tabernacle,* que l'on trouve du reste à la rime, ou de l'écran.

28. *Beau Parler, ce très glorieux Saint :* le sens misogyne de cette composition allégorique de fantaisie s'inscrit bien dans la tradition du *Roman de la Rose.*

29. *Priapus :* Priape, dieu ithyphallique de la génération, fils de Vénus, était associé à la culture des jardins et de la vigne.

30. La présence de Bacchus dans le temple de Cupidon illustre l'alliance naturelle de l'amour et du vin, en vertu du proverbe ancien : *Sine Cerere et Baccho friget Venus.* — Pour l'équivoque Bacchus/bas culs, cf. Rabelais, *Pantagruel,* chap. 27, éd. G. Demerson des *Œuvres complètes,* « L'Intégrale » Le Seuil, 1973, p. 321, n. 15, et *Cinquième Livre,* chap. 45, p. 909.

31. *Les fonts du temple : les fonts baptismaux.*

32. *Patin :* « espèce de chaussure », selon le *Französisches Etymologisches Wörterbuch,* t. 8, 32b *s. v. patt-*. Il s'agit sans doute de souliers avec des pointes exagérées et des talons très hauts en bois, que portaient les dandys de l'époque. Ils faisaient claquer leurs talons pour attirer l'attention des belles. Dans l'*Amant rendu cordelier* (vers 542), Martial d'Auvergne décrit une scène de ce genre : « Claquetiez-vous pas votre patin afin que l'œil voulsist (= voulût) tourner. » « Traîner » ou « trainacer le patin » a le sens de « fréquenter les compagnies légères » chez Guillaume Coquillart. Voir, de ce poète qu'appréciait Marot, le *Plaidoié touchant la Simple et la Rusée,* éd. Freeman (Genève, Droz, 1975), v. 35, et le *Monologue des perrucques,* v. 321. Dans *Le Testament,* v. 1970, François Villon associe aux « musards » (= les flâneurs) les « claquepatins » ou galants. Je sais vivement gré au Professeur Kurt Baldinger de m'avoir éclairci le sens de ce passage.

33. Le passage allègue Ovide comme auteur de l'*Art d'aimer,* dont il sera question plus loin, et Alain Chartier comme poète de *La Belle Dame sans merci* et peut-être de *L'Hôpital d'amour* qui lui est parfois attribué, bien que Marot réfute cette paternité (voir plus haut, préface des *Œuvres,* p. 37-38). Pétrarque est l'auteur du fameux *Canzionere* voué à Laure, et le *Roman de la Rose* de Guillaume de Lorris et Jean de Meun ne dépare nullement ce catalogue de bréviaires d'amour.

34. *Soucie :* souci. Pour ce jeu de mots sur le nom de la fleur, qui est féminin au XVIe siècle, voir plus haut la préface de l'*Adolescence,* p. 45, note 2.

35. *Génius l'archiprêtre :* personnage allégorique du *Roman de la Rose,* emprunté par Jean de Meun au *De planctu Naturae* d'Alain de Lille, et que Jean Lemaire de Belges met en scène à son tour dans *La Concorde des deux langages.* Génius est le chapelain de Nature.

36. La *haie d'Allemagne,* comme la morisque (ou « danse des Mores »), le passepied, le branle et le tourdion, est une variété de danse. Dans la danse de la haie, de mode binaire, les danseurs s'entrelacent et font la haie les uns parmi les autres. Les branles se dansent de côté et non pas en marchant.

37. L'*Art d'aimer* (*Ars amandi*) d'Ovide.

38. *Paix :* « petite plaque de métal, ciselée, maillée ou niellée, dont on fait encore usage maintenant dans les fêtes solennelles pendant l'Agnus Dei. Le nom de paix lui vient de ce qu'après avoir été baisée par le célébrant, l'acolyte, en la présentant à chacun des ecclésiasti-

ques assistant au service divin, prononce les mots : *Pax tecum*. La paix signifie aussi la patène que le prêtre donne à baiser à l'offrande » (Littré).

39. *Clamours :* clameurs. Cf. François Villon, *Le Testament,* v. 624 :

Pour un plaisir, mille doulours.

(éd. Albert Pauphilet, *Poètes et romanciers du Moyen Age,* « Bibliothèque de la Pléiade », 1952, p. 1163).

40. *Boréas :* Borée, le vent du Nord. Sur ce vent violent, voir Ovide, *Métamorphoses,* VI, 682-721.

41. *Dédalus :* Dédale, l'architecte du Labyrinthe, pour fuir la Crète se fabriqua des ailes et s'abandonna au gré du vent avec son fils Icare. Voir Ovide, *Métamorphoses,* VIII, 183-235.

42. La *nef* de l'église qu'est le temple de Cupidon.

43. La rime équivoquée *souffrance/sous France* fait ressortir ici l'antithèse.

44. *Nature maculée,* c'est-à-dire *souillée* par le péché originel, est arrachée à la prison des sens par le sacrifice du Christ sur la croix. Pour l'antithèse didactique de l'amour sacré et de l'amour profane qui anime tout ce passage du poème, voir Erwin Panofsky, *Essais d'iconologie,* chap. V, « Le mouvement néo-platonicien à Florence », p. 203 et suiv.

45. Marot, comme on le verra plus loin, aux vers 535-538, joue sur l'homonymie de *chœur* et de *cœur.*

46. Le lys et l'hermine permettent d'identifier ces deux personnages comme étant François Ier et la reine Claude, fille d'Anne de Bretagne. Le lys figure aux armes de France, l'hermine à celles de Bretagne.

47. *Lors qu'Aeneas reçut :* lorsqu'elle reçut Énée.

48. *Charites :* les Grâces, filles et compagnes de Vénus.

49. Les homonymes *chœur* et *cœur* ont dans le texte de Marot la même graphie *cueur,* ce qui facilite le jeu de mots et, partant, la lecture allégorique de la promenade architecturale à travers le temple de Cupidon.

Page 73. LE JUGEMENT DE MINOS

1. *Le Jugement de Minos* a pour point de départ le douzième des *Dialogues des morts* de Lucien, transformé ensuite par l'Italien Joannes Aurispa au XVe siècle, qui, dans son adaptation latine, accorde à Scipion la palme qui revenait à l'origine à Alexandre le Grand. Marot s'est borné à versifier la traduction française d'Aurispa par Jean Miélot, rhétoriqueur de la cour de Bourgogne (Bruges, 1457). C'est donc à Aurispa, *via* Miélot, que Marot est redevable des quelques erreurs historiques qui parsèment ce dialogue.

2. *Lieux inférieurs :* les Enfers, où Mercure psychopompe conduit les âmes défuntes.

3. *Saragosse* de Sicile : appellation, courante à l'époque de Marot, de l'antique Syracuse. Il ne s'agit donc pas ici d'une confusion géographique, comme le croit C. A. Mayer (*Œuvres complètes de Marot,* t. VI, p. 8).

4. *Des Gallicans le puissant exercite :* des Gaulois la puissante armée.

5. *Rencontres martiennes :* batailles rangées auxquelles préside tout naturellement Mars, le dieu de la guerre.

6. *Cannes :* bataille d'extermination remportée en 216 avant J.-C. par Hannibal sur les consuls Paul-Émile et Varron.

7. *Du monde la monarche :* la monarque du monde, c'est-à-dire Rome, qui détint jadis la monarchie universelle.

8. *Fils de Jupiter :* lors de son passage en Égypte, Alexandre fut appelé « fils de Jupiter » par le prêtre d'Ammon. Voir sur ce point Plutarque, *Vie d'Alexandre,* chap. LI. Cf. Quinte-Curce, *Histoire d'Alexandre,* VIII, 5 : en Perse, Alexandre voulut être adoré comme dieu.

9. *Dare et Pyrrhus :* il faut comprendre *Darius,* roi des Mèdes et des Perses, et *Porus,* roi de l'Inde. La confusion de Porus avec Pyrrhus, roi de l'Épire, est due à Joannes Aurispa. La bataille remportée par Alexandre sur Porus est narrée par Plutarque aux chapitres CI-CIV de sa *Vie d'Alexandre.*

10. *Callisthénès :* confusion vraisemblable avec Clitus, compagnon d'Alexandre tué par lui lors d'un accès d'ivresse. Le philosophe Callisthène, petit-neveu d'Aristote, fut bien mis à mort par Alexandre, mais en d'autres circonstances. Voir Plutarque, *Vie d'Alexandre,* chap. LXXXIX-XCIV.

11. *Thessale :* Thessalie.

12. *Libye :* Lydie en fait, qui est une région d'Asie Mineure. La confusion avec la Libye, en Afrique, est due à Aurispa.

13. *Le Phase :* fleuve qui se jette dans la mer Noire et forme la limite de l'Europe et de l'Asie. À moins qu'il ne s'agisse de l'Hyphase, fleuve qui marque le terme oriental des conquêtes d'Alexandre.

14. *Pyrrhus :* une nouvelle fois écrit pour *Porus.* Voir plus haut note 9.

15. La prouesse qui fait d'Alexandre le Grand l'héritier et même le supérieur d'Hercule, auquel il prétendait remonter par son père, peut faire penser à tel passage de Quinte-Curce relatif au roc Aornis en Inde (*Histoires,* VIII, 11, 2).

16. *Atropos :* celle des trois Parques qui coupe le fil de la vie.

17. *Délicts de Capue :* délices de Capoue.

18. *Colonnes d'Hercule :* le détroit de Gibraltar.

19. *Scipion l'Africain* (235-183 av. J.-C.), le vainqueur d'Hannibal à Zama (202 av. J.-C.). Pour Joannes Aurispa, il symbolise la supériorité des vertus romaines sur les hauts faits du Macédonien et du Carthaginois.

20. *Térence* (v. 190-159 av. J.-C.), poète comique latin originaire

d'Afrique et peut-être de Carthage même. Fait esclave lors de la conquête romaine, il fut affranchi par le sénateur Terentius Lucanus qui lui donna son nom. Admis dans le cercle des Scipions, il devint l'ami personnel de Scipion Émilien. — Le poème de Marot, suivant en cela Joannes Aurispa, confond de toute évidence Scipion l'Africain et son petit-fils adoptif Scipion Émilien, dit le Second Africain, qui rasa Carthage et assiégea la ville de Numance en Espagne (133 av. J.-C.).

21. *La Déesse fatale :* la destinée.

22. *Des biens mondains délivres :* exempts de biens matériels.

Page 85. LES TRISTES VERS DE PHILIPPE BÉROALDE

1. Cette pièce est une traduction du *Carmen lugubre de die dominicae passionis* de l'humaniste italien Filippo Beroaldo dit l'Ancien (1453-1505) publié pour la première fois à Bologne en 1481.

2. *Par larmes d'eux issant :* par les larmes qui en sortent.

3. *Héracle :* Héraclite, philosophe considéré comme le parangon du pessimisme, et souvent opposé à Démocrite le rieur. Voir par exemple Montaigne, *Essais,* I, 50.

4. *Xénocrate :* disciple de Platon, fameux par sa sévérité, comme Crassus, surnommé Agelastos (celui qui ne rit pas), et Caton, le type consacré de l'austère Romain.

5. *Ne soit la femme :* le tour négatif est surprenant dans ce vers et semble aller au rebours du propos. Mais les différentes éditions du poème présentent toutes cette même construction. Par une négligence apparente de traduction, Marot s'est laissé entraîner par le mouvement du vers de Béroalde qu'il a ensuite glosé :

Non cerusatis incedat fœmina buccis.

Voir le texte complet du *Carmen lugubre* dans l'édition de *L'Adolescence clémentine* par Verdun-L. Saulnier, p. 228-231.

6. *Ircanie :* Hyrcanie, région de Perse, réputée pour ses tigres.

7. *Tyrannie en Sicile :* allusion probable à Denys, tyran de Syracuse.

8. *Pharaon roi dedans la rouge Mer :* allusion à l'engloutissement des armées du Pharaon par les eaux de la mer Rouge, tel qu'il est rapporté au livre de l'*Exode,* XIII-XIV.

9. *Les deux Tables écrites :* les tables de la Loi remises par Dieu à Moïse sur les hauteurs du mont Sinaï. Cf. *Exode,* XXXI-XXXII.

10. *Mort seconde :* la damnation éternelle, qui est comme une seconde mort, selon les termes de l'*Apocalypse,* XXI, 8.

11. *Hannuier :* habitant du Hainaut. Le texte latin disait : « Gallum Germanicus odit » (l'Allemand hait le Français).

12. *Le règne plutonique :* le règne de Pluton, dieu des Enfers, c'est-à-dire l'Enfer même.

13. *Le serpent draconique :* le serpent semblable au dragon, figure de Satan depuis la Chute.

Page 91. ORAISON CONTEMPLATIVE

1. L'*Oraison contemplative devant le Crucifix* est la traduction de l'*Ennea ad sospitalem Christum* par Nicolas Barthélemy de Loches, moine bénédictin (1478-1540). Sur cet auteur, voir Raymond Lebègue, *La Tragédie religieuse en France,* Paris, Champion, 1929, p. 169-177.

2. *Zacharie,* prêtre d'Israël et père de Jean-Baptiste. Il fut rendu muet par Dieu le jour de la vision qui lui promettait un fils, et ne recouvra la parole qu'après la naissance de l'enfant (*Luc,* I).

3. *Écho,* la nymphe amoureuse de l'indifférent Narcisse, et dont la voix plaintive seule a survécu à sa douleur. Voir Ovide, *Métamorphoses,* III, 339 et suiv.

4. *Une femme ennuyante :* Marie-Madeleine, la pécheresse.

5. *Tantale,* dont le supplice aux Enfers est bien connu. Cf. Ovide, *Métamorphoses,* IV, 458 et X, 41.

6. *Judas,* le disciple qui devait trahir le Christ, « avait sa bourse et en emportait le contenu » (*Jean,* XII, 6).

7. Le Mauvais *Riche* dont il est question dans une parabole du Christ, et qui a dédaigné le pauvre Lazare (*Luc,* XVI, 19-31).

8. *Celui Larron :* le Bon Larron, crucifié en même temps que le Christ, et qui le reconnut pour tel (*Luc,* XXIII, 39-43).

Page 97. ÉPÎTRE DE MAGUELONNE

1. Cette « épître », composée probablement avant 1519, conjugue à l'imitation des *Héroïdes* d'Ovide l'influence d'un roman médiéval, *Pierre de Provence et la belle Maguelonne,* datant au plus tôt du début du XVe siècle. Outre Marot, l'histoire de Maguelonne inspira l'Arioste, dans l'*Orlando furioso,* et Cervantès dans le *Quijote.* Un mystère en fut tiré, imprimé et peut-être joué à Paris au début du XVIe siècle. Sur l'ouvrage et ses fortunes, voir Jean Baumel, *Le Livre de Maguelonne,* Paris, La Grande Revue, 1953, chap. V-VI.

2. *Messager de Vénus :* le pigeon voyageur. La colombe est l'oiseau de Vénus.

3. *Dido :* Didon, reine de Carthage, aimée d'Énée, puis abandonnée par lui. Cf. Virgile, *Énéide,* IV.

4. *L'enfant Cupido :* l'amour charnel, fils de Vénus, représenté ici sous le même aspect que dans *Le Temple de Cupido,* p. 60, v. 166-172.

5. Le père de Maguelonne est Maguelon, roi de Naples. Pierre s'est rendu à sa cour, ayant entendu vanter la beauté de Maguelonne. Lorsque les deux jeunes gens se sont découvert leur amour mutuel, ils s'enfuient, car Maguelon qui a pour sa fille d'autres projets ne permettra pas leur mariage.

6. C. A. Mayer (*Œuvres lyriques* de Marot, p. 116) voit ici « la plus grande absurdité de ce poème », puisque « l'héroïne raconte en grand détail une scène qui s'est passée pendant qu'elle était endormie ». Cette incohérence vient peut-être de ce que Marot maîtrise mal le style épistolaire de l' « héroïde », lettre fictive adressée par un

personnage mythologique à un autre. Mais on pourrait aussi découvrir dans ce passage l'effet d'un songe éveillé. La psychologie de Maguelonne, dormeuse percevant en rêve les caresses réelles de son compagnon, y gagnerait une singulière consistance, jetant un jour onirique et surnaturel sur toute la scène.

7. Hélène de Grèce, tombée amoureuse de Pâris qui l'enlève et l'emmène à Troie, est doublement « ravie » par lui.

8. *Phébus :* le soleil, qui hâle le visage de l'endormie.

9. La péripétie des vers 67 à 72 est sans doute reproduite d'une héroïde du rhétoriqueur André de La Vigne (v. 1470-après 1515), *Ci commence la troisième Épître envoyée de la belle Amazone à son ami Cezias,* et recueillie dans *Le Vergier d'honneur,* incunable publié vers 1502-1503 à Paris par Pierre Le Dru (BN : Fol Lb^{28}15, f. 102-104). Ce témoignage très précoce de l'influence exercée par la traduction des *Héroïdes* d'Ovide due à Octovien de Saint-Gelais (1497) offre avec *L'Épître de Maguelonne* une grande parenté : Amazone, fille de Forcus, s'est laissé séduire par Cezias, dont elle attend un enfant. Au cours de leur fuite, les deux amants font halte dans une forêt, où ils passent la nuit. Durant le sommeil d'Amazone, Cezias disparaît. L'héroïne se réveille au petit jour et n'étreint qu'un buisson d'épines. Le mélange de fraîcheur et de sensualité présent chez Marot se rencontrait au moins au même degré dans le poème de La Vigne. Avant qu'Amazone ne s'endorme, Cezias a demandé à toucher son ventre, et l'enfant a bougé « dru et menu » au contact de sa main. Quand vient le sommeil de l'aimée, Cezias, comme Pierre après lui, « baise » et « tâte le tétin » de la belle endormie, puis se déprend doucement d'elle. Conformément aux lois de l'héroïde, et en dépit de la très légère invraisemblance déjà observée chez Marot, le récit est fait par Amazone. — Sur l'œuvre poétique de La Vigne, voir Philip August Becker, *Andry de la Vigne (ca 1470-ca 1515),* Leipzig, S. Hirzel, 1928, et plus particulièrement p. 71.

10. Au modèle d'André de La Vigne, Marot a conjugué, pour la scène du réveil de Maguelonne, un passage de la dixième *Héroïde* d'Ovide, « Ariane à Thésée » (v. 6-21). Ariane avait été abandonnée durant son sommeil par Thésée sur le rivage de l'île de Naxos, au retour de la Crète. — Loin de se comporter en traître, Pierre de Provence a été victime d'un fâcheux enchaînement de circonstances : en caressant Maguelonne endormie, il a découvert entre ses seins trois bagues qu'il lui avait données. Il les pose à côté sur une pierre, pour mieux poursuivre ses caresses. Un oiseau marin les enlève dans son bec et va se percher sur une île. Pierre, qui ne sait pas nager, trouve une barque pour traverser le bras de mer qui le sépare du volatile. Mais un coup de vent le pousse au large, où il est capturé par des corsaires maures.

11. *Jason :* comme dans *Le Temple de Cupido* (page 61, vers 202), Jason est le type du traître en amour, pour avoir abandonné Médée.

12. *Atropos :* la Parque qui coupe le fil de la vie, autrement dit, la mort qui distille le « venin » fatal. Cf. *Le Jugement de Minos,* p. 80, v. 222.

13. *Le déloyal, qui conquit la toison :* périphrase désignant le traître Jason, qui ravit, grâce aux pouvoirs magiques de Médée, la Toison d'or.

14. *Meure :* mûre, fruit noir de la ronce du mûrier, emblématique de la noirceur physique ou morale.

15. *Thisbé :* pour avoir cru morte sa maîtresse Thisbé, Pyrame se tua de son épée; elle le suivit dans la mort. Leur sang éclaboussa les fruits du mûrier, noirs depuis ce jour. Voir Ovide, *Métamorphoses,* IV, 55-166.

16. *La claire Aurora :* l'Aurore, sœur du Soleil et de la Lune, qui ouvre les portes du jour.

17. *Me descendis :* je descendis (emploi pronominal).

18. Saint-Pierre de Maguelonne, dont subsiste aujourd'hui l'ancienne cathédrale romane, est situé au sud de Montpellier, sur l'étroit cordon littoral qui sépare l'étang de Vic de la Méditerranée.

19. Au terme d'une longue attente, Pierre et Maguelonne finiront par se retrouver au déclin de leur vie.

20. Les initiales de ce rondeau acrostiche composent en effet la signature : CLÉMENT MAROT Q[UERCINOIS]. Les rentrements « Comme Dido » ne sont pas pris en compte.

21. *Comme Dido :* allusion au suicide de Didon, qui se frappa de l'épée de son amant fugitif, sur le bûcher funéraire dressé dans la cour de son palais. Voir Virgile, *Énéide,* IV, 663-705.

Page 107. L'ÉPÎTRE DU DÉPOURVU

1. Marguerite d'Angoulême avait épousé en 1509 Charles, duc d'Alençon. Marot composa cette épître lorsque le roi François Ier le donna comme secrétaire à sa sœur. — L'emploi du songe, des personnages allégoriques, des poèmes à forme fixe (rondeau et ballade), des allitérations et des « allusions » verbales (courage/coup rage, v. 107-108; mon songe/mensonge, mensonger/mon songer, v. 152-155) apparente ce poème à l'œuvre des Grands Rhétoriqueurs. Il revêt la forme générale d'un *débat* entre Mercure, bientôt relayé par Bon Espoir, et Crainte, et s'achève par une offre de services en bonne et due forme.

2. *Mercure* ici apparaît moins comme le messager des dieux, que comme le dieu de l'éloquence et de la mémoire. Son attribut traditionnel est le caducée, fort exactement décrit par Marot : « verge entrelacée de deux serpents » disposés « par ordre ».

3. *D'Alençon la Duchesse excellente :* celle que l'on appelle Marguerite de Navarre est duchesse d'Alençon (1509), avant de devenir reine de Navarre en 1527.

4. *Tels qu'ils sont :* nous corrigeons la forme « tels qui sont » de

l'édition Dolet-Gryphe, en restituant la construction grammaticalement plus correcte de la première édition. Cf. p. 153, Ballade II, note 2.

5. *Croire Crainte conclus :* je conclus que je devais croire Crainte. — Les sept vers qui précèdent (82-88) sont écrits en rimes senées : tous les mots du vers ont la même initiale.

6. *Junon, Pallas* et *Vénus* sont les trois déesses que le berger Pâris, en son célèbre jugement, dut départager, et dont la réunion symbolise ici la femme accomplie, tant au physique qu'au moral.

7. *Adolescents :* (au sens latin) jeunes gens.

8. *Aurora, la fourrière/Du clair Phébus :* la déesse Aurore, avant-courrière du Soleil.

9. *Poursui :* poursuivi.

10. *De par Pothon :* Antoine Raffin, dit Pothon ou Poton (1477-1551), seigneur de Puy-Calvaire et sénéchal d'Agenais, fut sans doute chargé par François Ier de présenter Marot à Marguerite d'Angoulême.

Page 113. ÉPÎTRE II

1. Marot accompagna le duc d'Alençon en Hainaut lors de la campagne de 1521. Attigny (Atigny) est aujourd'hui un chef-lieu de canton sur l'Aisne (Ardennes).

2. *Monseigneur :* le duc d'Alençon, époux de Marguerite, qui avait le commandement en chef de l'armée royale.

3. *Nos lansquenets :* les mercenaires allemands (Landsknechte) et, par extension, l'infanterie recrutée à l'étranger, par opposition aux aventuriers recrutés en France.

4. *Mouy :* Charles de Mouy et de la Meilleraye, gouverneur du pays de Caux, capitaine de deux cents hommes d'armes. Il devint en 1536 vice-amiral de France.

5. *Boucal :* Charles du Refuge, dit l'écuyer Boucal, commissaire de l'artillerie, tué au siège de Novare en 1522. Cf. Rondeau XIII, v. 4.

6. *Lorges :* Jacques de Montgomery, seigneur de Lorges, capitaine de la garde écossaise, plus tard colonel de l'infanterie française. Cf. Rondeau XIII, v. 4 (p. 182).

7. *Hercules :* gentilhomme originaire du Dauphiné et mentionné par Du Bellay dans ses *Mémoires*.

8. *Montmoreau :* François de Mareuil, sieur de Montmoreau, gentilhomme du Poitou célèbre par sa vaillance et tué à la bataille de Pavie.

9. *Dasnières :* Hugues de Desmiren, sieur d'Asnières et de Bron, lieutenant de cent gentilshommes de l'hôtel.

10. *Le limaçon :* manœuvre consistant à rompre un autre ordre de bataille que l'on appelait le hérisson, bataillon carré hérissé de piques sur quatre fronts égaux. Pour prendre une autre position, les soldats se divisaient par files qui sortaient successivement des flancs du

bataillon carré (note de Guiffrey citée par C. A. Mayer, *Épîtres*, p. 109).

11. *Saint Pol :* François de Bourbon, comte de Saint Pol, duc d'Estouteville, troisième fils de François de Bourbon, comte de Vendôme (1491-1545). Jeu de mots avec l'apôtre Paul, dont l'épée est « le glaive de l'Esprit, qui est la parole de Dieu » (*Épître aux Éphésiens*, VI, 17).

Page 118. ÉPÎTRE III

1. *Aimery (le bastard d') :* le fils de Louis d'Aymeries, grand maréchal de Hainaut : son différend avec Robert de La Marck était le prétexte de la guerre.

2. *Le Basilic :* animal fabuleux, dont le regard passait pour être mortel à l'homme.

3. *Minfant :* David Minfant ou plutôt Missant, gouverneur de Dieppe vers 1500, et traducteur du *De Officiis* de Cicéron. Sa comédie de *Fatale Destinée* est perdue.

4. Allusion à l'antienne : « Da pacem, Domine, in diebus nostris quia non est alius qui pugnet pro nobis nisi tu, Deus noster. »

Page 120. ÉPÎTRE IV

1. *Astarot :* un des démons les plus puissants.

2. *Obsecro te :* un « je vous supplie », formule d'imploration.

3. *Pégasus :* Pégase, le cheval ailé qui paissait ordinairement sur le Parnasse et qui fut monté notamment par Persée et Bellérophon.

4. *Pacollet :* nain bricoleur qui avait construit à son usage un merveilleux cheval volant.

Page 121. ÉPÎTRE V

1. *Jartières :* les jarretières, attribut essentiel de l'habit des dames et dont le rôle dans la vie galante est connu, rattachaient les bas aux chausses au-dessus du genou.

2. *Couleurs :* ce symbolisme des couleurs, évoqué par Rabelais au chap. IX du *Gargantua*, était fort en vogue. Sicile, héraut d'armes du roi d'Aragon, avait composé vers 1458 un *Blason des couleurs* qui fit autorité. Le blanc signifie foi, loyauté ; bleu, fermeté ; noir, fermeté. Cf. Rondeaux XXXV et XLIII. Voir plus loin la Chanson XXXVI et la note 1.

3. *Brunettes :* la brunette est un type d'amoureuse d'origine populaire, auquel le pétrarquisme substituera pendant quelque temps la blonde aux cheveux d'or. Le privilège accordé à la brune s'autorise du *Cantique des cantiques* : « Nigra sum sed pulchra. » Cf. Chansons XX, XXIV et XXXVI.

Page 122. ÉPÎTRE VI

1. Cette épître, écrite en rimes équivoquées, fut composée vers 1518-1519.

2. Allusion aux productions poétiques de François Ier.

3. *Henri Macé :* personnage mal connu, peut-être Macé de Villebresme, un ami de Guillaume Cretin.

Page 123. ÉPÎTRE VII

1. *La Rocque :* écuyer du roi ; peut-être identifiable avec Jean-François de La Roque, sieur de Roberval (1500-1561), lieutenant du maréchal Robert de La Marck et plus tard chef militaire de la troisième expédition de Jacques Cartier au Canada, en 1541-1542. Protestant, il fut assassiné au début des guerres de Religion.

2. *Je n'ai cheval... :* sur le même thème, Jean Marot avait composé deux rondeaux. Voir *Le Recueil Jehan Marot,* Paris, veuve Roffet, s.d., p. 76-77, Rondeau 33, « D'aller à pied », et Rondeau 34, « A pié je suis ».

3. *Bailleurs :* donneurs (de *bailler* : donner). Jeu de mots avec *bâilleurs,* ceux qui bâillent, et qui, sourds à toutes requêtes, vont s'endormir.

4. *Raisin :* ce personnage, dont l'identité est inconnue, se retrouve dans l'épître suivante. Un jeu de mots lie et confond les commanditaires supposés des épîtres VII et VIII : le Bourgeon ne deviendra Raisin que si M. de La Rocque lui porte secours. C'est chose faite, semble-t-il, au début de la seconde épître. D'où la substitution d'un nom à l'autre.

Page 124. ÉPÎTRE VIII

1. *Courtaut :* sens obscène, comme chez Rabelais, *Gargantua,* chap. XII, éd. G. Demerson, p. 76 : « Votre courtaut vous faut (= vous manque) au besoin. »

2. Allusion à un des effets de la syphilis : la chute des cheveux et des poils. Cf. Du Bellay, *Les Regrets,* sonnets 93 et 94.

3. *Un grand coup de faucon :* un grand coup de canon. Le jeu de mots obscène se retrouve dans l'épître *Aux Dames de Paris qui ne voulaient prendre les précédentes excuses en paiement,* v. 133-134 :

> *Vos grands faucons, qui furent fauconneaux,*
> *Volent toujours pour chaînes et anneaux.*

4. *Surie :* graphie ancienne pour *Syrie,* et jeu de mots avec la « suerie », à laquelle sont soumis les syphilitiques. La même équivoque se retrouve plus tard dans une pièce satirique de Ronsard relative au grand voyageur et cosmographe André Thevet : « A frère André Thevet Angoumois qui avait la vérole » (*Œuvres complètes de Ronsard,* éd. Paul Laumonier, t. 18, Paris, Société des textes français modernes, 1967, p. 429-430).

5. *Un grand Turc :* le barbier-chirurgien qui soigne le malade. La thérapie de la syphilis à l'époque de Marot était particulièrement

rude : les malades étaient graissés avec de la pommade au mercure et soumis à de fortes chaleurs pour provoquer la sudation.

6. *Cousin :* le vin, proche cousin du raisin.

Page 126. ÉPÎTRE IX

1. Comme la suivante, cette épître est à mettre en relation avec l'affaire du « lard » en 1526. Si Marot a été emprisonné à cette date, c'est parce que François Ier, lui-même captif en Espagne, n'était pas là pour le protéger. Le dédicataire de l'épître n'est ni Jean ni Godefroy Bouchart, comme le supposent respectivement C. A. Mayer et M. A. Screech, mais bien Nicolas Bochart ou Bouchart, docteur régent à la Faculté de théologie de Paris. C'est le frère de Jean Bochart, avocat au Parlement, beau-père d'Antoine Minard, conseiller du Roi et avocat en sa chambre des comptes à Paris, et futur président au Parlement, assassiné par les protestants en 1559. Sur le personnage et sa parentèle, voir J. K. Farge, *Biographical Register of Paris Doctors of Theology (1500-1536)*, Toronto, 1980, n° 49, p. 47-49.

2. *Point ne suis Luthériste :* refuser le nom de « luthériste » ou de luthérien n'équivaut pas nécessairement à rejeter le luthéranisme, comme l'a montré Michael A. Screech, *op. cit.*, p. 29. Suivant en cela l'exemple de Luther lui-même (*Von beider Gestalt des Sakraments zu nehmen*, 1522), Marot se réfère de manière implicite à la première épître de saint Paul aux Corinthiens, I, 10-13, où l'apôtre stigmatise les divisions apparues dans l'Église en ces termes : « ... Chacun de vous parle ainsi : Moi, je suis de Paul ! et moi, d'Apollos ! — et moi, de Céphas ! — et moi, de Christ ! — Christ est-il divisé ? Paul a-t-il été crucifié pour vous, ou est-ce au nom de Paul que vous avez été baptisés ? »

3. *Zwingliens :* sectateurs d'Ulrich Zwingli, le Réformateur de Zürich (1484-1531), qui s'opposera à Luther sur la question de l'Eucharistie lors du colloque de Marburg en 1529.

4. *Anabaptistes :* secte allemande formée en Saxe vers 1521 autour de Thomas Münzer et qui fut traversée par un fort espoir millénariste. Luther la condamna sans appel. Fait prisonnier par le landgrave de Hesse, Thomas Münzer fut décapité en 1525, soit un an avant la rédaction de l'épître. — A la place de « et moins Anabaptiste », Marot avait d'abord écrit, en 1534 : « encores moins Papiste », formule évidemment plus dangereuse.

5. *Sa Mère tant pleine/De grâce infuse :* la louange de la Vierge Marie, mère de Dieu, n'est nullement incompatible, en fait, avec un luthéranisme bien compris. Voir encore Michael A. Screech, p. 35-36. Marot fait ici allusion à son *Chant royal de la conception Notre-Dame*, p. 169.

6. *La sainte, vraie et catholique Église :* l'acte de soumission envers l'Église catholique pourrait aussi être compris comme la simple reconnaissance de l'Église universelle et invisible du Christ (catho-

lique = universelle). Du reste, dans sa traduction du Symbole des Apôtres, Marot donnera « la sainte et catholique Église » pour synonyme de « communion des saints et des fidèles ». Voir sur ce point Paulette Leblanc, *La Poésie religieuse de Clément Marot,* 1955, p. 145.

7. *Dessous autrui faveur :* sous la faveur d'autrui, c'est-à-dire : pour faire plaisir à quelqu'un d'autre.

8. *Quelque faux entendre :* quelque malentendu.

9. *Notre Maître :* titre traditionnel des théologiens de la Sorbonne.

Page 128. ÉPÎTRE X

1. *Lion* (ou Léon) Jamet, clerc de finances et fidèle ami de Marot. Il sera plus tard proscrit en même temps que le poète, au moment de l'affaire des Placards (octobre 1534). C'est lui qui composera l'épitaphe de Marot en 1544.

2. *Bien ou mal y acquerre :* allusion possible à la défaite de Pavie (1525).

3. *Ferme ou glissante :* allusion possible à la captivité de François Ier à la suite du désastre de Pavie.

4. Cette *belle fable* tirée d'Esope (cf. vers 71) sera plus tard reprise par La Fontaine (livre II, fable 11), qui en donnera une version beaucoup plus concise, plus fidèle au fabuliste grec et par là même implicitement critique à l'égard de son prédécesseur français. Voir sur ce point Joseph Vianey, *Les Épîtres de Marot,* 1935, p. 48-52, et notre préface, p. 16.

5. La présence de ce verrat, auquel le lion est comparé de manière bien insolite, s'expliquerait, selon C. A. Mayer (*Les Épîtres,* p. 128), par le surnom que Marot réservait à ses adversaires les théologiens. Cf. le second *Coq-à-l'âne,* où le mot a cette valeur. Mais il est plus simple d'y voir une allusion anticipée au *lard* du vers 19, le vieux porc étant destiné à être mangé.

6. *Manger le lard* ne doit pas nécessairement s'entendre au sens propre. En 1526, Marot est accusé de luthéranisme — notion bien vague il est vrai — et non pas d'avoir rompu le jeûne. En fait, « l'expression est un proverbe, usité déjà au Moyen Age, qui signifie être voleur, et par extension, être coupable d'un crime quelconque » (Michael A. Screech, *op. cit.,* p. 39).

Page 133. COMPLAINTE I

1. Ce baron de Malleville, personnage au demeurant mal identifié, fut tué par les Turcs à Beyrouth en octobre 1520, servant sous les ordres du capitaine Chanoy.

2. *Baruth* : Beyrouth.

3. La forme particulière de ce poème, avec la série d'apostrophes adressées aux éléments naturels, puis aux entités personnifiées de la Nature, de la Mort et de la Fortune, rappelle une composition comme

La Mort du duc Philippe (1467) par Georges Chastellain, rhétoriqueur et historiographe officiel de la cour de Bourgogne (1404-1475).

4. L'apostrophe à la mort est un lieu commun de la poésie déplorative des Rhétoriqueurs. On la retrouvera, placée dans la bouche de la « République française », au premier tiers de la *Déploration de Florimond Robertet,* p. 264-267, vers 173-284.

5. *Mortelle cadence :* l'expression désigne la *mesure* de cette danse macabre, mais aussi, au sens étymologique du latin *cadere,* la *chute* mortelle.

6. *Son bruit :* le thème de l'immortalité par la célébrité vient des *Triomphes* de Pétrarque, mais avait été déjà adopté par les Rhétoriqueurs Jean Robertet et Jean Lemaire de Belges *(La Plainte du Désiré).* À ce thème profane se conjuguent ici deux motifs pieux : celui du « lys qui fleuronne » (v. 43), d'après *Osée,* XIV, 6, et celui de l' « immortelle couronne », la couronne de vie (v. 44) d'après l'*Apocalypse,* II, 10. Voir Michael A. Screech, *op. cit.,* p. 64.

7. *Audivi :* l'*audivi* est une décision souveraine sur appel.

Page 136. COMPLAINTE II

1. *Tous les regrets... :* ce vers est l'incipit d'une chanson de l'époque qui figure dans *La Fleur des Chansons,* Paris, J. Bonfons, s. d.

2. *Jane Bonté :* c'est à cette femme originaire de Rouen (voir v. 51) qu'est consacrée l'Épitaphe I, p. 141.

3. *Au bois de Deuil... :* ce vers est l'incipit d'une chanson figurant dans *La Fleur des Chansons,* Paris, A. Lotrian, 1542.

4. *O Mort mordant :* ce jeu de mots est fréquent dans la poésie des Rhétoriqueurs, et rappelle, par antiphrase, la devise de Marot : « La Mort n'y mord. » — Voir par exemple *La Plainte du Désiré* de Jean Lemaire de Belges, éd. par D. Yabsley (Paris, Droz, 1932), « Peinture », v. 5, p. 68 ; v. 179, p. 73 ; « Rhétorique », v. 5, p. 77, ainsi que la *Déploration de Monseigneur de Ligny* attribuée à Jean d'Auton et publiée dans le même volume, v. 1-2, p. 100.

5. *Si je me plains... :* autre incipit de chanson.

6. *Tant ai d'ennui... :* autre incipit de chanson, de même que les vers 55 et 66. Ces trois pièces figurent dans *Le Jardin de Plaisance et Fleur de Rhétorique* (reproduction en fac-similé avec introduction et notes par E. Droz et A. Piaget, Paris, 1925).

7. Pour un commentaire stylistique de cette strophe, voir Michel Jeanneret, *Poésie et tradition biblique,* 1969, p. 86.

Page 141. ÉPITAPHE II

1. *Longueil (Christophe de) :* un des premiers humanistes français, le maître d'Étienne Dolet, mourut à Padoue le 11 septembre 1522. Plusieurs épitaphes latines lui furent consacrées, dont une de Pietro Bembo.

2. Cicéronien de stricte obédience, Longueil avait été attaqué à ce titre par Érasme.

Page 142. ÉPITAPHE III

1. Personnage non identifié.

ÉPITAPHE IV

1. Charles, duc d'Alençon (mort en 1525), premier époux de Marguerite d'Angoulême, dont Marot fut le secrétaire avant 1527.

Page 143. ÉPITAPHE V

1. *Catherine Budé :* fille de Dreux Budé, sieur d'Yerre, secrétaire du roi, trésorier et garde des chartes du roi. Elle avait épousé Étienne Le Blanc, greffier de la Chambre des Comptes de 1514 à 1525. — Cette épitaphe relève, comme la plupart de celles qui suivent, de ce que Christine Martineau-Génieys, *Le Thème de la mort dans la poésie française (1450-1550),* 1977, p. 495-501, a joliment appelé le « badinage funèbre » de Marot.

ÉPITAPHE VI

1. *Coquillart :* apparemment, le poète Guillaume Coquillart mort en 1510 ; à moins qu'il ne s'agisse de quelque membre inconnu d'une confrérie de la Coquille.
2. *La morre :* la mourre, jeu de doigts ; équivoque avec « la mort ».

ÉPITAPHE VII

1. *De la vérole qui lui vint :* ce vers est cité par Rabelais, *Gargantua,* chap. XIV, éd. G. Demerson, p. 82.

Page 144. ÉPITAPHE VIII

1. *Jean Le Veau* était le secrétaire d'André de Burgo, agent diplomatique auprès de Marguerite d'Autriche.

ÉPITAPHE IX

1. *Guion le Roi :* il peut s'agir de Guion Précy, sommelier de la chapelle du roi.

Page 145. ÉPITAPHE X

1. *Madame :* Louise de Savoie, selon C. A. Mayer, ou plutôt Marguerite de Navarre, sœur du roi.
2. Jehan ou Jouan est le nom générique du cocu.

ÉPITAPHE XII

1. *Pierre de Villiers :* secrétaire de François Ier.
2. *De li :* de lui.

Page 146. ÉPITAPHE XIII

1. *Jean Serre :* comédien célèbre à son époque, nommé dans le *Banquet des Chambrières.* Voir sur lui Louis Petit de Julleville, *Les Comédiens en France au Moyen Age,* Paris, L. Cerf, 1885, p. 181.

2. *Et en pleurant on rit à l'heure :* thème de la gélodacrye, ou rire mêlé de larmes, illustré notamment dans l'épisode de la naissance de Pantagruel, lorsque son père Gargantua ne sait s'il doit pleurer sa femme morte en couches ou se réjouir au contraire de la naissance d'un fils. Voir Rabelais, *Pantagruel,* chap. III. La gélodacrye est encore liée à la commémoration du Vendredi Saint, quand la mort du Christ est présage de rédemption pour le pécheur. Voir ci-dessus *Les Tristes Vers de Béroalde, in fine,* et ci-dessous le Rondeau XXX, p. 193.

Page 151. BALLADE I

1. *Enfants sans souci :* association de clercs du Palais.
2. *Junon, Pallas, Vénus :* voir ci-dessus l'*Épître du dépourvu,* p. 111, vers 133-134, et la note 6.

Page 152. BALLADE II

1. *L'Empire d'Orléans :* probablement une autre corporation d'étudiants ou de clercs, qui donnait des spectacles.
2. *Qu'il.* Les éditions Dolet et Gryphe des *Œuvres* (1538, f° 51 r°) présentent toutes deux pour ce vers le second hémistiche suivant : « c'est cela *qui* fault veoir ». Mais, plutôt que de corriger, comme le proposait Verdun-L. Saulnier dans son édition de 1958 (p. 122), la forme « qui » en « qu'y », nous préférons rétablir l'orthographe commune à quatre au moins des cinq premières éditions de l'*Adolescence* (Paris, G. Tory pour P. Roffet, 1532 et 1533 ; Lyon, F. Juste, 1533) et qui est grammaticalement la plus correcte. L'édition Gryphe ne comporte pas d'*erratum* pour ce vers.
3. *La Basoche :* association des clercs du Palais qui donnait des représentations de farces.

Page 154. BALLADE III

1. *Frère Lubin :* sobriquet désignant les moines mendiants, réputés ivrognes, gourmands et paillards. Silvio F. Baridon voit dans le Frère Lubin de Marot le digne héritier du Faux-Semblant du *Roman de la Rose* (*Le Roman de la Rose dans la version attribuée à Clément Marot,* Milan-Varèse, 1957, t. I, p. 50-51).

Page 155. BALLADE IV

1. *Si j'ai mon joli temps perdu :* chanson anonyme citée par Rabelais ou son continuateur, *Cinquième Livre,* chap. XXXII *bis,* éd. G. Demerson, p. 927.
2. *Porte Barbette :* ou poterne Barbette, porte de l'enceinte de Philippe Auguste, dans le quartier du Temple à Paris.
3. *Caillette :* un fou de Louis XII, mort en 1514.

Page 156. BALLADE V

1. Le poème date de 1519 selon Pierre Villey et Verdun-L. Saulnier. Mais, suivant le complexe raisonnement de C. A. Mayer,

Œuvres diverses, p. 145, cette ballade aurait été adressée à l'origine non à Marguerite d'Alençon, mais à Jean de la Barre, comte d'Étampes, prévôt de Paris et maître de la Garde-robe du roi. Le poème se placerait dans la campagne menée par le poète pour être inscrit à l'état de la maison du roi pour l'année 1528, Marot tentant alors de faire passer cette ballade pour une pièce écrite en 1519 dans le but d'entrer au service de la duchesse. C. A. Mayer ne donne pas les raisons d'un tel subterfuge.

2. *Couché :* inscrit sur la liste du budget et, par jeu de mots, allongé.

3. *Marché :* calembour probable, le mot *marché* ayant le sens de *marqué* et le sens moderne.

Page 157. BALLADE VI

1. *Bel Accueil :* cf. *Le Temple de Cupido,* v. 178, p. 60, et la note 19.

Page 158. BALLADE VII

1. *Monseigneur le Dauphin :* François, duc de Bretagne, fils de François Ier et de Claude de France, naquit le 28 février 1518.

2. *Neptunus :* Neptune. Toute cette ballade joue sur l'homonymie existant entre le titre porté par l'héritier présomptif de la couronne et le nom du cétacé, qui avait jadis pour les marins la valeur d'un heureux présage, étant annonciateur de bonace et de beau temps. Cette « allusion » topique et obligatoire à propos du « dauphin » de France se retrouvera plus tard sous la plume de Maurice Scève, dans l'églogue marine d'*Arion* (1536), pour déplorer la mort prématurée du même personnage à l'âge de dix-huit ans. — Les vers 2 et 4 de chaque strophe sont à rimes batelées (en *-mer*).

3. *Les Gallicans :* les Français. Le mot est appelé, en une allitération, par les « gallées » (ou galères) du vers précédent. Le procédé est proche ici de la « rime senée » du Rondeau XVIII.

4. *Sereine/Sereine* (= Sirène) : rime équivoquée entre l'adjectif et le nom homonymes.

Page 160. BALLADE VIII

1. Le Camp du drap d'or dans la plaine entre Guines et Ardres (Pas-de-Calais) où eut lieu, en juin 1520, la fameuse entrevue entre François Ier et Henri VIII.

2. *La pomme d'or :* allusion au jugement de Pâris, qui devait avoir pour conséquence la guerre de Troie et la ruine de cette ville, décrétée par Junon et Pallas. La mention d'Hélène, au vers 36, vient préciser l'allusion.

Page 161. BALLADE IX

1. Le duc d'Alençon arriva à Attigny (Ardennes) vers le 15 juin 1521 pour prendre le commandement d'une armée française qui y fut concentrée dans le but d'envahir le Hainaut. Voir plus haut les

Épîtres II et III, et plus bas les Rondeaux XXXIII et XXXIV qui se rapportent au même événement, auquel Marot fut présent.

2. *Hannuyers :* les habitants du Hainaut, comme dans *Les Tristes Vers de Béroalde,* v. 137, et note 11.

3. *Leur cervoise et godale :* la bière et l'*ale* désignent l'ennemi du Nord, par opposition au vin, attribut de la France.

Page 162. BALLADE X

1. Cette ballade se rapporte aux négociations tripartites de Calais, qui firent suite à la campagne de Hainaut en 1521.

Page 164. BALLADE XI

1. Cette ballade est composée de vers à rime rauque.

2. *Hélie, Enoc :* le patriarche Hénoch (*Genèse,* V, 24) et le prophète Élie (II *Rois,* II, 11-13) ne moururent pas, mais furent enlevés au Ciel, préfigurant la venue et la résurrection du Christ. La littérature apocryphe, et dans son sillage les prophéties millénaristes, notamment au XVIe siècle, leur firent une large place. — Ici Marot les considère simplement comme des prophètes ayant annoncé la naissance du Sauveur. Le nom d'Hénoch a été appelé par la rime, entraînant avec lui l'indissociable Élie.

3. *Aspic :* Satan, sous la figure du serpent tentateur, comme plus haut, dans *Les Tristes Vers de Béroalde,* « le serpent draconique » (p. 89, vers 146). La lutte de l'enfant avec l'aspic venimeux rappelle l'épisode bien connu des enfances d'Hercule, étranglant à belles mains les deux serpents envoyés par Junon contre son berceau. Selon une interprétation typologique courante à l'époque de Marot, le Christ était représenté comme l' « Hercule chrétien », dont les « travaux » comprenaient notamment la mort sur la Croix et la victoire sur Satan à l'heure de la Résurrection. D'où, par « pseudomorphosis » (Erwin Panofsky), l'apparition insolite du bâton de la Croix dans les mains de l' « enfanteau » affronté au serpent. — Nicolas Denisot, dans l'un de ses *Cantiques du premier avènement de Jésus-Christ* (Paris, veuve Maurice de La Porte, fin 1552, p. 51-52), précisera, dans la même veine religieuse et populaire, l'assimilation de l'Enfant-Dieu à Hercule :

Au berceau je vois
Un petit Hercule
Qui sans nul effroi (...)
Le vainqueur se fait
D'un serpent infait
Tout enflé d'envie.

Plus tard, en un allégorisme plus subtil et plus conforme à la légende antique, Ronsard restituera les deux serpents dont parlaient Pindare et Théocrite : voir, dans les *Hymnes* de 1555, l' « Hercule chrétien »,

v. 159-182 (éd. Paul Laumonier des *Œuvres,* t. VIII, p. 216). Pour ce retour à l'inspiration sacrée des poètes de la Brigade, qui renouent indirectement et sans le dire avec Marot, on se reportera à la thèse de Guy Demerson, *La Mythologie classique dans l'œuvre lyrique de la Pléiade,* Genève, Droz, 1972, p. 260-261.

4. *Souverain catholiq :* il est très peu probable, comme le suppose Paulette Leblanc, *La Poésie religieuse de Clément Marot,* 1955, p. 49, que l'expression désigne l'enfant Jésus. Ce groupe nominal est apposé à « Prince dévot », destinataire rituel de la ballade, et désigne par conséquent le roi très chrétien, c'est-à-dire le roi de France.

5. *Saint Luc :* c'est en effet l'*Évangile selon saint Luc,* II, 1-20, qui rapporte le récit de la nativité et de l'adoration des bergers.

Page 165. BALLADE XII

1. *De Carême :* thème traditionnel dans la poésie des Grands Rhétoriqueurs, mais insolite sous la plume de Marot, si l'on songe à l'affaire du « lard » en 1526. Selon C. A. Mayer, cette ballade serait donc de composition antérieure à cette date. Par le pathos et l'idée générale, elle s'apparente aux *Tristes Vers de Béroalde,* v. 1-60.

2. *Acteurs :* auteurs, comme dans la *Déploration de Florimond Robertet.* Voir plus loin, p. 267 et 272.

3. *N'écrivez d'or :* allusion aux enluminures des parchemins, aux lettres d'or des antiphonaires. L'encre brune convient mieux au deuil général.

Page 166. BALLADE XIII

1. Le même thème sera développé par Marguerite de Navarre dans les *Marguerites,* Chanson spirituelle, éd. Félix Frank, Paris, 1873, t. III, p. 105-106. — L'assimilation du Christ au *Pélican,* traditionnelle depuis les premiers siècles de l'Église, repose sur la croyance selon laquelle cet oiseau tue ses enfants et les ressuscite après trois jours, en faisant alors jaillir sur eux, d'un coup de bec dans sa poitrine, son propre sang. Pour saint Augustin déjà (*Enarratio in Psalmum* 101, § 8 ; *Patrologie Latine* 37, 1299), le Pélican est la figure du Rédempteur. Saint Thomas, dans l'*Adoro te devote,* Dante dans le *Paradis,* XXV, 112, et Brunetto Latini dans son *Tesoro,* V, 30, reprennent l'allégorie dans le même sens. A la fin du XVIe siècle encore, Du Bartas, au Cinquième Jour de la *Première Semaine* (v. 765-778), rappelle cette « figure de ton Christ » que donne à voir à tout croyant l'oiseau qui « brèche sa poitrine » pour offrir « vie nouvelle » à ses enfants morts. — Avec le développement de la Contre-Réforme, l'allégorie change de sens : le Pélican, suivant un nouvel avatar de la légende non recensé dans le *Physiologus,* nourrirait ses petits de son sang et de ses entrailles. Il devient alors le symbole de l'Eucharistie, et est représenté comme tel sur calices, ciboires et tabernacles de l'ère baroque et moderne. C'est sous cette seconde forme qu'Alfred de

Musset a eu connaissance du mythe, pour le laïciser dans sa fameuse *Nuit de Mai.*

2. *Corbeaux :* animal emblématique de la noirceur physique et morale, que l'on associait traditionnellement aux Juifs et aux Mores. Selon Brunetto Latini, *Li Livres dou Tresor,* I, CLVII, éd. Francis Carmody, Berkeley, 1948, p. 145, le « corbel » se repaît de charognes, et c'est pour cette raison qu'il ne serait pas revenu à l'arche de Noé, au moment du Déluge.

3. *L'Oiseleur, la Serpente tortue :* Satan, le Tentateur, représenté une fois de plus en « Serpent draconique » et doublement « retors », au propre et au figuré. L'image de l'Oiseleur satanique, que l'on retrouve dans *L'Enfer,* vers 265-269 (p. 252), est topique. On la rencontrait par exemple dans *Le Roman de la Rose,* vers 21461-21483, pour décrire la séduction amoureuse.

Page 167. BALLADE XIV

1. Cette ballade se rattache au premier emprisonnement de Marot, en mars 1526, pour avoir « mangé le lard ». Voir ci-dessus les Épîtres IX et X, p. 126-130, et la note 6 sur l'Épître X. Cf. plus loin le Rondeau LXVI et la note 1.

Page 169. CHANT ROYAL

1. Ce *Chant royal* fut présenté au Puy de la Conception de Rouen en 1521, mais n'obtint pas le prix. Cf. Rondeau XXXI, sur le même sujet.

2. *Guillaume Cretin* (vers 1460-1525), illustre poète de l'école des Rhétoriqueurs, était originaire de Paris et remporta plusieurs prix au Puy des Palinods de Rouen. Il excellait dans les rimes équivoquées, comme suffirait à l'indiquer le huitain liminaire où Marot tente de rivaliser avec son modèle.

3. *Le Roi :* Dieu. Le sens des allusions, dans les strophes du *Chant royal,* est glosé par l'envoi, qui donne les clés du rébus.

4. *En plein concile :* s'agit-il du *conseil* que Dieu réunit au ciel, ou d'une allusion précise à une disposition conciliaire ? En ce cas, il pourrait s'agir du Concile d'Éphèse (431), où la Vierge Marie fut reconnue Théotokos, c'est-à-dire « mère de Dieu ».

5. *Le jardin clos :* l'expression vient du *Cantique des cantiques,* IV, 12, et est relative à l'épouse. Le passage est généralement interprété comme une figure de la virginité de Marie.

6. *Le lys royal :* autre emprunt au *Cantique des cantiques,* II, 2, pour caractériser la Vierge Marie. De toute évidence, ce passage est contaminé par deux versets du livre d'*Osée,* XIV, 6-7, où le lys est associé à l'olivier (l' « olive » dont parle Marot), pour exprimer l'achèvement d'Israël, figure de l'avènement de Marie : « Ero quasi ros, Israël germinabit sicut *lilium,* et erumpet radix eius ut Libani. Ibunt rami eius, et erit quasi *oliva* gloria eius... » — Cette série

d'emprunts scripturaires a pu s'opérer par l'intermédiaire des litanies de la Vierge et de la poésie mariale du Moyen Age, que Marot devait connaître. Voir par exemple d'Alain de Lille, la « De Virgine Sequentia », incluse dans l'*Anticlaudianus* (p. 686-687 de la *Poésie latine chrétienne du Moyen Age* publiée chez Desclée de Brouwer en 1971 par Henry Spitzmuller).

7. *La tour de David :* autre expression tirée du *Cantique des cantiques,* IV, 4, et désignant le cou de l'aimée. — Paulette Leblanc, *La Poésie religieuse de Clément Marot,* 1955, p. 45, a fait le rapprochement entre cette litanie d'emblèmes mariaux traditionnels et les attributs figurant dans des compositions picturales ou graphiques de la même époque, comme *La Chasse mystique* de Schongauer à Colmar ou le livre d'*Heures* à l'usage de Rome de Thielman Kerver (1505) : autour de la Vierge en adoration sont disposés « le miroir sans tache, la rose, l' " olive ", le lys, l'étoile, la fontaine, la tour de David, la " grand cité ", le jardin clos ».

8. La *Sibylle* tiburtine aurait annoncé à l'empereur Auguste la naissance du Christ. Dans la *Cité de Dieu* (XVIII, 23 ; *Patrologie Latine,* 41, 579), saint Augustin cite une trentaine de vers de la Sibylle d'Erythrée (en Asie Mineure) à l'appui de la démonstration évangélique. Lactance, *Divinae Institutiones,* IV, 18-19, tire également parti des *Livres Sibyllins,* recueils de prophéties largement apocryphes et dont la rédaction s'étendit jusqu'au début du IVe siècle après J.-C. Cf. Guillaume du Bellay, *Peregrinatio humana,* 1509, 4°, fol. I, « De beatissima Virginis Nativitate Elegia », et surtout Ronsard, « Hercule chrétien », v. 69-92, dans les *Hymnes* de 1555 (éd. Paul Laumonier des *Œuvres,* t. VIII, p. 211-212) :

> *Elles [= les Sibylles] chantaient que ta Divinité*
> *Pour nous sauver prendrait nativité*
> *De Femme-Vierge...*

9. *Noire la couverture :* allusion, selon Paulette Leblanc (*op. cit.,* p. 44), à la célèbre formule du *Cantique des cantiques,* I, 5 : « Nigra sum, sed pulchra », parfois appliquée à la Vierge (« Je suis noire et pourtant belle, filles de Jérusalem »).

10. *Et n'est à lui servile :* comprendre que la « digne couche », c'est-à-dire Marie, « ne lui est point asservie », du fait de son immaculée conception, qui la place à l'abri de la souillure originelle (cf. « l'Aspic hostile »). Cf. *Genèse,* III, 15, que l'on interprétait dans un sens mariologique, l'inimitié de la femme et du serpent ayant valeur de figure.

11. *Anne stérile :* selon le *Protévangile de Jacques,* Anne, ayant épousé Joachim, demeura longtemps stérile. Déjà âgée, elle reçut de l'ange, en même temps que Joachim qui s'était retiré au désert, l'annonce de la conception miraculeuse de Marie. Tous deux se rejoignirent devant la Porte Dorée de Jérusalem, pour se déclarer mutuellement leur joie.

Page 175. RONDEAU I

1. *Rentrez :* allusion au « rentrement » du rondeau, ou « clausule », cet écourtement du premier vers qui est repris en refrain.

Page 176. RONDEAU II

1. *Baille, baille :* bye, bye!

Page 178. RONDEAU V

1. *Ardant :* qui brûle (participe présent du verbe « ardre »), d'où le jeu de mots. Ce rondeau est peut-être imité d'un strambotto de Serafino Aquilano (1466-1500) : « De picola favilla è nato un foco... »

RONDEAU VI

1. La *dague à rouelle* ou dague écossaise, poignard au pommeau rond, désignait au figuré une femme médisante. L'expression et le thème viennent de Jean Marot, *Le Recueil Jehan Marot,* Paris, Veuve Roffet, s.d., p. 70, Rondeau 24 : « Retirez-vous, vieille dague à rouelle. »

Page 180. RONDEAU X

1. *Vous visse :* subjonctif imparfait à valeur conditionnelle (= je vous aurais vue).

Page 181. RONDEAU XI

1. *Auprès de l'eau me faut de soif périr :* ce vers paradoxal rappelle le célèbre concours poétique de Blois (1460) sur le thème :

Je meurs de soif auprès de la fontaine,

inspiré par Charles d'Orléans.

Page 182. RONDEAU XII

1. *Pothon :* Antoine Raffin, dit Pothon, qui s'entremit pour Marot lors de ses débuts à la cour en 1519. Voir Épître I, p. 113, v. 180 et la note 10.

RONDEAU XIII

1 *Chissay :* Jacques Bérard, seigneur de Chissay, fut tué en duel à Amboise au début du mois de janvier 1518 (1517 en ancien style).

2. *Pomperan :* Joachim de Pomperant, favori du connétable de Bourbon qu'il suivit plus tard dans sa trahison. C'est lui qui fit prisonnier François Ier à la bataille de Pavie. Il mourut en 1529.

3. *Boucal et Lorge :* sur ces personnages, voir Épître II, p. 115, v. 56 et 68, et les notes 5 et 6.

Page 183. RONDEAU XIV

1. *Palladial :* de Pallas.

2. *Aigle moderne :* Jean Lemaire de Belges, selon Verdun-L. Saulnier.
3. *Humile :* humble (latinisme). Le *genus humile* est le style bas.

RONDEAU XV

1. *Theocrenus :* Benedetto Tagliacarne, dit Teocreno, humaniste italien venu en France vers 1523, fut en 1524 précepteur des Enfants de France (le dauphin François et Henri d'Orléans, futur Henri II), et les accompagna lorsqu'ils furent emmenés comme otages en Espagne après Pavie. Évêque de Grasse en 1535, il meurt en 1536.
2. *Car il endort... :* pour favoriser les amours de Jupiter, Mercure endormit par sa flûte et son chant Argus aux cent yeux, à qui avait été remise en garde la belle Io changée en vache. Voir : Ovide, *Métamorphoses*, I, 568-747.

Page 184. RONDEAU XVI

1. *Étienne du Temple :* Étienne Templier d'Orléans est l'auteur d'un poème latin sur « la Concorde de la France et de l'Angleterre » à l'occasion des fiançailles, en 1518, du dauphin, qui venait de naître, avec Marie, fille d'Henri VIII, âgée de deux ans.
2. Sous le règne de saint Louis, un Estienne Templier, originaire d'Orléans, était évêque de Paris.

Page 185. RONDEAU XVII

1. *Étienne Clavier :* secrétaire de Marguerite de Navarre, interviendra en 1532 pour sauver Marot.
2. *Palladiane :* de Pallas, comme « palladial » dans le Rondeau XIV.
3. Le *fils Marot,* c'est Clément, par opposition au père, Jean.

RONDEAU XVIII

1. *Noué :* Noël. Jeu de mots avec le verbe « nouer » (= nager) dans les trois vers suivants.
2. *Eau caballine* (eau chevaline) : la source Hippocrène, que fit jaillir de son sabot le cheval Pégase. — La formule « C ou E » joue sur les initiales des prénoms des deux amis. Les vers 10 et 11, à rimes senées ou ingénieuses, sont aussi dits *lettrisés.*
3. *Tu fais cygnes les oies :* locution proverbiale.

Page 186. RONDEAU XIX

1. *Jeanne Gaillarde :* jeune Lyonnaise célèbre par son savoir, dont on trouve de nombreuses mentions à l'époque.
2. *Christine de Pisan :* championne de la cause féministe lors de la Querelle du *Roman de la Rose* (1399), et auteur notamment de la *Cité des Dames* (1405) et d'une abondante œuvre encyclopédique et morale.

Page 187. RONDEAU XXI

1. *Victor Brodeau,* dont le nom est donné en acrostiche : valet de chambre de Marguerite de Navarre, auteur des *Louanges de Jésus-Christ,* de quelques épigrammes et d'un *Blason de la Bouche.* Il mourut en 1540. Ami de Mellin de Saint-Gelais, il fut le disciple préféré de Marot.

Page 188. RONDEAU XXII

1. *Lucrèce :* violée par Sextus Tarquin, fils de Tarquin le Superbe, elle se poignarda pour ne pas survivre à sa honte. Modèle de la femme vertueuse jusqu'à l'héroïsme.

RONDEAU XXIII

1. Ce rondeau rappelle, par son thème et son développement, une ballade de Charles d'Orléans, alors prisonnier en Angleterre, sur le bruit de sa mort qui courut en France. Voir dans les *Poésies,* éd. par Pierre Champion, Paris, Champion, 1923, p. 132-133, la Ballade LXXXII, dont voici la première strophe :

Nouvelles ont couru en France
Par maints lieux que j'étais mort ;
Dont avaient peu déplaisance
Aucuns qui me haient à tort ;
Autres en ont eu déconfort,
Qui m'aiment de loyal vouloir,
Comme mes bons et vrais amis.
Si fais à toutes gens savoir
Qu'encore est vive la souris !

Page 190. RONDEAU XXVI

1. *Madame de Bazauges :* « peut-être Jeanne de La Chapelle, épouse de Baudouin de Champagne, seigneur de Bazoges, conseiller du roi » (note de Verdun-L. Saulnier).

Page 191. RONDEAU XXVIII

1. Ce procédé du rondeau par antithèses est inspiré de la poésie pétrarquiste. Cf. Pétrarque, *Rime,* CXXXIV et LVII ; Chariteo, *Sonetti* XIII et XVIII.

2. *L'enfant... :* Cupidon, qui triomphe de son père Mars.

Page 192. RONDEAU XXIX

1. *Claude Perréal,* parent (père ?) du célèbre peintre Jean Perréal, valet de chambre de Charles VIII, Louis XII et François Ier, et ami de Jean Lemaire de Belges.

Page 193. RONDEAU XXX

1. Ce rondeau peut être inspiré d'un commentaire de Josse Bade sur le *Carmen lugubre* de Philippe Béroalde (1509). Pour le débat entre le rire et les larmes, voir plus haut les *Tristes Vers de Béroalde, in fine,* et l'Épitaphe XIII, p. 148 (et la note 2).

RONDEAU XXXI

1. Ce rondeau sur l'Immaculée Conception de la Vierge est à mettre en rapport avec le Chant royal ci-dessus, p. 169-172.

Page 194. RONDEAU XXXII

1. Cf. Ballade VIII, qui porte également sur l'entrevue du Camp du drap d'or en juin 1520.

2. *Pélion :* comme dans la Ballade VIII, allusion par antiphrase à la Guerre de Troie. C'est sur le mont Pélion qu'eurent lieu les noces de Thétis et Pélée, au cours desquelles la Discorde jeta la pomme d'or, occasion du jugement de Pâris et de la guerre de Troie (= Ilion).

Page 195. RONDEAU XXXIII

1. Cf. Épîtres II et III; Ballade IX, toutes pièces relatives à la campagne de Hainaut en 1521.

2. *Le drap d'or :* allusion à l'entrevue du Camp du drap d'or, l'année précédente, entre François Ier et Henri VIII, qui, comme le dit Marot, servit « bien peu ».

3. *Milan :* jeu de mots sur la chasse au milan et la ville de Milan, l'un des théâtres de la guerre contre l'Empire, perdue par les Français cette année-là (1521). — *Voler* a le sens de « chasser en volant », dans le langage de la fauconnerie. Le milan et la pie relèvent respectivement de la haute et basse volerie. Cf. Littré : « *haute volerie,* celle du gerfaut sur le sacre, sur le milan, etc. *Basse volerie,* celle du laneret et du tiercelet de faucon sur la perdrix, la pie, etc. » — Les *bêtes rousses* ou carnassières, en termes de chasse, sont les loups, les renards, les blaireaux, les fouines, les putois, etc. (Littré, *s.v.* bête(s)).

4. *Hiérusalem :* Jérusalem, loin du Hainaut. Ville où les pèlerins (cf. moine ou capellan = chapelain) recevaient indulgence plénière.

RONDEAU XXXIV

1. Jeu de mots sur la ville de Reims et les reins douloureux du poète. L'épître est relative au séjour de François Ier et de la cour à Reims, au retour du Hainaut, le 19 septembre 1521.

2. Cf. Rabelais, *Pantagruel,* chap. XVI, où est appliqué à Panurge le dicton : « Faute d'argent, c'est douleur non pareille. » Marot souffre ici de la même « maladie ».

3. *Mors, bossettes et freins :* parties du harnachement du cheval, que l'hôte de Marot retient pour être payé de son dû.

Page 197. RONDEAU XXXVI

1. Variation sur le thème du *locus amoenus,* qui est non seulement le lieu propice à l'amour, mais, comme dans le *Cantique des cantiques,* le corps même de la femme aimée.

Page 198. RONDEAU XXXVIII

1. Ce rondeau et les deux suivants sont peut-être, comme le Rondeau LI, relatifs à l'amour de Marot pour Anne, la « sœur d'alliance » (voir chronologie, 1527). Anne d'Alençon était la nièce par alliance de Marguerite, sœur du roi.

Page 201. RONDEAU XLIII

1. Sur le symbolisme des couleurs, cf. Épître V, ainsi que la note 2, p. 121, et Rondeau XXXV. Voir plus loin la chanson XV. — *Tanné :* brun.

2. *La fleur des fleurs :* sans doute Marguerite d'Angoulême, la « marguerite des Princesses ».

Page 203. RONDEAU XLVII

1. *Hélène* de Grèce, cause de la guerre de Troie. Comme parangon de la beauté, cf. Ballade VIII, p. 161, v. 36.

Page 207. RONDEAU LIII

1. Ce thème du *carpe diem* rappelle Jean Lemaire, mais annonce surtout l'ode fameuse de Ronsard : « Mignonne, allons voir si la rose... »

RONDEAU LIV

1. *De te connaître amende :* guérit de te connaître.

Page 209. RONDEAU LVI

1. *Apelle :* célèbre peintre grec du IVe siècle avant J.-C., et ami d'Alexandre dont il fut le portraitiste. Il aurait peint une *Aphrodite anadyomène,* aujourd'hui perdue.

Page 210. RONDEAU LVIII

1. Le *concetto* de l'échange des cœurs est fréquent dans la poésie pétrarquiste. Cf. le *Capitolo di partenza ala sua signora* d'Olimpo di Sassoferrato (*Gloria d'Amore,* s. d.).

Page 211. RONDEAU LIX

1. Le traité de Cambrai, dit « paix des Dames », négocié entre Marguerite d'Autriche, tante de Charles Quint et gouvernante des Pays-Bas, et d'autre part Louise de Savoie et Marguerite de Navarre (5 août 1529). — Le parallèle avec les trois Déesses, Vénus, Pallas et Junon, s'impose une fois de plus pour faire ressortir, par contraste

avec les calamités issues du jugement de Pâris, les bienfaits d'une paix désirée. Cf. Ballade VIII et Rondeau XXXII.

2. *L'olive :* l'olivier, dont le rameau est symbole de paix, par opposition à la pomme d'or jetée par la Discorde aux noces de Thétis et Pélée.

RONDEAU LX

1. *Monsieur de Belleville :* Jean de Belleville, chevalier, chambellan ordinaire du roi.

2. *Diana* (Diane) : selon C. A. Mayer, il peut s'agir de la maîtresse de François Ier, Françoise de Foix, dame de Châteaubriant, comme l'indique une variante du titre.

3. *Horace :* cité ici comme maître du genre de l'épître.

Page 212. RONDEAU LXI

1. Renée de Bourbon, épouse d'Antoine, duc de Lorraine.

Page 213. RONDEAU LXIII

1. Sur Victor Brodeau, voir Rondeau XXI, p. 187, et la note 1.

Page 214. RONDEAU LXV

1. Ce thème traditionnel de la « maumariée » est développé plus au long dans la « Vingtunième Élégie » (*Œuvres lyriques,* LXXI, p. 260-263). Cf. plus haut le Rondeau VIII, *De la jeune dame qui a vieil mari.*

Page 215. RONDEAU LXVI

1. Cf. Ballade XIV (p. 167) : « Un jour récrivis à m'amie / Son inconstance seulement... » C'est donc ce rondeau qui aurait provoqué la dénonciation par la maîtresse infidèle et, par suite, l'emprisonnement de 1526. Isabeau est sans doute un nom fictif, peut-être même une personne fictive, conçue par Marot à l'exemple de François Villon qui attribuait tous ses malheurs à l'inconstance de sa maîtresse. Voir sur ce point l'étude de C. A. Mayer, « Marot et " celle qui fut s'amye " », *Bibliothèque d'Humanisme et Renaissance,* 1966, p. 324-331.

Page 216. RONDEAU LXVII

1. Pièce relative à l'affaire du « lard » et à l'emprisonnement de mars 1526. Cf. Ballade XIV et le Rondeau précédent.

2. *Noé :* Noël. De Noé : avant Noël.

3. *Des bien famés... :* Marot reviendra longuement sur cet argument dans *L'Enfer,* vers 315-338 (p. 253-254).

4. *Saint Pris :* facétie, pour dire le patron présumé des prisonniers, et par identification avec saint Prix (ou Préject), évêque et martyr mort en 676.

5. *Chartres :* d'abord emprisonné au Châtelet de Paris, Marot fut transféré à Chartres à la fin de mars 1526, sur l'instance de Louis Guillard, évêque du diocèse. Il semble avoir été placé en résidence surveillée dans une auberge.
6. *La verte Semaine :* la première semaine de mai.

Page 219. CHANSON I

1. Décon*fort.*/*For*tune : toute cette chanson est composée de vers à rimes *annexées*; citée à ce titre par Thomas Sébillet, dans l'*Art Poétique Françoys* (1548), éd. Droz, 1932, p. 196. Mise en musique à quatre parties dès 1529.

CHANSON II

1. *Bel Accueil :* personnage allégorique du *Roman de la Rose,* déjà présent dans *Le Temple de Cupido* (cf. p. 60, et note 19), et dans la Ballade VI (p. 157).

Page 220. CHANSON III

1. Ré*gente,* /*Gente :* cette première strophe est à rimes *annexées*. Chanson mise en musique à quatre parties par Claudin de Sermisy en 1532.
2. *Colombelle belle :* cette seconde strophe est composée de vers à rimes couronnées. Citée à ce titre dans l'*Art Poétique Françoys* de Sébillet (1548), éd. citée, p. 199.
3. Cette troisième strophe est composée de vers à rimes *enchaînées,* variante des rimes *annexées* de la première strophe.

Page 221. CHANSON V

1. Chanson mise en musique à quatre parties par Claudin de Sermisy en 1528.

Page 222. CHANSON VII

1. Nouvelle variation sur le thème du *locus amoenus* : le jardin clos (*hortus conclusus*) est propice à l'amour. Cf. *Le Temple de Cupido* et le Rondeau XXXVI.
2. Les deux derniers vers de la chanson sont empruntés au *Roman de la Rose,* v. 1994-1995, éd. Félix Lecoy, t. I, p. 61-62. Voir sur ce point Georges Dottin, *La Chanson française de la Renaissance,* Paris, P.U.F., 1984, p. 16.

Page 224. CHANSON IX

1. La Dame *sans si* est la Dame sans restrictions. Cf. l'*Arrest de la louange de la dame sans si* de François Robertet, Guillaume Cretin et Octovien de Saint-Gelais. Marguerite de Navarre adaptera l'expression à Jésus, « l'enfant sans si ».
2. Allusion à *la Belle Dame sans merci* (= sans pitié) d'Alain

Chartier. Cf. la préface des *Œuvres,* p. 37, note 1, et *Le Temple de Cupido,* v. 323, p. 65.

3. Imitation, avec inversion de sens, d'une chanson anonyme de l'époque : « Votre pitié veut doncques que je meure. »

Page 227. CHANSON XV

1. Sur ce symbolisme des couleurs, voir plus haut l'Épître V, et les Rondeaux XXXV et XLIII. Noir et bleu signifient Fermeté ; blanc, Foi et Loyauté. Le changeant, couleur de l'inconstance, est synonyme de « diapré », de « gorge-de-pigeon ». Cf. La Fontaine, *Fables,* VII, 8, v. 27.

Page 229. CHANSON XVIII

1. Chanson anonyme citée plus tard par Ronsard dans le sonnet XIV à Cassandre : « Je vis tes yeux... »

Page 231. CHANSON XXIV

1. Cette chanson a pour thème le « programme d'amour », dont la tradition remonte à l'*Anthologie grecque.* Ronsard s'en inspirera dans l'un de ses premiers poèmes, l' « Ode à Jacques Peletier, des beautés qu'il voudrait en s'amie », composé vers 1545 (éd. Paul Laumonier des *Œuvres complètes,* t. I, p. 3-8).

2. *Brunette :* cf. Épître V, v. 30 ; Chansons XX et XXXVI.

Page 232. CHANSON XXV

1. Le prophète Isaïe (VII, 14) : « Voici la vierge concevra et elle enfantera un fils. » Cette prophétie est reprise par l'évangéliste Matthieu (I, 22-23).

2. Ces deux vers équivoqués, « L'effet/Est fait », traduisent assez exactement la formule de Matthieu (« ut *adimpletur* quod dictum est a Domino per prophetam dicentem »). Voir Michael A. Screech, *Marot évangélique,* 1967, p. 47, note 2.

3. Variante de l'originale : « A eu un fils au Ciel voué ».

Page 235. CHANSON XXXI

1. *Danger :* personnage du *Roman de la Rose,* modifié par Marot en « Faux Danger » dans *Le Temple de Cupido* (voir p. 61, note 20). Un *blasonneur* est un médisant (de « blasonner » = blâmer).

CHANSON XXXII

1. *D'amours ;/Ce sont clamours* (= clameurs) : cette chanson est à rimes batelées (vers 2, 4, 5 et 6 de chaque strophe) et à rimes internes (v. 5 de chaque strophe). Mise en musique dès 1528 par Claudin de Sermisy.

2. *Noé,* qui le premier planta la vigne et s'enivra. Voir *Genèse,* IX, 20-27.

3. *Silénus :* Silène, père nourricier et précepteur de Bacchus. Représenté couronné de lierre et en état d'ébriété.

4. *Une bigne :* souvenir de François Villon, *Le Testament,* v. 1254-1256 :

> *Comme homme bu qui chancelle et trépigne*
> *L'ai vu souvent, quand il s'allait coucher,*
> *Et une fois il se fit une bigne*
> (éd. Pauphilet, p. 1182).

Page 236. CHANSON XXXIII

1. Nouvelle allusion au jugement de Pâris, référence mythologique favorite de Marot. Cf. Épître I, p. 111, v. 133-134, Ballade I, p. 152, v. 40-41, Ballade VIII, p. 160, v. 19-20, Rondeau XXXII, p. 194, Rondeau LIX, p. 211, v. 1-7.

Page 237. CHANSON XXXVI

1. *Couleur noire est toujours une :* d'où le noir comme symbole de fermeté. Pour la préférence accordée à la brune, cf. Épître V et Chansons XX et XXIV.

2. La lune évoque le caractère *lunatique* des femmes au teint pâle, et partant leur inconstance. Cette femme « blanche comme la lune » est à mettre en rapport avec celle, imaginaire ou réelle, que Marot surnomme « Luna » et qui aurait été cause de son emprisonnement au Châtelet en 1526. Cf. *L'Enfer,* v. 22 et 324.

Page 240. CHANSON XLI

1. Antoine Héroet (1492-1568), auteur de *La Parfaite Amie* (1542) et poète de l'amour chaste.

CHANSON XLII

1. Retour de Faux Semblant, allégorie des apparences trompeuses, qui ramène, au terme de l'*Adolescence,* au *Temple de Cupido* et à la tradition du *Roman de la Rose.* Faux Rapport (v. 13) avait déjà fait une apparition dans le Rondeau XXIV, v. 1.

Page 245. L'ENFER

1. Selon C. A. Mayer (*Œuvres satiriques,* 1962, p. 53), ce poème a été composé vers la fin du mois de mars 1526, après le transfert de Marot depuis le Châtelet de Paris à Chartres. Mais s'il est vrai que c'est bien à cette date que le narrateur place la rédaction de *L'Enfer,* il ne s'ensuit nullement que l'œuvre fut achevée dans les semaines qui suivirent. Comment expliquer la « prophétie » qu'émet le poète, aux vers 425-426, quant à sa carrière ultérieure auprès du roi ? — *L'Enfer* a été publié pour la première fois par J. Steels à Anvers en 1539, dans un recueil comprenant *L'Adolescence clémentine,* la *Suite de l'Adolescence* et le *Premier Livre de la Métamorphose d'Ovide.* Réédité, sans l'aveu de

l'auteur, par Étienne Dolet, à Lyon, en 1542. Pour les circonstances de l'emprisonnement de 1526, cf. Épître X, Ballade XIV, Rondeau LXVI et LXVII, ainsi que les notes correspondantes.

2. Allusion, sans doute, à l'hôtellerie de l'Aigle à Chartres, où Marot fut mis en résidence surveillée, avant que le retour de captivité du Roi n'autorisât sa délivrance.

3. *Mes très chers Frères :* formule calquée sur l'usage apostolique, et courante chez les évangéliques ou bibliens. Cf. Michael A. Screech, *Marot évangélique,* 1967, p. 71.

4. *Luna* : « Marot prend Luna pour une femme inconstante et pleine de malice qui fut cause de son emprisonnement », selon une note d'Étienne Dolet dans son édition de 1544. Cf. Ballade XIV et Rondeaux LXVI et LXVII, où la mythique Luna se nomme Isabeau.

5. Cerbère, chien à trois têtes, au cou hérissé de serpents, gardait la porte des Enfers. Cf. Jean Lemaire de Belges, *Épîtres de l'Amant Vert,* éd. Frappier, Genève, Droz, 1948, II, 75-76.

6. Ce passage a été mis en relation par Alexandre Eckhardt avec l'évocation par Dante du premier cercle de l'Enfer (*Inferno,* III, 22, et suiv.). Le modèle dantesque permettrait de rendre compte d'une anomalie manifeste du poème de Marot : au vers 36, le « plus gros » des « ministres d'Enfer » se métamorphose curieusement en « guide » (on disait « une » guide, au XVIe siècle). Il se lance alors dans un long discours (v. 39-211), pour énumérer au nouveau venu les figures de cette antichambre de l'Enfer, « tout comme Virgile présente les âmes damnées au poète qu'il conduit » (« Marot et Dante. *L'Enfer* et l'*Inferno* », *Revue du seizième siècle,* 1926, p. 141). Mais il est peut-être inutile de remonter si haut. Comme l'a montré Jean Frappier, Marot est évidemment tributaire de son prédécesseur et maître Jean Lemaire de Belges, et la *Seconde Épître de l'Amant Vert* (1511) a influencé *L'Enfer* jusque dans sa structure générale. L'antithèse classique entre le Tartare et les Champs-Élysées est transposée par Marot dans l'opposition entre la prison infernale du Châtelet de Paris et l'évocation du « beau verger des lettres plantureux » (v. 368), dont la présence mythique entraîne par association d'idées le souvenir du Quercy natal (v. 377-394). Chez Jean Lemaire, celui qui tient le rôle de Virgile au cours de la descente aux Enfers du perroquet de Marguerite d'Autriche n'est autre que Mercure psychopompe, « guide » prolixe et bienveillant qui conduit l'âme de l'Amant Vert jusqu'au bienheureux séjour des « Isles Fortunées » (II, 302). Voir : Jean Frappier, « Sur quelques emprunts de Clément Marot à Jean Lemaire de Belges », *Mélanges offerts à Edmond Huguet,* 1940, p. 161-176, et en particulier p. 173-175.

7. *Minos,* l'un des trois juges aux Enfers, avec Éaque et Rhadamante. Minos désigne ici le prévôt de Paris, Gabriel d'Allègre.

8. Le jeu de mots sur « causes » et « causeurs » sera repris plus

tard, en un contexte différent, par Montaigne, *Essais,* III, 11, éd. Villey, p. 1026. On comparera ce passage sur la corruption des hommes de loi avec Rabelais, *Cinquième Livre,* chap. XIV. Les rois François Ier et Henri II promulgueront des édits contre ces abus.

9. Allusion possible, selon Georges Guiffrey, à Matthieu Chartier, avocat intègre à la différence de ses confrères.

10. *Basilic* : au sujet de ce reptile fabuleux, voir plus haut l'Épître III, p. 118, note 2.

11. Les « mortifères Aspics » rappellent l' « Aspic hostile » du *Chant Royal de la conception Notre-Dame,* v. 60 (p. 171, note 10), et le « grand serpent et dangereux aspic » de la Ballade XI, *Du jour de Noël,* v. 17 (p. 164, n. 3). De toute évidence, les serpents-procès ont part liée à Satan.

12. Ce catalogue de bêtes répugnantes et malignes rappelle la *Seconde Épître de l'Amant Vert* de Jean Lemaire de Belges (éd. citée, v. 190-197).

13. Pendre un procès au croc signifie qu'on l'ajourne (les pièces étaient enfermées dans un sac scellé que l'on suspendait à un croc).

14. L'Hydre de Lerne, que combattit Hercule. *Le Cinquième Livre* de Rabelais (chap. XV, éd. G. Demerson, p. 827) établira le parallèle, par la voix de Frère Jean, entre le combat contre l'Hydre et la mise à sac des Chats-fourrés, allégorie des gens de justice. « Hydra, le serpent à sept têtes », avait été évoqué par Jean Lemaire dans la *Seconde Épître de l'Amant Vert,* v. 124-125.

15. *Combien Procès diffère / Au vrai Chrétien :* Marot pense sans doute à un célèbre passage de la *Première Épître aux Corinthiens,* VI, 1-7 où l'apôtre Paul condamne les procès entre chrétiens. — Tout ce passage, de coloration nettement évangélique, et qui mêle à la satire de la justice la critique des gens d'Église, annonce le ton de la *Déploration de Florimond Robertet.*

16. La *lice,* femelle du chien de chasse, et la *louve* (v. 207) ont en commun de désigner métaphoriquement la femme débauchée. Sous cette allégorie que permet l'équivoque (malice = male lice), le mal est assimilé à une chienne au ventre tout à la fois hospitalier et fécond. — On pense aussi à la louve, allégorie de l'incontinence, qui, accompagnée de l'once (la luxure) et du lion (la violence brutale), empêche Dante d'accéder à la montagne de Vertu au premier chant de *L'Enfer* (v. 49-60).

17. *Rhadamantus :* Rhadamante, frère de Minos, second des trois juges des Enfers. Par ce nom, Marot désigne Gilles Maillart, lieutenant-criminel de la prévôté de Paris depuis 1501, et qui devait mourir en 1529. C'est lui qui est mis en scène dans la fameuse épigramme « héroïque » *Du lieutenant criminel et de Semblançay* (1527).

18. *Les champs Élysées :* le séjour heureux des âmes vertueuses, réinterprété dans un sens chrétien. En effet, la « liberté » dont il est question au vers suivant et qui « fait vivre les esprits » n'est autre que

la liberté chrétienne, opposée par l'apôtre Paul au règne de la Loi (*Galates*, IV, 31). C'est à dessein que Marot a placé cet *excursus* évangélique dans la bouche d'un de ses pires adversaires.

19. Pour cette image de l'oiseleur, souvent associée au Tentateur, voir dans l'*Adolescence* la Ballade XIII, *De la Passion de Notre Seigneur Jésus-Christ*, v. 13-14, p. 167, et la note 3.

20. Marot, par cet « Avertissement », fait écho à la *Belle leçon aux enfants perdus* de François Villon, *Le Testament*, v. 1668-1691 :

Beaux enfants, vous perdez la plus
Belle rose de vo chapeau...

21. *Les Infernaux :* les dieux ou les puissances de l'Enfer.

22. *Divers :* qui présente plusieurs apparences, auquel on ne peut se fier. En contradiction avec la constance et l'équité qui définissent le bon juge.

23. *Jupiter*, père et roi des dieux et des hommes, désigne tout naturellement François Ier.

24. *Pallas*, déesse de la sagesse, se rapporte à Marguerite d'Alençon, protectrice de Clément Marot, que son frère François Ier lui « donna » en 1519. En fait, Pallas était la fille, et non la sœur de Jupiter.

25. *Cybèle*, femme de Saturne et mère de Jupiter, représente Louise de Savoie, régente du royaume pendant la captivité de François Ier à Madrid.

26. *Luna*, divinité céleste en vertu de son nom, mais néanmoins hostile à Clément, est l'amie lunatique et médisante responsable de l'emprisonnement du poète, Cf. v. 22, et note 4.

27. *Faunes et Hymnides :* les Faunes, demi-dieux agrestes, sont mieux connus que les Hymnides, « divinités de la Renaissance », ainsi que les a qualifiées Henri Chamard (*Mélanges Paul Laumonier*, Paris, Droz, 1935, p. 163-169). D'après le traité *De Genealogia Deorum* de Boccace (livre VII, chap. 14 : « De Nymphis in generali »), les Hymnides sont les nymphes des prés et des fleurs. Jean Lemaire de Belges, dont s'inspire vraisemblablement Marot, les a mises en scène à plusieurs reprises : dans le cortège de Vénus que l'on trouve dans *La Concorde des deux langages* (« Temple de Vénus », v. 106-108, éd. Frappier, p. 11) :

Les hymnides et les amadriades
Prinrent prés, fleurs et tous arbres en cure
Pour revêtir les monts des oréades,

et dans les *Illustrations de Gaule*, livre I, chap. XXIV, au cours du récit de la nymphe Pegasis Oenone à Pâris : « les Hymnides très florissantes, qui font verdoyer l'herbe haute et drue parmi les prairies et épan[ou]ir les diverses flourettes au long des rivages... »

28. *Pan*, le dieu protecteur des troupeaux. Cf. *Le Temple de Cupido*, v. 119, p. 59, et la note 12.

29. *Eglé :* nymphe, épouse de Pan et fille de la Terre ; outre cela, *speciosissima mulierum,* si l'on en croit le *De genealogia deorum* de Boccace (livre IV, chap. 45 et 67). Jean Lemaire, avant Marot, l'avait associée à son époux divin :

Pan et Églé, à chanter s'employant
Tout d'un accord, fournissent douce noise,
Réjouissant les esprits des oyants

(*La Concorde des deux langages,* « Temple de Vénus », v. 85-87). Une Églé espiègle, « la plus belle des Naïades », apparaît aussi dans la *Sixième Bucolique* de Virgile, v. 20-21.

30. *Galathée :* Néréide, apparaît dans les *Bucoliques* de Virgile, en VII, 37 et en IX, 39 ; jeune paysanne, se manifeste en I, 30-31, et en III, 64 et 72. Voir ci-dessus, dans l'*Adolescence, La Première Églogue de Virgile,* v. 64 et 66, p. 51.

31. *Tityre :* berger virgilien, « le franc Tityre » reparaît dans le « Temple de Vénus » de Jean Lemaire, v. 89. Cf. dans l'*Adolescence, La Première Églogue, passim,* et *Le Temple de Cupido,* v. 118, p. 59, et note 11.

32. *Apollon,* le dieu citharède qui préside au chœur des neuf Muses. François Ier, ici présent sous les traits de Jupiter, fut aussi surnommé « l'Apollon gaulois » par les poètes et hommes de lettres de la Renaissance.

33. Le « droit nom » délivre la vérité quant à l'être du personnage qui le porte. Cette conception substantialiste et pour tout dire cratylienne du nom se retrouvera dans la *Déploration de Florimond Robertet,* v. 253-260, p. 266, et note 19.

34. *Au plus sec élément :* le feu.

35. *Luthériste.* Cf. l'Épître IX, *A Monsieur Bouchart,* v. 7, p. 127, et la note 2.

36. L'antagonisme de Luther et de Clément VII, pape de 1523 à 1534, atteignit son paroxysme au printemps de 1527, lors du fameux sac de Rome par les troupes impériales commandées par le connétable de Bourbon. Ainsi que l'a rappelé André Chastel (*Le Sac de Rome, 1527,* Paris, Gallimard, 1984), les lansquenets étaient largement acquis au schisme luthérien dans ses aspects les plus apocalyptiques. Comme en témoignent des libelles contemporains et des graffiti retrouvés jusque dans les appartements pontificaux et les célèbres *Stanze* de Raphaël, Rome revêtit alors la figure de la païenne et satanique Babylone, siège de l'Antéchrist, bientôt détruite par Luther, l'« Hercule germanique ». Si, d'après notre hypothèse, l'achèvement de *L'Enfer* fut postérieur à la date généralement admise, il n'est pas impossible de voir ici un écho de cette crise majeure de la chrétienté, prévisible du reste de longs mois auparavant.

37. *L'étole,* ornement sacerdotal semblable à une écharpe, était employée dans les exorcismes pour chasser le démon. Cf. François

Villon, *Ballade en vieil langage françoy* (*Le Testament,* v. 385-388), dont Marot semble ici s'être inspiré :

Car, ou soit ly sains apostolles,
D'aubes vestus, d'amys coeffez,
Qui ne saint fors saintes estolles
Dont par le col prent ly mauffez...

38. *Les en retirer :* tout ce passage est une critique du dogme du Purgatoire et de son corollaire, le trafic des indulgences. Mais la mention du « feu chaud », qui désigne les flammes de l'Enfer, peut aussi contenir une allusion au supplice très réel du bûcher, qu'encouraient les hérétiques ou supposés tels. Cf. la *Déploration de Florimond Robertet,* v. 72.

39. *Mécène,* ministre d'Auguste et protecteur de Virgile (de son nom latin, Publius Vergilius *Maro ;* d'où l' « allusion » dans les deux vers suivants).

40. Paraphrase d'une épigramme de Martial, VIII, 56 : « Sint Maecenates, non deerunt, Flacce, Marones. » Selon Georges Guiffrey suivi par C. A. Mayer, le mécène en question serait Jacques Colin, lecteur du roi et ami du poète. Pour d'autres critiques, il s'agirait plutôt du cardinal Jean de Lorraine, né en 1498 et réputé pour sa munificence. Voir Roland Derche, *Études de textes français, II, XVI*[e] *siècle,* Paris, SEDES, 1965, p. 16-17.

41. Ce couplet sur la Renaissance, dont le verger fleuri contraste avec la désolation de l'Enfer, en un avatar inédit des Champs Élysées, ne constitue pas seulement un hommage rendu à l'humanisme profane inspiré de l'Antiquité, mais recèle en outre, comme l'a noté Michael A. Screech (*op. cit.,* p. 74-75), un éloge de l'évangélisme et du retour à la Parole de *vérité,* trop longtemps offusquée.

42. *Où le Soleil... :* la formule semble être empruntée à Jean Lemaire, *Seconde Épître de l'Amant Vert,* v. 333-334 :

Mais le soleil, combien qu'il y fut haut,
N'y était point excessif ne trop chaud...

et s'applique mieux, selon toute apparence, au climat du paradis terrestre qu'aux étés du Quercy. Voir sur ce point Jean Frappier, art. cit., p. 174.

43. Le mont Parnasse, montagne des Muses, est traditionnellement appelé par les poètes, en raison de sa silhouette, « le mont à double croupe ». Cf. Rabelais, *Le Quart Livre,* chap. 66, éd. G. Demerson, p. 760 : « Voyez-vous ci-devant à orche ce haut rocher à deux croupes bien ressemblant au mont Parnasse en Phocide ? »

44. La *France* désigne cette seule partie du royaume de France où l'on parle oïl, par opposition aux pays de langue d'oc, qui incluent le Quercy natal de Marot. La langue « paternelle », dont il est question plus loin au vers 402, est le français, que maîtrise parfaitement le

poète Jean, père de Clément, dont la famille était d'origine normande.

45. Allusion topique sur le prénom de Marguerite d'Angoulême, duchesse d'Alençon puis reine de Navarre à partir de 1527 : à la fois femme et fleur, c'est la « marguerite des princesses ». Sœur du roi François Ier et donc membre éminent de la famille royale, Marguerite est issue du « Lys », emblème de la monarchie (le « franc Lys » = le lys français).

46. *Au cœur élu :* formule de tonalité évangélique, qui met l'accent sur l'*élection* divine de la pieuse Marguerite. Sauvée par la seule Grâce, elle est « tirée » de manière irrésistible par Dieu, et arrachée à la prison mortelle de ce bas monde. La Grâce agit comme un aimant, ou comme le morceau d'ambre frotté attirant le brin de paille. Cf. Pline, *Histoire Naturelle,* XXXVII, 49.

47. En 1527, Marot devient valet de chambre du roi. À moins de voir dans ce passage une prémonition ou un pari sur l'avenir, force est de conclure que ces vers n'ont pas été écrits au printemps de 1526, mais plus tard.

48. François Ier, prisonnier de Charles Quint depuis la bataille de Pavie en 1525, et détenu alors à Madrid. Louise de Savoie, régente pendant la captivité du roi, et sa fille Marguerite d'Alençon se rendirent à la frontière espagnole en février 1526, pour y négocier l'échange de François Ier contre ses deux fils, François et Henri, détenus en otages à partir de ce moment (17 mars 1526).

49. Allusion à la descente du Christ aux Limbes, entre sa mort sur la croix et sa résurrection (cf. Dante, *Enfer,* IV, 46-63). L'assimilation de François Ier au Christ venu libérer les âmes des justes enfermées dans les Limbes de l'Enfer ne doit au demeurant guère surprendre. Selon une conception élaborée en France et en Angleterre dès le IXe siècle, et qu'a retracée naguère l'historien Marc Bloch (*Les Rois thaumaturges,* Paris, Gallimard, 1983, p. 41, 70, etc.), le roi, dont la personne était sacrée en vertu de l'onction, devenait à proprement parler le « Christ du seigneur ». L'adage « Nolite tangere christos meos » en faisait un être intouchable, sauf à commettre un sacrilège à son endroit. Voir aussi, dans le même sens, l'article de Jean Devisse, « Le pouvoir peut-il être une fonction d'arbitrage ? », *Mélanges offerts à P.-F. Gonidec,* Paris, L.G.D.J., 1985, p. 169-180. — On sait par ailleurs que le règne de François Ier marque une étape importante sur la voie qui conduira à la monarchie absolue. Il est symptomatique de voir ici Marot prêter son appui de poète de cour et de chrétien évangélique à cette définition renouvelée de la sacralité monarchique.

50. *Une ombre :* jeu de mots, l'ombre étant à la fois synonyme d'« un rien » et d'« une âme ». L'on pourrait traduire par « l'ombre d'une ombre ».

51. « Cet échange s'effectua le 17 mars 1526, vers sept heures du matin, à marée haute, entre Fontarabie et Hendaye, au milieu de la

Bidassoa » (Jean Boutier, Alain Dewerpe, Daniel Nordman, *Un Tour de France royal. Le voyage de Charles IX (1564-1566)*, Paris, Aubier, 1984, p. 97.) Quatre ans plus tard, en application du traité de Cambrai ou paix des Dames (1529), les enfants de France, le dauphin et le duc d'Orléans, qu'accompagnait notamment leur maître d'hôtel, Louis de Ronsard, père du poète, repassèrent la rivière le 1er juillet 1530, à la marée du matin.

52. *Espérance :* mot clé du poème, qui apparaît contradictoire avec la notion même d'Enfer. Si, comme le proclame Dante (*Enfer*, III, 9, et IV, 42), il n'est pas de châtiment pire que la perte de l'espérance, il devient clair que Marot n'est pas un hôte ordinaire de l'Enfer. L'espérance, nourrie aux sources vives de l'Évangélisme et entretenue par sa confiance dans la personne sacrée du roi, le distingue définitivement de ses compagnons d'infortune.

Page 259. DÉPLORATION DE FLORIMOND ROBERTET

1. Florimond Robertet, seigneur d'Alluye, trésorier de France depuis 1505, était né à Montbrison le 11 février 1459. Sa carrière est décrite par le rhétoriqueur Jean Bouchet dans la lettre-dédicace du *Panégyrique du Chevalier sans reproche* (1527). Ministre puissant, il fut aussi un mécène averti et un amateur des lettres, cultivant lui-même la poésie. Il acquit notamment la statue en bronze de David par Michel-Ange (œuvre perdue) et commanda à Léonard de Vinci le tableau de la Vierge au fuseau, tableau connu par des répliques. Près de Blois, il fit édifier une des plus belles demeures de la première Renaissance, le château de Bury, aujourd'hui détruit. Il était en outre favorable aux évangéliques, ce qui explique le ton particulier de cette « Déploration », où Marot a introduit, par la voix de la Mort notamment (v. 285-452), « un exposé des croyances dont il avait goûté l'honnêteté spirituelle » (Paulette Leblanc, *La Poésie religieuse de Clément Marot,* 1955, p. 105). Florimond Robertet mourut le 29 novembre 1527. L' « opuscule » de Marot est donc à dater de décembre 1527.

2. Torfou, commune située dans le canton de la Ferté-Alais, sur la route que dut suivre le cortège funèbre de Paris à Blois.

3. Le triomphe de la Mort, dans son char à l'antique, est à situer dans la lignée des *Triomphes* de Pétrarque, dont la vogue fut immense dans l'Europe de la Renaissance. Cependant, la présente allégorie, dont Claude Blum a justement souligné la complexité formelle et qui est une sorte d' « Alphabet de la Mort », un résumé des diverses représentations de celle-ci au cours des siècles antérieurs, offre une coloration nettement plus « gothique » que renaissante. Voir, outre l'étude de Claude Blum, « Naissance d'une anthropologie de la mort au XVIe siècle : les *Essais* de Montaigne » (*La Mort en toutes lettres,* textes réunis par Gilles Ernst, Nancy, 1983, p. 33-39), l'ouvrage de

Liliane Guerry-Brion, *Le Thème du « Triomphe de la Mort » dans la peinture italienne,* Paris, G.-P. Maisonneuve, 1950).

4. La décomposition analytique du dard de la Mort en ses parties constitutives, chacune étant formée d'une matière symbolique, rappelle l'allégorisme des deux traits de l'Amour dans *Le Temple de Cupido,* v. 153-162.

5. *Triple couronne :* la tiare pontificale.

6. Par le procédé traditionnel de l'*ekphrasis,* la peinture de la puissance temporelle de l'Église catholique peut prendre place sur la robe même de celle-ci. Le procédé rappelle évidemment le bouclier d'Achille, dans l'*Iliade* (XVIII, 478-608), mais aussi, et plus proche de Marot, la description de la robe d'Erec à la fin du roman de Chrétien de Troyes, *Erec et Enide* (v. 6682-6731 ; éd. de Mario Roques, Champion, 1952, p. 203-205) : les quatre arts libéraux, Géométrie, Arithmétique, Musique et Astronomie, y ont été « ouvrés et tissus », mesurant et dénombrant le monde, par quatre « fées » expertes.

7. *Sa robe :* jeu de mots probable sur les deux homonymes « robe ». Il s'agit bien sûr du « vêtement » de l'Église, mais aussi du « butin », accumulé et acquis « par main d'autrui », qu'elle a injustement « dérobé » et qu'elle « musse » (= cache) à présent sous son manteau d'humble apparence. Voir sur ce point le *Dictionnaire de la langue française du XVIe siècle* d'Edmond Huguet, *s. v. Robe :* 1. Action de dérober. 2. Dépouille. — La devise : « le feu à qui en grogne » est une allusion aux bûchers, qui punissaient les crimes d'hérésie.

8. Variante, pour le second hémistiche, de la plupart des versions imprimées qui atténuent la virulence du passage : « est nommée Romaine ». La leçon du manuscrit copié par Jean Robertet, que nous suivons, est plus explicite. — Ce portrait satirique de l'Église catholique romaine, inattendu dans le contexte de la déploration funèbre, s'inscrit dans la tradition de l'antimonachisme. Les *sectes* désignent les ordres réguliers : augustins (vêtus de *noir*), dominicains (*de blanc*), carmes (*d'enfumé*), cordeliers (*de gris*). Même si, comme le remarque Michael A. Screech (*Marot évangélique,* 1967, p. 49-50), Marot se situe bien loin des violentes invectives d'un Luther à la même date, il reste qu'une indéniable parenté se découvre entre ce portrait de la séduisante « fée » Romaine et une gravure satirique comme *La Grande Prostituée de Babylone portant la tiare* de Lucas Cranach, publiée à Wittenberg en 1522 dans le *September Testament* (voir reproduction dans André Chastel, *Le Sac de Rome, 1527,* 1984). Il manque seulement à l'allégorie mise en scène par Marot la bête de l'*Apocalypse* pour lui servir de monture.

9. Le procédé de l'énigme, accompagnée d'une délibération de l'« acteur » (= l'auteur) et suivie d'une longue explication (v. 125-152), est emprunté à la Grande Rhétorique, et se rencontrait déjà dans le Chant royal de l'Immaculée Conception de 1521. Cf. p. 169-171.

10. Allusion aux armes des Robertet : d'azur, à la bande d'or chargée d'*un demi-vol de sable,* et accompagnée de trois étoiles d'argent, une en chef, deux en pointe (d'après le *Grand Armorial de France,* t. VI, p. 20). — Le *sable,* terme d'héraldique, désigne la couleur noire. D'où le vers 135 : « C'est l'aile noire en la bande dorée ».

11. Charles VIII, Louis XII et François Ier.

12. *Celui qui fut la toute ronde sphère :* périphrase désignant Florimond Robertet, mécène dont Clément Marot attendait ([je] « guettais ») la prospérité de sa fortune, « fortune prospère », au vers suivant, ayant valeur proleptique. La tournure un peu obscure de ces deux vers suppose, présente à l'esprit du lecteur, une allégorie de la Fortune, debout sur « la toute ronde sphère » qui est à la fois son support et le signe de son instabilité foncière. Pour des emblèmes de ce genre, fort en vogue à la Renaissance, voir les études de Lucie Galactéros de Boissier, « Images emblématiques de la Fortune, éléments d'une typologie », *L'Emblème à la Renaissance* (Paris, SEDES, 1982, p. 79-125), et d'Yves Giraud, « Fortune dame galante », *L'Imaginaire du changement en France au XVI*[e] *siècle* (Bordeaux, Presses Universitaires de Bordeaux, 1984, p. 17-37).

13. Cette apostrophe à la mort, de règle dans le genre de la déploration, est à rapprocher de celle que l'on trouve dans la Complainte I, v. 36-48, p. 134.

14. *Hécuba :* Hécube, épouse de Priam qui eut d'elle et de ses autres femmes cinquante fils, dont Hector, qui périrent presque tous pendant le siège ou après le sac de Troie. Hécube, incarnation de la douleur, fut métamorphosée en chienne hurlante. Cf. Ovide, *Métamorphoses,* XIII, 399-575.

15. *Un clair renom :* thème pétrarquiste. Dans les *Triomphes,* la Renommée triomphe de la Mort. Cf. Jean Robertet, *Les Six Triomphes de Pétrarque* (éd. des *Œuvres* par C. M. Zsuppan, Genève, Droz, 1970, p. 179-184) :

> [...] *mais claire Renommée*
> *Sur Mort triomphe et la tient déprimée*
> *Dessous ses pieds* [...].

Il est vrai que le Temps triomphe ensuite de la Renommée.

16. Michèle Gaillard, veuve de Florimond Robertet, lui survécut de plusieurs années. Outre les fils dont il sera question plus loin (v. 263-276), le couple avait eu trois filles, Anne, Louise et Françoise. La cadette, Françoise, épousa en 1539 Jean Babou de la Bourdaisière et fut la mère de l'Astrée de Ronsard.

17. *Lescut,* c'est-à-dire Thomas de Foix, seigneur de Lescun. La Trémoille, La Pallice et lui furent tués à la bataille de Pavie (1525). Le chevalier Bayard mourut peu avant, en 1524, près d'Abbiategrasso, lors de la retraite qui suivit la bataille de Romagnano.

18. Trésorier du royaume et conseiller du roi, Florimond Robertet était membre du Conseil étroit.

19. Tout comme dans l'apologie personnelle de Clément Marot aux vers 342-366 de *L'Enfer* (p. 254-255), l'éloge du personnage commence par une « allusion » sur son « nom », c'est-à-dire son prénom, qui recèle, en toute logique cratylienne, les qualités intrinsèques et comme l'essence du sujet.

20. *Fontaine caballine :* la fontaine Hippocrène, jaillie sous le sabot du cheval Pégase, et source d'inspiration poétique. Cf. Rondeau XVIII.

21. *Deux fils :* des trois fils qu'eut Florimond Robertet, deux vivaient encore : — François Robertet, baron de Brou, greffier de l'ordre et bailli du Palais, qui devint en 1526 secrétaire des finances et conseiller du roi, et en 1527 notaire et secrétaire du roi ; — Claude Robertet, gouverneur et capitaine d'Orléans, maître d'hôtel du roi, baron d'Alluye, chevalier. En 1519, il obtint, à la résignation de son frère Louis, les charges de notaire et secrétaire du roi. Il devint en 1527 trésorier de France et en 1538 conseiller du roi.

22. *Un neveu :* Jean Robertet, fils du poète François Robertet, conseiller et secrétaire des finances en 1528. C'est lui qui transcrivit le manuscrit de la *Déploration* dont nous suivons la leçon.

23. *Comme inutile est son dard :* allusion à la fameuse apostrophe de l'apôtre Paul (I *Corinthiens*, XV, 55) : « Ô mort, où est ta victoire ? Ô mort, où est ton aiguillon ? » — Nous corrigeons, en fonction de l'édition *princeps* suivie notamment par l'édition des *Œuvres* de 1538, la leçon inacceptable du manuscrit 1717 de la Bibliothèque nationale, f. 38 r°, qui donne pour ce vers :

Com inutille est son dard [,] est *sa faulx.*

C. A. Mayer, qui a retouché partiellement ce décasyllabe, substituant l'initiale « comme » à « com », n'a pas cru bon d'étendre sa correction au second hémistiche (éd. des *Œuvres lyriques*, p. 152). La virgule après « dard » n'est de toute manière pas dans le manuscrit.

24. Ici commence le passage de la *Déploration* le plus marqué par l'évangélisme. La « doctrine d'homme » fait écho à une expression de saint Paul dans l'*Épître aux Colossiens*, II, 8.

25. Le développement de Marot, qui insiste sur l'efficace de la foi dans la rédemption du pécheur, s'appuie sur la *Première Épître de Jean*, I, 7 : « le sang de son Fils Jésus-Christ nous purifie de tout péché. » — *Ains que* (avant que) *le corps dévie* : la formule, qui implique que le salut ou la damnation sont acquis à l'homme avant sa mort, exclut *a priori* la croyance au Purgatoire.

26. *Pour l'amour de mon père céleste :* ces mots, dans le *Nouveau Testament*, ne paraissent que dans la bouche du Christ.

27. *La vive foi :* notion capitale, qui serait ici distinctive de l'évangélisme érasmien de Marot, selon Michael A. Screech, *op. cit.*,

p. 52-53. La foi est un don de Dieu, répète la Mort après saint Paul (*Épître aux Éphésiens,* II, 8).

28. *En péché :* il s'agit de l'état de péché, condition de l'homme sans la Grâce. Cf. l'épître de Paul aux *Romains,* VIII, 7-9.

29. L'idée, assez peu biblique, du corps *prison* de l'âme, est chère au néo-platonisme de la Renaissance et se rencontre notamment dans le cercle et dans l'œuvre de Marguerite de Navarre, auteur, comme on sait, des *Prisons.* La leçon de ces poésies spirituelles — « Où est l'Esprit, là est la Liberté » (« Ubi Spiritus, ibi Libertas ») —, telle qu'elle est tirée de la *Seconde Épître aux Corinthiens* (III, 17), conviendrait admirablement à tout ce passage du sermon de la Mort.

30. *Son enfant :* par sa Grâce, Dieu accorde la qualité de fils adoptif au chrétien. Cf. *Épître aux Galates,* IV, 6-8.

31. *Durant le temps que ne le connaissois :* cette théologie de la prédestination, sur laquelle Calvin insistera, est conforme aux épîtres de Paul et de Jean. Cf. I *Jean,* IV, 10.

32. *Sans péché :* tous les hommes, même les plus saints, sont pécheurs. Affirmation en accord avec l'épître aux *Romains,* III, 23 : *Omnes peccaverunt.*

33. Comme l'a remarqué Michael A. Screech, *op. cit.,* p. 58, Marot révèle ici le penchant ascétique de sa foi, bien dans la tradition du christianisme médiéval. C'est dans la souffrance que le chrétien cherche son salut.

34. Référence implicite est faite ici à l'*Évangile de Marc,* X, 29 : « il n'y a nul qui ait laissé maison, ou frères, ou sœurs, ou père, ou mère, ou femme, ou enfants, ou champs pour l'amour de moi et de l'Évangile, qui maintenant en ce temps-ci n'en reçoive cent fois autant. »

35. *Premier que toi :* cf. I *Corinthiens,* XV, 20.

36. *Porte ou entrée :* formule érasmienne. — « Mors janua est aeternae vitae » — citée par Michael A. Screech, *op. cit.,* p. 59.

37. Le serpent d'airain, dressé par Moïse dans le désert, et qui possédait la vertu de guérir ceux des Israélites mordus par les serpents brûlants qui le regardaient (*Nombres,* XXI, 4-9). L'épisode est interprété par le Christ lui-même comme une figure de son avènement, d'après l'Évangile de *Jean,* III, 13-15. Le Serpent sur sa hampe, qui est le Christ sur la croix, guérit celui qui par « vive foi » contemple sa mort, promesse de résurrection. Christine Martineau-Génieys, *op. cit.,* p. 482, voit dans cette image du serpent d'airain le symbole d'un retournement dans la vision traditionnelle de la mort en Occident. Cette véritable « révolution copernicienne » des mentalités est ici redevable à l'évangélisme de Guillaume Briçonnet plutôt qu'au fidéisme de Luther. Désormais, « ni la mort ni le péché ne méritent plus un regard : que les yeux de l'homme restent fixés au crucifix ». — Par une transposition au domaine de la lyrique amoureuse, Maurice Scève reprendra le motif du « Serpent élevé », dont la vue

revivifie et ressuscite, pour peindre l'action rédemptrice chez l'amant du souvenir de la femme aimée. Voir la *Délie,* dizain CXLIII, éd. de Françoise Charpentier, Poésie/Gallimard, 1984, p. 131.

38. La satire du deuil et de l'ostentation funéraire remonte à Lucien, *De Luctu,* mais doit sa coloration évangélique à Érasme, *Éloge de la Folie* et colloque *Funus.* La condamnation de la tristesse devant la mort est du reste en accord avec l'apôtre Paul, I *Thessaloniciens,* IV, 13.

39. *Meure :* la mûre, emblématique de la noirceur, comme dans l'*Épître de Maguelonne,* p. 101, note 14.

40. *L'avare prêtrise :* reprise d'une critique déjà adressée au clergé dans *L'Enfer*, v. 194 (p. 250), et dont la Réforme calviniste en France fera un cheval de bataille.

41. Cela revient à dire que l'Évangile n'est pas reçu de ceux qui devraient lui réserver le meilleur accueil, c'est-à-dire le clergé.

42. Le retour au thème du triomphe de la Mort est associé à la description réaliste d'un paysage de peste.

43. Le « mauvais air », favorable, croyait-on, à la contagion, et que l'on chasse par des fumigations et des aspersions de vinaigre, est celui que la peste a répandu sur la ville.

44. Pour les recommandations de deuil à l'endroit des femmes, cf. *Les Tristes Vers de Béroalde*, v. 53-60, p. 86, et la Ballade XII, *De Carême,* v. 21-30, p. 166.

45. *Écho :* nymphe, de par sa métamorphose naturellement associée au deuil général, comme dans l'*Oraison contemplative devant le Crucifix,* v. 70, p. 93.

46. *Mort n'y mord :* la devise de Clément Marot revêt dans ce contexte une résonance nouvelle, n'exprimant plus tant la certitude orgueilleuse de la gloire littéraire que l'espérance évangélique de la rédemption.

PSAUMES

Page 277. AU ROI TRÈS CHRÉTIEN

1. Le début de cette épître dédicatoire publiée en 1541 au-devant des *Trente Psaumes* conduit le parallèle entre François Ier, roi et poète, et David, le roi-prophète d'Israël, identifié avec le psalmiste. Cette préface, qui affirme la précellence de la poésie sacrée sur l'inspiration profane des Anciens, est un véritable Art poétique, qui marque un tournant dans l'œuvre de Marot.

2. Le mont Parnasse, séjour des Muses, est ainsi désigné d'après sa silhouette. Cf. plus haut *L'Enfer,* v. 388, et la note 43.

3. Selon l'interprétation typologique traditionnelle, David est la « figure » du Christ, c'est-à-dire sa préfiguration. Il éprouve par avance la gloire et la Passion du Seigneur. C'est ainsi notamment

qu'est compris le Psaume XXII, « Mon Dieu, mon Dieu, pourquoi m'as-tu laissé... »

4. Le « tien Janet » qui apparaît dans l'illustre compagnie de Michel-Ange (« Miquel l'Ange ») n'est autre que Jean Clouet (v. 1480-1541), portraitiste célèbre venu des Pays-Bas, peintre et valet de chambre du roi à partir de 1523. On lui doit notamment un portrait de François Ier aujourd'hui conservé au Louvre. François Clouet (v. 1510-1572), fils de Jean Clouet, qui succéda à son père à la mort de celui-ci, fut également surnommé Janet, et c'est lui que Ronsard appelle ainsi dans *Les Amours* (éd. Albert-Marie Schmidt-Françoise Joukovsky, Poésie/Gallimard, 1974, p. 134, sonnet CCXIV, et p. 150, « Élégie à Janet, peintre du Roi »). Mais il ne fait aucun doute que Marot pense ici au père, qui fut le peintre le plus vénéré de sa génération.

5. Allusion à l'institution en 1530 des Lecteurs royaux, ce qui deviendra plus tard le Collège de France. On pense notamment à François Vatable, « Professeur du Roi ès lettres Hébraïques », qui commenta les *Psaumes* et dont Clément Marot put suivre les cours. Voir sur ce point Michel Jeanneret, *Poésie et tradition biblique au XVIe siècle*, 1969, p. 52 ; du même, « Marot traducteur des *Psaumes* : entre le néo-platonisme et la Réforme », 1965, p. 632-636, étude qui renferme un commentaire détaillé de cette épître.

Page 282. AUX DAMES DE FRANCE

1. Cette épître composée en 1543 s'ouvre par une prophétie qui fait écho, semble-t-il, à la *Quatrième Églogue* de Virgile, généralement interprétée au XVIe siècle dans un sens chrétien : « Magnus ab integro saeclorum nascitur ordo » (v. 5). Le retour de l'âge d'or primitif correspond au retour du Christ sur une terre entièrement gagnée à l'Évangile. La perspective eschatologique est inséparable ici de cette véritable révolution culturelle que représente la divulgation des *Psaumes* parmi le peuple (v. 41-52). Du reste, comme l'a rappelé Michel Jeanneret (« Marot traducteur des *Psaumes* », 1965, p. 637), Marot se montre ici tributaire de saint Jérôme et plus encore de la *Paraclesis* d'Érasme. Dans les décennies qui suivent, les protestants français mettront en œuvre cette prédiction de Marot et feront des *Psaumes* de David non seulement leurs hymnes de combat et de ralliement, mais aussi, à chaque heure de la vie quotidienne, l'accompagnement des diverses activités profanes.

2. L'antithèse entre l'amour sacré et l'amour profane (le petit dieu Éros) avait déjà été développée par Marot, suivant un lieu commun fort en vogue à la Renaissance, dans *Le Temple de Cupido,* son œuvre de jeunesse (cf. ci-dessus, p. 69-70). C'est l'un des fils rouges par lesquels l'orientation nouvelle de l'œuvre marotique se rattache en profondeur aux premiers essais de l'*Adolescence.* — Par ailleurs, Michel Jeanneret a bien mis en lumière les relations existant entre cette épître au

dédicataire féminin et pluriel et la Querelle des Amies qui agita le monde intellectuel et poétique au cours de l'année 1542. Par sa dédicace des *Psaumes*, Marot prenait parti en faveur de l'honneur des femmes et de leur aptitude à l'amour spirituel : *Agapè* est appelée à triompher d'*Éros*. Voir : Michel Jeanneret, « Marot traducteur des *Psaumes* », 1965, p. 637-639.

Page 284. CLÉMENT MAROT AU ROI

1. *Royal* en un double sens, puisque émanant du roi David et célébrant l'Éternel, roi de l'univers.

Page 286. PSAUME IV

1. Absalon, fils de David, qui se révolta contre son père (II *Samuel*, XIII-XVIII).

Page 288. PSAUME VI

1. C'est, dans une version un peu différente, le Psaume qui fut inséré en 1533 dans le *Miroir de l'âme pécheresse* de Marguerite de Navarre et qui suscita alors l'inquiétude de la Sorbonne.

Page 296. PSAUME XXII

1. Ce premier vers (en hébreu : « Eli, Eli, lamma sabactani ») est attribué à Jésus sur la croix. Voir *Matthieu*, XXVII, 46, et *Marc*, XV, 34.

2. *Sans si :* parfait. Voir plus haut la Chanson IX, note 1 (p. 224), où l'expression est appliquée à la Dame aimée.

Page 304. PSAUME CIV

1. Ce cantique de louanges au Créateur apparaît chez les auteurs protestants Bernard Palissy, *Recepte véritable* (1563), et Jean de Léry, *Histoire d'un voyage fait en la terre du Brésil* (1578), comme le Psaume du Refuge : la Nature créée, qui chante la gloire de Dieu, en France ou en Amérique, dénonce par contraste la malice des persécuteurs.

Page 310. PSAUME CXV

1. Ce Psaume, qui s'en prend ironiquement aux adorateurs des idoles, sera retourné par les protestants français contre les catholiques déclarés idolâtres. Il pourra justifier, durant les guerres de Religion, des flambées d'iconoclasme, que désapprouvent toutefois Calvin et la plupart des Réformateurs.

GLOSSAIRE

A

À (à peu de cohorte, etc.) : avec.
Abscondre : cacher.
Abscons : participe passé de abscondre.
Abusion : tromperie.
Accessoire : danger, embarras.
Accointer : fréquenter.
Accoler : embrasser.
Accomparer : comparer.
Accordance : accord musical.
Achoison : occasion, cause.
À coup : brusquement.
Acquerre : acquérir.
Acteur : poète-récitant.
Adextre : adroit.
Adonc, adoncques : alors.
Adresse (prendre son), adresser sa voie : se diriger vers.
Affaire : tribulation.
Affermer : affirmer.
Affété : affecté, trompeur.
Ainçois : auparavant, mais.
Ains : mais.
Ainsi soit que : s'il est vrai que.
Ains que : avant que.
Allouer : admettre, approuver, accorder.
Altercas : altercation, dispute.
Alumelle : lame d'épée.
Amiable : amical, aimable, digne d'être aimé.
Anglais : créancier.
Aorné : orné.
Apert : ouvert, patent.
Apparoir : apparaître.
Appère : subj. prés. de apparoir.
Appointer : apaiser.
Apport (de noble —) : origine.
Appréhender : soupçonner.
Ardre : brûler; il ard.
Arguer : faire reproche.
Aronde : hirondelle.
Arroi : équipage, convoi.
Arson (pousser hors de l') : désarçonner.
Art : manœuvre, façon.
Aspergès : goupillon.
Asserrer : serrer, amasser.
Assigner : signifier.
Attremper : apaiser.
Aucun : quelqu'un.
Autre-hier (l') : avant-hier.
Avaler : descendre.
Avancer (s') : se dépêcher de.
Avantage (à l') : en outre.
Aviser à : considérer.
Avouer : autoriser.
Avoyer : envoyer, mettre dans la voie.

B

Badin : plaisantin.
Bailler : donner.
Baller : danser.
Basilic : serpent dont le regard était mortel.
Basme : baume.
Bellique (adj.) : belliqueur; (subst.) : guerrier.
Bénéficence : bienfaisance.
Bénître : bénir.
Benoîte (eau) : bénite; benoitier : bénitier.
Bienheuré : bienheureux.
Bigne : bosse.
Blasonner : blâmer.
Bois : lance, pique; gros bois : grosse pique.
Bonhommeau : bonhomme.
Bouter : mettre, pousser.
Bragues : braies.
Branle : sorte de danse.
Braquemard : coutelas.
Brasser : préparer.
Bric : piège. Prendre au bric : attraper.
Brisées : sentiers.
Bruit : renommée.
Buccine : trompette.
Buffe : coup.

C

Caballine (eau) : l'Hippocrène que fit jaillir Pégase.
Calande, calandre : sorte d'alouette.
Cancionnaire : chansonnier, recueil de chansons (cf. l'italien *canzoniere*).
Capellan : chapelain.
Caraque : navire de haut bord.
Carcan : collier.
Casse : cassé; faible (son).
Causeur : plaideur.
Caut : rusé.
Cautelle : ruse.
Caver : creuser.
Célerin : petit poisson.
Célestiel : céleste.
Célique : céleste.
Cens : richesse.
Chaille : subj. prés. de chaloir. Ne vous chaille : peu vous importe.
Chaise : chaire, trône.
Chalemelle : chalumeau, pipeau.
Chaloir : importer.
Change (aller au) : changer.
Charié : expérimenté, qui a « roulé » sa bosse.
Chartre : cachot, prison.
Chef : tête.
Chère : visage, mine.
Chet (il) : il tombe (de *cheoir*).
Choison : choix.
Cil : celui.
Circonvoler : voler autour.
Circuir : faire le tour, parcourir.
Cliquaille : monnaie.
Cocodrille : crocodile.
Cœur : courage.
Coissin : coussin.
Collauder : louer.
Combien que : quoique.
Comparager : comparer.
Compas : mesure.
Compasser : mesurer, composer.
Condigne : digne, proportionné au bienfait, au mérite, à la faute.
Conférence : comparaison.
Connil, connint : lapin.
Consentir (se) à quelqu'un : le prendre pour guide.
Consonant à : en harmonie avec.
Consort : de même genre.
Content, contention : rivalité, dispute.

Contremont : vers l'amont, vers le haut.
Coquardeau : imbécile.
Coquilles, perdre ses coquilles : être vaincu, battu.
Cordelle : cordelette ; tenir en sa cordelle : en son pouvoir.
Corporance : corps, corpulence.
Corsage : corps.
Coudre, coudrette : le coudrier.
Coulpe : faute.
Courage : cœur.
Courcé : courroucé.
Courtaut : cheval ; membre viril (par équivoque).
Courtine : rideau.
Cristallin : le ciel cristallin, l'un des cieux.
Croc (pendre au) : remiser, laisser de côté.
Croix (comme contraire de « pile ») : le côté « face ».
Crope : croupe.
Cuider : croire, s'imaginer que.
Culte : cultivé.
Cure : souci, soin.
Cupidique : de Cupidon.

D

Dam : dommage, dépens.
Damnement : damnation.
Darde : dard, aiguillon.
Davantage : en outre.
Débouter : chasser, repousser.
Débriser : détruire.
Deçà : ici, par ici.
Décacher : révéler.
Décevoir : abuser.
Déchasser : chasser.
Décoller : décapiter.
Déconfort : abattement.
Déconforter : causer de l'abattement.
Décorer : honorer.
Déduire : relater.
Déduit : plaisir.
Défaillir : manquer, faire défaut.
Défermer : ouvrir.
Défroc : ruine.
Dégorger : parler, bavarder.
Degré : escalier.
Dehait : à plaisir.
Dehaiter : réjouir.
Déifique : divin.
Déjeter : rejeter, mépriser.
Déjuc : le « déjucher », le lever.
Délicts : délices.
Délivre : libre.
Démener : mener, traiter.
Départir : partir.
Dépendre : pendre ; dépenser.
Dépit(e) : qui a du dépit, de la mauvaise humeur.
Dépiter : irriter, ronger son frein ; (emploi transitif) mépriser.
Déplaisance : malheur.
Déporter (se) : s'écarter.
Dépourvu (le) : le poète sans situation.
Déprimer, dépriser : mépriser, dépraver.
Déroi : confusion, ruine.
Désigner : signifier.
Desservir : mériter.
Dessirer : déchirer.
Détourber : troubler.
Détroit : détresse, malheur.
Deulent (se) : de douloir (se), ressentir de la douleur, se plaindre.
Dévaler : descendre.
Deviser : parler, converser.
Dextre (la) : la droite.
Dicter : composer des vers.
Die : subj. de dire.
Dieu gard, si Dieu vous gard : bonjour.
Diffame : honte, mauvaise réputation.

Dissolu : dénoué.
Divertir : détourner.
Doint : subj. 3e pers. sing. de donner.
Dolent : souffrant.
Doucine : instrument de musique.
Douer : doter.
Douter : redouter.
Droiture (par) : à bon droit.
Dru : alerte, vaillant.
Duc : chef.
Duire : convenir. Duisant : convenable.

E

Ébranler (satin) : remuer, faire briller de l'étoffe.
Échets : les échecs.
Échiner : rompre l'échine à quelqu'un.
Éclater (s') : crier.
Écondire : éconduire.
Écu : bouclier.
Embarrer : retenir.
Embasmer : embaumer.
Émouvoir : exciter, provoquer.
Emprins, empris : entrepris.
Emprise : entreprise.
Encliner (s') à : avoir dessein de.
Enclouer : enfermer.
Endroit moi : à mon égard.
Engin : esprit, astuce.
Enluminer : illuminer.
Ennui : souffrance, épreuve.
Enseigneur : celui qui indique.
Entente : dessein, intention.
Ententif (-ve) : attentif.
Enter : greffer.
Entordre : entourer.
Entrefaite : entreprise, action.
Entrenavrer (s') : se blesser mutuellement.
Épardre : répandre.
Erre (grand) : à toute allure.
Ès : en les, dans les.
Esmorche : appât, chatouillement.
Espace : durée.
Espacieux : spacieux, large.
Espie : pieu ; espion.
Espinces : pinces.
Essoine : excuse.
Essoré : qui a pris son essor.
Estomac : poitrine, cœur.
Estorce : étreinte.
Étrange : étranger.
Étranger : éloigner.
Étriver : s'efforcer de.
Étude : application.
Évidence : mise en lumière, publication.
Évolé : étourdi, volage.
Exanimé : privé de vie.
Exaucer : accomplir ; exalter (cf. exhausser).
Exercite : armée. Dieu des exercites : Dieu des armées.
Expeller : chasser.
Exprès : expression (sensitif exprès : les sentiments exprimés).
Extoller : exalter.

F

Fabrique : architecture, construction.
Failli : en faiblesse.
Faillir : manquer.
Fallace : tromperie.
Falloir : manquer (cf. faillir).
Fallot : compagnon.
Fame : renommée.
Fami : affamé.
Fantaisie : imagination.
Fantasier : imaginer, troubler.
Fantastique : en délire, enthousiasmé.

Faucon : canon court.
Faute : manque.
Faux : déloyal, trompeur.
Féal : loyal, fidèle.
Féauté : loyauté, fidélité.
Feintise : faux-semblant.
Fenné : fâné.
Férir : frapper.
Ferrée (eau) : eau médicamenteuse.
Fiance : confiance.
Fier : dur, cruel.
Fin : rusé.
Finablement : enfin.
Finer : finir.
Fins : confins, limites.
Flageot, flageol : flûte, flageolet.
Flairant : qui sent (bon).
Flambe : flamme.
Fonder (se) à : prendre le parti de.
Forbannir : bannir, chasser.
Forclus : exclus.
Fors : si ce n'est, sauf.
Fort (au) : en somme, après tout.
Fourmage : fromage.
Fourrier : fourrageur, avant-courrier.
Franchise : liberté.
Frappart : paillard.
Frisque : amène, alerte.
Fruitage : fruit.
Fruition : jouissance.
Fui : mis en fuite.
Fumière : fumier.
Furibonde : qui indigne.
Fûte : navire à voiles.

G

Gallée : galère.
Galler : prendre son plaisir.
Gallican, gallique : français.
Gamme : degré (à haute gamme : fort).
Gargouille : pot orné d'une tête burlesque.
Garrot : carreau d'arbalète, flèche.
Gaudir (se) : se réjouir.
Géhenne, gêne : torture.
Gémeaux : jumeaux.
Genêt : cheval d'Espagne.
Gent : gentil.
Gentil : de noble race.
Gésir : être couché.
Gladiatoire : armé d'un glaive, d'une épée.
Glout (e) : goulu, glouton.
Godale : variété de bière, *ale*.
Gorge (rendre sa) : vomir.
Gorgias : élégant.
Gouffanon : gonfalon.
Grain : mesure de monnaie.
Grever : blesser, tourmenter.
Grief : dur, pesant.
Griever : voir *grever*.
Gripper : saisir.
Groselle : groseille.
Guerdon : récompense.
Guerdonner : récompenser.
Guerdonneur : bienfaiteur.

H

Hairrez : futur 2e pers. plur. de haïr.
Hait (être à son) : aise.
Hallecret : corselet; soldat portant ce corselet.
Haquebute : arquebuse.
Haubin : fort cheval écossais ou anglais
Herra : haïra.
Heur : bonheur.
Heuré : fortuné.
Horsboutée (une) : délivrance, libération.
Huis : porte.
Hulée : hurlement.
Humile : humble.

I

Illec, illecques : là.
Impropère : affront ; misère.
Incontinent que : aussitôt que.
Incrédible : incroyable.
Incréper : accuser, blâmer.
Injure : injustice, culpabilité.
Ire : colère.
Iré : en colère.
Issir : sortir (part. prés. issant).

J

Jà : déjà.
Jeunesses : œuvres de jeunesse (*iuvenilia*).
Jus : à bas, en bas (par opposition à sus).

L

Lac : lacet, piège.
Lai : chant.
Lairra : laissera.
Languard : bavard.
Léans : là-dedans, là-bas.
Lice (1) : champ clos.
Lice (2) : femelle d'un chien de chasse.
Ligne : lignée, descendance.
Limeux : limoneux.
Limiter : repérer.
Loquence : éloquence.
Los : louange.
Loyaument : loyalement.
Luc, luz : luth.

M

Macule : tache, souillure.
Maille : petite monnaie de cuivre.
Male : mauvaise.
Malencontre : accident, infortune.
Malheuré : malheureux.
Mansion : demeure.
Marcher : marquer.
Marine : mer.
Marrisson : tristesse, malheur.
Martien : militaire.
Martyrer : martyriser.
Maulgré : malgré.
Mauvaistié : méchanceté.
Méchance : méchanceté.
Méchef : malheur.
Mégnie : les gens de la maison, de la suite.
Méprison : offense, méfait, méprise.
Merci : pitié, faveur.
Mercier : faire grâce, remercier.
Méselle : lépreuse.
Métier est, il est métier : il faut.
Meure : mûre (adj. et subst.).
Mire : médecin.
Miste : coquet.
Mitiguer : mitiger, adoucir.
Moleste : déplaisir, peine.
Monarche : monarque.
Monde : pur.
Monter : compter, valoir. Qui rien ne monte : qui compte pour rien.
Montjoie : amas de terre servant de borne ; abondance.
Morisque : danse mauresque.
Morre : la mourre, jeu de doigts.
Mors : participe passé de mordre.
Mortifère : mortel, qui apporte la mort.
Muer : changer.
Musardie : flânerie.
Musequin : petit museau.
Musser : cacher.

N

Naïf : naturel.
Naquet : valet de jeu de paume, homme de peu d'importance (Littré).
Natté : garni de tapis.
Navrer : blesser.
Nic : forme du mot « nid » pour la rime.
Nice : simple, niais.
Noc : interjection.
Noisif : querelleur.
Nom : prénom, renom.
Noncer : annoncer.
Noué : Noël.
Nouer : nager.
Nully : personne.

O

Obit : la mort.
Obstacle : écran, barrière.
Occision : meurtre.
Offendre : attaquer, blesser.
Onc, oncques, onques : jamais.
Oppresse : oppression, épreuve.
Oraison : prière.
Ord : sale.
Ordir : salir.
Orendroit : maintenant.
Orrois (j') : j'entendrais (de ouïr ou oïr).
Ost : armée.
Oue : oie.
Outrecuidé : insolent, présomptueux.
Outrepasse (l') : le chef-d'œuvre.
Outrepasser : surpasser, dépasser, passer outre.
Outrer : blesser, outrager.

P

Palud : marais.
Parc : enclos, lieu fermé.
Pardoint : subj. prés. de pardonner, 3e pers. sing.
Parfin (à la) : à la fin.
Parquoi : c'est pourquoi.
Parti (aimer sans) : sans partage, sans retour.
Partir : partager. Partir (se) : partir (usage pronominal).
Passe : moineau.
Passeveloux : amarante.
Patent : ouvert.
Patin : chaussure à talon haut.
Peautre : gouvernail.
Pécune : argent.
Pesteller : battre, écraser.
Petit (un) : un peu. Un bien petît : un petit peu.
Pic (dire) : en moins de temps qu'il n'en faut pour le dire.
Piéton : fantassin.
Piteux : pitoyable, accessible à la pitié.
Plain (subst.) : plaine.
Planté : quantité, foison.
Pléger : cautionner, garantir.
Pleuvir : pleuvoir.
Poindre : piquer.
Pointure : piqûre.
Pollu : souillé.
Porter : supporter.
Possessoire : possessions, domaine.
Pource : c'est pourquoi.
Pourmener : promener.
Pourpris : enclos.
Poursuivir : poursuivre.
Pourtant : c'est pourquoi, pour cette raison.
Préceller : l'emporter sur.
Prée (la) : le pré, la prairie.
Préfix : fixé à l'avance.

Premier : d'abord, premièrement. Premier que : avant que.
Presse : état de nécessité.
Prévidence : pressentiment, prémonition.
Primerain : souverain.
Privé (animal) : apprivoisé, et donc domestique.
Progénie : descendance.
Prolation : action de proférer, prononciation, accent.
Prou : beaucoup.

Q

Quant est de : pour ce qui est de.
Querelle : grief.
Querre : quérir.
Quillart : sorte de billard.
Quis (e) : participe passé de quérir.

R

Rais : rasé.
Ramage (adj.) : bocager.
Ramé : garni de ramures (en parlant de bois).
Ramentevoir : rappeler, se souvenir.
Ramentu : participe passé de *ramentevoir.*
Ravaler : voir *avaler, dévaler.*
Ravissant : qui ravit, qui emporte (se dit d'un animal carnassier).
Rebec : sorte de viole.
Rebouché : émoussé.
Rebours (e) : grossier, impoli.
Rebouter : repousser.
Rechanter : chanter en écho.
Record (venir en) : venir au souvenir, en mémoire.
Recorder : rappeler, se souvenir.
Records (être) de : se souvenir de. Recors (faire) : rappeler.
Recours : rescousse, aide.
Récrire : écrire en retour, répondre.
Recueil : accueil ; récompense.
Redonder : abonder, équivaloir à.
Refreindre : refréner.
Refulgent : étincelant.
Remirer : examiner.
Remordre : tourmenter, reprendre, critiquer, émouvoir.
Remords : morsure.
Renoncer : renier.
Résidu : reste.
Retraire (se) : se retirer.
Revange : revanche.
Ric à ric : en mesure.
Rien : chose. Toute rien : la moindre chose.
Ris : rire, sourire.
Rouelle (dague à —) : poignard au pommeau rond ; femme médisante.
Ruer : abattre, jeter.
Ruineur : qui cause la ruine de.

S

Saffre : mignonne.
Saffrette : diminutif de saffre.
Sagette : flèche.
Saigner du nez : se dérober.
Saillir : sauter, sortir.
Salvation : salut.
Samis : étoffe de soie.
Sapience : sagesse.
Sargette : petite serge.
Saulsaie : saulaie.
Séjour (sans) : sans retard.
Semondre : inviter.
Senestre : gauche.

Séquelle : suite de gens, compagnie.
Serée : soirée.
Sereine : sirène.
Serf, serve : esclave.
Serre (tenir) : être enfermé.
Serrer : fermer.
Seur (e) : graphie pour sûr (e).
Sidéré : sidéral, céleste.
Si que : si bien que.
Soin : souci.
Solacieux : joyeux, consolant.
Sotard : lourdaud.
Soudard : soldat.
Souffrette : privation, disette.
Soulas : joie, plaisir, consolation.
Souloir : avoir coutume de.
Sublet : sifflet, appeau.
Sublimer : exalter.
Sublimité : sommet, faîte.
Submarcher : fouler aux pieds.
Suc : épine dorsale.
Suivir : suivre.
Sus : sur, haut.

T

Tanson : dispute, débat.
Tant (à —) : sur ce.
Tant que : jusqu'à ce que.
Targe : bouclier.
Tirer à : se diriger vers.
Tissu : participe passé de tistre (= tisser).
Tistre : tisser.
Tortu : tors, tordu.
Touche : degré; de haute touche : noble. Or de touche : or pur, éprouvé par la pierre de touche.
Tourbe : foule.
Tourdion : sorte de danse.
Tourte : tourterelle.
Tousé : rasé.
Tout (à —) : avec.
Tout (du —) : tout à fait, entièrement.
Trac : piste; son petit trac : son bonhomme de chemin.
Translater : traduire.
Transnouer : traverser à la nage.
Transverser : traverser.
Travaux : peines.
Trémeur : terreur.
Treuve : trouve.
Trister : affliger, tourmenter.
Tristeur : tristesse.
Trousse : carquois; poursuite.
Trousser : poursuivre.

U

Un (c'est tout) : peu importe.
Usiter à : entraîner à, familiariser avec.

V

Vacation : occupation, profession.
Vénérique : de Vénus.
Venin : poison.
Vénuste : gracieux.
Vêpre, vêprée : soir, soirée.
Ver : printemps.
Verdun : épée.
Verrat : porc.
Vêtir : le lion vêtit ses yeux : il eut un battement de paupières.
Viande : nourriture.
Viateur : voyageur, passant.
Vinée : vendange, récolte de vin.
Vis : visage.
Visitation : visite.
Vitupère : reproche, honte.
Voir (pour) : pour vrai.

Voirement : vraiment.
Vois (je) : je vais, forme homonyme de la 1re pers. sing. du présent du verbe voir.
Voise (je) : subj. prés. de *aller*.
Voulenté : volonté.
Voulentiers : volontiers.
Voulsisse (je) : je voulusse.
Vueil : volonté, vouloir.

Z

Zec : un zeste, un rien.

TABLE DES INCIPIT

DOSSIER

LE XVIe SIÈCLE DANS *POÉSIE/GALLIMARD*

SOLEIL DU SOLEIL. *Anthologie du sonnet français de Marot à Malherbe présentée et choisie par Jacques Roubaud.*

AGRIPPA D'AUBIGNÉ. LES TRAGIQUES. *Édition présentée et établie par Frank Lestringant.*

JOACHIM DU BELLAY. LES REGRETS précédé de LES ANTIQUITÉS DE ROME suivi de LA DÉFENSE ET ILLUSTRATION DE LA LANGUE FRANÇAISE. *Préface de Jacques Borel. Édition établie par Samuel S. de Sacy.*

JOACHIM DU BELLAY. DIVERS JEUX RUSTIQUES. *Édition présentée et établie par Ghislain Chaufour.*

LOUISE LABÉ. ŒUVRES POÉTIQUES précédées des RYMES de PERNETTE DU GUILLET avec un choix de BLASONS DU CORPS FÉMININ. *Édition présentée et établie par Françoise Charpentier.*

CLÉMENT MAROT. L'ADOLESCENCE CLÉMENTINE suivi de L'ENFER, de la DÉPLORATION DE FLORIMOND ROBERTET et de quatorze PSAUMES. *Édition présentée et établie par Frank Lestringant.*

PIERRE DE RONSARD. LES AMOURS. *Préface de Françoise Joukovsky. Édition établie par Albert-Marie Schmidt.*

LES QUATRE SAISONS DE RONSARD. *Choix et présentation de Gilbert Gadoffre.*

MAURICE SCÈVE. DÉLIE OBJET DE PLUS HAUTE VERTU. *Édition présentée et établie par Françoise Charpentier.*

NOUVELLES PARUTIONS

174.	Jules Romains	*La Vie unanime.*
175.	Édouard Glissant	*Le sel noir.*
176.	Jean Cocteau	*Vocabulaire. Plain-Chant.*
177.	Claude Roy	*Sais-tu si nous sommes encore loin de la mer ?*
178.	Marceline Desbordes-Valmore	*Poésies.*
179.	Jean Follain	*Usage du temps.*
180.	Marie Noël	*Les Chansons et les Heures.*
181.	Maurice Maeterlinck	*Serres chaudes. Quinze Chansons. La Princesse Maleine.*
182.	Pablo Neruda	*Chant général.*
183.	Maurice de Guérin	*Poésie.*
184.	André Frénaud	*La Sorcière de Rome.*
185.	Federico Garcia Lorca	*Suites. Sonnets de l'amour obscur.*
186.	Maurice Scève	*Délie.*
187.	Georges-Emmanuel Clancier	*Le paysan céleste.*
188.	Victor Hugo	*La Fin de Satan.*
189.	Goethe	*Le Divan.*
190.	Marguerite Yourcenar	*La Couronne et la Lyre.*
191.	***	*Anthologie de la poésie française du* XIX*e siècle.*
192.	Paul Claudel	*Art Poétique.*
193.	Philippe Soupault	*Georgia. Épitaphes. Chansons.*
194.	Victor Hugo	*L'Année terrible.*
195.	Nicolas Boileau	*Satires. Épîtres. Art poétique.*
196.	Jorge Luis Borges	*Œuvre poétique, 1925-1965.*

197.	Alain Bosquet	*Poèmes, un.*
198.	Pierre de Ronsard	*Les Quatre Saisons.*
199.	André Frénaud	*La Sainte Face.*
200.	Eugène Guillevic	*Du domaine. Euclidiennes.*
201.	Henri Michaud	*Plume.*
202.	Charles Leconte de Lisle	*Poèmes barbares.*
203.	Victor Segalen	*Odes. Thibet.*
204.	Charles Péguy	*Le Porche du mystère de la deuxième vertu.*
205.	Michel Deguy	*Poèmes II (1970-1980).*
206.	André Salmon	*Carreaux.*
207.	Robert Mallet	*Quand le miroir s'étonne.*
208.	André Gide	*Les Cahiers et les Poésies d'André Walter.*
209.	Rutebeuf	*Poèmes de l'infortune.*
210.	Henri Michaux	*Ailleurs (Voyage en Grande Garabagne. Au pays de la Magie. Ici, Poddema).*
211.	Jean Tardieu	*L'Accent grave et l'accent aigu.*
212.	Jean-Paul de Dadelsen	*Jonas.*
213.	Clément Marot	*L'Adolescence clémentine.*
214.	Fernando Pessoa	*Le Gardeur de troupeaux* et les autres poèmes d'Alberto Caeiro avec *Poésies d'Alvaro de Campos.*
215.	Georges Ribemont-Dessaignes	*Ecce Homo.*
216.	***	*Anthologie de la poésie française du* XVIIe *siècle.*
217.	Henri Michaux	*La nuit remue.*
218.	Virgile	*Géorgiques.*
219.	Jules Supervielle	*La Fable du monde. Oublieuse mémoire.*
220.	André Frénaud	*Les Rois mages.*
221.	Jacques Réda	*Amen. Récitatif. La tourne.*
222.	Daniel Boulanger	*Retouches.*
223.	Alain Bosquet	*Un jour après la vie.*
224.	Henri Michaux	*Connaissance par les gouffres.*
225.	Boris Pasternak	*Ma sœur la vie* et autres poèmes.
226.	Georges Perros	*Une vie ordinaire.*
227.	Jacques Roubaud	*ε.*
228.	Henri Michaux	*Épreuves, exorcismes.*

229.	Georges Séféris	*Poèmes,* suivi de *Trois poèmes secrets.*
230.	Pierre Reverdy	*Plupart du temps.*
231.	***	*Chansonnier révolutionnaire.*
232.	***	*Anthologie de la poésie lyrique française des* XII*e et* XIII*e siècles.*
233.	Daniel Boulanger	*Tchadiennes.*
234.	René Char	*Éloge d'une Soupçonnée.*
235.	Henri Michaux	*La vie dans les plis.*
236.	Robert Sabatier	*Les Châteaux de millions d'années.*
237.	Norge	*Poésies 1923-1988.*
238.	Octavio Paz	*Le Feu de chaque jour.*
239.	Claude Roy	*À la lisière du temps.*
240.	Edmond Jabès	*Le Seuil Le Sable.*
241.	Pierre Louÿs	*Les Chansons de Bilitis.*
242.	Miguel Angel Asturias	*Poèmes indiens.*
243.	Georg Trakl	*Crépuscule et déclin.*
244.	Henri Michaux	*Misérable miracle.*
245.	Guillevic	*Étier* suivi de *Autres.*
246.	Adonis	*Mémoire du vent.*
247.	Max Jacob	*Poèmes de Morven le Gaëlique.*
248.	Dylan Thomas	*Vision et Prière.*
249.	***	*Chansons françaises de la Renaissance.*
250.	Eugenio Montale	*Poèmes choisis (1916-1980).*
251.	Herman Melville	*Poèmes de guerre.*
252.	André du Bouchet	*Dans la chaleur vacante.*
253.	Gaspara Stampa	*Poèmes.*
254.	Daniel Boulanger	*Intailles.*
255.	Martial	*Épigrammes.*
256.	Michel-Ange	*Poèmes.*
257.	John Donne	*Poèmes.*
258.	Henri Michaux	*Face aux verrous.*
259.	William Faulkner	*Le Faune de marbre. Un rameau vert.*
260.	Walt Whitman	*Poèmes.*
261.	Stéphane Mallarmé	*Poésies.*
262.	Yves Bonnefoy	*Rue Traversière.*
263.	***	*Anthologie de la poésie française du* XIX*e siècle,* II.
264.	Hugo von Hofmannsthal	*Lettre de Lord Chandos.*
265.	Paul Valéry	*Ego scriptor.*

266. Goethe — *Élégie de Marienbad.*
267. Lorand Gaspar — *Égée. Judée.*
268. Jacques Réda — *Les Ruines de Paris.*
269. Jude Stéfan — *À la Vieille Parque.*
270. Rainer Maria Rilke — *Lettres à un jeune poète.*
271. Pierre Torreilles — *Denudare.*
272. Friedrich Hölderlin — *Odes. Élégies. Hymnes.*
273. W.B. Yeats — *Quarante-cinq poèmes.*
274. Bernard Noël — *La Chute des temps.*
275. *** — *Anthologie de la poésie russe.*
276. André Chénier — *Poésies.*
277. Philippe Jaccottet — *À la lumière d'hiver.*
278. Daniel Boulanger — *Hôtel de l'image.*
279. Charles Leconte de Lisle — *Poèmes antiques.*
280. Alexandre Pouchkine — *Poésies.*
281. Elizabeth Browning — *Sonnets portugais.*
282. Henri Michaux — *L'Infini turbulent.*
283. Rainer Maria Rilke — *Élégies de Duino. Sonnets à Orphée.*
284. Maurice Blanchard — *Les Barricades mystérieuses.*
285. Omar Khayam — *Rubayat.*
286. Agrippa d'Aubigné — *Les Tragiques.*
287. Jean Cassou — *Trente-trois sonnets composés au secret.*
288. *** — *La planche de vivre.*
289. Pierre Jean Jouve — *Dans les années profondes.*
290. John Milton — *Le Paradis perdu.*
291. Pablo Neruda — *La Centaine d'amour.*
292. Yves Bonnefoy — *Ce qui fut sans lumière.*
293. Pier Paolo Pasolini — *Poèmes de jeunesse.*
294. Jacques Audiberti — *Ange aux entrailles.*
295. Henri Pichette — *Apoèmes.*
296. Stéphane Mallarmé — *Vers de circonstance.*
297. John Keats — *Poèmes et poésies.*
298. Paul Claudel — *Cent phrases pour éventails.*
299. Louis Calaferte — *Rag-time.*
300. André Breton — *Poisson soluble.*
301. David Herbert Lawrence — *Poèmes.*
302. *** — *Les Poètes du Chat Noir.*
303. Joachim Du Bellay — *Divers Jeux rustiques.*
304. Juvénal — *Satires.*
305. Odysseus Elytis — *Axion Esti.*

306. Nuno Júdice — *Un chant dans l'épaisseur du temps.*
307. Pentti Holappa — *Les Mots longs.*
308. Max Elskamp — *La Chanson de la rue Saint-Paul.*
309. *** — *Anthologie de la poésie religieuse française.*
310. René Char — *En trente-trois morceaux.*
311. Friedrich Nietzsche — *Poèmes. Dithyrambes pour Dionysos.*
312. Daniel Boulanger — *Les Dessous du ciel.*
313. Yves Bonnefoy — *La Vie errante. Remarques sur le dessin.*
314. Jean de la Croix — *Nuit obscure. Cantique spirituel.*
315. Saint-Pol-Roux — *La Rose et les Épines du chemin.*
316. *** — *Anthologie de la poésie française du XVIIIe siècle.*
317. Philippe Jaccottet — *Paysages avec figures absentes.*
318. Heinrich Heine — *Nouveaux poèmes.*
319. Henri Michaux — *L'Espace du dedans.*
320. Pablo Neruda — *Vingt poèmes d'amour. Les vers du capitaine.*
321. José Ángel Valente — *Trois leçons de ténèbres.*
322. Yves Bonnefoy — *L'Arrière-pays.*
323. André du Bouchet — *L'ajour.*
324. André Hardellet — *La Cité Montgol.*
325. António Ramos Rosa — *Le cycle du cheval.*
326. Paul Celan — *Choix de poèmes.*
327. Nâzim Hikmet — *Il neige dans la nuit.*
328. René Char — *Commune présence.*
329. Gaston Miron — *L'homme rapaillé.*
330. André Breton — *Signe ascendant.*
331. Michel Deguy — *Gisants.*
332. Jean Genet — *Le condamné à mort.*
333. O. V. de L. Milosz — *La Berline arrêtée dans la nuit.*
334. *** — *Soleil du soleil.*
335. Jean Racine — *Cantiques spirituels.*
336. Jean-Pierre Duprey — *Derrière son double. Œuvres complètes.*
337. Paul Claudel — *Bréviaire poétique.*
338. Marina Tsvétaïéva — *Le ciel brûle* suivi de *Tentative de jalousie.*
339. Sylvia Plath — *Arbres d'hiver* précédé de *La Traversée.*

Ce volume,
le deux cent treizième de la collection Poésie,
a été achevé d'imprimer sur les presses
de l'imprimerie Bussière à Saint-Amand (Cher),
le 27 septembre 1999.
Dépôt légal : septembre 1999.
1er dépôt légal dans la collection : janvier 1987.
Numéro d'imprimeur : 2130.
ISBN 2-07-032405-2./Imprimé en France.

93275